JANINE UKENA

OUR HEARTS AT DAWN

W0340041

IMPRESS

© privat

Janine Ukena wurde 1995 geboren und studiert derzeit Germanistik an der Universität Oldenburg, wo sie mit vielen Büchern in einer WG lebt. Wenn sie nicht gerade am Lesen oder Schreiben ist, verbringt sie gern ihre Zeit damit, neue Sprachen zu lernen und auf Instagram (janine.uk) über das Schreiben, Bücher und Serien zu bloggen. Zudem trinkt sie mehr Koffein, als ihr guttut und hat eine große Leidenschaft für Südkorea, die sie nicht nur zu ihrer Masterarbeit, sondern auch zu ihrem Debütroman inspiriert hat.

Für Vanessa, Julia und Katja.
Weil ich es ohne euch nicht geschafft hätte.

Playlist

New Empire – A Little Braver
Anson Seabra – Trying My Best
SHY Martin – Slow
Sarbina Carpenter – Shadows
Henry – JUST BE ME
KIMMUSEUM – We're Already
Stray Kids – Scars
Clinton Kane – I GUESS I'M IN LOVE
Emmit Fenn – Yellow
Mokita – colorblind
BTS – First Love
Jenna Raine – See you later (ten years)
BLACKPINK – Stay
Monsta X – The Dreaming
BTS – Interlude: Shadow
Queen – Love Of My Life
J_ust – Want to go to sleep
ATEEZ – Be With You
Shawn Mendes – It'll Be Okay
Ollie, Aleesia – Better With You
HONNE – free love (dream edit)
Justin Bieber – Ghost
BAEKHYUN – Bambi
Harry Styles – Falling
V – Christmas Tree
suggi – astroboy

LANY – dna

BTS – Euphoria

Ellie Goulding – Still Falling For You

고생 끝에 낙이 온다

At the end of hardship comes happin ess

Prolog

Ich hatte mich nicht plötzlich verliebt. Es geschah langsam, schleichend, und es war unvermeidbar. Ich war lange der Auffassung gewesen, dass man selbst dafür verantwortlich war, was für ein Leben man führte. Aber gegen einen kleinen Funken des Universums hatte ich nichts einzuwenden. Dieser kleine Funken hatte sich zu einem Feuerwerk entwickelt, der alles hell erleuchtete. *Der Weg ist das Ziel.* Die Bedeutung dieses Satzes hatte ich erst viel zu spät verstanden. Auf dem Weg zu mir selbst hatte ich mehr gefunden, als ich mir jemals erträumt hatte. Hoffnung, Liebe, Mut. Eine Zukunft, in der ich glücklich war. Doch so schnell, wie ich es gefunden hatte, so schnell war es auch wieder weg.

Dafür brauchte es nur einen Tag.

Diese Zeit reichte aus, um unser Glück in eine Tragödie zu verwandeln. Mit den Köpfen in der Vergangenheit konnten wir keine Zukunft haben. Ich fragte mich, ob wir beide stark genug waren, um uns da rauszukämpfen.

Wenn alles zusammenbricht und du das Vertrauen in die Welt verlierst, was tust du?

Genau ...

Davor wegrennen.

Und genau das taten wir.

1

Aria

Eine Woche nach dem Unfall

Zeit war etwas Komisches. In meinem Leben gab es viele Momente, die sich endlos angefühlt hatten. Momente, die ich immer und immer wieder abspielte, wenn das Leben dunkler und schwerer wurde. Tage, die sich wie Sekunden anfühlten. Als wären sie mit einem Blinzeln vorbei, weil man so damit beschäftigt war, jeden Moment zu genießen, anstatt über alles hundertfach nachzudenken.

Doch da gab es auch die Tage, die sich wie Jahre anfühlten. An denen der Kopf nur mit Nachdenken beschäftigt war. An denen es sogar zu viel für mich war, aus dem Bett aufzustehen. Und wenn ich es doch tat, fühlte es sich an, als würde ich durch dicken Schlamm laufen. Die letzte Zeit fiel leider in diese Kategorie. Es war, wie in einer endlosen Zeitschleife gefangen zu sein. Wir steckten darin fest, mussten uns jeden Tag aufs Neue damit auseinandersetzen, was passiert war, und uns an den kleinen Funken Hoffnung klammern, ohne ihn dabei zu erdrücken.

Gebrochene Rippen heilten innerhalb von vier bis sechs Wochen.

Eine Platzwunde im Gesicht konnte genäht werden.

Ein leichtes Schädelhirntrauma fesselte einen ans Bett, aber nach etwas Ruhe ging auch das vorbei.

Was nicht vorbei ging, was nicht geheilt oder genäht werden konnte: die Albträume. Die Kämpfe, die in unseren Köpfen stattfanden und dadurch nicht sichtbar waren. Der tiefe Graben, der durch diesen Unfall zwischen Min-ho und mir entstanden war. Es waren die wiedergekehrten Gefühle unserer Vergangenheit, die jetzt ihren Platz in der Gegenwart einforderten.

In einem Krankenhaus verging die Zeit anders. Der Tag wurde von Untersuchungen, dem Abwarten auf Ergebnisse und den Besuchszeiten bestimmt.

Ich las Min-ho aus *Demian* vor, spielte Frank Sinatra und hielt seine Hand, die plötzlich nicht mehr stark und groß wirkte, sondern klein und zerbrechlich. So lange, bis ich gebeten wurde, den Raum zu verlassen. Die Vorstellung, dass Min-ho alleine mit seinen Gedanken und Albträumen war, ließ mich ebenfalls nicht schlafen. In den letzten Tagen hatte ich mich mit diesen Veränderungen nicht auseinandersetzen können. Alle um uns herum schienen sich in Lichtgeschwindigkeit an die neue Situation angepasst zu haben, während Min-ho und ich uns in Slow Motion bewegten.

Mehrere Tage vergingen, in denen er im Bett lag und nur wie ein Schatten seiner selbst aussah. Kaum redete, kaum etwas anderes zu sich nahm als grünen Wackelpudding und es nicht schaffte, mir in die Augen zu sehen. Meinen Blicken regelrecht auswich. Es waren nicht die körperlichen Verletzungen, die ihm zu schaffen machten. Das wussten wir beide.

Während ich noch am selben Tag entlassen wurde, musste Min-ho eine ganze Woche bleiben.

Eine Woche, in der ich an seinem Bett saß, obwohl wir meist nichts anderes taten, als zu schweigen.

Eine Woche voller Ärzte, Anwälte und Menschen, die dafür sorgten, dass wir das Chaos seit dem Unfall bloß nicht vergaßen.

»Ich will zurück«, flüsterte Min-ho.

»Ich auch«, sagte ich leise und fragte nicht, wohin *zurück* er genau meinte. Wie jeden Abend lag ich an seiner Seite im viel zu kleinen Krankenbett.

Wir wussten nicht, was uns nach allem hier erwarten würde. Wir wussten nur, dass im Hintergrund Pläne geschmiedet wurden. Pläne, die eine Zukunft betrafen, während die Gegenwart so gebrochen und düster geworden war.

Die Welt stand in Flammen. So fühlte es sich jedenfalls an. Selbst hier im Krankenhauszimmer konnte man die Rufe der Fans hören. Versammelt vor dem Krankenhaus sangen sie Songs von KT6. Nachdem der Unfall bekannt geworden war, brach eine Nachrichtenwelle über uns herein. Die Fans waren auf die Straße gegangen, hatten demonstriert und geweint. Vor dem Tor in

Hannam-dong, das zu Min-hos Apartment führte, vor dem Gebäude von SYE Entertainment, bei dem Min-ho und die anderen Mitglieder von KT6 unter Vertrag standen, und auch hier vor den Türen des Krankenhauses, das seit Min-hos Einlieferung zusätzliches Sicherheitspersonal benötigte.

Tag für Tag hatten die Fans sich versammelt, weil sie Gewissheit wollten. Gewissheit darüber, wie es Min-ho ging, ob die Tour abgesagt wurde und was es überhaupt mit unserer Beziehung auf sich hatte.

Die Gerüchteküche hatte schnell zu brodeln begonnen und so kam heraus, dass ich mich ebenfalls im Auto befunden hatte. Instagram war voll mit dem Hashtag *#minria,* eine Kombination aus Min-hos und meinem Namen. Der anfängliche Hass auf mich und unsere Beziehung war von der Angst abgelöst worden, dass es das Ende der Band sein könnte. Plötzlich gönnten sie Min-ho diese Freiheiten. Waren glücklich für ihn. Für uns. Solange es mit der Band weiterging. Es war verrückt, diesen Wandel mitzuerleben. Ich glaube, keiner von uns hatte damit gerechnet. Und als Min-ho ein Foto postete, auf dem wir beide das berühmte Fingerherz machten, dauerte es keine zehn Sekunden, bis es Tausende von Likes hatte. *#couplegoals* zierte jeden dritten Kommentar.

Aber alles hatte seine Schattenseiten. Die Fans teilten sich in zwei Gruppen. Es gab diejenigen, die hinter uns standen. Die Tweets, Stories auf Instagram, Clips auf TikTok, YouTube-Videos, jeden Artikel und jedes Pressefoto analysierten, und diejenigen, die immer noch gegen uns oder vielmehr gegen mich waren.

Als dieses Auto in uns hineingerast war, teilte sich unsere Zeit ebenfalls in zwei Teile.

Plötzlich gab es ein Vorher und ein Nachher.

Und das konnten wir nicht mehr rückgängig machen.

Ein Blick auf die Uhr sagte mir, dass gleich die Krankenschwester hereinkommen und mich daran erinnern würde, dass die Besuchszeit um war. »Keine Sonderrechte für K-Pop-Idols«, sagte sie am ersten Tag in strengem Tonfall zu mir, als ich sie gebeten hatte, ein Auge zuzudrücken.

»Bitte geh nicht«, bat Min-ho mich jetzt, als ich aufstand, und seine Stimme zitterte, als würden ihn diese drei Worte unheimlich viel Kraft kosten. Wie jeden Abend musste ich mich überwinden, trotz seiner Bitte zu gehen.

»Morgen begleitest du mich. Morgen kommst du hier raus«, sagte ich leise. Die Tränen in meinen Augen blinzelte ich schnell weg, damit er sie nicht sah.

Es waren nur ein paar Tage gewesen und doch fühlte es sich wie eine Ewigkeit an.

Eine Ewigkeit, die so dunkel erschien, dass wir gar keine andere Wahl hatten, als heller zu leuchten.

Oder es jedenfalls zu versuchen.

2

Min-ho

Für einen kurzen Moment hatte mir das Leben alles vorgeführt, was ich jemals gewollt hatte. Die Rückkehr in die Öffentlichkeit. Das Comeback mit der Band zu unseren Bedingungen. Den Song zu performen, der sich endlich wieder nach mir anfühlte. Und das alles mit der Person an meiner Seite, die mich vervollständigte. Ich hatte diesen zukünftigen Schmerz mit offenen Armen empfangen, ihn in Kauf genommen für ein paar Momente, in denen ich glücklich sein wollte.

Es war ein schlechter Scherz des Universums, dass sich meine Vergangenheit jetzt wiederholte. Ein Unfall, der nur meinetwegen passierte. Diesmal war ich nicht allein zurückgeblieben und trotzdem fühlte ich mich wie damals, als ich im Krankenhaus ankam und hörte, dass es für meine Eltern zu spät gewesen war.

Ich fühlte mich wieder wie ein verängstigtes kleines Kind, für das die Welt zu groß war. Als ich im Krankenhaus aufwachte, in Arias Augen blickte und nichts darin sah als Tausende Möglichkeiten, die mit diesem Unfall zu Ende hätten sein können. Weil ich dachte, ich könnte sie in mein Leben lassen, obwohl es nicht mal wirklich mir gehörte. Weil ich dachte, dass ich mich über die oberste Regel im K-Pop-Business stellen könnte: Lebe nur für deine Arbeit und die Fans. Nicht für die Liebe, nicht für dich selbst.

Doch jetzt hatte das Leben für uns auf Pause gedrückt. Ich bekam vorläufiges Verbot für die Bühne, die Tour wurde verschoben und das Entertainment besprach sich trotz allem mit einem Ärzteteam, wie man mich schnellstmöglich wieder fit für die Bühne bekam. Ein Gefühl der Erleichterung durchströmte mich, als ich die Antwort hörte.

Pause. Auszeit. Langsames Wiedereinsteigen.

Fürs Erste wurde beschlossen, Aria und mir die nötige Ruhe zu verschaffen, die wir in Seoul nicht bekommen würden. *#minria* war überall. Die Fans waren neugierig, ängstlich und besorgt. Eine zusätzliche Last, die mich erdrückte. Zu ihrer Beruhigung durfte ich ein kurzes Lebenszeichen von mir geben, das zudem deutlich machte, dass Aria noch an meiner Seite war. Das Entertainment hielt es für eine gute Idee, die Sache nicht zu verleugnen und es stattdessen mit Ehrlichkeit zu versuchen. Nicht zuletzt deswegen, weil die Fans plötzlich anfingen, sich hinter Aria und mich zu stellen und sie darin eine große Chance sahen. Es bedeutete vor allem eines für mich: Ich konnte aufhören, mich zu verstellen. Denn damit hatte ich kurz nach dem Debüt angefangen und spielte die Rolle, die für mich vorgesehen war. Für die ich geliebt wurde. Ich hatte aufgehört, ich selbst zu sein, weil ich dachte, dass es das war, was sie wollten. Damit war jetzt endgültig Schluss.

Nach allem, was passiert war, wäre ich dazu sowieso nicht mehr in der Lage gewesen. Den Min-ho, den die Fans kannten und liebten, gab es nicht mehr. Schon lange nicht mehr. Es wurde Zeit, als derjenige hinauszutreten, der ich wirklich sein wollte. Und das wollte ich mit ihr an meiner Seite tun.

***

Der Tag meiner Entlassung begann mit einer zweistündigen Autofahrt und einem Versprechen. Ich hatte mir fest vorgenommen, an mir zu arbeiten und mich mit den verdrängten Erinnerungen auseinanderzusetzen. Für sie. Für ein mögliches Wir, das ich mir so sehr wünschte. Und auch für mich. Der Tiefpunkt ließ mich das Positive in den kleinsten Dingen sehen. Arias Lächeln schien jetzt umso kostbarer. Schließlich musste ich schmerzhaft lernen, dass es nicht selbstverständlich war.

Nachdem wir in meinem Apartment in Hannam-dong alles Nötige zusammengepackt hatten, machten Do-yoon, Aria und ich uns auf den Weg in unser neues vorübergehendes Zuhause in Gangwon-do, Chuncheon. Das Haus gehörte einem Freund von Jong-ssi, der dort einen Aufenthalt von mehreren Wochen für uns geplant hatte. Als CEO eines K-Pop-Entertainments hatte man so seine Kontakte. Das Haus lag direkt am Bukhangang.

Ein Fluss, der Nord- und Südkorea vereinte und in dem ich mich seltsamerweise wiedererkannte, weil auch ich zwischen zwei Seiten stand. Sobald wir die lauten Straßen und die Hochhäuser hinter uns ließen, beruhigte sich mein Puls etwas. Der Trubel vor dem Krankenhaus und auch vor meinem Apartment war kaum auszuhalten gewesen. Ein Wunder, dass wir den Weg unversehrt durch das Blitzlichtgewitter und das laute Geschrei überstanden hatten.

Aria lag während der Fahrt in meinen Armen. Wir wurden von vier weiteren Wagen begleitet, die für die Sicherheit auf dem Grundstück sorgen sollten. Do-yoon schien nervös, so was merkte ich immer sofort, weil es kaum vorkam. Seine Augen huschten zu jedem Auto, zu jedem Passanten auf dem Gehweg und bei jeder Ampel fuhr er mit quietschenden Reifen los. Die Tatsache, dass er in dieser Nacht am Steuer gesessen hatte und im passenden Moment ausgestiegen war, machte ihn fertig.

Sofort kam mir unsere Unterhaltung im Krankenhaus wieder in den Sinn. Schon beim Betreten des Krankenzimmers war ihm anzusehen, dass ihn etwas beschäftigte. Den Gesichtsausdruck sah ich auch jetzt noch mehr als deutlich vor mir. Den Schmerz, den er hinter einem schmalen Lächeln verbarg.

Mit der Zeit war er so viel mehr als nur mein Begleitschutz geworden, er wurde zu einem Teil meiner Familie. Er war die Person, die ich seit dem Tod meiner Eltern mit Abstand am häufigsten sah, die all meine Breakdowns miterlebt hatte und für mich da war. Und ich war unendlich froh, dass wenigstens ihm nichts passiert war.

»Ich werde mir niemals vergeben, dass ich dich nicht beschützen konnte«, wisperte er. Stumm und ohne Regung liefen ihm die Tränen übers Gesicht. Seit wir uns kannten, hatte ich ihn erst zwei Mal weinen sehen. Als meine Eltern gestorben waren und am besagten Tag, als er völlig auflöst an meinem Bett zusammengebrochen war. Manchmal musste man alles rauslassen, das wusste ich zu gut. Deswegen legte ich meine Hand auf seine bebenden Schultern und wartete einige Sekunden mit meiner Antwort.

»Do-yoon, ich bin einfach froh, dass dir nichts passiert ist«, sagte ich sanft, setzte mich auf und zuckte augenblicklich zusammen, als mir der Schmerz der gebrochenen Rippen die Luft nahm. »Du hast an all dem überhaupt keine Schuld. Das hätte keiner verhindern können.«

Außer ich vielleicht, indem ich es gar nicht so weit hätte kommen lassen. Mich von ihr ferngehalten oder einfach besser aufgepasst hätte.

»Es tut mir leid«, brachte er flehend hervor. »Dass ich meinen Job nicht gemacht habe. Und dieser Überfall jetzt. Das war unprofessionell, entschuldige.« Mit dem Handrücken wischte er sich die Tränen weg und straffte die Schultern. Und zack, hatte er das distanzierte Pokerface wieder aufgesetzt. »Es war mir nur ein Anliegen, dir mitzuteilen, dass es mir leidtut. Ich habe meinen Job nicht richtig ausgeführt, ich war unachtsam. Wir hätten viel früher stehen bleiben und die Polizei informieren müssen, das weiß ich«, sagte er jetzt in einem kalten Tonfall. Mit einer Hand im Nacken entfernte er sich zwei Schritte von meinem Bett und sah mich an.

Ich hasste es, dass er diese Mauer zwischen uns aufrechterhielt, doch mir blieb nichts anderes übrig, als es zu akzeptieren. »Alles klar«, erwiderte ich, weil ich wusste, er würde eh nichts anderes mehr hören wollen. »Aber nur fürs Protokoll: Ich gebe dir keine Schuld. Aria tut das auch nicht. Ich brauche dich an meiner Seite und ich bin froh, dass dir nichts passiert ist.«

Eine Millisekunde lang zuckten seine Mundwinkel verdächtig. Seine Wangen hatten sich eine Nuance dunkler gefärbt, doch er nickte nur.

»Ich bin froh, dass es nicht schlimmer gekommen ist«, sagte er leise. »Wir sehen uns morgen.« Bei seinen Worten hob er eine Hand zum Abschied und schon war er zur Tür hinausgegangen. Seitdem hatten wir kaum ein Wort gesprochen, auch wenn er jeden Tag wiederkam. Und auch jetzt hatte er dieses Pokerface aufgesetzt, als er mich im Rückspiegel keine Sekunde aus den Augen ließ.

***

Dieser Ort war anders, das spürte ich sofort, als wir aus dem Wagen ausstiegen. Unser eigenes kleines Haus am See.

Keine Menschen. Keine Handykameras. Kein Blitzlicht.

Nichts außer ohrenbetäubender Stille. Wir hatten Straßenlärm und blinkende Lichter gegen Vogelzwitschern und in den Wolken verschwindende Berge eingetauscht.

»Wow«, sagte Aria neben mir. Die Augen hatte sie ebenso aufgerissen wie ich.

»Unser Zuhause für die nächsten paar Wochen.« Mein Hals kratzte etwas, weil es meine ersten Worte seit der Ankunft waren. Vielleicht war dieser Ort weit genug von Seoul entfernt, um mir die Ruhe zu schenken, die ich bitter nötig hatte.

»Ich liebe es jetzt schon«, erwiderte Aria aufgeregt und lächelte mich an. Instinktiv zog ich sie in meine Arme. Meine Rippen taten immer noch weh, doch mittlerweile hatte ich mich an den Schmerz bei jedem Atemzug gewöhnt und der Arzt hatte mir Schmerzmittel mitgegeben, als er mich mit einem festen Händedruck entlassen hatte.

»Es fühlt sich endlich so an, als könnte ich vernünftig Luft holen«, murmelte Aria und entfernte sich ein paar Zentimeter von mir. »Jetzt, wo wir hier sind.«

»Bei den Feinstaubwerten mitten in Seoul bestimmt kein Wunder«, scherzte ich und brachte sie damit zum Lachen.

Verdammt, wie sehr hatte ich dieses Lachen vermisst.

Wir waren keine halbe Stunde angekommen, da verfiel Aria bereits in ihren To-do-Listen-Modus.

»Hast du mit Wook Jong über die Zeit hier gesprochen?«

»Lass uns die Kisten mit Lebensmitteln auspacken.«

»Wir sollten duschen und etwas essen.«

»Hast du deine Mails gecheckt?«

»Wir sollten gleich morgen früh mit Do-yoon sprechen.«

Während ich meine Augen langsam durch dieses Haus wandern ließ, lief sie herum, als wäre sie schon immer hier gewesen. Ich hingegen blieb abrupt stehen und stützte mich an der Wand ab. Die ganzen Eindrücke in Kombination mit der plötzlichen Erleichterung, endlich hier zu sein, waren vielleicht etwas zu viel. Wie in Zeitlupe verarbeitete mein Gehirn die vielen kleinen Details, die das Gesamtbild ausmachten.

Die beigen blickdichten Vorhänge.

Das klare Hellblau des Himmels.

Marmor, dunkles Holz und weiße Fliesen.

Das satte Grün des Sees.

Es roch nach frischer Farbe und gemähtem Gras.

Als ich die Augen wieder öffnete, sah ich hinaus in den Garten und entdeckte das rustikale Bootshaus am Seeufer. Langsam drehte ich mich um, sah die vollen Bücherregale und den Kamin. Den schwarzen Flügel am Fenster, dessen Lack so poliert war, dass die Wolken sich darin spiegelten.

Mir wurde schwindelig und meine Fingerspitzen begannen zu kribbeln. Automatisch kniff ich die Augen zusammen.

»Min-ho?«, hörte ich Aria rufen. Ich holte einmal tief Luft und folgte ihrer Stimme. »Es ist viel zu groß. Was sollen wir mit so viel Platz?«, fragte sie, als ich in die Küche trat.

»Do-yoon schläft drüben im Bootshaus«, sagte ich und massierte mit Zeigefinger und Daumen meinen Nasenansatz.

»Was? Warum? Wir haben drei Schlafzimmer.« Ihr Blick war sofort besorgt, während sie mich musterte.

»Er will nicht den Eindruck erwecken, dass er bevorzugt wird. Deswegen will er lieber gemeinsam mit den anderen Sicherheitsleuten im Bootshaus schlafen.«

»Okay? Vielleicht ändert er seine Meinung ja noch.«

Do-yoon und Aria hatten sich im Krankenhaus irgendwie angefreundet, was komisch war, denn Do-yoon führte keine Freundschaften. Er hatte seinen Job. Es hatte Jahre gedauert, bis ich ihn dazu brachte, informell mit mir zu sprechen. Aber wenn es eine Person schaffte, diese Fassade einzureißen, dann war es Aria.

»Vielleicht.« Doch ich wusste, dass Do-yoon nie seine Meinung änderte, wenn er sich einmal etwas in den Kopf gesetzt hatte.

»Peperoni?«, fragte Aria und hielt einen Pizzakarton hoch. Langsam nickte ich. »Für den ersten Abend hier nur das Beste.«

»Alles in Ordnung?« Langsam kam sie zwei Schritte auf mich zu. Erneut nickte ich.

»Jetzt schon«, sagte ich und zwang mich zu lächeln.

Egal, wie zerrissen ich war, für sie konnte ich so tun, als wäre alles in Ordnung. Für sie würde ich immer lächeln.

3

Aria

»Eomma! Appa!«

Min-hos Schreie rissen mich aus meinem ohnehin schon unruhigen Schlaf. Wie jede Nacht. Mittlerweile verstand ich die Worte, die Min-ho auf Koreanisch schrie, ohne Probleme. Er rief nach seiner Mutter, dann nach seinem Vater. Entweder das oder es war mein Name. Die Uhr zeigte mir an, dass die Träume diese Nacht später gekommen waren. Es war fünf Uhr morgens. Die Sonne ging gerade auf und schaute hinter den Bergen hervor.

Sieben Tage. Seit unserer Ankunft waren sieben Tage vergangen, in denen Min-ho jede Nacht von Albträumen verfolgt wurde.

Eine ganze Woche, in der er meinen Gesprächen auswich. Wir tanzten umeinander herum, bewegten uns dabei auf Eierschalen, die mit jedem Tag, der verstrich, kaum hörbar zerbrachen.

»Ich bin hier«, flüsterte ich und legte ihm eine Hand auf die Brust. Ruckartig setzte er sich auf. Seine weit aufgerissenen Augen huschten verloren im Raum hin und her. Der Ausdruck in ihnen schrie laut: Panik. Sie war ihm in seinem ganzen Auftreten sofort anzuerkennen. Die Tränen liefen ihm über die Wangen, als er sich zu mir umdrehte. »Ich bin hier«, wiederholte ich und strich ihm sanft die schwarz gelockten Haarsträhnen aus der Stirn. Er war vollkommen verschwitzt, sah mich verängstigt an und unter meiner Hand konnte ich spüren, wie sein Herz raste, als wäre er einen Marathon gelaufen. Es kam dem Weglaufen vor der Angst gleich, das wusste ich nur zu gut. Der Anblick schmerzte jedes Mal aufs Neue, doch ich wiederholte die Worte immer und immer wieder, bis sie endlich zu ihm durchdrangen. Min-ho zitterte am ganzen Körper, doch einige Atemzüge später nickte er und ich wusste, dass er den Nebel der Albträume hinter sich gelassen hatte. Dann nahm er mein Gesicht in beide Hände, ganz vorsichtig und sanft. Sein Daumen strich über meine Wange und ich wagte es nicht, mich zu bewegen. Es war beinahe so, als müsse er sich vergewissern, dass ich wirklich da war. Dass er wirklich da war. Und nicht dort, wo ihn seine Träume hinschickten.

»Aria?« Seine Stimme klang so schwach, dass es wehtat.

»Ich bin hier. Alles wird wieder gut.« Ein Satz, der mir so mühelos über die Lippen kam, dass ich ihn fast selbst glaubte. Und auch wenn er vielleicht gelogen war, erfüllte er jedes Mal seinen Zweck.

Seine braunen Augen sahen durch mich hindurch, als wäre ich aus Glas, doch er wiederholte meine Worte, bis sein Atem sich beruhigte.

»Alles ist gut.« Erschöpft ließ er sich zurück ins Kissen fallen, ich sank an seine Brust. Die Arme schlang er fest um mich und ich lauschte seinem Herzschlag, bis er wieder einen normalen Rhythmus hatte.

***

Als ich am nächsten Morgen aufwachte, war Min-ho schon weg. Wahrscheinlich, um eine Runde um den See zu laufen. Bei ihm stand leichtes Training auf dem Plan, das er jedoch leider etwas zu ernst nahm. Der Geruch von Kaffee stieg mir in die Nase, als ich die Küche betrat. Wie jeden Morgen stand dort meine Tasse bereit, an die Min-ho einen pinken Post-it-Zettel mit einer Nachricht geklebt hatte:

내가 웃는 이유는 너야 / *You are the reason I'm smiling*

Bei unserer Ankunft hatte er damit angefangen, diese Klebezettel im Haus zu verteilen, und sie verfehlten nie ihre Wirkung. Lächelnd betrachtete ich die koreanische Schrift und die Übersetzung darunter, ehe ich den Zettel an den großen Spiegel im Flur klebte. Zu den restlichen Nachrichten, die er mir jeden Tag hinterließ. Worte, an die er mich erinnern wollte, sobald ich in den Spiegel schaute.

Und Sätze, die so viel Bedeutung in sich trugen, weil ich genau wusste, wie er sie meinte. Meine Augen blieben einen Augenblick an dem blauen Post-it in der Mitte hängen.

해가 뜨기 전 새벽이 가장 어두우니까 / *The darkest hour is just before dawn.* Ein Satz, der nach Min-hos Albträumen jede Nacht eine ganz neue Bedeutung bekommen hatte. Mit einer dampfenden Tasse Kaffee ging ich hinaus auf die Terrasse und sog gierig die frische Sommerluft ein, die im Verlauf des Tages verschwinden würde. In den letzten Tagen war die Temperatur rasant angestiegen und die Luftfeuchtigkeit machte es nicht gerade besser. Mit einer Hand nahm ich die Kapuze des lila Hoodies vom Kopf, dessen Stoff meine blonden Haare elektrisch auflud. Ich musste mich immer noch daran gewöhnen, dass sie jetzt so viel kürzer waren, wenn ich mit den Fingern hindurchfuhr. Mochi, die kleine weiße Katze, die seit unserer Ankunft jeden Morgen auf unserer Terrasse vorbeschaute, kam auf mich zugelaufen und fing an, um meine Beine zu tapsen. Zusammen liefen wir hinüber zum Bootshaus, wo ich ihr einen Napf aufgestellt hatte. Ich griff in die Vordertasche des Hoodies, holte eine kleine Futtertüte heraus und wie auf Kommando miaute Mochi laut. Für einige Augenblicke setzte ich mich neben sie, genoss die morgendliche Ruhe und lauschte den Vögeln und dem Wind, der um das Bootshaus wehte.

»Hast du wieder die Katze gefüttert?«, rief Min-ho, der plötzlich über den Rasen in meine Richtung lief.

Schnell ließ ich die Tüte mit dem Futter in der Hoodie-Tasche verschwinden und setzte ein unschuldiges Lächeln auf, während ich ihm entgegenkam, damit er den Napf nicht sah.

»Ich wünsche dir auch einen guten Morgen«, sagte ich und bemühte mich um einen extrasüßen Ton in der Stimme.

Ich stellte mich auf die Zehenspitzen und legte meine Arme um seinen Nacken. Hinter Min-ho konnte ich jetzt erkennen, dass Do-yoon ebenfalls in unsere Richtung lief und augenblicklich auf dem Rasen stehen blieb, als er mich sah.

»Sie kommt doch immer wieder, wenn du sie fütterst«, beschwerte Min-ho sich und schüttelte den Kopf.

»Aber sie hatte Hunger.« Möglich, dass ich etwas schmollte. Min-ho kniff kurz die Augen zusammen, ließ seinen Blick zu meinen Lippen wandern und seufzte.

»Woher hast du überhaupt das Futter? Wir haben doch die Einkäufe zusammen eingeräumt.«

Automatisch schaute ich zu Do-yoon, der gerade an uns vorbei ins Haus laufen wollte. Doch Min-ho nahm nicht eine Sekunde den Blick von mir, was mich immer noch ganz nervös machte. Manchmal glaubte ich, dass seine Augen insgeheim Lügendetektoren besaßen. Vielleicht hatte er auch einfach eine gute Menschenkenntnis. Die Tatsache, dass meine Ohren bei jeder Lüge wie Feuer glühten und ich mich immer verhaspelte, wenn er mich so ansah, half auch nicht besonders.

»Also ... Ich ...« Hilfe suchend blickte ich zu Do-yoon, der nun verschwiegen auf den Boden schaute. Na vielen Dank auch.

Jetzt folgte Min-ho meinem Blick.

»Ihr beide habt euch gegen mich verschworen, kann das sein?«

»Nein!«, brachte ich hervor.

Aber Do-yoons Stimme war lauter, als er sagte: »Sie hat mich gezwungen.«

»Feigling.« Der Versuch, ihn böse anzufunkeln, prallte an ihm ab und er verschwand im Haus, ohne noch mehr zu sagen.

»Erst die Ingwer Shots und jetzt das hier«, beschwerte Min-ho sich, doch das Zucken seiner Mundwinkel verriet ihn.

»Die sind gesund! Und viel schneller zu trinken als deine grünen Smoothies!«

Mit schnellen Schritten lief ich ebenfalls ins Haus, direkt in die Küche und schenkte mir ein Glas Wasser ein.

»Das ist noch nicht vorbei.« Min-ho kam drei Schritte näher und blieb dicht vor mir stehen. Seine Arme links und rechts an der Küchenzeile, sodass ich eingekesselt war. In seinen Augen erkannte ich, dass er nur so tat, als würde ihn das stören. Insgeheim wusste ich, dass er sich darüber freute, wie gut Do-yoon und ich miteinander klarkamen. Und ich wusste auch, dass er die Katze insgeheim genauso liebgewonnen hatte.

»Wir haben sie Mochi getauft. Weil sie weiß und flauschig ist. Und weil sie die Augen zusammenkneift, wenn man sie hinter den Ohren krault, und dann aussieht wie ein Mochi«, sagte ich leise, weil er mir viel zu nah war. Oder nicht nah genug.

Ein Grinsen huschte über Min-hos Gesicht, weil er genau wusste, was seine Nähe mit mir machte.

»Do-yoon, wie warm ist noch mal das Wasser im See?«, fragte er, ohne mich aus den Augen zu lassen.

»Er ist nicht …«

»Nicht warm genug. Also perfekt«, rief Do-yoon zurück.

»Wieso taucht der immer aus dem Nichts auf?«

Min-ho presste die Lippen aufeinander, als müsste er sich das Lachen verkneifen.

»Er hat doch auch mitgeholfen. Er holt die Katze jeden Abend zu sich!«, plapperte ich jetzt weiter. In der Hoffnung, dass er mich verschonte, aber Min-ho ließ seine Lippen einmal sanft über meine streichen und hob mich exakt in dem Moment hoch, als ich mich in seinen Berührungen verlor.

Mir entfuhr ein überraschtes Quieken, als er mich über die Schulter warf, als wäre ich ein Sack Mehl, und bereits in Richtung Terrasse lief.

»Du bist …«, fing ich an, doch verstummte, als seine Hände an meinen nackten Oberschenkeln entlangfuhren.

»Ja?«, fragte Min-ho nur amüsiert.

»Du bist so ein Idiot«, brachte ich hervor.

»Aber wenigstens dein Idiot, oder?«

Er lief mit mir an Do-yoon vorbei, der sein Pokerface für eine Sekunde vergaß und mich angrinste.

»Verräter«, rief ich ihm zu, was ihn zum Lachen brachte. Ich strampelte mit den Beinen, doch Min-hos Arme waren einfach zu stark. Wehren war zwecklos.

»Wieso schmeißt du nicht ihn in den See?«

»Ich kann ihn schlecht hochheben«, erwiderte Min-ho trocken und öffnete mit einer Hand die Tür.

Schon waren wir draußen im Garten. Drei Männer brachten gerade mehrere Kisten mit Lebensmitteln zur Vordertür und blieben abrupt stehen, als sie uns hörten. So war das immer. Man sah sie nie länger als ein paar Sekunden, als hätte man sie sich eingebildet.

»Natürlich könntest du das.« Mit diesen Oberarmen könnte er alles und jeden hochheben. Als Antwort lachte er nur.

»Du solltest deine Rippen schonen«, versuchte ich es.

»Das würde aber nur halb so viel Spaß machen«, erwiderte er und gab mir einen Klaps auf den Po. Sofort wurde ich knallrot.

»Min-ho, hier sind überall Leute.«

»Ach ja? Wo denn?« Er drehte sich einmal um seine eigene Achse, dann verstärkte er den Druck an meiner Taille und ließ mich langsam an seinem Körper hinuntergleiten. Viel zu langsam. Er wusste genau, was er da tat.

»Vielleicht lasse ich dich heute davonkommen«, sagte er mit dieser etwas tieferen Stimme. »Ich hatte sowieso andere Pläne mit dir.« Ein dunkler, beinahe gieriger Blick trat in seine Augen, als er das sagte. *O Gott.*

»Ach ja?«, wisperte ich. Wieso war meine Stimme plötzlich heiser? Wieso wurde mir so warm?

Min-ho nickte. »Ja.«

Einatmen, Ausatmen.

»Ich wollte eigentlich mit dir über etwas reden.«

Ein Satz. Es war ein Satz, der unsere kleine Bubble zerbrach. Innerlich wehrte ich mich schon gegen das Gespräch, das ich geplant hatte. Meine Entschlossenheit bröckelte, wenn er solche Dinge sagte. Mich so berührte und mich so anlächelte. Und ich sah in seinen Augen, dass er genau wusste, was ich versuchte, anzusprechen.

Er seufzte einmal, fuhr sich mit der Hand in den Nacken und nickte schließlich. »Heute Abend?«

»Klingt gut. Ich muss jetzt sowieso unter die Dusche. Miss Kang wartet bereits.«

»Unter die Dusche müsste ich auch ...«

Sanft schlug ich ihm auf den Oberarm. »Jetzt hör auf damit.«

Aber ein Lachen konnte ich mir nicht verkneifen.

»Wenn du nicht willst ...«, sagte er mit gespielter Enttäuschung.

Bevor ich etwas erwidern konnte, beugte er sich vor und drückte mir einen Kuss auf die Stirn. Seine Lippen schwebten drei, vier Sekunden über meiner Haut.

»Aber heute Abend entkommst du mir nicht so leicht«, flüsterte er und ehe ich etwas erwidern konnte, lief er mit schnellen Schritten zum Haus. *Das will ich auch gar nicht,* hätte ich beinahe laut ausgesprochen. Wie angewurzelt blieb ich stehen und versuchte meinem rasenden Puls etwas Pause zu gönnen. Auch nach all den gemeinsamen Nächten hatte ich mich noch immer nicht an seine Anziehungskraft und diesen Ausdruck in seinen Augen gewöhnt.

»Kommst du? Miss Kang wartet sicherlich schon«, rief er mir nach. Das zufriedene Grinsen auf seinem Gesicht war nicht zu übersehen und ich war froh, dass er das nicht auch noch verloren hatte.

4

Aria

»Und was empfinden Sie dabei?«, fragte Miss Kang und sah mich eindringlich an. Seit Min-hos Entlassung standen wir mit dieser Frau in Kontakt. Sie sei keine Therapeutin im herkömmlichen Sinne, wurde uns gesagt. Wir sollten sie eher als einen Coach sehen. Einen Coach, der hilft, möglichst schnell alles zu überwinden, was Min-hos Rückkehr auf die Bühne betraf. Doch tatsächlich hatten wir viel mehr über mich geredet, als mir lieb war. Über mich, meine Vergangenheit, was das alles mit mir machte. Auch wenn ich es selbst noch nicht ganz verstand.

Langsam hob ich den Kopf und blickte zu ihr herüber. Ich presste die Lippen aufeinander. In meinem Kopf stritten sich bereits sämtliche Gedanken darum, zuerst ausgesprochen zu werden.

Einatmen, ausatmen.

So eine dämliche Frage.

»Was ich dabei empfinde? Es ist jetzt eine Woche vergangen, seit wir hierhergekommen sind. Zwei Wochen, seit ich Min-hos Hand gehalten habe und dachte, er würde sterben. Seitdem hat sich alles verändert.«

»Und was meinen Sie genau, wenn Sie *alles* sagen?«

Lautlos lachte ich auf. Die ausdruckslose Miene und ihre stechenden Augen machten es nicht gerade leicht, zu erkennen, ob sie diese Frage ernst meinte. Schließlich hatte sich alles verändert. Das wusste sie, das wusste ich und obendrein wusste es auch ganz Korea. Immerhin war es wochenlang in den Nachrichten gewesen.

Hwang Min-ho (27), Mitglied der berühmten K-Pop-Band KT6, hat einen heftigen Autounfall mit nur leichten Verletzungen überlebt.

> Nach Angaben der Polizei prallte ein Auto frontal in den stehenden Wagen des Idols, der zu diesem Zeitpunkt auf dem Seitenstreifen parkte. Der Unfall ereignete sich direkt nach dem Konzert der Band KT6, welches nach Ende des Auftritts aufgrund einer bestehenden Morddrohung von der Polizei geräumt wurde. Die Polizei untersucht einen möglichen Zusammenhang. Bisher gab es kein öffentliches Statement des Idols oder seines Entertainments.

Sofort schossen mir die Bilder in den Kopf, die ich seitdem zu verdrängen versuchte. Na super. Danke dafür, Miss Kang.

»Min-ho … Ich … Wir …« Ich brach ab und schloss die Augen.

»Können Sie das genauer erklären? Dieses *alles*?«, hakte sie noch mal nach. Keine Gnade.

Nein, dachte ich, doch sprach es nicht aus. Die Erinnerungen waren beängstigend, wenn ich sie einmal zuließ.

Weil ich dann die Scheinwerfer sah, die auf uns zurasten.

Weil ich dann Min-ho bewusstlos auf dieser Trage sah.

Weil ich dann nur noch daran denken konnte, dass ich mich nur ein paar Sekunden früher hätte umdrehen müssen. Vielleicht hätten wir es dann aus dem Auto geschafft, bevor …

»Miss Harper?«

Ich schreckte aus meinen Gedanken hoch, schüttelte die Erinnerungen ab und zwang mich zu lächeln.

»Entschuldigung«, sagte ich leise und blickte wieder nach draußen. Statt auf Hochhäuser, die in den Wolken verschwanden, blickte ich hier auf endlose Berge, und das war wenigstens eine Sache, die mich in diesen Gesprächen beruhigen konnte.

Das Entertainment hatte es zwar nicht so gesagt, aber der Ortswechsel und die Ruhe sollten uns dabei helfen, die Vorkommnisse zu verarbeiten, und uns aus der Hauptstadt rausholen, bis sich die Dinge wieder beruhigt hatten.

Mir kam jedoch viel zu oft der Gedanke, dass man Min-ho und mich in diesem Zustand vielleicht genauso sehr schützen wie auch verstecken wollte.

»Die Zeit ist gleich um«, erinnerte sie mich. Diese Gespräche mit ihr waren aufwühlend, heilend, und doch brachten sie mich zur Verzweiflung. Weil sie nachfragte, wenn ich zumachte. Weil sie zuhörte, selbst wenn ich schwieg.

Und ganz ehrlich? Ich hatte viel zu viele Baustellen, um diese Gespräche nicht wahrzunehmen. Min-ho und ich wollten an uns arbeiten, und genauso fühlten sich diese Gespräche an: nach Arbeit. Ich wusste, dass sie in erster Linie sicherstellen wollte, dass es uns besser ging. Und doch drehten sich unsere Gespräche zum Schluss immer darum, dass wir uns hier in diesem Haus allem stellen sollten, um schnellstmöglich zurückzukommen. Zurück nach Seoul, zurück in die Öffentlichkeit und Min-ho zurück auf die Bühne.

»Es fühlt sich an, als würde uns die Vergangenheit einholen und die Zukunft erdrücken. Für die Gegenwart bleibt kaum Platz.«

Meine Stimme zitterte leicht, als ich das sagte. Als wäre es ein Eingeständnis, das nun, wo ich es ausgesprochen hatte, nicht mehr zurückzuholen war. Schnell ballte ich meine Hände zu Fäusten, um meine zitternden Finger zu verbergen. »Wir wollen das so sehr zusammen hinkriegen. Wir versuchen es wirklich. Es ist beinahe lächerlich, wie sehr ich mir ein Happy End für uns wünsche.«

Der Kugelschreiber kratzte über das Papier, als Miss Kang etwas aufschrieb, und ich versuchte unauffällig auf ihren Block zu schauen, doch es war sowieso auf Koreanisch.

»Daran ist nichts lächerlich, wenn es Sie beschäftigt«, versicherte sie mir ernst. »Sprechen Sie beide denn über die Zukunft? Wie es weitergehen soll?« Ihre Augen verengten sich etwas bei ihrer Frage.

»Nicht im Detail. Irgendwie vermeiden wir es. Vielleicht, weil wir beide wissen, wie unrealistisch das ist.« Wow, die Verbitterung in meiner Stimme erschrak selbst mich, als ich es laut aussprach.

»Vielleicht sollten Sie das«, sagte Miss Kang nur
und lehnte sich etwas im schwarzen Ledersessel zurück.

Der Ausdruck auf ihrem Gesicht verriet mir, dass das nicht die Antwort war, die sie hören wollte. Konnte man bei Therapiestunden eine falsche Antwort geben? Denn ich fühlte mich so, als wäre ich durchgefallen. Sie wollte sicherlich wissen, wie schnell alles wieder zum Normalzustand zurückkehrte, damit die Welttour wie geplant stattfinden konnte. Aber diese Entscheidung konnte nur Min-ho für sich treffen.

»Wir reden nicht viel über die Zukunft, weil wir beide mit unserem Kopf noch in der Vergangenheit stecken. Oder vielmehr zurückgeworfen wurden«, versuchte ich es erneut.

»Sie sprechen über Chris.«

Ding! Ding! Ding! Volltreffer.

Bei der Erwähnung seines Namens presste ich die Lippen aufeinander. An ihn zu denken, tat immer weh. Immer. Und doch konnte ich es einfach nicht lassen. Was sagte das über mich aus? Warum konnte ich das alles nicht einfach vergessen?

»Sie verdrängen Ihre Vergangenheit, deswegen kommen Sie nicht voran. Es würde sicherlich helfen, wenn Sie …«

»Morgen beginnen die Onlinekurse, für die ich mich eingeschrieben habe«, unterbrach ich sie. Ihr schmales Lächeln sagte mir wieder deutlich: Durchgefallen, Aria.

»Etwas mehr Struktur wird Ihnen guttun.« *Nachdem Sie Ihnen so entrissen wurde,* sagte ihr mitfühlender Blick.

Ein Weg, um irgendwie mit allem klarzukommen, war es, mich für Onlinekurse einzutragen. Koreanisch und Fotografie an der Universität in Seoul. Alles online, alles auf Anfang. Ein kleiner Versuch, mein Leben wieder in die richtige Bahn zu lenken. So wie Min-ho, wenn er im Studio stundenlang an Songs arbeitete und die Zeit vergaß.

»Das ist doch zukunftsorientiert, oder?« Mein lockerer Tonfall war absolut unangebracht, doch ich konnte nicht anders.

»Unterstützt Mister Hwang Sie in ihrem Vorhaben?«

»Natürlich«, sagte ich sofort. »Er ist nicht wie … Es war seine Idee. Das mit dem Fotografieren, meine ich. Weil er weiß, wie viel es mir einmal bedeutet hat, bevor … Bevor Chris es mir verboten hat. Gestern hat er mir sogar eine neue Kamera geschenkt. Es fällt mir noch schwer, über die Details zu sprechen, aber er weiß … genug.«

Und dank Chris' Drohung wusste jetzt auch das Entertainment mehr als genug. Schließlich hatten sie herausgefunden, dass seine Drohungen nichts als leere Versprechungen waren.

»Das freut mich für Sie«, sagte Miss Kang und es klang absolut unaufrichtig. »Unsere Zeit ist jetzt um.« Ihre Worte unterstrich sie wie immer damit, dass sie ihren Block zuklappte. »Haben Sie die Papiere unterschrieben?«

Ihr eindringlicher Blick nahm mir kurz die Luft.

Die Papiere. Die Verschwiegenheitserklärung, die mich Wook Jong unterschreiben ließ, war ein weiterer Punkt, über den Min-ho und ich lange gesprochen hatten. Egal, was für Argumente er dagegen anführte, egal, wie wütend er deswegen war, es führte kein Weg daran vorbei. Wenn es half, die Situation etwas zu beruhigen und Min-ho noch etwas länger eine Pause zu verschaffen, dann war ich mehr als bereit dazu.

Damit war alles, was den Unfall betraf, unter Verschluss. Sämtliche Angelegenheiten, die das Entertainment und die Band betrafen, fielen ebenfalls unter die Schweigepflicht.

Ich konnte es irgendwie verstehen. Min-ho dafür umso weniger.

Mit langsamen Schritten lief ich hinüber zum großen Schreibtisch, der vor dem Panoramafenster stand. Die Erleichterung, die über ihr Gesicht huschte, war deutlich.

»Ich habe Sie beide als starke Persönlichkeiten wahrgenommen. Natürlich haben Sie viel durchgemacht. Aber Sie müssen einen Weg finden, miteinander zu kommunizieren. Denken Sie bitte daran, dass jede Auszeit mal ein Ende hat. Ein Problem kann nicht gelöst werden, wenn es ignoriert wird. Denn irgendwann wird es so groß, dass es nicht mehr zu übersehen ist. Die Zukunft lässt sich nicht aufschieben. Es wäre schön, wenn man vorbereitet hineingehen könnte.«

Ob sie damit jetzt Min-ho und mich meinte oder das Entertainment, wusste ich nicht, aber es war mir sowieso egal.

Ich seufzte einmal. »Wie aufmunternd.«

»Das ist nur die Wahrheit, die muss nicht aufmunternd sein.«

Ihre Worte blieben bei mir, selbst als sie den Raum verließ.

5

Min-ho

Es war ein merkwürdiges Gefühl, mich ungestört auf dem Grundstück zu bewegen. Barfuß lief ich über die breite Wiese vor dem Haus hinunter zum See und spürte das taufrische Gras an meinen Füßen. Die Luft war angenehm warm, der Sommer war langsam gekommen und im Gegensatz zu Seoul fühlte es sich hier nicht so an, als würde ich eine Schicht Feinstaub mit einatmen. Es war ungewohnt … Doch ich liebte es. Die Freiheit, einfach herumzulaufen und selbst zu entscheiden, was ich machen wollte. Ich liebte es, dass Aria jeden Tag an meiner Seite war, ohne dass ich Angst haben musste, uns würde jemand sehen.

Einen ruhigen Morgen nach dem anderen, an dem sie das Erste war, das ich sah.

Nächte, die sie in meinen Armen lag und mir versprach, dass alles gut werden würde. Eng umschlungen, Herzschlag an Herzschlag, kein Zentimeter zwischen uns.

Natürlich war mir bewusst, dass wir uns hier in einer Seifenblase befanden. Aber momentan war es genau, was ich brauchte. Freiheit und Luft zum Atmen.

Mir Zeit für mich zu nehmen, ohne hundert Termine abzusagen. Tatsächlich war mir hier bewusst geworden, dass ich nicht gut darin war, mich einfach auszuruhen. Wirklich nichts zu machen. Und weil mein Terminkalender komplett leer war, füllte ich ihn mit eigenen Dingen auf, um mich weniger verrückt zu machen. Freizeit war etwas, das mir viel zu lange fremd gewesen war. Eigentlich hatte ich mich davon verabschiedet, als ich als Trainee bei SYE angefangen hatte. Lange Nächte des Zockens wurden von Proben bis zum Morgengrauen abgelöst. Jetzt, wo ich genügend Abstand hatte, fiel mir auf, wie lange andere über mein Leben bestimmt hatten. Ein Leben, das eigentlich gar nicht wirklich mir gehört hatte. Es fiel mir schwer, es loszulassen. Manchmal wachte ich morgens auf und war schockiert, dass ich mehr als vier Stunden geschlafen hatte. Wenn ich mein Frühstück aß, dachte ich an die kleine Cafeteria des Entertainments. An eine Banane zum Frühstück, eine Süßkartoffel mit Ei zum Mittag und einen Proteinshake am Abend. An strenge Diätpläne, festgelegte Schlafenszeiten und Vorschriften, die von meiner Frisur bis zu meinem Outfit reichten. Unser Leben wurde von Menschen kontrolliert, für die wir nicht mehr waren als ein Name auf dem Papier und eine ganze Menge Geld. Kreativität und Leidenschaft rutschten immer weiter in den Hintergrund, bis es nur noch auf die Leistung ankam. Wie schnell man die Tanzschritte beherrschte, wie gut man im Sprachunterricht abschnitt, wie hoch dein Fett- und Muskelanteil war und wie viele Töne man bei den Gesangsstunden traf. *Du musst funktionieren* war lange ein Mantra, das ich mir jeden Morgen sagen musste.

Du musst funktionieren. Für dich, für deinen Traum.

Stets ein gezwungenes Lächeln auf den Lippen und ein Pokerface, sobald ich in der Öffentlichkeit war. Egal, wie kaputt ich mich fühlte. Wie ich das so lange ausgehalten hatte, war mir ein Rätsel. Obwohl, eigentlich wusste ich genau, wie ich es ausgehalten hatte. Erstens hatte ich keine Wahl und zweitens war ich nicht alleine. Nach meiner veranlassten Auszeit Anfang des Jahres und dem ganzen Drama wünschte ich mir nichts sehnlicher, als einfach wieder zu sechst Musik zu machen. Das Konzert vor einigen Wochen hatte mir deutlich vor Augen geführt, dass es genau das war, was ich wollte. Lange hatte ich geglaubt, es nicht mehr genießen zu können. Jetzt wusste ich, dass ich nicht vor der Bühne geflohen war – ich war vor den Erwartungen an mich und der Scheinwelt der Branche geflohen.

Sobald ich anfing, meine Gedanken aufs Papier zu bringen und Songtexte zu schreiben, hatte ich es vor Augen. Es war, als würden sämtliche Worte aus mir heraussprudeln, die ich so lange unterdrückt hatte.

Aus Angst, dass sie nicht genug waren. Nicht reichten.

Oder vielleicht auch aus Angst, dass sie zu viel waren.

Vor allem, weil ich wusste, was mir das Entertainment sagen würde, sobald sie einen Blick auf die Lyrics warfen.

Zu emotional, zu traurig, zu ehrlich. Sei fröhlicher.

Es war, als hätte ich die Stimmen der Produzenten und Berater direkt im Ohr, sobald ich den Stift ansetzte.

Doch das spielte jetzt keine Rolle mehr. Jong-ssi hatte mir grünes Licht für meine Kreativität gegeben. Wahrscheinlich freute er sich, dass ich überhaupt etwas auf die Beine stellte, während ich hier war. Ich begann nur für mich zu schreiben und fand etwas wieder, von dem ich lange glaubte, es verloren zu haben: meine Liebe zur Musik. Meine Liebe für Worte, die wehtaten und doch alles zusammensetzten.

Die Vertrautheit der Routine im Studio. Die bunten Tasten des MIDI Controllers. Der gleichmäßige Ton des Metronoms, der dafür sorgte, dass ich im Takt blieb. Das Arrangieren der Beats, Vocals und Adlibs.

Sobald ich die Kopfhörer aufsetzte, die Außenwelt ausblendete und unbeschwert drauflossang, war alles andere etwas weniger schwer.

Diese Kreativität hatte mir gefehlt. Ich liebte alles an diesem Prozess. Vom Songwriting bis hin zum Zusammensetzen der Lyrics und Melodien.

Wir waren jetzt gerade mal drei Wochen hier und ich hatte an mehr Songs geschrieben als sonst in einem ganzen Jahr. Vielleicht, weil meine Gedanken nur dann eine Pause machten. Möglich, dass mein Kopf sonst explodierte, wenn ich ihn nicht ab und zu durch das Aufschreiben beruhigte. Bis jetzt warteten vier Songs auf meinem Laptop darauf, dass ich weiter an ihnen arbeitete. Unzählige Arrangements, einzelne Verses und Töne waren in der Warteschlange.

Nach einer Woche vollkommener Ruhe, in der die Tage nur so vorbeizogen, hielten wir es beide nicht mehr aus. Aria tickte da ähnlich wie ich. Ohne etwas Produktivität drehte sie genauso durch. Deswegen setzte ich mir jeden Tag eine festgelegte Studiozeit, in der ich meist mein Notizheft oder den Bildschirm anstarrte. In der Hoffnung, die Ideen und Worte würden irgendwie wie von selbst erscheinen.

In der Zeit hier mussten wir uns um nichts sorgen. Um nichts außer um uns selbst. Und das war irgendwie schwieriger als alles andere.

Das Entertainment hatte dafür gesorgt, dass wir alles, was wir brauchten, irgendwo im Haus vorfanden. Die Kühlschränke waren prall gefüllt, die Vorratskammer platzte beinahe, es gab ein kleines Studio mit meinem Equipment und einen wunderschönen Flügel, der direkt vor einem Panoramafenster stand, an dem ich manchmal die Zeit vergaß. Einen Raum, der praktisch nur aus einer großen Sofalandschaft und einem Fernseher bestand. Genügend Spiele, Puzzle, sogar Leinwände hatte man besorgt, die Aria und ich nach einem Bob-Ross-Video auf YouTube sogar schon bemalt hatten. Insgesamt fühlte es sich etwas gezwungen an, so als müssten wir den maximalen Spaß und die maximale Erholung aus dieser Zeit herausholen, bevor es damit vorbei war. Denn sobald ich auf Tour ging …

Daran wollte ich nicht denken. Die Pläne diesbezüglich schienen mir so utopisch, dass ich einfach nicht den Kopf hatte, mir darüber Gedanken zu machen. Nicht, wenn ich so viele andere Gründe hatte, um nachts wach zu liegen, bis mir die Augen zufielen, nur um dann schreiend aufzuwachen. Meine *Jetztprobleme* schlugen die *Irgendwannprobleme.*

Zwischen Aria und mir hatte sich seit dem Unfall etwas verändert. Noch nie hatte ich jemanden so nah an mich herangelassen und noch nie hatte ich etwas weniger bereut, als ihr damals beim Flughafen diesen Deal vorgeschlagen zu haben.

Ich brauchte sie. Ohne sie war ich nicht mehr vollständig, auch wenn das ein absolutes Klischee war. Und ich wusste, dass sie mich ebenso sehr brauchte. Wir klammerten uns aneinander, als die Welt für uns unterging. Und innerhalb kürzester Zeit wusste sie mehr über mich als sonst jemand in meinem Leben. Sie wusste so viel über mich und blieb trotzdem. Und mit jedem kleinen Detail, das ich über sie erfuhr, liebte ich sie mehr.

Zusammen schafften wir innerhalb einer Woche schon so viele Erinnerungen, dass es mir komplett surreal vorkam, wie kurz wir uns doch eigentlich erst kannten. Die Zeit verflog und gleichzeitig schien sie stillzustehen. Mit dem Gespräch, was die Zukunft anging … Damit warteten wir. Wir hatten uns schnell daran gewöhnt, dieses Thema zu umgehen. Wie ein Schwert, das bedrohlich über uns schwebte. Wie ein Ablaufdatum, dem man eigentlich nicht entkommen konnte, und doch ignorierten wir es. In dem Wissen, dass es das eigentlich noch schlimmer machte. Hyun-su hätte jetzt gesagt, dass man sich eben an alles gewöhnen konnte. Doch ich hatte weder ihn noch den Rest der Band gesehen, seit wir hier waren.

Ich vermisste die Jungs. Das süffisante Grinsen von Hyun-su, wenn er einen Witz erzählte, den nur er lustig fand. Oder seine Worte, die mir mehr als einmal den Arsch gerettet hatten, wenn ich mal wieder mit dem Kopf woanders war. Ich vermisste Woosung und seinen Perfektionismus, der mich immer motivierte, nach mehr zu streben. Die Leichtigkeit von Ho-jung und seine positive Art, die mich sofort ansteckte. Jae-eons Essen, seine Tollpatschigkeit und wie er laut unter der Dusche zu Drake rappte. Selbst Yunho und seine trockenen Kommentare vermisste ich.

Jedes Mal, wenn ich in das kleine Studio trat, dachte ich an ihre Gesichter und hätte sie am liebsten hergeholt, damit sie ebenfalls etwas Ruhe bekamen. Obwohl … Es dauerte sicherlich nicht mehr lange, bis wir zurück in die Realität mussten.

»Heute Abend«, hörte ich Aria in meiner Erinnerung sagen. Der Gedanke an dieses Gespräch bereitete mir eine höllische Angst. Ich versuchte mir einzureden, dass ich die Macht über meine Gedanken besaß. Sie kontrollieren konnte. Aber die fiesen kleinen Stimmen in meinem Kopf lachten darüber nur höhnisch.

So wie jetzt, wenn ich vor meinem Notizheft saß und versuchte, wenigstens etwas Kreatives aus dieser Laune herauszuholen, und es einfach nicht klappte.

Mir geht's gut.

Ich sagte es einfach so oft, bis es wahr wurde.

So funktionierte das doch, oder?

Mir geht es gut. Mir geht es gut. Mir geht es gut.

Seiten um Seiten füllte ich mein schwarzes Notizheft mit den gleichen Sätzen. Worte, die so leise, zerbrechlich und gleichzeitig ohrenbetäubend laut waren.

Mit zitternden Händen schrieb ich die Seiten mit Lügen voll. In der Hoffnung, dass sie irgendwann zu meiner Wahrheit werden würden.

Ich suchte nach Antworten in den Worten, die ich schrieb.

In den Gefühlen, die zwischen den Zeilen standen.

Ich suchte nach Antworten, aber alles, was ich fand, waren weitere Fragen.

***

Im Studio verlor ich manchmal das Zeitgefühl. Als würde die Zeit stillstehen, wenn ich durch die Tür trat und anfing zu arbeiten.

Die Worte begannen vor meinen Augen zu verschwimmen und erst da wurde mir bewusst, dass ich bereits seit vier Stunden hier saß. Mühsam holte ich Luft und rieb mir übers Gesicht. Als ich aufstand, taten meine Beine vom zu langen Sitzen weh und ich streckte mich einmal, ehe ich den Raum verließ. Mit langsamen Schritten lief ich in Richtung Wohnzimmer, wo Aria von ihrem Buch aufblickte und mich ansah.

Bei ihrem Anblick durchflutete mich ein Glücksgefühl. Das war schon seit unserer ersten Begegnung so gewesen und das würde sich nie ändern. *Hoffentlich,* fügte eine flehende Stimme in meinem Kopf hinzu. Ein Teil von mir konnte es kaum fassen, dass sie nach all dem immer noch an meiner Seite war.

»Stimmt etwas nicht?«, fragte sie besorgt und kam drei Schritte auf mich zu.

»Hab nur die Zeit vergessen«, antwortete ich und zwang mich zu lächeln. Eine müde Ausrede, die ich leider viel zu häufig nutzte. »Alles gut.«

Meine Antwort hatte sie nicht überzeugt, das tat sie nie. Schließlich wachte ich trotz einem »Mir geht's gut« jede Nacht schreiend auf, weil mich die Albträume nicht vergessen ließen, was ich zu verdrängen versuchte. Der Anblick von Arias besorgten Augen, wenn sie mich wieder einmal wachrütteln und beruhigen musste, tat beinahe genauso sehr weh. Wir redeten und redeten. Über meine Eltern, über meine Zweifel und Ängste. Ich erzählte ihr alles. Alles, bis auf die zwei Gedanken, die in meinem Kopf am lautesten hämmerten: *Meine Liebe zu dir hat dein Leben ruiniert. Und die Liebe meiner Eltern zu mir hat ihres frühzeitig beendet.* Natürlich reichte nur ein Blick von ihr und sie wusste, dass überhaupt nichts stimmte.

Doch das betraf nur mich selbst. Nicht sie, nicht uns.

Nur mich. *Denk an etwas Positives,* ermahnte ich mich.

Langsam kam sie näher, legte ihre Arme um meinen Nacken und umarmte mich fest. Eine winzige Geste, die mich jedoch vor dem Abgrund bewahrte.

»Wie war es beim Verhör?«, fragte ich nach einer Weile. Sanft verstärkte ich den Druck meiner Arme, die ich um ihre Taille geschlungen hatte. Nach und nach vertrieb ihre Wärme die Kälte, die meine Gedanken ausgelöst hatten.

»Ein Vergnügen«, schnaubte sie. »Wie immer.«

»Hast du die Papiere abgegeben?«

Aria nickte stumm. Die Tatsache, dass Jong-ssi auf eine Verschwiegenheitserklärung pochte, machte mich immer noch wütend. Er ließ uns nicht mal eine Sekunde aufatmen, sondern ließ gleich die nächste Welle auf uns niederstürzen. Natürlich wusste ich auch, dass ihm wahrscheinlich keine Wahl geblieben war. Sponsoren, Manager, die Presse. Er musste sich sicherlich vor vielen dafür rechtfertigen, uns überhaupt so eine Auszeit zu gewähren. Schließlich wurde deswegen eine Stadiontour um die Welt verschoben, bei der es vor allem um eins ging: Geld.

»Wollen wir raus an den See?«, murmelte Aria, den Kopf an meine Brust geschmiegt. Ich spürte das Vibrieren ihrer Worte bis in mein Herz.

Hand in Hand liefen wir über die Terrasse hinunter zum See, der direkt ans Haus angrenzte. Davor stand eine große Hollywoodschaukel, in der Aria und ich so gut wie jeden Tag saßen. Zusammen und doch machte jeder sein eigenes Ding.

»Wir sind wie zwei alte Rentner«, hatte ich erst gestern gescherzt.

Insgeheim war das meine Idealvorstellung vom Altsein. Während ich meist wild auf dem Papier an Songtexten rumkritzelte, war Aria in ihre Bücher vertieft. Wieder so ein Moment, der klein und leicht war. Und doch so bedeutend.

Meine Augen wanderten über das Wasser, das so klar war, dass man den Boden erkennen konnte. Das Frühlingswetter hatten wir hinter uns gelassen und der heiße Sommer hier in Korea war etwas, das ich überhaupt nicht leiden konnte.

Heute war es jedoch bewölkt, nur wenige Sonnenstrahlen kämpften sich durch die Wolken hindurch und sofort dachte ich an einen Satz, der perfekt in den Refrain eines Songs passte.

Augenblicklich holte ich mein Handy heraus und schrieb ihn auf, bevor ich ihn vergaß. Eine Lektion, die ich auf die harte Tour gelernt hatte.

Die Umgebung war atemberaubend. Malerisch. Beruhigend. Es faszinierte mich immer noch, dass solche Orte in Korea existierten. Jedes Mal, wenn die Leute über Korea sprachen, meinten sie zum Großteil die vollen Straßen und Wolkenkratzer direkt in Seoul oder das Meer in Busan. Dabei kam mir Chuncheon mit der beruhigenden Atmosphäre von Wäldern, Seen und Bergen wie ein Paradies vor.

Ich ließ mich auf der Hollywoodschaukel nieder und zog Aria mit einer fließenden Bewegung mit mir, bis ihr Rücken meine Brust berührte. Sofort entspannte ich mich etwas, während wir stillschweigend dort saßen.

Langsam strich ich mit meinen Fingern über ihre Arme. Ein zufriedenes Grinsen stahl sich auf mein Gesicht, weil sie auf meine Berührungen immer gleich reagierte. Gänsehaut, leises Seufzen, unregelmäßige Atmung. Genauso wie mein Herz einen Moment aus dem Takt geriet, sobald ich sie berührte.

»Dann schieß mal los«, bat ich sie und versuchte die unterdrückte Wut in meiner Stimme hinter einem Lächeln zu verbergen. Denn auch wenn ich die Gespräche mit Miss Kang sehr hilfreich fand, wusste ich, dass mögliche Inhalte unserer Gespräche es bis nach Seoul schafften. Inhalte, die meine Vertragsvereinbarungen betrafen und die bevorstehende Tour. Die Schlaflosigkeit und die Vorwürfe schürten eine Wut in mir, die ich auf alles projizierte, das mit dieser Branche zu tun hatte.

Ich hatte mit ihr über die Albträume gesprochen, weil ich wusste, dass es helfen würde. Auch darüber, wie sehr mich unser Unfall an den meiner Eltern erinnerte und dass ich seitdem wieder häufig an sie dachte. Und auch darüber, dass ich die Bühne vermisste. Dass ich die Band vermisste. Bis zu diesem Zeitpunkt wusste ich nicht, dass sich ein Herz so zerrissen und vollkommen zugleich anfühlen konnte. Auch etwas, das ich mit der Frau teilte, die bei meinem Entertainment angestellt war. Ich wusste, dass sie es verstehen wollte. Aber wie sollte ich etwas erklären, das ich selbst nicht ganz begriff?

6

Aria

In Min-hos Augen lag derselbe Ausdruck, der ihn schon seit dem Unfall nicht mehr verließ. Zwar gelang es ihm für eine Weile, etwas sanfter zu sich zu sein, doch das war nie von Dauer. Auch wenn er lächelte, verrieten seine Augen, dass er gerade einen Gedankenkampf verlor. Während wir auf der Hollywoodschaukel saßen, mein Rücken an seine Brust gelehnt, seine Arme um meine Taille geschlungen, erzählte ich ihm, was ich mit Miss Kang besprochen hatte. Aufmerksam hörte er zu und ließ seine Finger über meine Arme wandern. Beim Wort Zukunft stoppte er seine Berührungen abrupt und zuckte kaum merklich zusammen. Ich brachte fünf, sechs Zentimeter Abstand zwischen uns. Wir konnten das Thema nicht für immer umgehen.

Auch wenn ich am liebsten für immer in unserer kleinen Blase geblieben wäre. Zwar wollte ich es ungern zugeben, aber Miss Kang hatte in einer Sache recht: Probleme, die man ignorierte, gingen nicht weg, sondern wurden so groß, bis man ihnen einfach Beachtung schenken musste, weil für nichts anderes mehr Raum war.

Ich kratzte all meinen Mut zusammen und stellte ihm die Frage, die seit unserer Ankunft über uns zu schweben schien. »Was machen wir, Min-ho?«

Er lächelte gezwungen. »Ich dachte daran, gleich noch einen Film zu schauen und dann früh ins Bett zu gehen.«

»Du weißt, was ich meine.« Schweigend sah er mich an. Still, leise, flehend. Doch ich musste dieses Pflaster jetzt abreißen.

»Ich meine, was wir in Zukunft machen werden. Wie sieht unser Plan aus? Wie lange bleiben wir noch hier?«, ergänzte ich nach einer kurzen Ewigkeit, in der mein Herz mir bis zum Hals schlug.

Gab es überhaupt einen Plan für uns?

Oder nur einen für ihn und mich getrennt voneinander?

»Ich habe schon lange keinen Plan mehr. Ich will nicht darüber nachdenken«, erwiderte er nur. Ohne weiter darauf einzugehen, griffen seine Hände nach meinen, unsere Finger verschränkten sich. Sanft zog er mich die wenigen Zentimeter an sich, die ich zuvor von ihm weggerutscht war. Sein schiefes Lächeln war ansteckend und er wusste das besser, als ihm guttat. Fast hätte ich mich in diesem Lächeln verloren, doch stattdessen löste ich meine Hand aus seiner.

»Jetzt hör mir doch mal zu, ich versuche, ein ernstes Gespräch mit dir zu führen!«, sagte ich lauter. Der Versuch, sich nicht von seinen Berührungen ablenken zu lassen, funktionierte nur bedingt. Vielleicht, weil ich mich an das Gefühl klammerte, das er damit auslöste.

»Und ich versuche, dieses Gespräch um jeden Preis zu vermeiden.« Die plötzliche Kühle in seiner Stimme und das warme Braun seiner Augen bildeten den perfekten Kontrast.

So konnte das doch nicht weitergehen, warum sah er das nicht?

»Warum?«, wollte ich wissen und gleichzeitig hatte ich Angst vor seiner Antwort.

»Weil es dann real wird. Es geht nicht, okay?« Jetzt war seine Stimme nicht mehr kühl, jetzt sorgte sie für kleine Erdbeben in meinem Kopf, so sehr überschlug sie sich.

»Wir haben uns versprochen, über alles zu sprechen.«

»Ich versuche es.«

Einen Moment herrschte Stille. Mein Blick schrie laut *Lüge, Lüge, Lüge* und er schloss einfach die Augen, um es nicht zu sehen.

»Stimmt. Ich habe es nicht versucht. Nicht wirklich«, seufzte er schließlich. »Es tut mir leid.«

Für die Dauer eines Herzschlages verriet sein Gesicht, was er fühlte. Trauer, Wut und Verzweiflung tanzten in seinen Augen. So schnell, dass man es kaum erkannte.

Doch ich sah es. Mittlerweile konnte ich gut einschätzen, wann er mir etwas vormachte und wann mehr hinter seinen Worten steckte, als er zunächst zugeben wollte.

In dieser kurzen Zeit, die wir zusammen verbracht hatten, hatten wir uns schneller kennengelernt, als es vielleicht normal gewesen wäre. Ohne ihn und unsere Gespräche wäre ich vermutlich durchgedreht. Er gab mir Freiraum, wenn ich ihn brauchte, und er wusste genau, wann er ihn durchbrechen musste, wenn es zu viel für mich wurde und ich in meiner Kopfwelt unterzugehen drohte.

Jetzt schloss Min-ho die Augen, atmete tief durch und ich sah, wie er mit sich selbst rang. Zögernd legte ich ihm eine Hand an die Wange, was ihn kurz aufblicken ließ.

»Wenn ich darüber nachdenke, dann wird mir nur bewusst, wie es hätte sein können. Dann wird mir klar, wie es jetzt gerade ist und dass ich der Grund dafür bin. Meine Anwesenheit hat dich in Gefahr gebracht. Ich weiß nicht, wie ich ...«, er brach ab und holte scharf Luft. »Ich kann dich nicht beschützen und ich kann dich nicht retten. Auch wenn ich alles dafür geben würde.«

Jedes Wort war wie ein Stich ins Herz. Bohrte sich hinein, zerriss es ganz langsam. Stück für Stück, Faser um Faser, Wort für Wort. Und dann schwamm ich in den Tränen, die jetzt in seinen Augen waren, davon.

»Min-ho«, sagte ich mit leiser Stimme. »Es ist okay.«

Es tat weh, dass ich genau wusste, was er meinte. Ich fühlte mich genauso. Hilflos. Zwischen zu vielen Gefühlen und Leere. Wir kämpften zwar nicht mit den gleichen Gedanken, aber mit dem gleichen Gefühl, das diese auslösten.

Er suchte nach Halt und wie so oft war ich mir nicht sicher, ob er ihn fand oder ob diese Suche ins Nichts führte.

»Ich weiß nicht, wie ich damit leben soll«, gestand er schließlich und der Schmerz in seinen Augen tat so weh, dass ich die Luft anhielt.

»Du musst mich nicht retten. Du musst nur bei mir sein, während ich mich selbst rette. Und das Gleiche gilt für dich. Wir werden das überstehen. Ganz sicher. Auch wenn wir zurück nach Seoul gehen.« Meine Worte kamen zittrig und leise über meine Lippen, beinahe flehend. Und ganz sicher so, als wollte ich nicht nur ihn überzeugen, sondern auch mich selbst.

Dabei wollte ich einfach nur, dass er aufhörte, sich so zu quälen. Sein schmerzverzerrter Gesichtsausdruck tat mehr weh als jedes Wort. Ohne darüber nachzudenken, umarmte ich ihn und spürte, wie er seine starken Arme um mich legte und mich noch näher zog. Fest, und doch sanft. Kurzschlussumarmungen waren von Beginn an irgendwie unser Ding geworden. Sofort hüllten mich seine Wärme und sein Duft ein. Wir blieben noch eine Weile so sitzen. Die Wolken zogen vorbei, der Himmel färbte sich rosa und wurde dann mit jeder Minute dunkler.

»Do-yoon wollte damals, dass ich verspreche, mich nicht in dich zu verlieben«, brach Min-ho das Schweigen und in seiner Stimme klang wieder ein leichtes Schmunzeln mit.

Ich lachte lautlos auf. Natürlich hatte Do-yoon das verlangt. Er war mehr um Min-hos Sicherheit besorgt als um seine eigene. Das hatte ich in den letzten Wochen gelernt. Ich war nicht die Einzige, die Min-hos Hand im Krankenhaus gehalten hatte. Auch Do-yoon war ihm keine Sekunde von der Seite gewichen. Es fühlte sich beinahe so an, als hätten wir seitdem still und heimlich einen Pakt geschlossen. Ein Friedensangebot. Solche Zeiten schweißten einen irgendwie zusammen. In Do-yoons Augen lag der gleiche Schmerz, den ich fühlte. Ein Schmerz, der mich sicher sein ließ, dass Min-ho mehr für ihn war als nur ein Job. Seit diesem Moment war es zwischen uns anders gewesen. Außerdem hatte ich den Bodyguard, der so kühl und distanziert wirkte, aber eigentlich einen weichen Kern hatte, mit der Zeit in mein Herz geschlossen. Mit seiner trockenen, pragmatischen Art und seinem unpassenden Sinn für Humor. Er und Ji-woon hätten sich super verstanden. Schnell verdrängte ich den Gedanken an Ji-woon und das Café, in das ich vor dem Ganzen immer gegangen war. Im Augenwinkel sah ich, wie einer der Sicherheitsleute energisch in ein Handy sprach und die Auffahrt hinunterlief. Unter den zahlreichen Wachleuchten, die uns hier herbegleitet hatten, war Do-yoon der Einzige, dem ich vertraute. Wirklich vertraute.

Ich legte den Kopf leicht in den Nacken, sah zu Min-ho hoch und in sein Lächeln, das seine Grübchen hervortreten ließ.

»Du hast es ihm versprochen, ja?«, grinste ich.

»Nein. Das konnte ich nicht. Ich wusste schon, als ich dich am nächsten Morgen abgesetzt hatte, dass du mir nicht mehr aus dem Kopf gehen würdest. Eigentlich wusste ich es schon in dem Moment, als du mich am Flughafen angeschrien hast.«

Augenblicklich hatte ich die Szene wieder vor Augen.

Die Art, wie er mich angesehen hatte.

Eindringlich und warm, und trotz allem waren seine Augen voller Fragezeichen gewesen. Niemals würde ich vergessen, wie er mir in dem Moment, als meine Welt in Scherben lag, wieder Hoffnung schenkte. Er glaubte so sehr an mich, dass ich endlich lernte, es ebenfalls zu tun. Wenn ich das Gleiche doch nur für ihn tun könnte ...

»Ich hab mir damals fest vorgenommen, dass wir nur Freunde werden können. Nicht mehr«, gab ich lachend zurück.

Min-hos Grinsen wurde breiter, als er seine Finger an meinem Rücken auf und ab wandern ließ. Sanft, gedankenverloren und leicht. Ein Teil von mir wünschte sich, dass er sie noch tiefer wandern ließ. Doch das tat er nicht und dem Grinsen in seinem Gesicht nach zu urteilen, war er sich durchaus bewusst, was er für ein Gefühlschaos in mir auslöste. Dem stockenden Atem und der plötzlichen Dunkelheit in seinen Augen nach genoss er es genauso sehr wie ich. Selbst durch den Stoff meines Pullovers spürte ich die Hitze, die seine Fingerspitzen hinterließen.

»Freunde. Das sind wir auf jeden Fall«, raunte er an meinen Hals. Auf seine Worte folgten seine Lippen, die hauchzart einen Kuss an meine Haut drückten und mich seufzen ließen.

»Ich war einfach fest davon überzeugt, dass ich erst mal alleine sein muss. Um herauszufinden, wer ich bin. Aber ich war nie mehr ich selbst, als wenn ich mit dir zusammen war«, gestand ich ihm. »Und ich war noch nie so glücklich.«

Damals wusste ich noch nicht, wie es sich anfühlte, so geliebt zu werden.

Eine Liebe, die dir dabei half, an dich zu glauben. Zu dir selbst zu finden. Min-ho war da, wenn ich ihn brauchte, aber er ließ mir auch meinen Freiraum. Es gab ein *Wir*, aber es gab auch ein *Du* und *Ich*. Jeder für sich, trotzdem zusammen. Und in dieser lauten, dunklen Welt, die sich manchmal etwas zu schwer für uns anfühlte, war es glaube ich das, was wir alle am meisten brauchten. Jemanden, der unsere Hand hielt, wenn wir uns auf dem Weg zu uns selbst verloren. Jemanden, der an unserer Seite war, während wir alles andere herausfinden würden. Jemanden, der an uns glaubte, wenn wir es selbst nicht konnten.

»Aria.« Wenn er meinen Namen so sagte, hatte es etwas an sich, das mein Herz schneller klopfen ließ. Der tiefe Ton, sein weicher Akzent im Kontrast dazu und die Art, wie er jeden Buchstaben sorgfältig aussprach, als wäre mein Name das Kostbarste auf der Welt. »Darf ich dich um etwas bitten?« Eine Frage, die von diesem Blick begleitet wurde, dem ich sowieso nichts abschlagen konnte.

Ein zufriedenes, aber schmales Lächeln umspielte seine Lippen, als ich nickte und antwortete: »Alles.«

»Wenn das hier vorbei ist, wünsche ich mir nichts sehnlicher als ein Leben mit dir. Ein langweiliges, ruhiges, normales Leben«, er atmete einmal tief ein, bevor er weitersprach.

»Das kann ich dir aber nicht bieten. Noch nicht zumindest. Falls es dir jemals zu viel wird, falls ich dich nicht mehr glücklich machen sollte, dann stell dein eigenes Glück nicht hinter das, was wir haben. Bitte entscheide dich für dich. Und ich verspreche dir, wir bekommen das irgendwie hin.«

Natürlich wusste er, dass ich seit der ganzen Öffentlichkeit und seit ich meinen Job verloren hatte an mir selbst zweifelte. Das Gefühl hatte, mich selbst ein bisschen verloren zu haben. Zwischen der Vergangenheit und der Zukunft. Er wusste wahrscheinlich besser, als ihm guttat, dass ich damit kämpfte, auf ihn angewiesen zu sein. Nicht, dass er mir jemals das Gefühl gab. Und dennoch war es etwas, weswegen ich nachts oft nicht einschlafen konnte. Eigentlich war es unfair, doch ich verglich meine Gefühle von heute mit denen von damals. Obwohl es vollkommen absurd war. Dabei war es nur ein Name, der mich ständig wieder einholte, egal, wie sehr ich ihn zu ignorieren versuchte.

Chris.

Seit seinem Anruf und seinen Drohungen hatte ich nichts mehr von ihm gehört. Das Entertainment hatte herausgefunden, dass er niemals Flugtickets gebucht hatte. Wie auch immer sie das gemacht hatten, es war mir egal. Anscheinend wollte er mir nur Angst machen und war damit erfolgreich gewesen. Sicherlich dachte er, dass das ausreichen würde, damit ich zu ihm zurückkam.

Mich wegstoßen, mir Angst machen, mich zu sich ziehen.

Ein Kreislauf, der früher gut funktioniert hatte.

Er war wie die Wellen eines Ozeans, die dich zuerst wegstießen und dann zu sich holten. Dich immer weiter runterzogen, bis du am Ertrinken warst, weil du es zu spät bemerkt hast.

Aber Min-ho …

Er war wie die Sonne. Wärmte mich, meine Haut, mein Herz. Mit Glück und Hoffnung und allem, was ich mir niemals zugetraut hatte. Statt mich in den Abgrund zu ziehen, ließ er mich wieder aufstehen. Dabei ließ er mich meinen Weg gehen, unterstützte mich, egal, wie unterschiedlich unsere Meinungen auch waren. Das war der große Unterschied.

An seiner Seite war es diesmal ich, vor der ich Angst hatte.

Würde ich wieder in alte Muster verfallen und mich selbst vergessen? Gerade jetzt, wo ich nicht mehr dieselbe Unabhängigkeit besaß wie noch vor wenigen Wochen?

Min-ho und ich hatten nächtelang wach gelegen und darüber gesprochen, dass ich mich nicht mehr so fühlen wollte. Pläne über Pläne, die nichts als entfernte Möglichkeiten blieben. Das Wort *irgendwann* ganz laut hinter jedem Gedanken, den wir in die Tat umsetzen wollten.

Diesmal fühlten sich seine Worte jedoch nach mehr an. Besonders, bedeutend. In ihnen lag so viel Verletzlichkeit, dass es mir eine Heidenangst bereitete.

Ich erinnerte mich noch gut daran, wie er schon einmal eine ähnliche Bitte an mich gerichtet hatte. Und damals wie heute war meine Antwort dieselbe.

»Ich verspreche es«, sagte ich und meinte es so. Auch wenn ich mir niemals vorstellen konnte, dass der Tag jemals kommen würde. »Aber nur, wenn du mir auch etwas versprichst.«

Er nickte.

»Bitte rede mit mir. Wenn dir alles zu viel wird, wenn du das Gefühl hast, dass dir alles über den Kopf wächst. Oder wenn du das Gefühl hast, nicht du selbst zu sein. Bitte komm zu mir, wenn du dich in deinen Gedanken verlierst.«

In seinem Blick erkannte ich tausend Sorgen, die mich schmerzhaft daran erinnerten, wie viele Zweifel und Ängste er ebenfalls mit sich trug.

»Versprochen.«

Wir hakten unsere kleinen Finger ineinander, wie wir es schon zuvor gemacht hatten, und ließen die Worte eine Sekunde wirken.

Es war ein Versprechen, das uns noch lange begleiten würde.

»Ich habe Angst, dass sich alles ändert, wenn wir zurück nach Seoul fahren. Wenn wir mit den Folgen konfrontiert werden. Mit den Konsequenzen. Wenn wir diese Blase hier verlassen. Ich will nicht dafür verantwortlich sein, dass du dich wieder so fühlst.«

»Was meinst du?«, fragte ich. Plötzlich wendete er den Blick ab und schaute aufs Wasser hinaus. Das Licht der untergehenden Sonne fiel auf sein Gesicht und ließ ihn wunderschön aussehen, auch wenn seine nächsten Worte wehtaten.

»Eingesperrt. Ich will nicht, dass du dich noch mal so fühlst. Aber die Öffentlichkeit … sie fühlt sich manchmal genauso an. Und wenn wir nach Seoul zurückkommen, weiß ich nicht …«

»Aber ich fühle mich nicht so, als wäre ich eingesperrt. Ganz im Gegenteil«, unterbrach ich ihn.

»Nur weil du dich frei fühlst und lächelst, heißt das nicht, dass du nicht eingesperrt bist. Die Art des Käfigs hat sich nur geändert. Es bedeutet nur, dass du nicht mehr alleine, sondern mit mir zusammen darin steckst. Du bist aus deinem Käfig raus und in meinen rein. Und ich weiß nicht, ob es das besser oder schlimmer macht.« Mein Herz zog sich schmerzhaft zusammen, als Min-ho sich wieder zu mir drehte. Mit diesem eindringlichen, traurigen Blick.

»Solange wir zusammen sind …«, begann ich.

»Es wird immer so sein. Ich werde dir kein normales Leben bieten können. Du hast so viel mehr verdient als das«, fuhr er vollkommen ruhig fort. So ruhig, dass es mir Angst einjagte.

»Hör auf, so zu reden. Mit diesem Pokerface. Lass das.«

Seine Nähe und Wärme wirkten beruhigend auf mich, doch seine Worte fühlten sich dafür an wie kleine Nadelstiche. Min-ho strich mir eine Haarsträhne aus dem Gesicht, das kühle Metall seiner Ringe beruhigte meine glühende Haut.

»Wir wollten ehrlich sein.«

Seltsamerweise waren es nicht seine harten Worte, die mich trafen. Sie waren nichts als die pure Wahrheit. Es war vielmehr seine sanfte Berührung dabei, seine warmen Augen und sein trauriger Ausdruck, den er zu verbergen versuchte. Seine tiefe Stimme, die diese Worte aussprach, die wir so lange verdrängt hatten.

»Vielleicht hast du recht. Aber du hast nicht zu entscheiden, wie ich mich fühlen werde. Du hast auch nicht zu entscheiden, ob ich mehr verdiene. Hör auf, so zu tun, als wärst du der Teufel, der mein Leben ruiniert. Denn das bist du ganz sicher nicht.« Tatsächlich sah ich, wie seine Fassade nachgab. »Min-ho, wenn du nicht an uns glaubst …« Meine Stimme brach, als würde sie sich weigern, diesen Gedanken laut auszusprechen. Und keine Sekunde später küsste er mich, als wollte er diese Worte ebenfalls nicht hören.

Ein überraschter Laut entfuhr mir, bevor ich mich an ihm festhielt. Der Kuss war sanft und ließ alles andere unwichtig erscheinen. Außer Atem entfernten wir uns einige Zentimeter voneinander. Min-ho legte seine Stirn an meine.

»Ich liebe dich, Aria Harper.« Seine Stimme zitterte. »Ich habe eine Scheißangst davor, dich nicht glücklich zu machen. Dir nicht alles zu geben, was du so sehr verdient hast. Es ist vielleicht das Egoistische, was ich jemals gesagt habe, aber ich liebe dich.« Ich nahm seine Worte und füllte mein Herz mit ihnen, bis da nur noch er war.

Ich liebe dich. Ich liebe dich. Ich liebe dich.

Mein Herz geriet mit jeder Silbe einen Schlag mehr aus dem Takt. Der Blick in seinen Augen war alles und ich wollte, dass er mich für immer so ansah.

»Ich habe nicht nach dir gesucht und doch bist du irgendwie alles, was ich jemals gebraucht habe«, erwiderte ich.

Klischeealarm, schrie mein Kopf.

Egal, egal, egal, schrie mein Herz zurück.

»Ich liebe dich, Min-ho.« Meine Stimme war leise, aber fest.

Kaum hatten die Worte meine Lippen verlassen, zog Min-ho mich wieder an sich.

Mir war bewusst, dass es vielleicht zu früh für diese Worte war. Obwohl ... Wir waren uns innerhalb der Monate, die ich ihn kannte, so nahegekommen, wie es nur ging. Natürlich gab es vieles, das ich noch nicht über ihn wusste. Aber noch nie hatte mich eine Person so glücklich gemacht und war mir so vertraut, wie Min-ho es war.

Ich liebte ihn.

Mit allem, was ich war. Für alles, was er war.

Dieser Kuss war mehr. Zärtlicher, sanfter, einfach alles.

Weil er sich so anfühlte, als wollte er mir damit zeigen, wie ernst seine Worte gemeint waren. Weil ein Versprechen darin lag. Mit jedem Kuss hauchte er Worte an meine Lippen.

Und endlich wurde die Stimmung zwischen uns leichter.

»Solange wir uns haben, reicht mir das«, flüsterte ich, während meine Lippen über seine strichen.

»Ganz schreckliche Entscheidung, Miss Harper.«

Das Lächeln in seinem Gesicht wurde zu einem Grinsen, doch ich konnte die leichte Röte auf seinen Wangen deutlich sehen. Ebenso das leichte Zittern, das seinen Worten anhing.

»Die beste, die ich jemals getroffen habe.«

»Also zurück in die Realität?«

»Vielleicht geben wir uns noch ein paar Tage, bevor wir das endgültig in die Tat umsetzen.«

»Das muss sowieso erst abgesegnet werden. Oder wir machen uns heimlich im Schutz der Dunkelheit davon. Wir könnten nach Mexiko reisen, Tequila trinken und riesige Sombreros tragen.«

»Eine ziemlich verlockende Vorstellung. Wenn auch sehr stereotypisch«, lachte ich und schüttelte den Kopf. »Aber du weißt so gut wie ich, dass wir das keine Woche aushalten würden.«

Ein langsames Nicken, ein weiterer Kuss.

Wir saßen eine kleine Unendlichkeit hier am Wasser. Das laute Geräusch der Zikaden, die leicht pfeifenden Windstöße und das Plätschern des Sees vor uns. Zusammen mit der untergehenden Sonne, die den Himmel in rosa Tönen färbte, war das hier ein absoluter Ruhemoment.

Sanft strich Min-ho eine blass-blaue Haarsträhne hinter mein Ohr. Das Blau aus unserer Haarfärbeaktion war schon längst so ausgewaschen, dass man es kaum noch sah, und doch liebte ich meine neue Frisur immer noch wie am ersten Tag.

»Ich liebe dich. Egal, wo wir sind. Egal, wo wir sein werden.«

Drei Herzschläge später küsste er mich erneut, während er lauter Liebeserklärungen an meine Haut raunte und mich alles andere vergessen ließ.

7

Aria

»Also du und er«, sagte Emily in einem provozierenden, süffisanten Ton, der mich zum Lachen brachte. Seit meinem Auszug aus dem Wohnheim waren jetzt fast zwei Monate vergangen und seitdem sprachen wir regelmäßig über FaceTime. Meine Sorgen mit ihr zu teilen, fiel mir leichter, jetzt, da sie über Min-ho und mich Bescheid wusste. Es war komisch, so frei darüber zu reden, aber mit der Zeit hatte ich mich etwas daran gewöhnt. Und ich war froh, dass wir wenigstens so miteinander sprechen konnten, denn Min-ho und ich waren mittlerweile mehrere Wochen hier und mir fehlte eine Freundin, mit der ich mich über so was austauschen konnte.

»Er und ich«, antwortete ich mit einer Sicherheit in der Stimme, die mich selbst erstaunte.

Anders als zuvor wusste ich genau, wer ich war. Das Problem war jetzt nur, dass ich nicht sicher war, wer ich sein wollte. Wie ich mein Leben wieder in die richtige Bahn lenken konnte.

Die Zweifel an meinem Leben in Korea waren unfassbar laut. Ich wusste, dass mein Zuhause dort war, wo Min-ho war. Aber was machte ich, wenn er nicht an meiner Seite war? Wenn er um die halbe Welt flog? Ich brauchte etwas, das mich unabhängig von ihm hier hielt. Denn irgendwie steckte ich gedanklich zwischen England und Seoul fest. Zwischen der alten und der neuen Aria.

Emily grinste. »Ihr habt euch also entschieden? Du bleibst?«

»Ich muss zwar noch einen neuen Job finden ... Aber ja, ja, ich denke schon.«

Südkorea zu verlassen, Min-ho zu verlassen, der Gedanke bereitete mir eine Gänsehaut. Ich war mir ziemlich sicher, dass man ohne Arbeit sein Visum verlor. Es war also nur eine Frage der Zeit ...

»Ich bleibe. Für all die schönen Momente, die die schlechten wieder ausgleichen.«

»Es wird bestimmt eine Menge schlechte Tage geben.«

»Das wusste ich, seit ich ihm das erste Mal in die Augen gesehen habe.«

Emily verstand meine Gedanken. In letzter Zeit hatte ich oft mit ihr darüber gesprochen, dass es schwierig für mich war. Schwierig, weil ich mir selbst im Weg stand. Sie verstand mich manchmal besser als mich selbst. Dabei kannten wir uns noch gar nicht lange. Ich verstand mich ebenfalls besser, wenn ich meine Sorgen und Gedanken laut aussprach.

»Aber wir bleiben noch etwas hier. Du solltest diesen Ort sehen. Es ist wunderschön, wirklich. Wir haben das ganze Haus nur für uns«, ergänzte ich. »Etwas übertrieben.«

»Aha, ein ganzes Haus nur für euch. Ein großes Bett, eine große Dusche …«, sagte sie und hob provokant eine Augenbraue.

»Emily«, warnte ich sie, doch musste in ihr Lachen mit einsteigen. »Wenn du es genau wissen willst–«

»Das will ich«, unterbrach sie mich sofort. Erneutes Lachen. Ich vermisste sie. Da waren diese FaceTime-Gespräche nur ein kleiner Trost. Manchmal reichte das einfach nicht aus. Ich vermisste, wie sie einfach in mein Zimmer spaziert kam, als wäre es ihr eigenes. Die Gespräche auf dem Weg zum Café, die Lernsessions, Ji-woon und den kauzigen Mister Choi. Das Unterrichten der Kinder, die mich mit erwartungsvoller Miene ansahen. Mein Herz zog sich schmerzhaft zusammen. Schnell verdrängte ich die Flut an Erinnerungen, die sich anbahnte.

»Dann lass mich doch mal ausreden«, sagte ich und sah wieder in ihr Gesicht, was mich sofort lächeln ließ.

»Okay, okay. Ich bin ganz Ohr. Erzähl mir alles!«

Bevor ich etwas darauf erwidern konnte, kam Min-ho in den Raum. In nichts außer einer Sporthose, einem Muskelshirt und einer Cap auf dem Kopf, die er falsch herum trug. Er war leicht verschwitzt. Die Haare, die er sich vor dem Konzert blau gefärbt hatte, waren nun fast wieder schwarz und schimmerten nur noch leicht bläulich. Die Haarspitzen schauten links und rechts unter der Cap hervor und wellten sich leicht in seinem Nacken. Möglich, dass ich eine Sekunde zu lang auf das Shirt starrte, das ihm quasi am Oberkörper klebte. Seit wir hier waren, hatte er viel trainiert. Das Wort langsam gab es wohl nicht in seinem Wortschatz. Die Verletzungen waren so weit verheilt und er nahm das zum Anlass, um noch mal richtig loszulegen. Insgeheim wusste ich, dass er sich bereits jetzt den Druck machte, um nicht zurückzufallen. Um den Standards gerecht zu werden, die in dieser Branche nun einmal erwartet wurden.

»Hi, Emily«, sagte Min-ho und holte mich zurück ins Hier und Jetzt. Dabei lehnte er sich am Türrahmen an. Gut, dass das Tablet nur auf mich gerichtet war und Emily nicht sah, was ich hier zu sehen bekam. Vorsichtshalber drehte ich die Kamera trotzdem etwas weiter in meine Richtung.

»Hey, Min-ho«, erwiderte Emily mit honigsüßer Stimme. »Unsere Aria wollte mir gerade etwas sehr Spannendes erzählen. Vielleicht willst du dich der Unterhaltung anschließen?« Meine Augen huschten von Min-ho, der süffisant grinste, zu Emily, auf deren Gesicht ebenfalls ein Grinsen erschien.

»*Unsere* Aria?«, fragte Min-ho und hob eine Augenbraue. »Ich wusste ja gar nicht, dass ich mir meine Liebste teilen muss.«

Dabei verschränkte er die Arme, was seinen Bizeps gefährlich hervortreten ließ. Gefährlich für mich und meine Wortfindung, die mir jetzt abhandenkam.

»Weißt du, es ist ganz schön altmodisch, die Frau an seiner Seite nur für sich zu beanspruchen. Dieses ganze *Du-gehörst- -nur-mir-*Getue ist out« erwiderte Emily.

»Altmodisch und out, aha.« Mit langsamen Schritten kam Min-ho auf mich zu und setzte sich auf die Bettkante. Durch sein Gewicht wurde die Matratze hinuntergedrückt und das Tablet, über das ich mit Emily sprach, rutschte von meinem Schoß. Die Kamera zeigte jetzt nach oben statt auf uns.

»Wunderschöne Zimmerdecke. Soll ich mich verabschieden, damit ihr das ausdiskutieren könnt?«

Der Blick, den Min-ho mir zuwarf und der an meinen Lippen hängen blieb, ließ meine Atmung kurz unregelmäßig werden.

Mit aller Willenskraft löste ich meinen Blick und stellte das Tablet wieder auf.

»Emily, ich ruf dich später noch mal an.«

Zufrieden grinste sie uns an. »Alles klar. Dann genießt die Zeit zu zweit. Alleine. In eurem großen Haus. Mit dem großen Bett.«

»Moment«, sagte Min-ho plötzlich.

Mit seinen breiten Händen griff er nach dem Tablet, drehte es ein Stückchen weiter, sodass wir beide im Bild waren, und rutschte dabei näher an mich. Nervös schaute ich zu Min-ho, doch er war wie immer die Ruhe selbst. Die beiden hatten vorher einmal kurz miteinander gesprochen, als wir unsere Sachen in Gangnam einpackt hatten. Emily hatte mir meine Unterrichtsmaterialien aus der Schule vorbeigebracht, die ich jetzt erst mal nicht mehr nutzen würde. Natürlich war ich supernervös gewesen, aber anscheinend kam Emily mit ihrer direkten und lauten Art gut bei Min-ho an. Und doch musste ich mich erst daran gewöhnen, Min-ho und mich als Paar so offen zu zeigen. Diese Vorsicht kam schließlich nicht von irgendwoher.

»Hast du Lust, uns hier zu besuchen?«, fragte er schließlich und ich schaute ihn fragend an. »Wir klären gerade, dass die Band auch kommen darf.«

»Wirklich?« In Emilys Stimme schwang Skepsis, aber auch Aufregung mit. Mich überraschte es ebenfalls, denn wir hatten darüber noch gar nicht gesprochen. Bisher war ich einfach davon ausgegangen, dass es nicht erlaubt war.

»Wirklich. Du kannst mit den Jungs fahren. Wenn du dir das zutraust«, sagte Min-ho mit einem provozierenden Ton.

»Klar. Die schaff ich doch mit links.« Jetzt verzogen sich ihre Lippen zu einem Grinsen.

»Daran hab ich keinen Zweifel«, lachte er.

»Ich würde mich so freuen, dich wiederzusehen!«, sagte ich aufgeregt und hatte bereits eine Riesenpyjamaparty im Kopf.

»Wir melden uns mit den Details bei dir, sobald wir mehr wissen«, erwiderte Min-ho und klang dabei wie ein Geschäftsmann. Wir beendeten das Gespräch und ich fiel Min-ho um den Hals, so plötzlich, dass er mit mir im Arm nach hinten in die Kissen fiel.

»Sie kann herkommen?«, fragte ich sicherheitshalber noch mal.

»Natürlich. Wenn es dich glücklich macht, darf sie das.«

»Das würde es.«

»Dachte ich mir.« Er legte den Kopf schief und lächelte. In Momenten wie diesen geriet das ganze Chaos namens Zukunft in Vergessenheit.

»Danke«, murmelte ich und löste mich ein paar Zentimeter von ihm. »Und wegen dem, was Emily gesagt hat: Ich gehöre dir, das weißt du schon, oder?« Es sollte witzig klingen, auch wenn es mein Ernst gewesen war.

»Aria, du gehörst mir nicht. Ich glaube auch nicht, dass du jemals jemand anderem gehören solltest außer dir selbst.« Sanft hob er mein Kinn an, bis mein Blick seinen traf. »Aber weißt du was? Du gehörst zu mir. Das ist mehr, als ich jemals wollte.«

Wie immer hatte er die perfekte Antwort parat, die alles bedeutete.

Ehe ich etwas sagen konnte, küsste er mich. Min-hos Worte waren wie seine Küsse. Voller Leidenschaft, voller Bedeutung und sie ließen mich immer atemlos zurück.

Ich gehörte zu ihm. Er gehörte zu mir.

Das reichte.

8

Min-ho

Der Song war mehr. Er fühlte sich echt an. Nach mir.

Klar, es war noch die Rohfassung der Rohfassung. Ich hoffte, dass die Band den Song ebenso lieben würde, damit aus meinen Worten unsere werden würden. In einem Gespräch über FaceTime hatten wir darüber gescherzt, ein Unplugged-Album aufzunehmen. »Wie Nirvana und Bob Dylan«, hatte Woosung gemeint. Es bedeutete mir alles, dass sie genauso Feuer und Flamme für meine Songschnipsel waren. Die Band und ihre bedingungslose Unterstützung waren lange mein einziger Halt gewesen und mit Aria und ihnen an meiner Seite fühlte ich mich mutiger. Selbstsicherer.

Weit entfernt von der Schnelllebigkeit und Hektik in Seoul fand ich, dass Chuncheon etwas Magisches besaß, und ich wollte das unbedingt irgendwie festhalten.

Bald würde die Band wieder zusammenkommen und ich freute mich enorm darauf, sie wieder in die Arme schließen zu können, denn ohne sie fühlte es sich an, als würde mir etwas fehlen.

Hyun-su war bereits mit meinen Ideen bombardiert worden, weil er immer der Erste in der Band war, den ich mit an Bord holte. Egal, ob es sich nur um Gedankenfetzen oder fertige Lyrics handelte. Manchmal vertraute ich meiner eigenen Meinung nicht, denn wenn ich alleine im Studio saß, war ich viel gehemmter. Mit meinen Gedanken auf mich gestellt, wusste ich nie, ob es in die richtige Richtung ging. Hyun-su gab mir ehrliches Feedback und es war ein Wunder, dass er es nicht sofort an die anderen weitergab, denn schließlich wohnten sie zusammen. Ein unangenehmes Ziehen machte sich in meiner Brust bemerkbar, als ich an das Apartment dachte, in dem wir zu sechst wohnten. Oder vielmehr gewohnt hatten. Vergangenheitsform. So war es jetzt nicht mehr.

Seit meiner Auszeit war ich kaum dort gewesen und ich vermisste es. Sehr sogar. Ich vermisste sie und den Zusammenhalt. Ich vermisste die Zeit, in der wir permanent aufeinandergehockt hatten, und das Zimmer, das ich mir mit Ho-jung geteilt hatte. Seine Angewohnheit, vor dem Schlafen noch mal alle Schubladen und Schränke zu verschließen, die ich offen ließ. Ich vermisste es sogar, morgens von ihm aus dem Bett geschmissen zu werden. Sofort hielt ich meine Gedanken an und verstaute sie in einer Schublade, bevor ich in eine gefährliche Richtung rutschte.

Ich hasste es, dass sich alles so verändert hatte.

In der Zeit, in der ich mich selbst nicht mehr ertragen hatte, übernachtete ich schließlich irgendwann nur noch in meinem eigenen Apartment in Hannam-dong, das ich ursprünglich für meine Eltern gekauft hatte. Bis zu dem Punkt, an dem ich schließlich ganz dortgeblieben war, weil ich es nicht mehr ausgehalten hatte, dass sie mich so sahen. So verloren und aufgelöst. Es war als Leader nicht vorgesehen, sich so zu präsentieren, da immer eine gewisse Stärke und Präsenz vorausgesetzt wurde. Jedenfalls wurde das so von der Branche erwartet. Im K-Pop-Business gab es nun einmal keine Pausen, keinen Raum für Schwäche.

Letztendlich war ich aber auch nur ein Mensch, der seine Grenzen erreicht hatte, ob mir das jetzt passte oder nicht. Das machte es jedoch nicht leichter zu akzeptieren.

Das Gleichgewicht war durcheinandergeraten. Während ich jetzt hier am See endlich Ruhe fand, stritten die Jungs sich sicherlich darüber, wer den letzten Dumpling beim Essen bekam, und bei diesem Gedanken musste ich lächeln. Insgeheim hoffte ich, die Band ein paar Tage zum Bleiben überreden zu können, um mit ihnen zusammen an Songs zu arbeiten und die Zeit hier zu genießen, bevor es auf Tour ging.

Ich hatte irgendwie meinen Frieden mit mir geschlossen, wusste alles so viel mehr zu schätzen als vorher.

Vielleicht, weil ich jeden Morgen neben Aria aufwachte. Und ich fürchtete mich vor dem Tag, an dem es nicht mehr so sein würde.

Mit der Zeit hatten wir unsere kleinen Routinen entwickelt. Morgendliche

Stille beim Kaffeetrinken, Spaziergänge am späten Abend. Kochsessions, in denen wir mehr tanzten und sangen, als zu kochen. Gemeinsame Stunden am See, während die Sonne unterging. An besonders dunklen Gedankentagen las sie mir laut vor, weil sie beim Lesen woanders mit ihrem Kopf war und ich wollte, dass sie mich dahin mitnahm. Aria überraschte mich jeden Tag aufs Neue und mit jeder Kleinigkeit, die ich über sie erfuhr, liebte ich sie mehr. Die Art, wie sie beim Lesen das Gesicht verzog, weil sie alle Emotionen der Charaktere nachspielte, ohne es zu merken. Wie ihre Wangen rosa schimmerten, wenn ich sie mit etwas Anzüglichem aus dem Konzept brachte. Ich liebte es, dass sie immer meine Nähe suchte, sobald wir beieinander waren, und war es nur, dass ihre Wange an meiner Schulter lehnte, während wir auf dem Sofa einen Film schauten.

Oder die Tatsache, dass sie mir immer die lila Skittles übrig ließ, weil sie wusste, dass ich die am liebsten aß.

Ich wusste, dass sie sich momentan mit einer Zukunft in Seoul schwertat. Schließlich hatte sie nie vorgehabt, wirklich auf Dauer hierzubleiben. Die Hoffnung, ihren Job in der Schule zurückzubekommen und wieder zu unterrichten, ließ sie aber weitermachen. Auch wenn wir beide wussten, wie unrealistisch das war. Es stand unausgesprochen zwischen uns. Stattdessen zerbrach ich mir den Kopf darüber, wie wir das hinbekommen würden. Ich wusste, dass sie diese Arbeit erfüllt hatte, dass sie ihre Unabhängigkeit gesichert hatte, und jetzt, wo das weg war, wusste ich nicht, wie es weiterging. Fragen über Fragen hämmerten in meinem Kopf.

Würde sie ihr Visum verlieren? Welche Arbeit konnte sie sonst machen, die sie erfüllte? Und die wichtigste: Wollte sie überhaupt in Seoul bleiben?

In mir flüsterte eine kleine Stimme, dass ich nicht genügte, damit sie blieb. Ich wollte ein erfülltes, glückliches Leben für sie, doch mittlerweile war ich mir nicht mehr sicher, ob das mit mir an ihrer Seite überhaupt möglich war. Mit jedem Tag, der verstrich, wurde diese Sorge lauter.

Es war eines der Themen, die jedes Mal erneut auf der Problem-Tagesordnung standen. Egal, wie schmerzhaft der Gedanke war, dass uns das irgendwann einholte … In unserer jetzigen Situation wäre es unerträglich gewesen, getrennt zu sein. Ich wusste, dass sie das ebenso empfand wie ich. Wir nahmen den Zukunftsschmerz für ein paar glückliche Gegenwartsmomente in Kauf. Machten weiter.

Aria schrieb sich an der Uni ein und ich steckte meine Energie in meine Musik.

Wie jetzt, wenn ich im Studio saß und statt produktiv zu sein, nichts weiter tat, als meinen Gedanken nachzuhängen. Doch manchmal war das wertvoller als jedes geschriebene Wort, als jeder fertig produzierte Song. Statt zu arbeiten, drehte ich mich im Stuhl hin und her, summte vor mich hin und dachte an alles, außer an das, was ich eigentlich vorhatte.

An Aria.

An die Band.

An die bevorstehende Tour.

An die Fans, die ich enttäuscht und verletzt hatte.

Ich dachte an Worte, die mir auf dem Herzen lagen und die in meinem Kopf zu laut wurden.

Es klopfte einmal laut an der Tür und ich wusste, dass es nicht Aria sein konnte, denn nach dem Aufstehen war sie direkt rausgegangen, um einige Fotos zu machen. Sobald sie sich die Kamera schnappte, erschien ein ernster Ausdruck auf ihrem Gesicht. Seit sie wieder mit dem Fotografieren angefangen hatte, sah sie alles wie durch die Linse einer Kamera.

Diese Art von Kreativität veränderte einen und die Art, wie man Dinge betrachtete. Schließlich kannte ich es durch das Schreiben von Songs nur zu gut. Man schätzte die Kleinigkeiten, die einem vorher nicht bewusst gewesen waren.

Die Farben des Himmels, vorbeiziehende Wolken, das Rauschen des Meeres, ein fallendes Blatt. Es war so einfach, die Schönheit der Welt zu betrachten, wenn man sich nur darauf einließ.

Aria und mich hatte schon vorher viel verbunden, doch das brachte es noch mal auf eine andere Ebene. Wenn sie mir ihre Fotos präsentierte, lächelte sie stolz und war glücklich. Ich liebte sie dafür, dass sie in den Kleinigkeiten die Bedeutsamkeit fand und mich auf diese Weise verstand.

Es klopfte erneut an der Tür.

Mit einem Seufzen stand ich auf und wollte gerade die Klinke hinunterdrücken, als Do-yoon die Tür selbst öffnete. Einige Sekunden starrte ich ihn perplex an, als er wie selbstverständlich an mir vorbeilief und sich auf das graue Sofa in der Ecke fallen ließ.

»Hey, Hyung. Komm doch gerne rein. Kein Problem«, sagte ich in einem sarkastischen Ton und erntete einen vernichtenden Blick, von dem ich wusste, dass er nur gespielt war. Ihn *Hyung* zu nennen, fand er immer noch unpassend.

Aber er war schließlich älter als ich und viel mehr als nur ein Angestellter. Er war mein Freund, mein Bruder. Und ich wusste, dass er es auch so sah. In kleinen Momenten ließ er seine Maske fallen, war für mich da und hörte mir zu.

Kommentarlos hielt er mir einen Brief hin, dessen Logo sofort alle Gedanken in meinem Kopf stoppte.

SYE stand in roten geschwungenen Buchstaben in der Mitte.

»Ein offizieller Brief? Hab ich die Reise in die Vergangenheit verpasst?«, fragte ich lachend, um die Tatsache zu überspielen, dass diese drei Buchstaben ausreichten, um mir Panik zu bereiten.

Einatmen.

Ausatmen.

Do-yoons Miene blieb ernst.

»Anscheinend liest du deine Mails nicht«, erwiderte er nur knapp und sah mich eindringlich an.

»Möglich.« Ich zuckte mit den Schultern. *Möglich, dass ich einfach keine Energie hatte, mich damit auseinanderzusetzen.*

Er blickte auf den Brief, den ich mit zittriger Hand so verkrampft festhielt, dass das Papier zerknitterte.

»Öffnest du ihn nicht?«

Der Ausdruck in seinem Gesicht ließ überhaupt keine Gefühle erkennen und es war erschreckend, dass er das inzwischen viel besser draufhatte als ich. Es sprach wahrscheinlich für seine Professionalität, doch meist konnte ich diese gespielte Distanz zwischen uns einfach nicht aushalten.

Langsam nickte ich, während meine Augen aufmerksam über die Worte flogen, die speziell an mich gerichtet waren. Jong-ssi hatte ihn persönlich unterschrieben. Seine geschwungene Unterschrift einmal in Hangul und einmal in alphabetisierter Schriftsprache. Einige Sekunden vergingen, in denen mir die Bedeutung der Worte bewusst wurde.

»Bleibst du, um sicherzugehen, dass ich den Brief wirklich gelesen habe?«, fragte ich etwas mürrisch, als ich das Papier zusammenknüllte und in den Mülleimer schmiss.

»Nein, ich bleibe, damit wir darüber reden können.«

Seine Augen verengten sich, während er mich unentwegt anblickte und die Arme vor der Brust verschränkte. Wahrscheinlich sagte ihm meine Reaktion schon mehr, als ich wollte.

Meine Atmung, die schneller ging.

Meine verkrampften Hände.

Die Tatsache, dass ich seinem Blick gekonnt auswich.

Do-yoon war immerhin ein Meister darin, die Gefühle und Gedanken anderer zu lesen und zu analysieren. Eine Fähigkeit, die wir beide gemeinsam hatten. Bei ihm war es Teil seiner Berufswahl, bei mir langjähriges Training durch die Musikbranche und ihre Schattenseiten.

»Was stand drin?« Der Ton in seiner Stimme war jetzt weicher.

»In einer Woche kommt jemand von der Presse her. Ein Journalist, der wohl gut mit Jong-ssi befreundet ist, soll mich interviewen.«

Das Zittern und die gleichzeitige Kälte meiner Stimme überraschten wohl keinen von uns beiden.

Der Streit zwischen Jong-ssi und mir vor dem Konzert im Hauptgebäude von SYE Entertainment spielte sich wie ein Film vor meinen Augen ab.

Wenn ich daran dachte, spielte eine dramatische Musik im Hintergrund, die vielen Mitarbeiter waren stumme Statisten und Jong-ssi als CEO und ich als Leader von KT6 standen uns mit Blitzen in den Augen gegenüber. Doch jedes Gewitter ging vorbei, der Sturm zwischen uns hatte sich in dem Moment in Luft aufgelöst, als er mich im Krankenhaus besucht hatte. Statt Wut und Verzweiflung prägte jetzt eine Traurigkeit seinen Blick, die nur schwer zu ertragen war.

Er und mein Vater waren einmal beste Freunde gewesen. Sicherlich löste der Unfall auch in ihm verdrängte Erinnerungen aus. Früher hatte er immer gesagt, ich wäre der Sohn, den er sich immer gewünscht hatte. Schließlich hatte er mich aufwachsen sehen und war bis zur Firmengründung und meinem Debüt immer nur Onkel Jong gewesen.

Doch es hatte sich vieles verändert.

Stolz und Ermutigungen waren auf dem Weg zum Erfolg verloren gegangen und wurden durch Stress und Druck ersetzt. Ich wusste, dass auch ihm die enormen Erwartungen zu schaffen machten. Seine Predigten, weil ich vom Script während eines Interviews abwich oder kurzfristig die Setlist um vier Songs erweiterte, konnte ich ihm nicht verübeln. Aber seine Unterstützung war mir im Notfall immer sicher gewesen.

Selbst dann, wenn ich wieder einmal metaphorisch um mich schlug, um alles und jeden von mir zu schubsen, weil ich die Nähe und Sorge nicht ertrug. Er blieb an meiner Seite, schaffte Ausreden, um mir möglichen Ärger zu ersparen. Selbst wenn er mich anschrie, wusste ich, dass er stolz auf mich war. Besonders nach dem Tod meiner Eltern fühlte er sich für mich verantwortlich, doch unsere Beziehung zueinander wurde durch den Job komplizierter, kälter, distanzierter.

Zusammen mit Do-yoon und Aria war er jeden Tag bis zu meiner Entlassung ein paar Stunden im Krankenhaus geblieben. Wie viele Termine er dafür verschieben musste und wie viele Leute deswegen sauer waren, konnte ich mir nicht vorstellen.

Mit dem Unfall waren all die verdrängten Gefühle wieder zurückgekehrt. Erinnerungen, die ich in eine Box ganz weit hinten in meinen Gedanken eingesperrt hatte. Verdammt, ich hatte den Schlüssel dafür weggeworfen und so getan, als würden sie nicht existieren, aber jetzt brannten sie lichterloh wie ein Lagerfeuer in meinem Kopf. Unmöglich zu ignorieren.

Erinnerungen an meine Kindheit. An meine Eltern, deren Gesichter mich im Schlaf verfolgten. Dunkelheit, die sich an mich klammerte und mir Angst einflößte, bis für nichts anderes mehr Platz war. In meinen Träumen stand ich vor ihrem Grab. Blickte auf ihre Namen und auf das Datum des Grabsteins, das mein Leben für immer verändert hatte. Bis die Traurigkeit Besitz von mir ergriff und das Setting sich veränderte.

Danach blickte ich erst in Arias Augen, dann in gleißende Scheinwerfer, bis ich schließlich nur noch fiel. Bevor ich auf dem Boden aufkam, wachte ich schweißgebadet auf und brauchte eine kleine Ewigkeit, bis ich realisierte, wo ich mich befand.

Dass ich nicht mehr achtzehn war.

Dass meine Eltern tot waren.

Dass Aria neben mir lag.

Mit jedem Herzschlag kam die Realität ein Stückchen mehr zurück, als würde sie Klarheit durch meine Venen pumpen. Und obwohl diese Träume so schrecklich waren, fingen sie immer damit an, dass ich glücklich mit meinen Eltern am Esstisch saß. Für den Anblick ihrer zufriedenen Gesichter war ich beinahe froh über die Albträume. Die Angst, ihre Gesichter zu vergessen, war allgegenwärtig. Die Erinnerung an die warmen Augen meiner Mutter und die beruhigende Stimme meines Vaters war manchmal alles, was mich zurückholen konnte.

Diese Träume auszuhalten, war ein kleiner Preis dafür, dass ich sie nicht vergaß.

Manchmal fiel ich in der Realität viel länger. Viel tiefer.

Und manchmal fiel ich erst richtig, wenn ich aufwachte und mit dem Leben konfrontiert wurde.

Es wird Zeit, dass du zurück in die Realität kommst, schrieb Jong-ssi. *Die Fans wollen wissen, wie es dir geht. Die Band braucht dich. Wir brauchen dich.*

Der letzte Satz versetzte mir einen Stich.

Ein Räuspern holte mich aus meinen Gedanken heraus und zurück ins Studio. Nervös rieb ich mir die Hände.

»Ein Interview? Ernsthaft?«, fragte Do-yoon jetzt überrascht und vergaß für eine Sekunde sein eingefrorenes Pokerface.

»Ernsthaft.«

»In einer Woche?«

»In einer Woche.«

»Was bedeutet das?«

»Wenn ich das wüsste«, sagte ich frustriert und sank neben ihn auf das Sofa. »In dem Schreiben steht, dass es dazu dient, die Fans etwas zu beruhigen. Ihnen Content zu liefern und vor allem die Sorgen um mich zu minimieren. Aber ich weiß nicht … Ist das eine gute Idee?«

»Das musst du für dich entscheiden«, war alles, was er sagte.

»Wie immer eine gute Hilfe«, seufzte ich.

Er grinste. »Stets zu Diensten.«

Gerade hatte ich noch gedacht, wie magisch dieser Ort war. Mit der Presse und dem Gedanken, Privates zu teilen, wurde diese Illusion jedoch zerstört und zerplatzte jetzt wie eine Seifenblase. Aria und ich hatten zwar darüber gesprochen, aber so schnell hatte ich nicht mit einer Abreise aus unserer heilen Welt gerechnet. Obwohl … So heil war diese Welt sowieso nicht, denn wir wussten beide, dass wir uns etwas vormachten.

»Ein Interview. Nur mit mir. Nicht mit der Band, nur ich alleine«, sagte ich schließlich und presste die Lippen fest aufeinander.

Interessiert sich überhaupt jemand für mich, wenn ich jetzt einfach ich selbst bin?, schoss es mir durch den Kopf.

»Was soll ich denen denn erzählen?«, fragte ich stattdessen und lachte lautlos auf.

»Vielleicht von deiner Unfähigkeit, Wäsche zu waschen.«

»Das ist mir einmal passiert!«, rechtfertigte ich mich, doch stimmte in das Grinsen mit ein, das Do-yoon mir jetzt zuwarf.

Für einige Augenblicke schwiegen wir.

»Ist kein Briefing dabei?«

Als ich mit dem Kopf schüttelte und verneinte, sah ich die Überraschung in seinem Gesicht. Willkommen im Club.

»Nicht direkt. Er vertraut darauf, dass ich die passenden Worte finde und im Interesse der Band handle.«

»Kryptisch wie eh und je.«

»Du sagst es.« Frustriert legte ich meine Hände über mein Gesicht, schloss die Augen, atmete einmal tief durch und hoffte, die aufsteigende Panik einfach wegatmen zu können.

In meiner Zeit als Idol hatte ich noch nie ein Interview alleine gegeben, dagegen hatten wir uns immer gewehrt, weil es uns wichtig war, stets als Gruppe wahrgenommen zu werden.

O Gott, wie sollte ich das ohne die Jungs an meiner Seite schaffen? Der Gedanke sorgte bereits jetzt für unendliche Nervosität.

»Was machen wir jetzt?«, fragte ich unsicher.

Sofort fühlte ich mich gestresst. Es fühlte sich an, als hätte jemand ein Gewicht auf meine Brust gelegt und es mir absichtlich erschwert zu atmen. Mit beiden Händen fuhr ich mir verzweifelt durch die Haare, die viel zu lang geworden waren, und sah zu Boden.

»Ich würde mir vielleicht einen Frisör suchen, der dieses Chaos auf deinem Kopf in Ordnung bringt, und deinen besten Anzug abstauben«, sagte er, als hätte er meine Gedanken gelesen.

Lautlos lachte ich auf. Obwohl ich wusste, dass ich nicht ewig in dieser Seifenblase leben konnte, traf mich ihr plötzliches Zerplatzen komplett unvorbereitet.

»Du wirst dir darüber klar, was du mit der Welt teilen willst und was nicht. Sei einfach ehrlich«, sagte Do-yoon nach einer kurzen Pause und so selbstverständlich, dass ich für eine Sekunde glaubte, es wäre wirklich so leicht.

Doch das war es natürlich nicht. Das war es noch nie.

Ich wusste ja nicht mal, ob ich ehrlich zu mir selbst war. Wie konnte ich es dann zum Rest der Welt sein?

***

»Du arbeitest zu viel«, sagte Aria und kam herein.

Das Klopfen hatte ich gar nicht mitbekommen, dafür war ich viel zu sehr im Tunnel. So nannte es Ho-jung jedenfalls, wenn ich mich in der Arbeit verlor und für nichts anderes mehr Platz war. Anstatt in Ruhe weiter an dem Song zu schreiben, hatte ich mir alte Interviews und Konzertclips angeschaut, als wollte ich mir absichtlich Schmerz zufügen. Bei jedem Spruch, den der alte Min-ho locker über die Lippen gebracht hatte, fragte ich mich, wann ich diese Art verloren hatte oder ob diese Version von mir jemals real gewesen war.

Und doch ... Ich wollte zurück.

Zurück auf die Bühne, zurück zu den Jungs.

Vielleicht auch zurück zu mir und der Leichtigkeit von damals.

Ich vermisste die Fans. Nicht ihre Bestätigung, sondern das Gefühl, mit ihnen zusammen eine gute Zeit zu verbringen. Meine Musik mit ihnen zu teilen und zu sehen, wie viel es ihnen bedeutete. Den Grund zu sehen, weswegen ich das alles so liebte. Wenn ich das nicht mehr konnte, was machte ich dann? Diese Gedanken waren in meinem Herzen zu etwas gewachsen, das ich hasste. Und jetzt wusste ich nicht mehr, wie ich es loslassen konnte. Wer ich ohne die Dunkelheit war. Aber es war leichter, wenn ich in die glücklichen Gesichter der Fans schaute. Wenn ich meinen Kopf ausschalten konnte, weil mein Körper auf der Bühne übernahm.

Worte sprudelten in meinem Kopf über, aber ich brachte keinen Satz über die Lippen, als Aria näher kam. In ihren Augen sah ich alles, was ich jemals gewollt hatte. Alles, was ich verlieren konnte. Und alles, wofür es sich zu kämpfen lohnte.

»Meine Gedanken machen nur dann eine Pause, wenn ich sie aufschreibe«, erwiderte ich schließlich viel zu spät.

Aria blieb vor dem Monitor stehen und betrachtete den Bildschirm, auf dem ich gerade verschiedene Arrangements ausprobiert hatte.

Ehrfürchtig ließ sie schließlich ihren Blick über die tausend Zettel auf dem Schreibtisch wandern. Ich hatte so schnell geschrieben, dass ich meine Schrift selbst kaum noch entziffern konnte. Sanft zog ich sie in meine Arme, bis sie auf meinem Schoß saß.

»Dein Kopf braucht trotzdem mal eine Auszeit von allem.«

»Die hat er, wenn du in meiner Nähe bist.«

Ich brauchte ihr Gesicht nicht sehen, um zu wissen, dass sie bei meinen Worten lächelte. Die Art, wie sie sich etwas mehr in meine Arme schmiegte, war Antwort genug.

»Wie läuft es mit deinem Song?«, fragte sie.

Ich seufzte kurz. »Gut. Schlecht. Alles dazwischen. Manchmal glaube ich, dass ich in den Sätzen verschwinde. Dass ich zu viel von mir preisgebe, bis ich in meinen eigenen Worten ertrinke.«

»Ich glaube, dass deine Musik vielleicht gerade deswegen so besonders ist. So besonders wie der Mann, der sie schreibt.«

Ich blickte sie an und fand Hoffnung in ihren Augen.

»Denkst du?«, fragte ich leise.

Sie nickte. »Ich weiß es.«

Zögerlich streckte sie die Hand nach einem Zettel aus. Ihre Augen huschten über die Worte, die ich zuletzt aufgeschrieben hatte. Einzelne Wörter, knappe Sätze.

»The moon is carrying the weight of the night on its own«, las sie leise vor. Ihre Lippen verzogen sich zu einem traurigen Lächeln. »Wunderschön. Klingt nach dir«, sagte sie schließlich und ihre blauen Augen trafen mich unvorbereitet, ließen mich einige Sekunden innehalten.

Ihr Blick war nur auf mich gerichtet, als wollte sie mich entschlüsseln. Mich und meine Gedanken, als ich diese Zeilen schrieb. Doch sie würde nichts finden, da war nichts außer Leere.

Nervös blickte ich sie an. »Huh?«

»Manchmal habe ich das Gefühl, dass du das Gewicht von allen auf deine Schultern lädst.«

Ich grinste. »Vergleichst du mich mit dem Mond?«

»Vielleicht«, sagte sie mit einem schüchternen Ausdruck in ihrem Gesicht und ihre Wangen färbten sich leicht rosa.

»Dann bist du meine Erde«, erwiderte ich.

»Meinst du nicht die Sonne?« Fragend kniff sie die Augen zusammen.

»Nein, ich meine die Erde. Immerhin herrscht zwischen dem Mond und der Erde eine starke Anziehungskraft. Ich könnte dir jetzt etwas über die Zentrifugalkraft der Himmelskörper erzählen, aber es reicht, wenn ich sage: Du ziehst mich an.«

Meine Worte brachten sie zum Lachen und erfüllten somit meine Absicht. Gott, ich liebte sie.

»Du und deine Dokus. Das war gerade so kitschig.«

»Ich weiß, dass du insgeheim darauf stehst«, neckte ich sie und strich mit meiner Hand über ihre Wange.

Sie seufzte leicht und schloss bei meiner Berührung kurz die Augen. Am liebsten hätte ich sie hier und jetzt noch enger an mich gezogen und alles um uns herum vergessen. Doch dieser Brief und die Worte von Jong-ssi waren wie eine Blockade in meinem Kopf, die ich erst zusammen mit ihr niederreißen musste, indem wir darüber sprachen.

»Wie lautet die nächste Zeile?«, fragte Aria mich plötzlich.

»Ich bin mir noch nicht sicher«, meinte ich ausweichend, aber auf ihren Blick hin kapitulierte ich. »Wenn der Mond den Himmel nachts nicht erleuchten würde, würde ihn dann überhaupt jemand beachten? Wenn er nur für sich selbst scheinen würde?«

Meine Antwort kam leise, etwas zerbrechlich und hing einige Sekunden in der Luft, ehe Aria ihre Lippen sanft auf meine legte. Für einige Sekunden verharrten wir genau so, ehe sie sich von mir löste.

»Das würden sie, Min-ho«, sagte sie und legte ihre Stirn an meine.

»Woher willst du das wissen?« Die Unsicherheit meiner Frage war nicht zu überhören.

»Ich weiß es, weil ich es tue«, sagte sie, ohne zu zögern.

Zittrig atmete ich einmal tief ein, saugte die Bedeutung ihrer Worte auf und füllte mein Herz mit ihnen, bis ich mich etwas leichter fühlte.

»Es fühlt sich seit Langem so an, als wäre das wieder ich. Wenn ich diese Zeilen schreibe, wenn ich die Beats komponiere. Irgendwie ist das verloren gegangen. Mit der Zeit meine ich. Klar, ich habe immer mein Herzblut in die Musik gesteckt, aber nicht so. Ich wollte, dass die Fans glücklich werden, wenn sie unsere Musik hören. Ich wollte sie nicht traurig machen. Ich wollte sie lachen sehen, nicht weinen.«

»Meine Lieblingssongs sind immer die, bei denen ich mich verstanden fühle. Ich kann mir vorstellen, dass die Fans das zu schätzen wissen und dich dafür bewundern, wenn du diese Seite mit ihnen teilst. Die Seite, die ich so liebe.«

Ich zog eine Augenbraue hoch. »Ach ja?«

»Ich glaube, dass das mehr als deutlich ist«, grinste sie.

Einige Sekunden lang legte sich eine Stille über uns. Es hatte keinen Sinn, dieses Gespräch aufzuschieben. Wir sollten es am besten sofort klären, damit wir es hinter uns hatten.

»Wir müssen über etwas reden«, sagte ich etwas zu schnell, bevor ich es mir anders überlegen konnte.

Ihr Grinsen verschwand augenblicklich und in mir wuchs der Wunsch, es sofort mit einer zweideutigen Bemerkung zurückzuholen. Bei unserem Gespräch am See hatte ich ihr jedoch versprochen, immer ehrlich zu sein und mit ihr zu sprechen, wenn meine Gedanken zu viel wurden.

Das war jetzt der Fall. Ich atmete einmal tief ein und sah in Arias blaue Augen, die mich abwartend anblickten.

»Ich hab einen Brief von Jong-ssi bekommen«, begann ich. »Er will, dass ich ein Interview gebe. Und dass ich zurückkomme.«

»Hat er gesagt wann?«

»Das Interview ist in einer Woche.«

»Und wann sollst du zurück?«, fragte sie leise.

Ich zuckte mit den Schultern. »Das stand dort nicht. Aber ich denke, dass es bald passieren soll.«

Langsam nickte sie. »Du gehst zurück nach Seoul.«

»*Wir* gehen zurück nach Seoul«, erwiderte ich und nahm ihre Hände in meine. »Aber uns bleibt noch etwas Zeit.«

»Wollte die Band nicht kommen? Emily haben wir auch eingeladen.«

Die Traurigkeit in ihrer Stimme tat weh und nahm mir kurz die Luft. Sofort zog ich sie näher an mich, strich ihr eine hellblaue Strähne aus dem Gesicht und sah sie an.

»Wir kriegen unsere kleine Pyjamaparty. Do-yoon holt sie alle morgen zusammen aus Seoul ab. Ich habe eben mit der Band telefoniert. Emily hat auch zugesagt. Ich wollte dich eigentlich überraschen, aber …«

»Danke«, flüsterte sie und legte ihre Arme um meinen Nacken.

»Weißt du, was ich jetzt möchte?«, fragte sie.

In diesem Moment hätte ich ihr alles gegeben. Sie brauchte nur fragen. Diese Erkenntnis machte mir etwas Angst, denn so hatte ich noch nie gefühlt. Doch ich wollte nicht, dass es jemals verschwand.

»Tanzen.« Sofort sprang sie auf und hielt mir die Hand hin. Ihr warmes Lächeln steckte mich augenblicklich an.

Aria schaffte es immer, die Balance zwischen unseren ernsten Gesprächen und der Leichtigkeit zu halten.

Innerhalb weniger Sekunden hatte ich einen Song auf dem Computer angeklickt und stand ebenfalls auf.

Ihre kleine, zierliche Hand schwebte in der Luft und passte perfekt in meine. In einer fließenden Bewegung drehte ich sie einmal um ihre Achse und zog sie dann an meine Brust. Wenn ich sie so festhielt, blieb vielleicht die Zeit stehen. Nur für uns, nur für den Moment.

9

Aria

Min-hos Hand umschloss meine und ich konnte nicht anders, als zu kichern, als er mich um meine eigene Achse drehte und dann an sich zog.

»*Yeobo*«, flüsterte er. *Liebling*. Das Wort hörte ich besonders gern, weil er es stets mit tiefer, melodischer Stimme sagte.

Auch wenn es nicht gut für mein Herz war, da es jedes Mal wie wild in meiner Brust zu klopfen begann. Die Melodie von Ed Sheerans *Kiss Me* spielte leise im Hintergrund. Eine Hand wanderte während des Liedes meinen Rücken auf und wieder ab, mit der anderen hielt er meine fest umschlungen. Wiegte uns perfekt im Takt zur Musik hin und her.

Ganz langsam. Ganz sanft.

In meinem Kopf hallten seine Worte nach. Zurück nach Seoul zu gehen bedeutete, dass wir uns mit allem auseinandersetzen mussten, was wir zu verdrängen versuchten. Es bedeutete außerdem, dass wir vor Ort mit den Konsequenzen unserer Beziehung konfrontiert wurden. Aber in seinen Armen wurde die Welt für einen Augenblick still und es gab nur ihn und mich.

»*And with a feeling I›ll forget, I›m in love now*«, sang Min-ho leise mit.

Mein Herz hüpfte bei seiner Stimme auf und ab, zauberte mir ein Lächeln ins Gesicht. Ich wollte mehr davon. Mehr von ihm. Seiner Stimme. Seinem Lächeln. Ich wollte mich an diesen Moment erinnern, in dem wir langsam zur Musik tanzten, als hätten wir alle Zeit der Welt.

»Saranghae«, flüsterte er auf Koreanisch, als der Song vorbei war und wir trotzdem weitertanzten.

»Ich liebe dich«, wiederholte ich seine Worte.

Langsam verschränkte ich meine Finger in seinem Nacken, spürte die

Muskelstränge an meinen Fingerspitzen, während seine sanft über meinen Rücken strichen.

»Ich schaue dich einfach nur an und ... ich liebe dich. Es macht mir Angst«, fuhr er fort.

Die Worte ließen mich zu ihm hochblicken. Das warme Braun seiner Augen schien etwas dunkler, nachdenklicher.

»Es macht mir Angst, was ich alles für dich tun würde. Was ich aufgeben würde. Denn die Antwort ist: alles.«

»Du musst nichts für mich aufgeben. Das weißt du doch, oder?«, erinnerte ich ihn.

»Aber es fühlt sich so an, als könnte ich nicht beides haben.«

Die Worte hämmerten sich mit riesigen Stahlnägeln in meinem Kopf fest. Schmerzhaft und endgültig.

»Das kannst du. Das wirst du«, versicherte ich ihm, obwohl ich mir selbst nicht sicher war. Er war der Mann, den ich liebte. Niemals würde ich mich gegen seine Zukunft stellen. Gegen seine Karriere. Selbst wenn dort für mich kein Platz war.

»Ich möchte zurück auf die Bühne«, gestand er. »Aber ich weiß, dass das nicht so einfach ist. Ich will dich nicht verlieren. Aber ich habe doch nichts anderes, was ich gut kann. Ich hatte Angst, dass ich nie was finden werde, das mir dieses Gefühl gibt. Die Wertschätzung für das, was ich bin. Dann kamst du und es war so leicht. Ein Blick von dir hat Tausende Blicke ersetzt. Wenn ich weiß, dass du auf mich warten würdest–«

»Das werde ich«, unterbrach ich ihn schnell.

Ein trauriges Lächeln zeichnete sich auf seinen Lippen ab. »Wenn ich weiß, dass du auf mich warten würdest, würde ich erst gar nicht gehen«, fuhr er ruhig fort.

»Oh.« Einige Herzschläge lang blinzelten wir uns an.

Diesmal tat es weh. Ihn anzusehen, tat weh, weil ich in seinen Augen all die Möglichkeiten sah, wie das hier enden würde. Und keine davon war besonders glücklich.

»Ich will dich nicht zurückhalten«, murmelte ich schließlich und versuchte die Tränen zu ignorieren, die sich langsam und doch unaufhaltsam anbahnten.

Widerwillig löste ich meine Arme von ihm. Nach einem gezwungenen Lächeln drehte ich mich um, entfernte mich zwei Schritte, aber er hielt mich zurück, indem er nach meinem Handgelenk griff. Die Berührung ließ mich kurz innehalten und katapultierte mich zu all den Momenten, in denen er mich ebenfalls so angesehen hatte wie jetzt. Ob er unter seinen Fingern spürte, wie mein Puls anfing zu rasen?

»Aria, du hältst mich nicht auf. Du bringst mich voran.«

Die Sehnsucht nach ihm war unendlich groß, auch wenn er mir direkt gegenüberstand. Behutsam zog er mich näher zu sich, bis sein Mund meinem so nahe war, dass ich seinen Atem auf der Haut spürte.

Ich schluckte schwer. Entgegen meiner Erwartung ließ er doch einige Zentimeter Abstand zwischen uns, anstatt mich zu küssen. Der Druck um mein Handgelenk wurde etwas fester, aber dann ließ er mich los.

Mein Herzschlag beschleunigte sich und sein Zögern war kaum zu übersehen. Ich wusste nicht, wann ich ihn das letzte Mal so zerrissen gesehen hatte wie in diesen Sekunden. Sein Blick war voller Fragezeichen und ich hatte keine Ahnung, was ich antworten sollte, ohne es schlimmer zu machen.

»Ich weiß nicht, ob das nicht nur eine Wunschvorstellung ist, Min-ho«, brachte ich schließlich leise hervor.

Wahrheit. Wahrheit. Wahrheit.

Obwohl ich am liebsten in dieser Wunschvorstellung geblieben wäre. Ich wusste nicht, warum ich das sagte. Ich wusste nicht, warum ich überhaupt so was dachte. Am Ende war es leider die bittere Realität, die ich nun endlich laut ausgesprochen hatte. Wir lebten glücklich in unserer Blase, aber wir konnten nicht ewig so tun, als würde es nur uns geben.

Min-ho brauchte die Bühne wie die Luft zum Atmen. Die Energie, die Band, die Kreativität. Er brauchte das so sehr und ich würde nicht zulassen, dass er es verlor. Am Ende würde er nur daran kaputtgehen und das war das Letzte, was ich für ihn wollte. Ganz egal, ob das für mich bedeutete, ihn dadurch zu verlieren. Diese Erkenntnis war nicht neu und dennoch fühlte es sich gerade wie ein bevorstehender Abschied an, fast schon endgültig.

»Aber ...«, begann er, doch ich unterbrach ihn kopfschüttelnd.

»Lass mich einen Moment nachdenken. Das solltest du auch tun«, flüsterte ich leise und wand mich ab.

Wenn er jetzt noch etwas sagte, würde ich es nicht schaffen und zusammenfallen wie ein Kartenhaus.

Ohne ein weiteres Wort lief ich mit schnellen Schritten in Richtung Schlafzimmer, während ich Min-hos Blick wie ein Messer im Rücken spürte.

***

In der Sekunde, in der ich mich aufs Bett sinken ließ, waren die Tränen nicht mehr aufzuhalten und liefen erbarmungslos meine Wangen herunter. Mein Herz schrie mich an, dass ich mich sofort zurück in seine Arme werfen sollte. Mein Kopf redete mir ein, dass ich die richtigen Worte ausgesprochen hatte. Wir sollten darüber nachdenken, ob das alles funktionierte und ob wir beide bereit waren, mit den Konsequenzen zu leben.

Vielleicht verlor ich ohnehin mein Visum. Vielleicht musste ich eh zurück und mich allem stellen, wovor ich bisher weggelaufen war. Um wirklich sicher zu sein, dass ich jetzt bereit war. Es war nicht richtig, dass Min-ho seine Karriere für uns aufs Spiel setzte. Nicht, wenn alles so zerbrechlich war. Das konnte ich ihm einfach nicht antun.

Ich wünschte mir so sehr ein *Uns*, aber vielleicht musste es erst einmal ein *Er* und *Ich* geben, bevor das funktionierte. Falls das funktionierte.

Doch es fühlte sich nichts falscher an, als diese Worte über die Lippen zu bringen. Min-hos Blick war so schmerzerfüllt, so fragend und erschüttert gewesen. Wie in Trance lief ich ins Badezimmer und schaltete die Dusche an. Die Tränen würden einfach mit dem Wasser im Abfluss versickern und wenn ich wieder hinauskam, würden wir eine Lösung finden. Das musste einfach so sein.

Einige Augenblicke betrachtete ich mein Spiegelbild, während die Dusche bereits im Hintergrund lief und auf mich wartete.

Meine Augen waren gerötet, meine Haut etwas blass. Und trotz allem fühlte es sich endlich so an, als würde ich mich dort im Spiegel sehen. Eine glückliche Version, weil ich zu mir selbst stand. Das wollte ich nicht verlieren. Mit beiden Händen fuhr ich mir durch die Haare, die sich bereits aufgrund der Luftfeuchtigkeit zu locken begannen. Ich erinnerte mich daran, wie die Stylistin in Min-hos Apartment sich geweigert hatte, meine blonden Haare so blau zu färben, wie sie es bei Min-ho getan hatte. Stattdessen hatten wir uns auf blaue Strähnchen geeinigt, die jetzt kaum noch zu sehen waren. Sehnsucht machte sich in mir breit und ich konnte nicht mal genau spezifizieren wonach.

Ein lautes Klopfen ließ mich zusammenzucken.

»Aria?« Min-hos Stimme vermischte sich mit dem Rauschen des Wassers hinter mir. Ich hatte die Tür nicht zugemacht, nur angelehnt, und jetzt schwang sie auf, als er erneut klopfte.

Unsere Blicke trafen sofort aufeinander und für drei, vier lange Sekunden verfielen wir in ein Schweigen.

»Hi«, sagte er schließlich leise und kam näher.

Ich wich instinktiv einen Schritt zurück, weil er so energisch in den Raum gekommen war. In meinem Rücken spürte ich den kalten Marmor des Waschbeckens.

»Hi«, erwiderte ich kaum hörbar.

Das Bad füllte sich mit jeder Sekunde, die verging, mehr mit Wasserdampf, Anspannung und Schweigen.

»Hi?«, wiederholte ich noch mal, weil er nicht mehr antwortete. Nervös verschränkte ich die Arme, strich mir über die Ärmel meines Kleides und blickte ihn fragend an.

»Ich wusste nicht, was ich sagen soll«, platzte es aus ihm heraus. »Du hast mich überrumpelt.«

Eine Premiere, dachte ich und biss mir auf die Lippe, bevor die Worte meinen Mund verließen.

»Wirklich?«, fragte ich stattdessen. Es erschien mir absurd, dass ich ihn aus dem Konzept bringen konnte. Er schien meist so gefasst, so ruhig, dass es nicht in meinen Kopf gehen wollte. Seine Mundwinkel zuckten für eine Sekunde, dann kam er einen Schritt näher.

»Wirklich. Aber ich will es versuchen.«

Seine Stimme klang samtig weich, verletzlich und voller Gefühl. Ich atmete tief durch, versuchte mir in Erinnerung zu rufen, was ich mir gerade noch einreden wollte.

»Was meinst du?«, brachte ich leise hervor, als er kurz vor mir stehen blieb. »Was willst du versuchen?«

Er zeigte auf mich, dann auf sich.

»Was wäre, wenn es nur um uns gehen würde? Nur um dich und mich? Nicht um das, was wir sein müssen? Nur um das, was wir gerade sind?«

Das Prasseln des Wassers im Hintergrund sorgte dafür, dass seine Stimme gedämpfter klang. Doch ich spürte den Schmerz und die Ehrlichkeit seiner Worte klar und deutlich. Etwas sprachlos sah ich ihn an und suchte nach passenden Worten.

Vorsichtig kam er näher. »Lass uns das bitte versuchen. Ich will die Realität mit dir, Aria. Ich will mit dir zurück nach Seoul. Dort haben wir angefangen und ich glaube nicht, dass dort unser Ende sein wird. Wir kriegen das hin. Ich will das nicht ohne dich.« Das Flehen seiner Worte und das Zittern in seiner Stimme waren mein Ende. Die Worte erreichten mein Herz und ließen es rasen.

»Bist du sicher? Es könnte ...«

»Ich war mir noch nie so sicher wie bei dieser Sache«, unterbrach er mich.

Ein schüchternes Lächeln erschien auf seinen Lippen, Grübchen links und rechts und dann dieser Blick.

Bei Gott, da konnte keiner standhaft bleiben.

Langsam nickte ich. Was sollte ich dagegen schon sagen?

In diesem Moment sehnte ich mich nur danach, dass er mich küsste ... Im Grunde war ich schwach, denn alles, was ich vorher noch gedacht hatte, verlor jetzt an Bedeutung. Als hätte Min-ho meine Gedanken gelesen, überwand er die letzten Zentimeter und presste seine Lippen auf meine. Ließ mir keine Sekunde länger, um über ein *Richtig* oder *Falsch* nachzudenken. Ich vergrub die Hände in seinem Haar, seine Hände lagen stark und fest an meiner Taille. Der Kuss wurde fordernder, intensiver, aber schon im nächsten Augenblick zog er sich von mir zurück.

Quälend langsam zog er mir das Kleid über den Kopf, seine Finger strichen dabei über meine Haut und es fühlte sich elektrisierend an. Mein Kleid fiel zu Boden, sein Hemd ebenfalls, und schon taumelten wir in die offene Dusche. Min-hos Finger griffen beinahe gierig nach mir, es war kaum zu übersehen, wie sehr er die Nähe gerade brauchte. Wie sehr ich sie brauchte.

Mit seiner Hand strich er über meinen Bauch, immer weiter hinunter, bis seine Hand unter dem dünnen Spitzenstoff meines Slips verschwand. In mir explodierte das Verlangen und überwältigte mich, während gleichzeitig das Wasser der Dusche auf uns herabprasselte. Mein Kopf sank nach hinten, ich schloss die Augen, um mich völlig in diesem Gefühl zu verlieren. Min-ho drängte seinen Körper gegen meinen und ich war froh, dass er mich festhielt.

Möglich, dass in dem Moment meine Knie nachgaben, als er mich quälend langsam auszog. Meine Muskeln zogen sich zusammen, als seine Finger genau die richtige Stelle fanden und ich vor Verlangen laut aufstöhnte. Ich hielt mich an ihm fest, während er mich gegen die kühle Wand presste, und genoss die warmen Wassertropfen auf meiner Haut, die alles noch intensiver machten. Ich zog ihn näher, immer näher, und drängte mich ihm entgegen. Es ließ Min-ho ebenfalls aufstöhnen. Der volle, tiefe Klang vibrierte an meiner Haut. Langsam öffnete ich die Augen und sah, wie Min-ho sich das Wasser von den Lippen leckte. Einige Atemzüge verharrte mein Blick genau dort, auf seinen vollen Lippen, die sich wie eine Einladung zu einem Lächeln verzogen. Eine Einladung, die ich liebend gerne annahm. Mein Blick fiel auf seine schwarze Stoffhose, die bereits nass an seiner Haut klebte.

»Zieh sie mir aus«, verlangte Min-ho atemlos.

Einen Moment sah er mich an und es war, als konnte ich in seinen Augen das Verlangen nach mir spüren.

Mein Puls wurde schneller, als ich ihm einen schnellen Kuss gab und dann vor ihm in die Knie ging, um ihm die nasse Hose von den Beinen zu streifen. Mit zittrigen Händen fuhr ich die Linien seiner Muskeln nach, bis zu dem

Punkt, an dem ich spürte, wie sehr er mich wollte. Diese Heftigkeit, die sich innerhalb von wenigen Sekunden zwischen uns aufbaute, war etwas, woran ich mich nie gewöhnen würde.

Min-ho hob eine Hand, fuhr sich durch die nassen Haare und reagierte auf jede noch so kleine Berührung mit so einer Intensität, dass das Pochen zwischen meinen Beinen kaum mehr zu ertragen war.

»Aria, komm her«, befahl er mit leiser Stimme.

Mein Name aus seinem Mund hallte durch das Badezimmer und prallte an den Wänden ab wie ein Echo, das ich niemals vergessen wollte. Unsere Lippen schmiegten sich leidenschaftlich aneinander, wurden eins.

Mit einer Hand griff Min-ho nach dem Duschgel und begann anschließend mit seinen Händen quälend langsam über meine Schultern, über meine Schlüsselbeine und meine Brüste zu streichen.

Ich tat es ihm gleich, begann meine Hände über seine Muskeln, seine sonnengeküsste Haut wandern zu lassen. Der Blick in seinen Augen wurde mit jedem Zentimeter, den ich tiefer ging, dunkler, hungriger.

In der nächsten Sekunde trat er einen Schritt zurück, musterte mich eindringlich und öffnete die Glastür der Dusche. Der kalte Windstoß ließ eine Gänsehaut über meinen Körper fahren. Ich beobachte Min-ho, wie er drei Schritte zum Badezimmerschrank ging und nach einem Kondom griff. Starrte auf seinen muskulösen Rücken und war unfähig, den Blick abzuwenden. Mein Puls beschleunigte sich, als er zurück zu mir in die Dusche trat. Er küsste mich stürmisch und mit einer Dringlichkeit, die für ein heißes Ziehen in meinem Unterleib sorgte. Keine Sekunde später streifte er sich das Kondom über. Ich rang nach Luft. Jetzt übernahm er die Führung und als er mich erneut küsste, fühlte ich mich schwerelos. Beinahe trunken vor Leidenschaft und Liebe für diesen Mann.

»Du bist einfach …«, er hielt eine Sekunde inne und ließ seinen Blick über mich wandern. »Du bist wunderschön.«

Mit seinem Daumen fuhr er über meine Lippen, die sich schon ganz geschwollen von seinen Küssen anfühlten. Langsam verzog sich sein Mund zu einem zufriedenen Grinsen, als ich meine Arme um seinen Nacken schlang. Wir brauchten nicht laut aussprechen, wonach wir uns beide sehnten. Min-hos Hand wanderte tiefer, packte meinen Oberschenkel und schlang ihn sich um die Hüfte. Ein leises Wimmern verließ meine Lippen.

O. Mein. Gott.

Ab jetzt war kein Platz mehr für Worte. Es war nur noch Platz für uns, für Berührungen, die uns zusammenbrachten. Meine Gedanken waren komplett von ihm eingenommen, von seinen Küssen, seinem Körper an meinem, seinem Duft, seiner Wärme. Ich spürte die kalte Marmorwand im Rücken, als er mich erneut dagegen presste, und keuchte auf. Mein Körper erzitterte vor Erregung, als er uns vereinte und ich ihn ganz spürte.

Die Leidenschaft war wie eine Welle, die uns mitriss und in der wir beide nur zu gern ertranken.

Ich seufzte und klammerte mich an ihm fest, als er das Tempo und damit auch meinen Herzschlag beschleunigte.

Ich spürte, wie sich seine Muskeln zusammenzogen. Spürte den festen Druck seiner Hände an meinen Oberschenkeln, die Reibung seiner Brust an meiner. Seine Lippen fanden meine, als wären sie dort zu Hause, und ich konnte nichts mehr, außer mich ihm vollkommen hinzugeben.

10

Aria

Es war die erste Nacht, die Min-ho durchgeschlafen hatte. Die erste Nacht seit über drei Wochen, die wir hier verbrachten und in der er nicht von Albträumen heimgesucht wurde. Der erste Morgen seit einer kleinen Ewigkeit, an dem ich zufrieden und friedlich in seinen Armen aufwachte. Neue Woche, neues Glück. Heute war Montag. Vielleicht würde ja jetzt alles gut werden. Irgendwie musste ich daran festhalten.

Die Bilder von gestern Nacht kamen mir in den Sinn.

Tränen, die von Träumen abgelöst wurden.

Ich erinnerte mich an schmerzerfüllte braune Augen. An hoffnungsvolle Worte, die sich schließlich in unseren Blicken verankerten und den Schmerz wegwischten. Gestern Abend hatten wir Dinge besprochen, die uns beide schon viel zu lange beschäftigten. Und wir hatten beschlossen, dass wir die Konsequenzen annehmen und zusammen meistern würden.

Vielleicht schlief Min-ho deshalb etwas beruhigter. Mein Kopf lag auf seiner nackten Brust, ich spürte die Wärme seiner Haut und seinen Herzschlag, der mit meinem im Einklang war. Mit der Hand fuhr ich über seine gebräunte makellose Haut, ein Bein um seines geschlungen.

Ein Morgen, an dem unsere Zukunft wieder möglich schien. Oder zumindest etwas greifbarer als zuvor.

Min-ho atmete einmal laut aus, schlang seine Arme fester um meine Hüfte und drückte mich sanft an sich.

»Jal jas-seo«, murmelte er mit rauer, verschlafener Stimme.

»Dir auch einen guten Morgen«, erwiderte ich gähnend.

Er sah ausgeschlafen aus und ich wusste nicht, wann ich ihn das letzte Mal so gesehen hatte. »Hast du gut geschlafen?«

Langsam nickte er, dann trat ein nachdenklicher Ausdruck auf sein Gesicht.

»Ja.« Die Unsicherheit in seiner Stimme ließ es wie eine Frage klingen. »Keine Albträume. Ich … Ich habe gut geschlafen.« Seine Augen huschten über mein Gesicht, als würde er selbst nicht glauben, was er da sagte. »Und du?«

Ich nickte müde. Durch die hereinkommenden Sonnenstrahlen sah ich die kleinen Staubpartikel durch das Zimmer tanzen.

»Ich will nicht aufstehen«, flüsterte er leise und schloss demonstrativ noch mal die Augen. Seine starken Arme drückten mich fest, als wäre ich ein Kissen, und dagegen hatte ich nichts einzuwenden. Von mir aus könnte es immer so sein. Mit der Nasenspitze fuhr er über meine Schulter.

»Bleiben wir einfach für immer hier liegen«, erwiderte ich und schloss ebenfalls die Augen.

»Guter Plan«, sagte Min-ho und ich spürte, wie er sich in Richtung Nachtschrank lehnte. Bei der Bewegung rutschte mein Kopf etwas tiefer auf seine Brust, ehe er sich wieder gerade hinlegte. Kurz darauf ertönte die Anfangsmusik eines Disneyfilms. Blinzelnd schaute ich zu ihm hoch und rieb mir über die Augen.

»Schon wieder *Toy Story*?«

»Mir war danach. Ein perfekter Start in den Tag.«

»Mit *Toy Story*«, grummelte ich und vergrub mein Gesicht an seiner Brust.

»Mit dir neben mir, während ich *Toy Story* gucke«, gab er zurück und strich mit seinen Fingern über meinen Arm.

»Was ist eigentlich dein Lieblingsfilm?«, fragte er mich, gerade als ich wieder einschlafen wollte.

Die Frage kam so unvorhersehbar, dass ich einige Zeit brauchte, ehe ich sie richtig verstand. Ich begann zu grübeln. Da gab es einfach so viele gute, ich konnte mich unmöglich auf einen …

»Antworte, ohne zu überlegen«, unterbrach er meinen Gedankengang.

»*Das wandelnde Schloss*«, kam es mir sofort über die Lippen. Ich drehte mich auf die Seite, immer noch an seiner Brust, aber so konnte ich den Fernseher wenigstens sehen.

»Und dein perfekter Start in den Tag?«, fragte er mich, als im Hintergrund schon *You got a friend in me* lief und Andy mit Woody durchs Haus rannte.

»Im Bett liegen und lesen, während es draußen regnet.«

»Lieblingssong?«, fragte er weiter und setzte sich ein Stück weiter auf, mit der Hand im Nacken lehnte er sich ans Kopfteil des Bettes.

»Wird das jetzt ein Verhör?«, fragte ich lachend zurück.

»Ich will dich einfach besser kennenlernen.«

Den Blick hatte er starr auf den Fernseher gerichtet, als dürfte er keine Sekunde des Films verpassen, den er in- und auswendig kannte. Es war zur Routine geworden, dass wir entweder eine seiner vielen Dokus oder auch Disneyfilme zum Einschlafen schauten.

Meistens Naturdokus, meistens *Toy Story*. Seit dem Unfall war das der einzige Weg, Min-ho abends etwas zur Ruhe kommen zu lassen. Ich dämmerte immer schon nach wenigen Minuten weg, doch ich wusste, dass Min-ho oftmals bis zum Ende wach blieb.

»*Yellow* von Coldplay«, erwiderte ich auf seine Frage und gähnte. »Und deiner?«

»*Fly me to the moon* von Frank Sinatra. Den Song hat mein Vater immer gehört, wenn er gekocht hat. Manchmal saß ich am Esstisch und hab ihn einfach dabei beobachtet.«

Ich lächelte bei dieser Antwort und stellte mir vor, wie eine kleine, junge Version von Min-ho mit einem Bilderbuch am Tisch saß, während sein Vater am Herd stand.

»Lieblingsessen?«, fragte Min-ho weiter.

»Pfannkuchen. Aber nur die von meiner Mutter.«

»Warte mal ab, bis du meine probierst«, grinste Min-ho.

Wir beobachteten beide, wie Andy seine kleine Schwester aus dem Gitterbett hob und den Raum verließ, während Woody auf dem Bett saß und keine Sekunde später zum Leben erwachte.

»Als Kind hab ich immer geglaubt, dass meine Stofftiere auch ein Eigenleben haben. Ich hatte immer Mitleid, wenn ich eins bevorzugt habe. Manchmal geht es mir heute auch noch so. Wenn ich nur eine bestimmte Tasse jeden

Tag benutze oder immer die gleiche Jacke trage, während die anderen einfach hängen bleiben«, sagte ich gedankenverloren.

»Das nennt sich Anthropomorphismus. Oder zumindest lässt es sich damit erklären«, erwiderte Min-ho etwas zu schnell und viel zu präzise. Diese Art an ihm brachte mich jedes Mal zum Schmunzeln. In der kurzen Zeit hier war mir relativ schnell klar geworden, dass Min-ho ein absoluter Nerd war. Er kam immer mit Funfacts um die Ecke und konnte sogar auf meine bescheuertsten Fragen eine Antwort finden. So wie jetzt. Ich setzte mich ebenfalls auf und sah ihn fragend an. Es dauerte einige Sekunden, bis er meinen Blick bemerkte und seine Wangen leicht rot wurden.

»Mister Hwang, würden Sie mir das etwas genauer erklären?«, fragte ich mit amüsierter Stimme. Ein schüchternes Lächeln trat auf seine Lippen.

»Wenn Sie mich so bitten, Miss Harper«, sagte er heiser und räusperte sich, ehe er fortfuhr. »Wenn wir Gegenständen, Tieren oder auch Göttern menschliche Eigenschaften oder menschliches Verhalten zuschreiben, nennt sich das Anthropomorphismus. Deswegen weinen Kinder, wenn sie ein Stofftier verlieren. Es ist für sie wie der Verlust eines Freundes. Wenn du dich schuldig fühlst, weil du eine Jacke häufiger anziehst als die andere, dann gehst du davon aus, dass die Jacke menschliche Gefühle wie Trauer empfindet.« Er machte sich nicht über mich lustig, seine Stimme war ruhig und neutral. Diese Art an ihm fand ich unheimlich heiß, ohne dass ich genau wusste warum, aber ich hätte ihm stundenlang bei solchen Monologen zuhören können.

»Das zeigt außerdem ein großes Empathievermögen. Aber wir wissen ja beide, dass du davon meist mehr hast, als dir guttut«, ergänzte er und drückte mir einen Kuss auf die Stirn.

Wieder einmal traf er ins Schwarze. Das hörte ich nicht zum ersten Mal in meinem Leben. Doch ich wusste, dass er es als Kompliment meinte. Er sah es als Stärke an, während ich es viel zu lange als Schwäche bezeichnet hatte.

Einige Minuten schauten wir schweigend den Film.

»Was war dein liebstes Fach in der Schule?«, fragte er mich wieder wie aus dem Nichts und brachte mich damit zum Lachen, in das er keine Sekunde später mit einstimmte.

»Was denn? Ich will das wissen. Wieso lachst du mich aus?« Er verzog seine Lippen zum Schmollmund und bei Gott … Diese Lippen durfte ich nicht länger als einige Sekunden betrachten. Mit einem Blick darauf kamen sofort Gedanken, die absolut unangebracht waren.

»Ich lach dich nicht aus«, verteidigte ich mich.

»Und ob du das tust. Aber ich verzeih dir für deine ehrliche Antwort«, sagte er und schnipste mir gegen die Stirn. Sofort pochte meine Haut an der Stelle, die seine Finger berührt hatten. Ich schüttelte lachend den Kopf.

»Englisch«, antwortete ich. »Und deins?«

Er dachte einige Sekunden über meine Frage nach. »Musik«, sagte er schließlich und rieb sich übers Kinn. »Seit ich klein bin, war ich davon umgeben. Durch meinen Vater, der alle Instrumente der Welt spielen konnte und mir noch vor dem Kindergarten das Klavierspielen beibrachte. Statt dem ABC-Song hab ich Songs von Queen und Frank Sinatra gesungen, die jedes Wochenende bei uns liefen.«

In seine Augen trat ein Strahlen, wenn er darüber sprach, und es war wunderschön. Ich saß einfach still da und hörte ihm zu. Min-ho erzählte mir, dass er in seiner Kindheit Freddie Mercury vergöttert hatte und der erste Song, den er auf dem Klavier einwandfrei spielen konnte, *Bohemian Rhapsody* gewesen war. Auf seinem ersten Konzert war er zusammen mit Do-yoon und Hyun-su gewesen, als Eminem im Jamsil Olympic Stadium in Seoul auftrat, und kurz darauf hatte KT6 eine kurze Phase gehabt, in der sie ausschließlich Rapmusik gemacht hatten.

»Damals trugen wir alle viel zu viel Schmuck und waren auch viel zu doll geschminkt«, fuhr er fort, ohne eine Miene zu verziehen.

»Gibt es davon noch Aufnahmen? Das muss ich sehen!«

Sein Blick traf meinen. »Bitte vergiss, dass ich dir das erzählt habe.«

Meine Lippen verzogen sich zu einem Schmollmund, auf dem sein Blick einige Sekunden verharrte. »Aber …«

»Liebst du mich?«, unterbrach er mich.

»Ja«, antwortete ich, ohne zu zögern.

So eine einfache Antwort, die so eine tiefe Bedeutung mit sich trug.

Langsam umfassten seine Hände mein Gesicht, zwangen mich, ihn anzusehen, während sein Daumen über meine Haut fuhr.

»Willst du mich jetzt ablenken, damit ich diese Aufnahmen vergesse?«, brachte ich etwas heiser hervor, während er Küsse auf meinem Hals verteilte.

»Möglich«, antwortete er und seine Hände wanderten meinen Rücken auf und ab. »Funktioniert es?«

»Möglich«, brachte ich hervor. »Die Band und Emily kommen heute, oder?«, fragte ich nach einer Weile, in der wir die Aufmerksamkeit wieder auf den Fernseher gerichtet hatten.

Er fuhr sich durch die Haare und legte den Kopf schief, bevor er antwortete. »Eine kleine Kostprobe der Realität.«

»Wie lange bleiben sie?«

»Nur einen Tag. Es sei denn, sie wollen länger bleiben«, antwortete er und setzte sich auf.

Ein Tag, wiederholte ich in Gedanken. *Besser als nichts.*

Ich blickte in seine braunen Augen, die absolute Wärme versprühten. Morgens war der verlorene Ausdruck in ihnen meist am schlimmsten, doch heute war davon nichts zu sehen.

»Es ist nicht lange, aber …«, begann er ausweichend.

»Es ist trotzdem schön. Keine negativen Gedanken an diesem Morgen. Oder an diesem Tag«, unterbrach ich ihn, bevor er sich in Entschuldigungen verhaspelte.

Meine Worte zauberten ihm ein Lächeln aufs Gesicht. In seinem Blick lag eine Sanftheit, die nur mir galt, und ich verlor mich jedes Mal ein kleines bisschen darin. Min-ho hob meine Hand an seine vollen Lippen und drückte einen zarten Kuss auf meine Fingerknöchel.

»Abgemacht«, sagte er mit einem Lächeln, das mein Herz zum Klopfen brachte. Einige Minuten vergingen, in denen wir beide einfach den Film schauten.

»Ich korrigiere meine Antwort«, sagte ich. »Das hier ist der perfekte Morgen.«

Er hielt mich fest und ich hatte mich nie geborgener gefühlt als in seinen Armen.

Irgendwie war ich wieder eingeschlafen, denn als ich aufwachte, war der Film vorbei und Min-ho lag nicht mehr neben mir.

Irritiert setzte ich mich auf und ein Blick auf die Uhr auf dem Nachttisch verriet mir, dass es bereits nach zwei war.

O Gott. Wir mussten das Haus putzen, ich wollte Snacks vorbereiten und mein Outfit rauslegen. Und jetzt hatte ich den halben Tag verschlafen.

Wann war das das letzte Mal vorgekommen?

Min-ho kam zurück in den Raum, zwei Becher Kaffee in der Hand, und das Sonnenlicht, das durch das große Fenster hereinkam, ließ ihn absolut grandios aussehen.

»Du hättest mich wecken können«, sagte ich, als er die Becher auf dem Nachttisch abstellte und wie selbstverständlich zurück unter die Bettdecke rutschte.

»Du sahst einfach viel zu süß aus«, sagte er mit einem Grinsen und zuckte mit den Schultern. »Ein Tag im Bett klingt doch ...«

»Wir müssen noch superviel vorbereiten«, beschwerte ich mich und boxte ihm spielerisch gegen die Schulter.

Es schien ihm absolut nichts auszumachen, keine Sekunde später zog er mich zu sich und auf seinem Gesicht erschien ein Ausdruck, den ich nur zu gut kannte.

Das euphorische Grinsen wurde schnell von einem dunklen, gierigen Blick abgelöst und ließ mich verstummen. Seine Augen bekamen dieses Funkeln und schon lagen seine Lippen auf meinen. Ich konnte mich gar nicht dagegen wehren, oder vielmehr: Ich wollte es gar nicht.

Eine Hand griff nach meinen Handgelenken und platzierte sie über meinem Kopf. Keine Sekunde später presste er sich an mich. Okay, vielleicht war ein Tag im Bett doch genau das, was wir gerade brauchten ...

Meine Finger vergruben sich in seinen Haaren und mein Verstand setzte aus, als sein Gewicht mich tiefer in die Matratze drückte. Die Zärtlichkeit, mit der er mich berührte und ansah, war alles und noch mehr. Der tosende Herzschlag rauschte mir in den Ohren, hallte in meinem Kopf nach wie ein wunderschönes Echo. Seine Brust hob und senkte sich synchron mit meiner und ich genoss die Wärme und Sanftheit, die von ihm ausgingen, etwas zu sehr. Doch er entfernte sich ein paar Zentimeter, gab mir Zeit zum Atmen. Ich blickte in diese warmen honigfarbenen Augen, die mich voller Zärtlichkeit betrachteten.

Okay, Aria. Tief einatmen. Reiß dich zusammen. Wir müssen aufstehen. Die To-do-Liste ist viel zu lang.

»Wenn wir weitermachen, verlassen wir das Bett sicher nicht mehr«, wisperte ich, als er bereits seine Hände unter mein Shirt wandern ließ.

»Du sagst das so, als wäre das was Schlechtes.«

»Du musst zu deinem Gespräch mit Miss Kang und ich muss das Haus vorzeigbar machen. Für unsere Gäste.«

»Unsere Gäste«, wiederholte Min-ho gedankenverloren.

»Min-ho«, lachte ich und darauf hob er kapitulierend seine Hände.

»Na gut«, brummte er und zog das Wort *gut* unnötig in die Länge. Die schwarzen Haare fielen ihm ins Gesicht und er atmete tief ein. Federleicht drückte er mir einen schnellen Kuss auf die Lippen und als er sich von mir lösen wollte, hielt ich ihn fest.

Ganz klasse, Aria. Das kannst du echt gut.

»Noch drei Minuten«, brachte ich hervor und meine Worte ließen ihn zufrieden grinsen.

Meine Beine schlangen sich wie von selbst um seine Mitte, sodass ich ihn noch enger zu mir ziehen konnte.

»Drei Minuten«, raunte er.

»Selbstbeherrschung ist nicht unsere Stärke«, sagte ich und konnte ein Lachen nicht unterdrücken.

»Das muss sie auch nicht sein.«

Er küsste mich so fordernd, so fest und leidenschaftlich, dass ich nicht anders konnte, als meine Finger unter sein T-Shirt wandern zu lassen. Mich an ihm festzuhalten, während er dafür sorgte, dass mein Herz und meine Gedanken gerade einen Abflug machten.

Gerade als ich an seinem Shirt zerrte, ertönte ein schrilles, klirrendes Geräusch. Wir fuhren auseinander.

»Wir haben eine Klingel?«, fragte ich erschrocken und sah mit weit aufgerissenen Augen zur Tür.

In der ganzen Zeit hier hatte niemand sie benutzt. Wer auch? Do-yoon hatte einen Schlüssel, die Sicherheitsleute ebenfalls. Und außer uns betrat sowieso nie jemand das Haus.

»Ignorieren«, sagte Min-ho mit einem gereizten Brummen.

Keine Sekunde später klingelte es erneut, diesmal mehrfach hintereinander in einem komischen Rhythmus, ehe es wieder still wurde. Irgendwie kam mir die Melodie bekannt vor.

War das ...

»Emily?«, fragte ich leise, weil ich die Melodie aus dem Film *Die Eiskönigin* erkannte, die Emilys und mein Klopfzeichen im Wohnheim geworden war.

Aber das konnte nicht sein ... Do-yoon holte sie doch erst heute Abend. Vielleicht spielte mir mein Kopf einen Streich. Das nächste Klingeln war wieder normal.

»Ich schwöre, ich bringe denjenigen um, der uns hierbei unterbricht«, murmelte Min-ho und die Frustration in seiner Stimme war deutlich zu hören.

Kurz blickten wir uns mit geröteten Gesichtern schweigend an. In dem Moment, in dem Min-ho etwas sagen wollte, klingelte es wieder. Der Blick auf seinem Gesicht ließ mich schmunzeln.

»Geh lieber«, sagte ich und biss mir auf die Lippe.

Er atmete einmal tief ein, rieb sich mit seinen Händen übers Gesicht und nickte dann.

»Du bleibst hier liegen«, befahl er und stand auf. Der Ton in seiner Stimme schickte eine Gänsehaut über meinen Körper. Er warf mir einen letzten Blick zu und verschwand frustriert im Flur. Meine Hand zitterte vor Adrenalin, als ich sie an meine Lippen hob, auf denen ich seine immer noch spürte.

Doch das Hochgefühl und die Lust verschwanden sofort, als ich mehrere bekannte Stimmen im Flur hörte. In der nächsten Sekunde sprang ich aus dem Bett und öffnete langsam die Tür.

Vorsichtig ging ich den Flur entlang und wurde prompt nach hinten geworfen, wobei ich beinahe das Gleichgewicht verlor.

»Aria!«

Ich benötigte einige Sekunden, bis mein Kopf realisierte, dass es tatsächlich Emily war, die mich umarmte und aufgeregt mit mir im Arm auf und ab hüpfte. Sofort schossen mir die Tränen in die Augen, weil mich meine Gefühle überforderten. Der Duft ihres Parfüms stieg mir in die Nase. Und es war ihr vertrauter Geruch, der mir in diesem Augenblick bewusst machte, wie sehr ich sie vermisst hatte.

»Was machst du schon hier?«, fragte ich überrascht.

Ein Blick in den Flur zeigte mir, dass die Band ebenfalls versammelt war. Alle sechs zusammen. Sie sprachen auf Koreanisch, von dem ich nur einzelne Sätze heraushörte. Aber ich brauchte sie nicht zu verstehen, um zu begreifen, dass sie Min-ho aufzogen. Immerhin stand er oberkörperfrei im Flur. Seine Haare waren verwuschelt, weil ich zuvor in ihnen Halt gesucht hatte.

»Du hast das Shirt übrigens falsch rum an«, lachte Emily und umarmte mich erneut.

»Und du wolltest heute Abend kommen!«, erwiderte ich mit einem Lachen und versuchte erst gar nicht, mich herauszureden, denn es war sowieso zwecklos.

»Jemand dachte, dass wir euch überraschen.«

»Dieser Jemand warst du?«

»Korrekt.«

Ich blickte in ihr Gesicht, sah ihr Zahnpastalächeln und musste ebenfalls grinsen. Jetzt lag die Band sich zu sechst in den Armen und der Anblick erwärmte mein Herz. Do-yoon stand währenddessen mit verschränkten Armen in der Tür. Mein Blick traf seinen und für eine Sekunde lächelte er mir zu, bevor er das Pokerface wieder aufsetzte.

»Ihr seid wirklich hier«, murmelte ich und sah wieder zu meiner Freundin.

»Wir sind hier. Und jetzt kann die Party losgehen!«, versicherte Emily mit einem Lächeln.

In diesem Moment spürte ich nichts außer vollkommener Freude.

11

Min-ho

Ich hatte mit vielem gerechnet, aber nicht damit.

Kaum hatte ich die Tür geöffnet, sprangen mir fünf Menschen entgegen, die mich so fest umarmten, dass mir die Luft wegblieb. Und ich fühlte mich wie ein Kind, das verloren gegangen war und dessen Eltern es nun endlich wiederfanden. Irgendwie passte dieses Bild grad auch viel zu gut. Ich war verloren gewesen. Mir war gar nicht klar gewesen, wie sehr ich das Gefühl vermisst hatte, das sie mir gaben. Wie sehr ich sie vermisst hatte. Meine Band, meine Familie.

Ich sah in Jae-eons Gesicht. Seine Wangen schimmerten verdächtig rot und seine Augen wurden etwas glasig. Die Lippen presste er aufeinander, ich wusste genau, dass er sich gerade zusammenreißen wollte. Ho-jung sprach so schnell, dass meine Gedanken kaum hinterherkamen, und Hyun-su legte mir einen Arm um die Schulter, als wir uns aus der Umarmung lösten. Woosung und Yunho grinsten beide so breit, dass ihre Freude sofort in ihrem Gesicht abzulesen war, etwas, das viel zu selten vorkam. Ich konnte es kaum glauben, sie waren wirklich hier.

Völlig überrumpelt stand ich in diesem viel zu großen Flur und blickte in die Gesichter meiner Bandmitglieder, die so viel mehr waren als das.

Im Augenwinkel sah ich Emily, die uns zulächelte und das Aufeinandertreffen beobachtet hatte.

»Schön, dich gesund und munter zu sehen«, sagte sie auf Englisch und trat ebenfalls in den Flur.

In ihren Worten klang ein leichtes Lachen mit. Erst jetzt wurde mir bewusst, dass ich oberkörperfrei und nur in Sporthose an die Tür gegangen war.

Instinktiv ging ich einen Schritt zurück und verschränkte die Arme vor der Brust. Meine dunkelroten Wangen und zerzausten Haare machten sicherlich deutlich, was nur wenige Minuten zuvor passiert war. Emilys dunkel geschminkte Augen huschten jedoch schnell an mir vorbei und suchten den Raum ab.

»Freut mich, dass du dich auf die Fahrt mit diesen Idioten begeben hast«, erwiderte ich und erntete amüsierte Blicke.

»Ya!«, rief Jae-eon und schlug mir auf die nackte Brust.

Lachend rieb ich mir über die Stelle und schüttelte den Kopf.

»Wir haben uns benommen«, sagte Hyun-su mit ernster Stimme auf Koreanisch.

»Bei dir habe ich auch keinen Zweifel«, erwiderte ich amüsiert und blickte demonstrativ zu Jae-eon, der es schon immer geliebt hatte, alles und jeden in seinen Bann zu ziehen. Das war einfach seine Art. Seine Blicke waren beinahe hypnotisierend, wenn er es drauf anlegte. Und er liebte es, mit allem und jedem zu flirten. Zur Begeisterung von Jong-ssi, der ihm jedes Mal eine Standpauke hielt, dass das für ein Idol nicht angemessen war.

Auf meinen Blick hin begann er nur zu grinsen und entschuldigend die Schultern zu zucken.

Gerade als Woosung mich auf Koreanisch fragte, ob Emily ebenfalls mit ihnen zurückfahren würde, unterbrach sie uns.

»Es war eine Erfahrung wert«, sagte sie auf Englisch und grinste. Natürlich hatte sie Woosungs Frage verstanden, obwohl er sie auf Koreanisch gestellt hatte. Schließlich lebte sie schon eine Weile in Korea. Ich wunderte mich, dass die Jungs es anscheinend nicht wussten, aber vielleicht wollte Emily sich nur einen Spaß erlauben. Ich würde den Teufel tun, die Jungs darüber aufzuklären. Ein Blick in ihr Gesicht verriet mir, dass sie meinen Gedankengang bemerkt hatte. Vorsichtig schüttelte sie den Kopf und ihre rot geschminkten Lippen verzogen sich zu einem schmalen Grinsen.

Im selben Moment öffnete sich die Schlafzimmer Tür hinter uns. Keine Sekunde später war Emily an mir vorbeigerauscht und so schnell zu Aria gerannt, als wollte sie einen Sprint gewinnen. Ein kurzer Blick über meine Schulter ließ mich lächeln, denn Aria war genauso verblüfft wie ich. Do-yoon räusperte sich und erst jetzt nahm ich seine Anwesenheit wahr. Mit verschränkten Armen und eisernem Blick nickte er mir zu, ehe er verschwand und die Tür hinter ihm ins Schloss fiel.

In meinen Kopf begann sich alles zu drehen.

»Wolltet ihr nicht erst heute Abend kommen?«, fragte ich und blickte in die Runde. Erst jetzt fiel mir auf, dass vier von ihnen ihre Haare in natürlichen Farben gehalten hatten. Gut, Yunhos Haare waren hellblond gefärbt, aber die Haare der anderen Jungs waren braun oder schwarz. Etwas, was seit unserem Debüt kaum noch vorgekommen war. Keine Neonfarben. Keine schrillen Frisuren.

Während der Zeit im Krankenhaus hatte die Band für meine Abwesenheit geradegestanden. Der Terminplan machte auch in so einer Situation keinen Halt, egal, ob ich dabei war oder nicht. Die Jungs mussten die Promotion für die geplante Welttournee ohne mich durchziehen, auch wenn sie verschoben wurde. Bislang hatte ich es nicht übers Herz gebracht, mir die Liveauftritte anzuschauen, die sie ohne mich performt hatten. Im Vorfeld hatte die Band darüber gesprochen, einfach alles abzusagen, denn es war bislang noch nie vorgekommen, dass jemand so lange ausgefallen war wie ich in diesen letzten Wochen. Während meiner Auszeit in Amerika hatte es schließlich keine Auftritte gegeben. Jetzt hatten sie meine Parts bei den Songs über das Playback abgespielt, so viel wusste ich. Es brach mir das Herz, dass sie diese Dinge ohne mich machen mussten.

Unter uns war es aber zur Angewohnheit geworden, ehrlich und direkt zu sein, denn ansonsten hätten wir die Traineezeit und das Debüt nie überlebt. Geschweige denn das Zusammenleben, weil es nicht selten vorkam, dass wir aneinandergerieten. Vor allem, wenn wir uns im Terminchaos oder auf Tour befanden, die immer von Stress, Hektik und hohen Erwartungen geprägt war. Doch mit der Zeit hatten wir uns etwas davon entfernt. Ich hoffte so sehr, dass wir wieder dahin zurückfinden würden.

»Zeigst du uns jetzt deine neue Bleibe?«, fragte Yunho und ich war unendlich dankbar für die Ablenkung.

Ich räusperte mich verlegen. »Klar.«

Einige Sekunden standen wir im Kreis, ohne dass sich jemand bewegte. Wir blickten uns einfach nur an, bevor wir einander erneut in die Arme fielen, und ihre Anwesenheit war auf eine besondere Art heilend. Es würde alles gut werden, da war ich mir jetzt sicher. Zusammen mit ihnen und Aria an meiner Seite würde ich es hinbekommen. Egal, was sich mir in den Weg stellen würde.

»Es bedeutet mir viel, dass ihr jetzt hier seid. Nach all dem«, brachte ich schließlich über die Lippen und meinte jedes Wort.

»Ein Angriff gegen dich geht gegen uns alle«, sagte Yunho ruhig, als wäre das vollkommen klar.

Doch für mich war es das nicht. Ich hatte die Band aufs Spiel gesetzt und war nicht da gewesen. Schon bevor Aria aufgetaucht war. Die fünf Jungs hatten viel mit mir durchgemacht, mussten vieles aushalten. Meine Aussetzer nach dem Unfall meiner Eltern. Die Zeit im Ausland, weil sich die Schlagzeilen anhäuften. Dann meine Anforderungen, als ich wiederkam, und mein Streit mit Jong-ssi. Meine Beziehung zu Aria. Dann dieser Unfall. Es war viel. Das war es nicht nur für mich, sondern für uns alle und das vergaß ich viel zu oft.

Mir war klar, dass ich meine Rolle als Leader absolut nicht mehr verdient hatte. Ich war keiner mehr. Nicht so, wie er nach Definition im K-Pop-Business sein sollte. Mein Versagen war mir sehr bewusst und umso dankbarer war ich, dass sie immer noch an meiner Seite waren.

Hyun-su hielt seine Hand in die Mitte und grinste mich an.

Meine Brust zog sich zusammen, als mir klar wurde, dass sie von mir die Worte hören wollten, die zu unserem Mantra geworden waren. Vor jeder Show, vor jedem Interview.

»Sechs bis zum Schluss«, sagte ich den Satz, der uns allen so viel bedeutete und den ich viel zu lange nicht über die Lippen gebracht hatte.

»Sechs bis zum Schluss«, wiederholten sie meine Worte, die mich mit absoluter Dankbarkeit durchfluteten.

***

Mit den Jungs hier zu sein fühlte sich komisch und heilend zugleich an, wo dieser Ort doch so lange nur Arias und mein Rückzugsort gewesen war. Und jetzt, wo sie hier waren, kamen die Erinnerungen in Wellen auf mich zugerast, ich ertrank einige Sekunden darin.

Für die Menschen da draußen war es vielleicht längst Vergangenheit. Der Unfall, was danach passierte und meine Auszeit. Doch jedes Mal, wenn ich meine Augen schloss und drei Sekunden zu lang darüber nachdachte, fühlte es sich stets wie meine Gegenwart an. Als wäre ich immer noch in diesem Moment, in dem mein Leben sich veränderte. Doch mit jedem Lachen, mit jedem Wort, das wir sprachen, wurde es leichter. Mein Kopf gewöhnte sich an die Tatsache, dass wir gemeinsam hier waren.

Nachdem ich mir einen Hoodie übergezogen hatte, liefen wir gemeinsam mit Aria und Emily wie eine Touristengruppe über das Grundstück. Zwei der Sicherheitsleute unterhielten sich angeregt mit Do-yoon und ich fragte mich, wie die Band und Emily ihn überredet hatten, frühzeitig anzureisen. Ein Grinsen huschte über mein Gesicht, als ich mir vorstellte, wie sie auf ihn eingeredet haben mussten.

Mit tiefen Atemzügen versuchte ich die Lautstärke meiner Gedanken leiser zu stellen. Arias sanftes Lächeln über etwas, was Emily sagte, sorgte dafür, dass ich mich ein wenig entspannte. Ich suchte Halt in ihrer Anwesenheit, in ihren Augen, als sie mich ansah.

Wir schaffen das, sagte ihr Lächeln.

Zusammen, sagte ihre Berührung.

Wir liefen gemeinsam über die große Wiese hinunter zum See, wo Mochi direkt angerannt kam und Aria um die Beine schnurrte.

»Ihr habt eine Katze?«, fragte Emily aufgeregt und ging in die Knie, um sie zu streicheln.

»*Wir* nicht. Aria.« Aber mein Gesichtsausdruck verriet mich. Ich wollte nicht, dass Aria traurig wurde, wenn wir zurück nach Seoul mussten, denn Abschiede waren nicht mein Ding. In das Leben eines Idols passte keine Katze hinein. Dafür war unser Leben viel zu sehr von langen Reisen und zu vielen Terminen bestimmt.

Und doch … dieses weiße flauschige Tier hatte sich in mein Herz geschlichen. Vor allem deswegen, weil es Aria glücklich machte, und mich somit auch. Vielleicht auch ein kleines bisschen, weil ihr Schnurren beruhigend auf mich wirkte und sie trotz meiner Distanzierungsversuche nicht aufgab, bis ich sie streichelte.

»Na ja, was mein ist … ist dein?«, fragte Aria mit honigsüßer Stimme, ging auf die Zehenspitzen und schlang mir die Arme um den Hals.

Meine Hände fanden ihren Platz auf ihrer Taille. »Ist das so?« Provokativ hob ich eine Augenbraue und unterdrückte ein Grinsen.

Die anderen waren viel zu sehr damit beschäftigt, Mochi zu streicheln und Fotos mit ihr zu machen. Na super. Auf ihre Unterstützung konnte ich sicherlich nicht zählen.

Langsam nickte Aria. Ein Blick auf ihre Lippen, die sich zu einem Schmollmund verzogen, war mein Ende.

»Bitte behaltet sie. Ich pass auch auf sie auf, wann immer ihr wollt«, sagte Emily flehend und ließ meine kleine Blase zerplatzen, in der ich mich gerade kurz mit Aria befunden hatte.

Abrupt löste sie sich von mir, ging ebenfalls in die Hocke und Mochi kam sofort zu ihr gelaufen.

Seit Tag eins waren die beiden schon ein Team gewesen. Noch am Abend unserer Ankunft hatte Mochi auf unserer Terrasse gesessen und mit ihren kleinen Pfoten gegen die Scheibe gekratzt. Aria hatte sich sofort verliebt. Und ich brachte es nicht übers Herz, ihr zu sagen, dass wir sie nicht einfach ins Haus lassen konnten. Je mehr Zeit verging, umso bewusster wurde uns, dass sie kein richtiges Zuhause hatte. Das kleine flauschige Ding schaffte es sogar, Do-yoon für sich zu gewinnen. Und wenn ich ehrlich war, freute ich mich, wenn ich spätabends am See entlanglief und sie mir nicht von der Seite wich. Als wollte sie auf mich aufpassen und sagen: *Hey, du bist nicht allein.*

»Das ist ein Thema, über das wir noch sprechen werden.«

Ich sah sie an, doch meine Miene verriet mich sicherlich.

»Sie könnte doch unser Maskottchen werden«, schlug Yunho vor.

»Wah! Gute Idee, Hyung«, stimmte Woosung ihm zu.

»Nein, das kann sie nicht. Wie stellst du dir das bitte vor?«, fragte Hyun-su auf Koreanisch und ließ sie sofort verstummen. »So ein Schwachsinn«, ergänzte er kopfschüttelnd.

Damit war das Thema erledigt, denn Hyun-su war nun mal der Älteste von uns und hatte immer das letzte Wort. Ob es uns gefiel oder nicht. Yunho und Woosung schauten verlegen zu Boden.

»Lass uns über was anderes reden«, sagte Jae-eon und stellte sich neben mich. »Ich verhungere. Gibt es hier auch was zu essen?«

»Wir haben auf dem Weg jeder drei Portionen Gimbap gegessen, wie kannst du noch Platz in deinem Magen haben?«

Beim Wort *Gimbap* grummelte mein Bauch, woraufhin alle zu lachen begannen. Koreanisches Essen war einfach unschlagbar und in der letzten Zeit hatten wir hier viel zu wenig davon gehabt.

»Wir haben noch nicht gefrühstückt«, sagte Aria schließlich.

»Es ist gleich Mittag«, erwiderte Ho-jung leicht schockiert.

In den Zeiten, in denen wir noch zusammengewohnt hatten, war er derjenige gewesen, der immer kochte und dafür sorgte, dass wir keine Mahlzeit ausfallen ließen.

Drei Mahlzeiten am Tag. Das ist wichtig, sagte er immer. Noch nie war mir ein Mensch begegnet, der sein Leben so im Griff hatte wie er. Er sorgte sogar auf Tour dafür, dass er seine acht Stunden Schlaf bekam.

»Kaum hast du Freizeit, vergisst du zu essen«, scherzte er und klopfte mir auf die Schulter.

»Wir haben länger geschlafen«, murmelte ich etwas verlegen.

»Meine Mutter hat dir … sie hat euch auch etwas eingepackt«, sagte Hyun-su nach einem kurzen Räuspern und seine Augen wanderten einmal zu Aria, dann wieder zu mir. Seine kühle Art war mir nicht entgangen, aber jetzt war nicht der richtige Moment für eine Aussprache.

»Gaja!«, rief Jao-eon etwas zu laut, klatschte in die Hände und lief an uns vorbei zurück ins Haus.

»Lasst uns gehen«, übersetzte ich aus alter Gewohnheit, als wir zusammen ins Haus liefen.

12

Aria

Die Band übernahm das Kochen und war dabei voll in ihrem Element. In der Zeit, in der Min-ho und ich hier waren, hatten wir einige Rezepte ausprobiert, waren aber irgendwie doch bei den drei gleichen Gerichten hängen geblieben. Außerdem aßen wir viel zu oft das, was das Team aus Sicherheitsleuten sich ins Bootshaus liefern ließ. Koreanisch hatten wir schon eine ganze Weile nicht mehr gekocht, doch als mir der leckere Geruch von Sesamöl, Knoblauch und Gochujang, der scharfen koreanischen Chilipaste, in die Nase stieg, knurrte mein Magen so laut, als hätte ich eine Ewigkeit gehungert.

Innerhalb von wenigen Minuten hatten die Jungs sich in der Küche zurechtgefunden, schmissen Töpfe und Zutaten hin und her, während einer von ihnen sein Handy mit der Musikbox der Küche verbunden hatte, sodass jetzt laut verschiedene Titelmelodien von Animes durchs Haus schallten.

Ich erkannte die Musik, der Text war allerdings auf Koreanisch, weswegen ich nicht mitsingen konnte. *Pokémon* wurde von *Digimon* abgelöst, dann folgte *Inuyasha* und darauf ein Titelsong, den ich nicht kannte. Bisher war mir nicht bewusst gewesen, wie sehr Min-ho darin aufzugehen schien, und das führte mir erneut vor Augen, dass wir uns eigentlich gerade erst kennengelernt hatten. Manchmal fühlte es sich so an, als hätten wir die Phase des Verliebtseins nach dem Unfall direkt hinter uns gelassen. Auch hatten wir die Kennenlernphase irgendwie übersprungen oder zumindest anders verbracht, als es wahrscheinlich üblich gewesen wäre. Aber die Umstände hatten es nicht anders zugelassen.

Durch das frühzeitige Zusammenleben abseits von Seoul und die viele Zeit zu zweit hatte ich einiges über ihn gelernt.

Ich wusste, wie er seinen Kaffee trank: schwarz mit zwei Löffeln Zucker.

Er war etwas zu süchtig nach den sauren Skittles und sortierte sie vor dem Essen nach Farben. Ich wusste, dass er sein Kissen immer viermal drehte, bevor er mit unruhigen Gedanken einschlief. Und dass er Angst vorm Verlassen- und Vergessenwerden hatte. Dass er immer Mandelmilch in seine Fruit Loops kippte, weil ich laktoseintolerant war und er wusste, dass ich mir ein, zwei Löffel klauen würde. Er summte Songs von Queen vor sich hin und redete oft mit sich selbst, bemerkte es aber nie.

Er war ein Träumer, auch wenn er es oft nicht zugeben wollte.

Ich wusste, was das Leben mit ihm gemacht hatte, kannte seine tiefsten und dunkelsten Gedanken, aber mir fehlte jegliches Wissen über sein früheres Leben. Das, bevor ich auf der Bildfläche erschienen war. Details aus seiner Traineezeit, seinem Debüt und auch über seine ersten Erfolge vermied er.

Ich wusste nicht, ob er jemals etwas anderes hatte werden wollen, als er jetzt war, und er sprach so gut wie nie über seine Eltern.

Jeden Tag lernte ich mehr über ihn, aber diese Themen schienen noch zu sensibel zu sein. Wir sprachen über alles und nichts. Doch je mehr Zeit ich an seiner Seite verbrachte, desto mehr lernte ich über den Mann, der er nun war. Zum Beispiel, dass er anscheinend unheimlich auf Animes stand und jedes Intro aus voller Seele mitgrölte. Es war faszinierend, die Band zusammen zu beobachten, wie sie sich ohne Worte verstand.

Jae-eon war offensichtlich derjenige, der in der Küche das Sagen hatte. Woosung und Hyun-su saßen am großen Küchentisch und trommelten zum Beat der Songs mit. Währenddessen hatte Min-ho angefangen, Gemüse so schnell in kleine Scheiben zu schneiden, dass ich Angst um seine Finger hatte. In einem großen Topf bereitete Yunho gerade Rice Cakes und Dumplings vor und Jae-eon kümmerte sich um die Soße. Ho-jung saß am Handy und suchte die Songs aus. Eine sehr wichtige und ehrenwerte Aufgabe, wie er lautstark betonte.

Es war ein bunter Mix aus Anime-Intros, Rapsongs und Balladen, mit denen ich absolut nicht gerechnet hatte. Einige Songs auf Englisch, die meisten auf Koreanisch. Wieder einmal dachte ich daran, wie schön diese Sprache klang und dass ich sie unbedingt lernen wollte, alleine um Min-ho besser verstehen zu können. Mein Koreanischkurs an der Uni war zwar ein guter Anfang, doch es ging mir nicht schnell genug.

Emilys und meine Aufgabe war es, den Tisch zu decken, danach suchten wir etwas Ruhe im Wohnzimmer. Die Band war beim Kochen anscheinend viel zu eingespielt, um uns in das wilde Treiben zu integrieren, und wir wollten sie dabei auch nicht stören. Zusammen setzten wir uns auf die beige Couch und für eine Sekunde wurde es unangenehm still.

»Alles gut?«, fragte ich und ihre Lippen verzogen sich auf Kommando zu einem Lächeln.

»Ja. Es ist nur … Es ist komisch. Das alles hier. Irgendwie etwas surreal«, erwiderte Emily. »Heute Morgen beim Zähneputzen lief ein Song von KT6 im Radio und jetzt … bereiten sie ein koreanisches Essen für uns vor.«

»Ich versuche, nicht darüber nachzudenken. Sonst würde ich jede Minute am Tag durchdrehen«, antwortete ich.

Die ganze Situation überrumpelte mich jeden Tag aufs Neue, wenn ich mehr als fünf Sekunden darüber nachdachte.

»Es ist, als würde man seinen Lehrer außerhalb der Schule sehen, weißt du? Vorher macht man sich keine Gedanken darüber, dass es diese Menschen wirklich gibt. In der richtigen Welt, meine ich. Aber sie existieren nicht nur auf den Bildschirmen. Es ist schwierig, das in Einklang zu bringen.«

»Guter Vergleich«, lachte ich. »Ich weiß genau, was du meinst. Min-ho mit der Band zu sehen … Das führt mir vor Augen, wie wenig ich eigentlich über ihn weiß. Über all das. Manchmal ist es überwältigend, wenn ich daran denke, dass ganz Korea ein Auge auf ihn und die Band hat.«

Und jetzt auch auf mich, fügte ich gedanklich hinzu.

Seufzend ließ ich mich nach hinten fallen, schnappte mir ein Kissen und umarmte es fest. Emilys Blick wurde sanfter.

»Wie geht es dir, Aria?«, fragte sie mich und ich wusste, dass sie ein *Mir-geht's-gut* nicht gelten lassen würde.

»Ich weiß es nicht«, antwortete ich ehrlich. »Wenn ich morgens neben ihm aufwache, fühle ich mich wie der glücklichste Mensch der Welt. Ich kann es kaum fassen, dass wir das alles überstanden haben. Dass wir noch hier sind.

Aber manchmal frage ich mich, ob ich nicht zu naiv bin. Und ob ich es aushalte, mit den Konsequenzen umzugehen. Mit der Öffentlichkeit, mit den Fans ... Ich weiß nicht, ob ich das schaffe. Und das sind nur die äußeren Umstände.«

»Was meinst du?«

»Dinge, die mich jetzt noch einholen«, sagte ich etwas leiser.

»Hat Chris sich noch mal gemeldet?«, fragte Emily und presste die Lippen aufeinander.

In ihren Augen konnte ich die Wut deutlich erkennen. Seit ich ihr in jener Nacht von Chris erzählt hatte, fühlte ich mich leichter. Und dass ich so weit gekommen war, lag an Min-ho. Weil er mich unterstützte. Weil er mir gezeigt hatte, dass es okay war. Es war okay, dass ich nicht ganz wusste, wer ich war. Solange ich wusste, wer ich sein wollte. Und es war okay, Schwäche zu zeigen, auch wenn die Welt immer verlangte, stark zu sein. Ich hatte ihm von meiner Vergangenheit erzählt und es fühlte sich seitdem leichter an, weil ich hoffte, dass er meine Zukunft sein würde. Als wäre es jetzt nicht mehr nur mein Geheimnis. Min-ho und Emily in meine Beziehung zu Chris einzuweihen, war ein schwieriger Schritt gewesen, doch er war absolut notwendig, um damit abzuschließen. Und das hatte ich. Es fühlte sich befreiend an, als wäre ich endlich an dem Punkt, an dem mein früheres Ich stolz auf mein jetziges Ich wäre.

»Hat er nicht. Ich weiß nicht genau, was passiert ist, aber Do-yoon meinte, dass es niemals ein Flugticket nach Seoul gab. Es war nur einer seiner Tricks, mir Angst einzujagen.«

Viel zu detailliert erinnerte ich mich an den Anruf, der meine Welt in tausend Stücke gebrochen hatte. Wie seine Stimme in der Dunkelheit zu mir fand, wie sie mich gehorsam machen wollte und wie ich es beinahe zugelassen hätte, weil ich unheimlich schlecht in diesen Gedankenkämpfen gegen ihn war. Er rief an, um mich erneut zu brechen. So wie all die Versprechen, die er mir jemals gegeben hatte. Und beinahe hätte es geklappt. Dieses falsche Spiel, bei dem ich viel zu lange mitgespielt hatte und in dem er bis dahin immer, wirklich immer, die Führung behalten hatte. Bis jetzt.

»Dieser Mistkerl«, seufzte sie. »Und wie kommst du klar?«

»Es ist viel. Aber es geht schon.«

In meinem Kopf hatte sich seit einigen Tagen die Idee festgesetzt, zurück zu dem Ort zu gehen, von dem ich geflohen war. Um endgültig damit abzuschließen und endlich meinen Frieden zu finden.

»Schläft Min-ho immer noch schlecht?«, fragte Emily mich plötzlich nach ein paar Minuten des Schweigens.

In einem FaceTime-Gespräch hatte ich ihr davon erzählt, weil ich mir nicht mehr zu helfen gewusst hatte. Ehrlich gesagt wusste ich das auch immer noch nicht.

»Wir hatten gestern eine kleine Aussprache. Danach hatte er die erste Nacht ohne Albträume«, antwortete ich und zupfte am Kissen.

»Und dann platzen wir herein«, seufzte sie.

»Ich bin froh, dass ihr hier seid.«

»Und ich bin froh, dass es dir gut geht. Dass es euch gut geht«, sagte sie, doch aus ihrer Stimme hörte ich leichte Besorgnis heraus.

»Na, Mädels«, unterbrach Jae-eon uns und setzte sich auf die Sofalehne. »Ich wurde aus der Küche verbannt. Man traut mir nicht einmal zu, die Soße umzurühren, dabei ... Oh, sorry. Hab ich euch gestört?« Seine Augen huschten von Emily zu mir.

»Nein«, erwiderte ich schnell. »Wir haben nur ...«

»Wir haben nur darüber gesprochen, wie es bei der Arbeit so läuft«, kam Emily mir zu Hilfe.

Ich presste die Lippen aufeinander. Die Erinnerung an die Arbeit in der Schule tat jedes Mal aufs Neue weh.

»Wo arbeitest du denn?«, fragte Jae-eon interessiert. Er fuhr sich mit der Hand durch die Haare, wobei mir mehrere Dinge auffielen. Erstens, seine braune Haarfarbe passte perfekt zu seiner Augenfarbe und erinnerte mich an Kastanien. Zweitens, er hatte an jedem Ohr drei silberne Ringe, die jetzt durch das Sonnenlicht hinter ihm glitzerten, und drittens, seine Augen verschwanden ein wenig, wenn er so lächelte, wie er es jetzt tat.

»In einer Schule. Ich gebe Englischunterricht«, antwortete Emily eher etwas zurückhaltend.

»Wie cool!«, rief Jae-eon begeistert. »Wie lange bist du denn schon in Korea?«

»Seit zwei Jahren. Mein Visum wurde gerade verlängert, weil ich befördert wurde«, sagte sie jetzt und ihr Blick suchte entschuldigend nach meinem, als sie das sagte. Ich zwang mich zu einem Lächeln, von dem sie sicherlich wusste, dass es gespielt war.

»Das hast du mir ja noch gar nicht erzählt«, erwiderte ich und merkte, dass meine Aussage leicht vorwurfsvoll klang. Und in diesem Moment wurde mir bewusst, dass es dazu gar keine Gelegenheit gegeben hatte. Bei unseren Gesprächen ging es meist um mich, um das, was ich durchgemacht hatte und wie ich damit klarkam. Augenblicklich spürte ich das schlechte Gewissen, weil ich nicht für sie da gewesen war. Jedenfalls nicht so, wie sie es für mich war. Weil ich mit meinen eigenen Problemen so überfordert war, dass da kein Platz für etwas anderes blieb. Doch so funktionierten Freundschaften nicht und so wollte ich erst recht nicht sein.

Reiß dich zusammen, Aria. Emily hat das absolut verdient, freu dich für sie.

»Miss Oh hat es mir erst heute Morgen mitgeteilt. Sie braucht jemanden, der die Unterrichtspläne organisiert und fest im Team bleibt.«

In meinem Kopf blieb nur das »fest im Team« hängen und pochte unerträglich laut. Jemanden, der fest im Team bleibt und der sich nicht in ein koreanisches Idol verliebt, sodass lauter wütende Fans und besorgte Eltern in der Schule anrufen, weil ihre Kinder die Lehrerin in den Nachrichten sehen.

Einatmen, ausatmen. Beruhige dich.

»Es tut mir leid«, brachte Emily leise hervor.

Langsam hob ich den Kopf und blickte in ihre Augen, die jetzt voller Entschuldigungen steckten.

Ich rutschte die wenigen Zentimeter zu ihr und umarmte sie.

»Nein, mir tut es leid. Ich hab in diesem ganzen Chaos gar nicht gefragt, wie es dir geht. Und was gerade in deinem Leben passiert.« Ich löste mich etwas von ihr. »Alles gut. Ich wollte gar nicht darüber reden, bis ich wirklich sicher war. Und meine Probleme sind nicht …«

»Jetzt sag nicht, dass sie nicht wichtig sind. Denn das sind sie. Egal, wie groß oder klein. Wenn sie dich beschäftigen, sind sie wichtig. Und es tut mir leid, dass ich nicht gefragt habe.«

Sie nickte. »Ich freu mich, dass ich jetzt hier bin.«

»Und ich freu mich für dich, dass du diesen Job hast. Wirklich, du hast es absolut verdient. Sie können froh sein, dich zu haben.« Meine Worte waren ehrlich gemeint. Ich schluckte meine Gefühle hinunter, denn hierbei ging es nicht um mich.

»Vielleicht kann ich ja mit Miss Oh sprechen und …«

»Nein«, unterbrach ich sie. »Das brauchst du nicht.«

Es war meine Entscheidung gewesen.

Meine Entscheidung, meine Verantwortung, meine Konsequenzen, mit denen ich jetzt leben musste. Ich wollte nicht, dass jemand anderes da hineingezogen wurde. Nicht, wenn es sich verhindern ließ. In meiner jetzigen Lage war ich mir eh nicht sicher, ob ich diesen Alltag wieder aufnehmen könnte.

»Ich hab dich lieb«, flüsterte Emily und drückte mich noch einmal fest. »Und wenn du es dir anders überlegst, sag mir Bescheid.«

»Ich hab dich auch lieb«, antwortete ich und wir lösten uns aus der Umarmung. »Du hast das alles verdient, lass dir das von keinem wegnehmen. Zeig ihnen, was du draufhast!«

Das würde ich auch versuchen.

13

Aria

Die Küche glich einem Schlachtfeld. Benutzte Töpfe, Pfannen, ungefähr zehn Kellen, Löffel und Rührbesen lagen überall verteilt. Plastikverpackungen von Gemüse, Rice Cakes und Tausende Gewürzgläser. Jae-eon rümpfte die Nase und ich unterdrückte den Drang, sofort mit dem Aufräumen zu beginnen. Stattdessen setzten wir uns an den großen Esstisch, an dem auch Hyun-su saß. Er musterte mich kühl und distanziert, ehe er sich wieder seinem Handy widmete. Beinahe wäre ich deswegen wieder umgedreht, doch Emily zog mich auf den Stuhl neben sich.

Min-ho, Woosung, Yunho und Ho-jung waren gerade dabei, eine koreanische Ballade zum Besten zu geben.

Die nächste Strophe begann und Yunho ließ eine Schüssel fallen, die laut und klirrend in tausend Einzelteile auf dem dunklen Marmorboden zersprang. Das Lied lief weiter, die Band verstummte. Einige Sekunden vergingen, in denen wir alle nur auf die Scherben auf dem Boden starrten.

»Ya! Kann man dir nichts in die Hand drücken, ohne dass du es kaputtmachst?«, fragte Min-ho mit gespielter Ernsthaftigkeit, doch seine Mundwinkel zuckten verdächtig.

Yunho räusperte sich und ging in die Knie, um nach den Scherben zu greifen, wobei seine blonden Haare ihm in die Augen fielen. Er murmelte verlegen etwas auf Koreanisch, das ich nicht verstand, und seine Wangen schimmerten bereits rosa.

Jedoch war Jae-eon schneller, griff ihn am Kragen seines schwarzen Pullovers und zog ihn hoch.

»Du hebst das ganz sicher nicht auf. Wir wollen nicht mit dir ins Krankenhaus fahren«, tadelte er ihn.

Die anderen nickten zustimmend.

»Schon gut«, sagte Yunho und hob ergeben die Hände.

»Drei Schritte zurück«, ergänzte Woosung jetzt, der an seine Seite geeilt war.

»Wisst ihr, Glas ist zerbrechlich«, begann Yunho und hob die Hand, mit der er in der Luft rumwedelte. »Wie das Leben. Man muss gut aufpassen, sonst geht es einem kaputt. Zerspringt in tausend Scherben und nimmt einem all die Chancen, die …«

Die letzten Worte gingen unter, weil Woosung ihm eine Hand auf den Mund legte. Jetzt hörte man ihn nur noch gedämpft murmeln, aber anscheinend ließ er sich davon nicht beirren.

»Mwongmi!«, rief Woosung und ließ Yunho ruckartig los.

Mit schmerzerfülltem Gesicht hielt er sich die Hand. Emily bemerkte meinen fragenden Blick und wiederholte Woosungs Worte, ehe sie mir übersetzte, was er gerade gerufen hatte.

Was zum Teufel.

Ja, das konnte ich wirklich unterschreiben. Was ging denn hier vor? Das war besser als jede Comedyshow.

Woosungs schockierter Gesichtsausdruck unterstrich diese Worte perfekt. Ein Blick in Yunhos Gesicht und seine Mundwinkel verzogen sich zu einem Grinsen, als könnte er einfach nicht sauer auf ihn sein, selbst wenn er ihm in die Hand biss. Kein Wunder, bei dieser schmollenden und unschuldigen Miene, die Yunho jetzt aufsetzte.

»Jinjjaro?«, fragte Woosung schockiert. *Ernsthaft?* Ich war erstaunt, dass ich den koreanischen Ausdruck sofort verstand.

Vielleicht lag es daran, dass es eins von Min-hos Lieblingswörtern war, wenn ihm etwas nicht passte.

»Ich wollte nur darauf hinaus«, begann Yunho erneut, »dass das Leben manchmal wie zersplittertes Glas ist und …«

»Ich hol mal einen Handfeger, bevor wir uns gleich einen Vortrag über die Zerbrechlichkeit des Lebens anhören dürfen«, unterbrach Min-ho ihn lachend und beugte sich zum Spülschrank hinunter. Sofort war Yunho ihm zur Seite geeilt.

»Min-ho, mein Held. Danke dir für deine Hilfe«, grinste er und umarmte ihn fest. Ich konnte nicht anders, als über diese Szene zu lachen. Darüber, dass es anscheinend selbstverständlich für alle war, dass er so ungeschickt war. Und darüber, dass Min-ho steif mit dem Handfeger dastand und sich nicht rührte. Yunho knuddelte ihn wie ein Stofftier. Sein Blick sah Hilfe suchend zu mir, doch ich wollte mich da um keinen Preis der Welt einmischen. Dafür war die Gruppendynamik zwischen ihnen einfach viel zu amüsant.

»Hajima!«, rief Min-ho schließlich auf Koreanisch. Es war klar, dass es so was wie *Hör auf!* bedeutete, so wie Min-ho sich jetzt gegen die Umarmung seines Freundes wehrte.

Ein gequälter, aber amüsierter Gesichtsausdruck lag auf seinem Gesicht und ein verlegenes Lächeln auf seinen Lippen.

Nachdem die Scherben sicher und ganz ohne Verletzungen weggefegt worden waren, stimmte die Band in den nächsten Song ein, als wäre nichts passiert. Bereits nach dem ersten Beat hellte sich meine Miene auf.

There For You von Troye Sivan und Martin Garrix.

Ich liebte diesen Song. Diesmal sangen auch Emily und ich laut mit und für einen Augenblick verloren wir uns alle in der Musik. Die etwas höheren Stimmen von Jae-eon und Ho-jung vermischten sich mit den tiefen Stimmen von Min-ho, Yunho und Woosung. Sogar Hyun-su summte leise mit.

Der Beat baute sich auf und als die Strophe *running, running just to keep my hands on you* kam, lag Min-hos Blick viel zu intensiv auf mir.

Er strahlte. Wir alle strahlten.

Zwar kannte ich die Band nicht gut, aber Min-ho hatte mir viel über sie erzählt. Darüber, wie sie miteinander umgingen und dass sie einander blind verstanden. Aber es live mit anzusehen, Min-ho so glücklich und in seinem Element zu sehen, das war anders. Langsam verstand ich es. Diese sechs Männer waren so unterschiedlich wie Tag und Nacht – aber sie waren zusammengewachsen, weil sie den gleichen Traum verfolgten. Weil sie einander Halt boten. Ihre Blicke und Worte waren voller Respekt und absolutem Vertrauen.

Und möglich, dass mein Herz sich schmerzhaft verkrampfte, weil ich daran dachte, wie sehr ich mir so was ebenfalls wünschte. Schnell verdrängte ich die Gedanken an die Menschen, die früher mal genau das für mich gewesen waren. Bevor Chris jeden Quadratzentimeter meines Privatlebens eingenommen und mich isoliert hatte, ohne dass ich es bemerkte. Vor allem wie schwer es mir jetzt fiel, Menschen zu vertrauen, weil ich so zerbrochen war. Umso dankbarer war ich für Emily, die ebenso laut mitsang wie die Band und ebenso ehrlich lächelte.

Im Gegensatz zu Hyun-su, der zwar vor sich hinmurmelte, aber keine Miene verzog und sich ansonsten komplett ausklinkte.

Ein Piepen ihres Handys ließ Emily aufstehen und ich sah ihr hinterher, als sie auf die Terrasse lief, um zu telefonieren. Ich fragte mich, ob es Ji-woon war. Wir hatten gar nicht mehr über ihn gesprochen und ich machte mir gedanklich eine Notiz, es später einmal anzusprechen. Die Tatsache, dass ich gerade gar nicht wusste, wo die beiden standen, bereitete mir Bauchschmerzen. Vielleicht hatte ich mich etwas zu sehr auf Min-ho und mich fokussiert. Natürlich war das den Umständen entsprechend klar, aber jetzt musste sich definitiv etwas ändern. Zwar wusste ich, dass Emily es mir nicht übel nahm, und möglich, dass sie diese Themen vielleicht absichtlich umging, aber ich war dafür umso wütender auf mich, weil es mir nicht einmal in den Sinn gekommen war.

Meine Augen wanderten durch den Raum, von Emily auf der Terrasse zu Min-ho und Jae-eon am Herd, die gerade das Essen aus den Töpfen in viele kleine Schüsseln umfüllten.

»Was haben du und unser Leader hier die ganze Zeit gemacht?«, fragte Hyun-su mich plötzlich über die Musik hinweg.

Bei seiner Frage hatte er sich jetzt leicht mit den Ellbogen auf den Tisch gebeugt, sein Handy lag gefühlt das erste Mal seit seiner Ankunft nicht in seiner Hand. Der prüfende Blick, den er mir jetzt zuwarf, brachte mich ebenso aus dem Konzept wie seine plötzliche Frage.

»Was?«, fragte ich irritiert.

»Habt ihr die Zeit produktiv genutzt, als Seoul in Chaos ausgebrochen ist und wir uns den Arsch aufgerissen haben, um das wieder geradezubiegen?«

Seine Stimme war leise, doch es fühlte sich an, als hätte er mich angeschrien. Die Frage sickerte wie Eiswasser durch mich hindurch. Wort für Wort vertrieb sie die Wärme, die ich eben noch empfunden hatte.

Aus den Boxen dröhnte *Lauv*, während mir schwindelig wurde.

Zwei ganze Songzeilen suchte ich nach einer Antwort für die Wahrheit, die mir eben um die Ohren geflogen war.

»Hyung«, setzte Ho-jung vorsichtig an und erinnerte mich daran, dass wir gar nicht alleine am Tisch saßen. Auch wenn es sich absolut so anfühlte.

Meine Augen hafteten sich automatisch an ihn.

Verloren, Hilfe suchend.

Ein Blick von Hyun-su ließ Ho-jung jedoch verstummen und er verzog mitleidig das Gesicht, als er mich ansah und dann wegging. Er ging einfach weg, obwohl mein Blick laut »Bleib« rief. Erneut wurde mir vor Augen geführt, dass Hyun-su der Älteste der Gruppe war und das wurde bedingungslos respektiert.

Statt etwas zu antworten, scannte mein Kopf innerhalb von Sekunden alle Details von Hyun-sus Outfit. Weißes Hemd mit hohem Kragen, marineblaue Krawatte, darüber ein beiger Hoodie, als hätte er sich nicht entscheiden können, welche Stilrichtung er heute tragen sollte. Langsam hob ich den Kopf und blickte in seine Augen, die mein Starren bemerkt hatten und auf eine Antwort warteten.

»Weihe mich doch gerne mal ein«, forderte er mich auf, als ich schwieg. »Habt ihr eine schöne Zeit gehabt? War es erholsam?«

Graue Kontaktlinsen ließen seine Pupillen eher milchig erscheinen und im Gegensatz zu den anderen Jungs trug er weder Piercings noch Ringe. Seine Lippen waren fest aufeinandergepresst. Sein eindringlicher Blick wie eine unausgesprochene Prüfung, die ich nicht bestand.

»Ich … Ich weiß nicht, was du hören willst«, sagte ich.

Meine Worte ließen ihn lautlos auflachen. Mein Hals war wie zugeschnürt, Hitze kroch mir in die Wangen und ich krallte die Finger fest in das Sitzkissen.

Es war mir unheimlich wichtig, dass ich mich gut mit den Bandmitgliedern verstand. Sie waren Min-hos Familie und bedeuteten ihm die Welt. Ich wollte, dass sie mich mochten.

Mir war klar, dass mein Erscheinen auf der Bildfläche nicht gerade positive Auswirkungen auf die Situation gehabt hatte. Weder für Min-ho noch für die Band. In gewisser Weise konnte ich Hyun-su verstehen, was es jedoch nicht weniger unangenehm machte. Wer weiß, ob es so ein Chaos ohne mich gegeben hätte.

Vielleicht wäre Min-ho kooperativer gewesen, als er aus seiner veranlassten Auszeit zurück nach Korea gekommen war.

Vielleicht wäre das alles nicht so eskaliert, wenn wir uns zurückgehalten hätten. Es war absolutes *Was-wäre-wenn-Denken*, das ich mir schon eine Weile verboten hatte.

»Ich will eigentlich gar nichts von dir hören. Das ist das Problem«, presste Hyun-su hervor und lehnte sich wieder zurück. Das Gespräch war vorbei, aber die Bedeutung seiner Worte hallte noch immer in meinem Kopf nach. Wie ein Echo, das sich immer wieder wiederholte.

Fassungslos starrte ich ihn an, doch Hyun-su griff bereits nach seinem Handy und beachtete mich nicht mehr.

Abgesehen davon, dass ich versuchte, ihn in irgendeiner Weise zu verstehen, fand ich dieses Gespräch hier und jetzt absolut unangebracht. Mitten in dieser Kochsession, mit lauter Musik und noch lauterem Lachen, war doch kein geeigneter Zeitpunkt, um mir solche Dinge an den Kopf zu werfen. Meine Finger begannen zu zittern, als ich den Blick abwendete und mehrfach blinzelte.

Die Panikwelle bahnte sich an, ich presste meine Fingernägel in meine Handflächen und schloss kurz die Augen. In meinem Kopf begann es zu summen, als würden die vielen Gedanken sich in Lichtgeschwindigkeit überschlagen.

Bitte kriege jetzt keine Panikattacke am Tisch.

Bitte kriege jetzt keine Panikattacke am Tisch.

Bitte kriege jetzt keine Panikattacke am Tisch.

Immer und immer wieder sagte ich den Satz auf, als könnte ich dadurch meinen Körper unter Kontrolle halten. Meistens hatte es Erfolg und gerade als ich kapitulieren wollte, spürte ich, wie jemand von hinten an meinen Stuhl herantrat.

Irgendwie schaffte ich es, die Augen zu öffnen, bei Min-hos Anblick beruhigte ich mich etwas.

Hatte er mitbekommen, was Hyun-su eben gesagt hatte, und war deswegen gekommen?

Irgendwie hoffte ich, dass er es nicht gehört hatte. Es würde seine Freude mit Sicherheit schmälern, dass die Jungs jetzt hier waren, und das wollte ich ihm nicht nehmen. Vielleicht konnte ich später in Ruhe mit Hyun-su sprechen.

Starke Arme legten sich von hinten über meine Schultern, griffen sanft nach meinen verkrampften Händen und seine Finger strichen langsam über meine Handinnenflächen, auf denen deutliche Spuren meiner Fingernägel zu sehen waren.

Es funktionierte.

Seine Nähe half immer gegen die Panik. Auch wenn nur ein paar Sekunden vergangen waren, fühlte es sich nach Stunden an. Plötzlich war ich so erschöpft, als wäre ich einen Marathon gelaufen. Mein rasendes Herz und mein zittriger Atem passten jedenfalls dazu.

In Min-hos Augen erkannte ich die unausgesprochene Frage, ob alles okay war. Ich nickte leicht und sofort wurde sein Lächeln echter als noch drei Sekunden zuvor.

Für dieses Lächeln, das nur mir galt, nahm ich jedes Chaos in Kauf. Am liebsten hätte ich diese Erkenntnis, dieses Gefühl genommen und es Hyun-su an den Kopf geworfen, doch die Antwort hätte eh nichts gebracht.

Ein lautes Räuspern ließ uns alle herumfahren.

Mit langsamen Schritten kam Do-yoon hinein und seine Augen waren starr auf Min-ho gerichtet, als wäre jeglicher Blickkontakt mit uns verboten. Er hielt sich das Handy ans Ohr, nickte ab und zu und im Augenwinkel sah ich, dass seine Hand etwas verkrampft war.

Do-yoon wirkte immer zu perfekt. Zu adrett, zu steif, zu professionell. Wie eine Maschine, die einfach immer funktionierte und deren Ausfall ich nur ein einziges Mal mitbekommen hatte: im Krankenhaus. Doch seit Min-hos Entlassung war alles wieder beim Alten. Die Maske, die er aufgesetzt hatte, erschreckte mich jeden Tag aufs Neue und auch Min-ho beherrschte das etwas besser, als mir lieb war.

So läuft das wohl im K-Pop-Business, mit dem das Land Millionen verdient, dachte ich.

»Der Preis, um nicht verrückt zu werden«, hatte Min-ho mir mal gesagt. »Man muss nur aufpassen, dass man eine Pause von der Maske bekommt, ansonsten merkst du irgendwann nicht mehr, dass du überhaupt eine trägst.«

»Se-yo?«, murmelte Min-ho ins Handy und war schon zur Gartentür hinausgeeilt. Im selben Moment quetschte Emily sich an ihm vorbei und sah ihm ebenso fragend hinterher. Wir sahen ihm nach, die Gespräche waren wie aus dem Nichts abgebrochen worden und hingen unbeendet in der Luft.

Jedes Mal, wenn Min-ho einen Anruf von Do-yoon entgegennahm, bedeutete es zu neunzig Prozent Neuigkeiten – oder vielmehr Anweisungen – von SYE.

Und es bedeutete zu hundert Prozent, dass Min-ho danach entweder wütend oder traurig wurde. Selbst als er sich immer weiter von uns entfernte und zum Seeufer hinunterlief, war es, als könnte ich ihm die Verspannung seiner Schultern ansehen. Das Gespräch über Serien wurde wieder aufgenommen, jedoch hörte ich nur noch mit halbem Ohr zu. In der Zwischenzeit, in der ich meinen Gedanken nachhing, hatte die Band sämtliche Schüsseln mit dampfendem Essen auf den Tisch gestellt.

»Wie alt seid ihr alle eigentlich?«, fragte Emily in die Runde, als ich ihnen wieder aufmerksam zuhören konnte. Ihr aufmunterndes Lächeln zeigte mir, dass sie meinen kurzen Gedankenausflug bemerkt hatte. Ich ahnte außerdem, dass sie sicherlich wusste, wie alt die Mitglieder der Band waren – im Gegensatz zu mir hatte sie das halbe Internet nach Informationen durchsucht. Vielleicht war die Frage aber auch einfach reine Höflichkeit. Immerhin konnte sie schlecht sagen, dass sie die Idols allesamt in den sozialen Medien gestalkt hatte und deswegen schon alles wusste. Das kam schlecht rüber, oder?

»Ich bin zweiundzwanzig«, sagte Jae-eon und schob sich einen Pepero in den Mund.

Woher hatte er die koreanischen Keksstäbchen auf einmal? Und wollten wir nicht jetzt gleich mit dem Essen anfangen?

»Du bist jünger als ich!«, rief ich leicht schockiert und etwas zu laut, sodass er zu lachen begann.

Ich war davon ausgegangen, dass alle Bandmitglieder älter als ich waren. Allein, weil sie schon wesentlich reifer aussahen und sich auch so verhielten. Aber vielleicht war das der Preis, wenn man in diesem Business Erfolg haben wollte. Die Disziplin und die harte Arbeit hinterließen schließlich Spuren. Sie mussten zu schnell erwachsen werden.

»Wie alt bist du?«, fragte er jetzt interessiert und zeigte mit dem schokoladenüberzogenen Keksstäbchen auf mich.

»Ich bin dreiundzwanzig«, fing ich an und griff ebenfalls nach einem Pepero. Hauptsächlich, um meine Finger zu beschäftigen, weil ich nervös wurde.

»Koreanisches Alter?«, fragte Woosung und hob eine Augenbraue.

Ich schüttelte den Kopf. Daran hatte ich mich immer noch nicht gewöhnt und ich würde niemals den Sinn dahinter verstehen, warum man bei der Geburt bereits ein Jahr alt sein sollte und in diesem Land die Altersangabe anders berechnete als sonst wo auf der Welt.

»Also kann ich dich Noona nennen«, rief Jae-eon euphorisch.

»So alt wie wir!«, sagte Ho-jung aufgeregt und zeigte auf Woosung und dann auf sich selbst.

Als Min-ho einige Minuten später wieder hereinkam, vermied er es, direkt in mein Gesicht zu schauen. Ein Blick in seines verriet mir, dass er seine Maske, sein Pokerface aufgesetzt hatte. Keine Regung, keine Gefühle. Sein Blick war leer und sein Kopf ganz woanders. Sofort fragte ich mich, ob nur ich es bemerkte, doch die ernsten und zugleich fragenden Mienen seiner Bandmitglieder verrieten mir, dass sie es ebenfalls sahen. Natürlich. Sie kannten ihn schließlich viel besser.

Ho-jung sprang neben mir auf, um Min-ho den Platz frei zu machen. Bei der Geste musste ich lächeln, doch als ich in Hyun-sus Gesicht sah, sanken meine Mundwinkel in Sekundenschnelle wieder nach unten.

Min-ho griff unter dem Tisch nach meiner Hand und drückte sie sanft. Seine Augen waren etwas wärmer als noch vor ein paar Minuten.

»Worüber sprecht ihr?«, fragte er, löste den Blick von mir und schaute in die Runde.

»Wir klären grad die Rangordnung«, scherzte Jae-eon.

»Jae-eon ist unser Maknae«, sagte Min-ho und zeigte auf ihn. »Falls du irgendwas brauchst, ruf ihn.«

Min-ho erklärte mir, dass Maknae so viel wie Nesthäkchen bedeutete und immer für den jüngsten der Band oder auch innerhalb einer Freundesgruppe oder Familie genutzt wurde.

»Aria ist jünger als ich«, erwiderte Jae-eon und wackelte mit den Augenbrauen, was auch immer er mir damit sagen wollte. Für diese Antwort bekam er Min-hos Todesblick ab, den ich sonst nur sah, wenn ich spätabends seine Dokus ausschaltete, damit er etwas Schlaf bekam.

»Aber für uns bist und bleibst du der Maknae. Das wirst du nicht los«, erwiderte Woosung jetzt und klopfte ihm auf die Schulter. Dabei griff Jae-eon nach der roten Packung Peperos und steckte sich fünf auf einmal in den Mund, worauf die anderen angewidert das Gesicht verzogen.

Automatisch fiel mein Blick auf seine Uhr, die viel zu groß für seine unheimlich schmalen Handgelenke war.

»Hyun-su ist achtundzwanzig und damit der Älteste von uns. Danach komme ich«, fuhr Min-ho fort.

»Können wir endlich essen?«, sagte Hyun-su in einem gelangweilten Ton, der jedoch dazu führte, dass die Gruppe zu lachen begann. Ich blieb stumm.

Die Stimmung schien merkwürdig angespannt, wir alle nickten beinahe synchron und schnappten uns Essstäbchen und Löffel, die auf dem Tisch verteilt lagen.

»Emily, wie alt bist du?«, fragte Jae-eon jetzt, griff nach den Gläsern und schenkte jedem Wasser ein.

Einen Augenblick lang ließ Emily ihre Augen über Jae-eon wandern, von seinen gelockten braunen Haaren bis zu seinen markanten Wangenknochen und den Lippen, auf die er sich jetzt biss.

Langsam beugte sie sich über den Tisch, griff nach dem Wasserglas, das Jae-eon gerade befüllt hatte, und antwortete schließlich: »Ich bin fünfundzwanzig.«

Sofort begannen Jae-eons Augen zu funkeln, er ließ seinen Blick ebenso sorgfältig über Emily wandern.

Belustigt schaute ich zu Min-ho, der nur den Kopf schüttelte.

Flirteten die beiden etwa gerade vor unseren Augen? Was war denn hier los? Zwar wusste ich, dass viele Idols sich etwas von kulturellen Charakteristika distanzierten und offener waren, als es für die koreanischen Standards üblich war, aber das war doch schon wirklich etwas zu offen für meinen Geschmack.

»Dann sind wir gleich alt«, kommentierte Yunho anstelle von Jae-eon, der anscheinend mit seinen Blicken viel zu beschäftigt war.

»Für diese Informationen brauchst du nur unsere Namen in die Suchleiste eingeben«, sagte Hyun-su und zog eine Augenbraue hoch. Die Stimme monoton, gelangweilt und mit einem Hauch von Vorwurf. Auch bei ihm hielt Emily den Augenkontakt länger, als ich es je könnte. Ohne sich aus der Fassung bringen zu lassen, lachte sie laut auf.

»Weißt du, ich hab auch noch was anderes zu tun«, erwiderte sie trocken. »Es gibt weitaus wichtigere Dinge.«

»Die besten Informationen kannst du nicht im Internet nachlesen«, pflichtete Min-ho ihr bei und grinste.

Mich überkam eine Erinnerungswelle daran, wie er genau diese Worte zu mir gesagt hatte, als wir uns kennengelernt hatten und er mich zu einem Date überreden wollte. Und damit hatte er absolut recht, denn die vielen Dinge, die Min-ho für mich zu dem Mann machten, den ich liebte, konnte man nicht nachlesen.

»Aria weiß doch sicherlich genug über uns, oder hast du nichts von uns erzählt?«, fragte Hyun-su jetzt weiter und seine Augen lagen abwartend auf Min-ho.

Innerhalb weniger Sekunden wurde Min-hos Gesichtsausdruck hart und kühl. Vielleicht bildete ich es mir ein, aber alle am Tisch atmeten plötzlich etwas leiser.

»Natürlich hab ich von euch erzählt. Ihr seid ein Teil von mir«, antwortete Min-ho knapp.

Die perfekte Antwort, um Hyun-su den Wind aus den Segeln zu nehmen. Doch die Bedeutung der Worte und die Art, wie er sie sagte, passten nicht zusammen. Beinahe so, als würde sich die Emotionalität der Worte hinter der Kälte seiner Stimme verstecken.

Es waren Emily und Ho-jung, die sich als Erste rührten und es irgendwie schafften, das Gespräch wieder zum Laufen zu bringen.

Auf der Tagesordnung standen jetzt oberflächliche und belanglose Themen. Irgendwie kamen sie auf die Serie *Squid Game,* worüber sie anscheinend auch schon auf der Fahrt gesprochen hatten. Gerade als Jae-eon sagte, dass die weibliche Hauptdarstellerin absolut hinreißend war, klingelte Min-hos Handy und ließ ihn verstummen. In wenigen Millisekunden hatte er es aus der Hosentasche hervorgeholt, blickte flüchtig auf das Display und legte es dann weg. Alle Augen waren auf das umgedrehte Handy auf dem Tisch gerichtet.

Er schaltete es aus.

Das hatte er vorher noch nie gemacht.

Ich fragte mich, was ihn jetzt dazu veranlasste, und gleichzeitig wollte ich es gar nicht wissen.

***

Vielleicht war ich komisch, aber ich liebte es, die Küche aufzuräumen. Es hatte eine therapeutische Wirkung auf mich, alles nach und nach wieder an seinen Ort zu stellen und ordentlich herzurichten. Die Art, wie Min-ho jedes Mal die Spülmaschine einräumte, war weniger therapeutisch. Ganz im Gegenteil. Es war vielmehr etwas, das mich innerlich nervös machte. Besteck mit der falschen Seite nach oben, Gläser und Schüsseln kreuz und quer und nicht geordnet in einer Reihe. Teller in unterschiedlichen Größen durcheinander aufgestellt. Mein innerer Monk protestierte lautstark in meinem Kopf.

»Willst du über das Telefonat sprechen oder schweigen wir darüber?«, fragte ich schließlich und wischte über die Arbeitsfläche.

Die Aufräumaktion hatten er und ich stillschweigend verbracht, während die Band und Emily oben ihre Gästezimmer bezogen hatten. Sie blieben für eine Nacht, vielleicht sogar länger. Das Surren der Spülmaschine wurde lauter, während ich auf seine Antwort wartete.

Mit verschränkten Armen lehnte Min-ho am Küchentresen. Das Sonnenlicht fiel durch das Fenster hinein und ließ ihn absolut fabelhaft aussehen. Das schwarze gelockte Haar, seine gebräunte ebenmäßige Haut, die markanten Gesichtszüge und die Art, wie seine Augen plötzlich noch viel wärmer erschienen.

Tiefbraune Augen mit Goldtupfern, die mich jetzt zu mustern begannen. Ein Blick, unter dem ich mich auflöste wie eine Brausetablette im Wasser. Ich versuchte seine Miene zu entschlüsseln, als sein Gesicht offener schien.

»Jong-ssi wollte sichergehen, dass wir die Zeit effektiv nutzen. Als Band. Und er ist hellauf begeistert, dass wir jetzt zusammen hier sind. Mit Sicherheit, weil der Tour bald nichts mehr im Weg steht.« Den letzten Satz brachte er mit einem lautlosen Lachen hervor, bevor er den Blick auf den Boden richtete.

»Und? Steht der Tour nichts mehr im Weg?«, fragte ich leise und lehnte mich neben ihn an den Tresen.

Schulter an Schulter, Gedanke an Gedanke. Eine einfache Frage, die eine wahrscheinlich sehr komplizierte und bedeutsame Antwort erforderte. Eine Antwort, die so viel mehr war als nur das. Min-hos Blick begegnete meinem.

Kein Ja, kein Nein. Bloß ein Schulterzucken.

Wir wussten beide, was er eigentlich sagen wollte. Natürlich stand der Tour nichts mehr im Weg. Min-ho hatte sich erholt, die Verletzungen vom Unfall waren verheilt. Die körperlichen zumindest, an den anderen arbeiteten wir. Seit unserer Ankunft hatte er viel Zeit im Studio verbracht, an neuen Songs gearbeitet und wir würden diese Bubble hier bald hinter uns lassen. Er zurück in Seoul, ich, wo auch immer mich das Leben hinführen würde.

»Aria …«, begann er, brach jedoch ab.

Instinktiv umarmte ich ihn und spürte, wie er mich noch fester an sich zog, als hätte er Angst, dass wir sonst auseinanderfallen könnten. Augenblicklich hüllte mich sein Duft ein. Herb, maskulin und mit einer holzigen Note. Meine Lieblingsmischung.

»Schon gut«, wisperte ich.

Aber war es wirklich gut? Nein. Das war es ganz und gar nicht. Doch was anderes konnte ich grad einfach nicht über die Lippen bringen. Ich hoffte so sehr, dass er zu dem finden würde, was ich bereits in ihm sah.

Wenn der Mond unser Schlafzimmer nachts etwas heller werden ließ, zog er mich fester an sich und flüsterte seine Sorgen an meine Haut. Dass er glaubte, nicht mehr gut genug zu sein und die Menschen nur zu enttäuschen.

Vielleicht hat sich mein Herzenswunsch in einen dunklen Albtraum verwandelt. Dieser Satz hatte sich fest in meinem Kopf verankert.

»Ich höre dich denken«, flüsterte Min-ho an mein Ohr.

»Sorry. Ich war nur …«, fing ich an, verstummte jedoch, als er den Zeigefinger auf meine Lippen legte.

»Hör auf, dich immer zu entschuldigen.« Das Grübchengrinsen erschien auf seinem Gesicht. Mein Herz begann Purzelbäume zu schlagen, als seine Finger sanft über meine Wange strichen, das kühle Silber seiner Ringe an meiner rosaroten warmen Haut. Es war der perfekte Kontrast und brachte mich jedes Mal etwas aus dem Konzept. Ich wusste nicht genau warum, aber ich liebte dieses Gefühl.

»Du siehst heute unheimlich gut aus«, meinte er schließlich, als ich nicht antwortete, weil ich mich gerade in seinen Berührungen verlor. Genau das, was er wollte, da war ich mir sicher. Ich ließ die Ablenkung zu, denn jetzt war nicht der passende Augenblick für das Du-gehst-auf-Tour-und-ich-gehe-nach-England-Gespräch.

»Emily wollte, dass ich das trage«, antwortete ich.

Bevor wir uns auf eine kleine Haustour begeben hatten, hatte ich Min-hos

Hoodie und die Leggings gegen ein rosa Kleid aus Cord und eine weiße Bluse getauscht.

»Egal, wer es ausgesucht hat, du siehst gut aus.«

Ich hatte mich immer noch nicht daran gewöhnt.

An diese Komplimente, an diese Blicke, an ihn. Ich konnte mein Glück immer noch nicht fassen, dass ausgerechnet ich in diesen Raum am Flughafen gestolpert war. Dass dieses Lächeln mir galt, das er mir jetzt schenkte.

»Du bist ein absoluter Schmeichler«, antwortete ich viel zu spät und schlug mit der flachen Hand auf seine harte Brust.

Er grinste breit. »Da hast du recht. Doch es ist jedes Mal gewinnbringend.«

»Ach so?« Fragend zog ich eine Augenbraue hoch.

»Es bringt mir dein Lächeln«, flüsterte er mit tiefer Stimme, als würde er mir ein Geheimnis anvertrauen. »Das ist mein Hauptgewinn.«

Auf seine Worte folgten seine weichen Lippen, die federleicht über meine strichen. Im Zeitlupentempo legte er mir eine Hand an die Wange, zog mich noch näher und das Silber seiner Ringe an meiner Haut jagte Feuerwerksgefühle durch mich hindurch.

Für den Moment gab es nur uns. Über alles andere konnte ich mir später noch genug Gedanken machen.

14

Min-ho

Diese Nacht schmeckte nach Freiheit und Soju. Die grünen Flaschen des koreanischen Schnapses schimmerten im Licht der Feuerflammen, die in unserer Mitte tanzten, und während ich das Farbenspiel betrachtete, wurde mir klar, dass ich nicht mehr so viel vertrug wie vorher.

Wir saßen alle zusammen draußen am Seeufer unter dem Pavillon, dessen Lichterketten die Nacht etwas heller werden ließen. Emily, Jae-eon und Aria waren unter Wolldecken eingekuschelt, obwohl es eine angenehme Sommernacht war und das knisternde Feuer in der Feuerstelle unsere Gesichter wärmte.

Irgendwann waren wir dazu übergegangen, Kartenspiele und Trinkspiele zu vermischen und das war niemals eine gute Kombination, wenn auch eine sehr unterhaltsame.

Während einer Runde Uno lernte man die Menschen noch mal von einer anderen Seite kennen. Es war das Spiel, das unsere Gruppe auf Tour am meisten spielte. Beinahe etwas zu obsessiv, aber bei Uno war eben nicht zu spaßen. Wir führten unter uns und dem Staff eine Rangliste, wer die meisten Spiele gewann. Hyun-su und Yunho waren gut, unser Choreograf war aber noch besser und hielt Platz eins der Liste unaufhaltsam seit drei Jahren.

Auch in dieser Runde wurde gespielt, als ginge es um Leben und Tod. Ernste Gesichter, zusammengekniffene Augen und das Bewahren eines Pokerface, wenn eine neue Karte gezogen wurde. Dennoch mussten wir jedes Mal lachen, wenn Yunho wieder aussetzen musste oder Hyun-su die Karten runterfielen, weil er es selbst nach sechs Jahren nicht beherrschte, sie vernünftig festzuhalten.

Dieser Abend fühlte sich nach mehr an, so als würde er die Dunkelheit mit lautem Lachen vertreiben.

Wir waren mit harmlosen Gesprächen und leckerem Essen gestartet, doch spätestens, als die ersten Sojuflaschen leer waren, veränderte sich die Stimmung. Wurde ausgelassener, als hätten wir uns jetzt daran gewöhnt, wieder zusammen zu sein.

Aus der Bluetoothbox dröhnte *Like A G6*, als hätten wir 2010 und als wären wir wieder so jung und unbeschwert. Ein bisschen fühlte es sich auch so an. Die bunten Unokarten wanderten durch unsere Finger und über den Tisch.

Yunho war der Erste, der siegesreich zu grinsen begann und so laut »Uno« schrie, dass es sicherlich ganz Korea gehört hatte. Instinktiv hielt ich Ausschau nach den Geistermännern, die überall auf dem Grundstück verteilt waren, um für Sicherheit zu sorgen, auch wenn groß und fett »Überwachung« auf ihren Gesichtern stand. Sie kamen und gingen, ohne dass man sie bemerkte. Ihre Anwesenheit spürte ich trotzdem jeden Tag mehr, als mir lieb war. Ein Huschen im Augenwinkel, ein entferntes Gespräch oder Fußspuren im Sand am Seeufer. Es war unheimlich und beinahe so, als wären sie angewiesen worden, da, aber nicht wirklich da zu sein. Bisher hatte ich kein Wort mit ihnen gesprochen, Do-yoon war anscheinend der Einzige, der dazu befugt war.

»Aish! Du hast doch betrogen!«, rief Woosung, der gefährlich in seinem Campingstuhl hin und her wippte. »Verdammt!«, ergänzte er keine Sekunde später noch mal, als wollte er, dass alle seinen Ausbruch verstanden.

Ho-jung hatte mittlerweile so viele Karten in seiner Hand, dass er diese kaum noch halten konnte, und egal, wie sehr er sich bemühte, sie wurden einfach nicht weniger. Wie immer zogen wir ihn damit auf, dass er nach etlichen Runden die Regeln immer noch nicht verstand, und seine Wangen schimmerten bereits verdächtig rosa. Insgeheim wusste ich, dass er sich etwas doofer anstellte, um den Clown zu geben und alle zu amüsieren. Denn so war er eigentlich, auch wenn er diese Seite seit seiner Ankunft wenig gezeigt hatte.

Jae-eon und Woosung hatten auf unserer letzten Tour durch Japan ein

Trinkspiel mit den Unokarten entdeckt, was seitdem zum festen Bestandteil nach einer Abschlusstour – oder sonstigen Ereignissen – geworden war.

Plus-zwei-Karten bedeuteten einen Shot, den derjenige an die Gruppe verteilen durfte, die mitspielte.

Plus-vier-Karten bedeuteten einen Doppelshot nach dem gleichen Prinzip.

Leider erfüllten die Band und ich das Klischee, nicht viel Alkohol zu vertragen. Jedoch war Soju immer noch Soju. Der wirkte anders, irgendwie leichter. Jedenfalls bildete sich das mein berauschter Kopf gerne ein, obwohl ich eigentlich wusste, wie schnell man das unterschätzte.

Die Jungs verschonten Aria und Emily bei den ersten Runden und machten sich einen Spaß daraus, mich trinken zu lassen. »Als Gastgeber sollte ich wenigstens etwas nüchtern bleiben.«

»Ich kann diesen Part gerne übernehmen«, fiel Aria mir eiskalt in den Rücken.

Ihr extrasüßes Lächeln, das sie jetzt aufsetzte, machte es unmöglich, eine schlagfertige Antwort zu formulieren.

»Gonbae«, sagte ich daraufhin resigniert. »Cheers.«

Ich hielt das Glas in die Höhe, als wäre ich Gatsby, und blickte Aria dabei an, als wäre sie meine Daisy, von der ich nicht loskam. Dann drehte ich mich nach links, weg von Hyun-su, der als Einziger älter als ich war. Schnell kippte ich den Inhalt hinunter und bemühte mich um einen neutralen Gesichtsausdruck.

Das Karma war auf meiner Seite, denn bei meinem nächsten Zug zog ich eine *Zieh-vier*-Karte. Mit einem verschwörerischen Grinsen verteilte ich die Shots an Aria und Emily, doch zu meiner Überraschung kamen keine Widerworte, die Gläser waren im Nu geleert und ließen uns etwas sprachlos zurück.

Nach fast einer Stunde Spielzeit hatten wir alle rote Wangen und grinsende Gesichter. Do-yoon war irgendwann doch dazugekommen, hatte Holz auf der Feuerstelle in der Mitte nachgelegt und sich kommentarlos zu uns gesetzt.

Als Hyun-su eine *Zieh-zwei*-Karte legte, grinste er stolz und zeigte auf mich und Do-yoon. Zu meiner Überraschung zuckte Do-yoon mit den Schultern, griff nach dem überfüllten Sojuglas und kippte den Inhalt in einem Zug hastig hinunter. Wir applaudierten lautstark, was ihm sichtlich unangenehm war. Doch die Maske des eisernen Bodyguards ließ er selbst jetzt keine Sekunde verrutschen, sein Gesichtsausdruck veränderte sich nicht einen Millimeter.

Yunho, Emily und Woosung waren bereits raus, aber dafür jubelten sie umso lauter, als Ho-jung eine *Plus-zwei*-Karte auf die bereits dort liegende *Plus-zwei*-Karte legte und somit den Shots entkam. Mit einem teuflischen Grinsen nickte er in meine und Jae-eons Richtung.

»Wusstet ihr, dass man das eigentlich nicht darf?«, beschwerte ich mich. »In den offiziellen Spielregeln steht, dass man …«

»Dagchyeo!«, unterbrach Hyun-su mich lautstark.

»Halt doch selbst den Mund«, rief ich trotzig auf Englisch zurück und verschränkte die Arme, während wir uns angrinsten.

Im nächsten Augenblick streckte er mir seine Zunge raus, als wäre er fünf und ich hätte was Fieses zu ihm gesagt. Das Gesetz unserer Gruppe forderte, dass ich es ihm gleichtat, auch wenn ich mir unheimlich albern vorkam.

»Zieh schon deine Karten«, sagte Do-yoon leise. Seine Stimme hatte diesen Effekt, dass es egal war, wie leise er sprach – man hörte ihm sofort zu. Ich hörte ihm sofort zu. Wie ein Automatismus, dem ich nicht entkommen konnte.

Seine beinahe schwarzen Augen fixierten die blaue Zwei auf dem Tisch, die auf dem Kartenstapel oben lag.

Unsere Augen waren auf ihn gerichtet, wie er sich über die kurz geschorenen Haare fuhr und sich dann im Stuhl zurücklehnte.

Keine Sekunde später ließen Jae-eon und ich unsere Gläser aneinander klirren. Das angewiderte Gesicht meines Trinkpartners brachte alle zum Lachen und ich hätte mich beinahe verschluckt.

Ich zog meine vier Karten und versuchte ein Pokerface zu bewahren, aber leider hatte ich kein Glück. Keine Shotkarte, kein Wunsch- oder Aussetzkarte. Dafür drei gelbe, eine grüne. Sechs, zwei, sieben und acht. Auf dem Stapel lag jedoch eine rote Eins. Na super.

Kaum hatte ich die Karten gezogen, machte Ho-jung es sich zur Aufgabe, den chaotischen Kartenstapel zu ordnen. Wir spielten so lange, bis nur noch Hyun-su und Ho-jung übrig waren. Wie auch immer Hyun-su das geschafft hatte, denn so weit war er noch nie gekommen. Dramatisch trommelten wir bei jeder Karte, bei jedem Zug auf den Tisch, als wären wir bei einer Uno-Weltmeisterschaft. Mit lautem Applaus legte Hyun-su eine grüne Sieben und wurde Vorletzter, grinste und freute sich jedoch so, als hätten wir einen Nummer-eins-Titel in den Charts platziert.

Feuerfunken stiegen zusammen mit dem Rauch in den dunklen Nachthimmel und vermischten sich mit den funkelnden Sternen über unseren Köpfen. Gedankenverloren legte ich den Kopf in den Nacken und sah hinauf. Hier in Chuncheon sah man die Sterne deutlicher, in Seoul war das durch die Lichtverschmutzung kaum möglich. Den nachtblauen Himmel mit leuchtenden Sternen würde ich definitiv vermissen, wenn wir diese Auszeit hinter uns ließen.

Eine Sache von vielen, flüsterte mein Kopf. Meine Augen wanderten vom Himmel zu Aria, die keine zwei Sekunden später zu mir herübersah.

Als spürte sie meinen Blick.

Als wüsste sie, was gerade in meinem Kopf los war.

Sie sah mich an. So lange, bis meine dunklen Gedanken sich auflösten, keinen Widerstand mehr leisteten und Ruhe gaben.

Im Augenwinkel bekam ich mit, wie Emily und Yunho gerade Sojubombs vorbereiteten, und dieses Mixgetränk aus Soju und Bier war immer mein Stichwort, auf Wasser umzusteigen.

Ich konnte nicht anders, als wieder zu Aria zu schauen, wie sie dort unter einer viel zu großen dunkelgrünen Decke saß. Und ihr Lächeln war so echt, dass ich es küssen wollte.

Am liebsten hätte ich ihren Anblick in Flaschen abgefüllt und mich daran betrunken. Die vollen rosa Lippen, die ich am liebsten sofort mit dem Zeigefinger nachfahren wollte. Die Augen so blau, dass man darin ertrank.

Emily drückte ihr ein Glas in die Hand und sie begannen zu lachen, als die Gläser etwas überschwappten.

Das Feuer ließ kleine Funken in die Luft steigen und ich kam nicht drum herum, zu denken, dass es in meinem Herzen gerade genauso aussah. Dass es Funken sprühte, wenn ich Aria ansah.

Absolutes Klischee. Absolut pathetisch. Absolut egal.

Es waren Songtext-Gedanken. Okay, vielleicht stieg mir auch der Soju in den Kopf. Ich griff nach einer Flasche Wasser, exte fast einen halben Liter und notierte mir diese Worte in den Notizen meines Handys.

Vielleicht würde alles irgendwie gut werden.

Ein Gedanke, für den ich mir unter anderen Umständen eine reingehauen hätte, aber an diesem warmen Sommertag im Juli wirkte alles einfacher.

15

Aria

In Min-hos viel zu großem Hoodie und unter einer sehr kuscheligen, warmen Decke saß ich hier, als hätten wir nicht immer noch fast zwanzig Grad und Sommer. Ich lächelte unter blinkenden Lichterketten mit vibrierendem Bass und warmer Sommernachtsluft und war glücklich, als mein Herz im Takt der Musik pochte.

Zugegeben, ich hatte mir anfangs Sorgen gemacht. Vor allem, als mir Hyun-sus Blick begegnet war und wie ein Warnsignal auf mich wirkte. Doch jetzt saßen wir alle zusammen hier, sangen mit, wippten hin und her und sprachen über alles und nichts. Sogar Do-yoon lächelte, mit gehobenen Mundwinkeln und plötzlich nicht mehr so verschlossenem Gesicht.

Meine Augen wanderten zu Min-ho, als könnten sie nicht anders. Bei diesem Mann konnte mir das keiner verübeln. Es war beinahe ein Instinkt, ihn anzuschauen, ich musste einfach.

Er fuhr sich einmal durch seine etwas zu langen lockigen schwarzen Haare und ich zählte die Ringe an seinen Händen. Sieben. Seit unserer ersten Begegnung waren es sieben gewesen. Immer unterschiedliche, niemals die gleichen, aber immer sieben. Als ich ihn gefragt hatte, was dahintersteckte, erklärte er mir, dass jeder Ring für ein Mitglied der Band stand. Und einer für Wook Jong, der ihnen diesen Traum ermöglichte. Die beiden verband mehr als eine gewöhnliche Geschäftsbeziehung, so viel hatte ich jetzt verstanden. Als ich ihm zuletzt im Krankenhaus begegnet war, schien er wie ausgewechselt. Die harte Miene war durch einen Blick auf Min-hos Krankenbett wie ausgelöscht.

Auf meinen fragenden Blick hin sagte Min-ho nur, dass es kompliziert wäre.

Worauf er sich genau bezog, erläuterte er nicht weiter.

Es ist kompliziert. Das sagte zugleich alles und nichts aus.

Ein Satz wie ein Status bei Facebook, der auf vieles übertragbar war.

Beziehungen, Freundschaften, das Leben.

Aber wir saßen alle noch hier. Nach all dem saßen wir immer noch hier, konnten lachen und dieses Geräusch, diesen Moment, hätte ich am liebsten aufgenommen und in Dauerschleife abgespielt.

»Mein rechter, rechter Platz ist frei«, sagte Min-ho leise und durchdrang meine gedankliche Abwesenheit.

Mit intensivem Blick und angespannten Oberarmen, die über der Stuhllehne neben ihm lagen, sah er zu mir herüber. Langsam lief ich mit wackligen Schritten um den Tisch, setzte mich auf Hyun-sus Platz und somit neben ihn.

Etwas zu nah und doch nicht nah genug.

Er rückte keinen Millimeter zur Seite, natürlich nicht.

Das tat er nie.

»Wusstest du, dass Bäume schüchtern sind?«, fragte er mich wie aus dem Nichts, als ein Windstoß die Blätter rascheln ließ.

Lachend sah ich ihn an. »Wie bitte?«

»Das nennt man Baumkronenschüchternheit«, fuhr er unbeirrt fort.

»Wie kommst du jetzt darauf?«

Min-hos Mundwinkel zuckten, als er nach den übrig gebliebenen Unokarten griff, die auf dem Tisch verteilt lagen.

»Das ist ein bekanntes Phänomen.«

Ich lehnte meinen Kopf an seine Schulter, genoss die Wärme, die er ausstrahlte. Mein Blick fiel auf seine langen Finger, die gerade versuchten, ein Kartenhaus aufzubauen.

»Sie wachsen nur so weit, dass sie mit ihrer Krone keinem anderen Baum in den Weg kommen. Es wird gesagt, dass sie sich so vor Abschürfungen schützen«, erklärte Min-ho mit ruhiger Stimme und ich hätte ihm ewig zuhören können.

»Kommt mir irgendwie bekannt vor«, antwortete ich ernst, auch wenn ein leichtes Lächeln meine Lippen umspielte.

Nicht nur irgendwie, sondern absolut. Sich von anderen zu distanzieren und zu entfernen, um sich vor Verletzungen zu schützen? Das war mein Spezialgebiet gewesen, auch wenn ich es irgendwie geschafft hatte, dieses Muster zu durchbrechen.

Meine Augen schauten an unseren Freunden vorbei auf den See, dann auf die dahinterliegenden Bäume. Auf den Wald, in dem wir häufiger wandern gingen, seit wir hier waren. Natürlich bildete ich es mir nur ein, aber ich hörte die Blätter noch lauter rascheln, als ein kräftiger Windstoß kam.

Das Kartenhaus fiel in sich zusammen, Min-ho fluchte leise. Ich unterdrückte ein Grinsen und biss mir auf die Lippe.

»Du brauchst ruhigere Hände. Und ein gutes Fingerspitzengefühl.« Es lag zwar am Wind, aber den Kommentar konnte ich mir trotzdem nicht verkneifen.

Einige Zentimeter beugte ich mich nach vorn, griff nach zwei Karten und lehnte sie erneut aneinander.

»Ich habe immer ruhige Hände«, erwiderte er verdächtig leise und zog mich näher an sich heran. Seine Finger strichen mir die Haare aus dem Nacken und er drückte mir einen schnellen Kuss auf die Haut. Sofort ging meine Konzentration verloren.

»Und Fingerspitzengefühl hab ich auch genug. Das müsstest du am besten wissen«, bemerkte er in einem rauen, dunklen Ton, der die Welt in den Hintergrund geraten ließ.

Ein aufgeregtes Prickeln schoss mir durch die Venen, als er seinen Kopf auf meine Schulter sinken ließ. Eine unschuldige Geste, wenn man mal von seinen Worten vor wenigen Sekunden absah. Ich versuchte mir nichts anmerken zu lassen, doch Min-hos leises Lachen sagte mir, dass ich absolut versagte. Die warme Sommerluft durchflutete meine Lungen und ich hoffte, dass die anderen meine roten Wangen auf den Alkohol schoben. Und nicht darauf, dass seine Finger eine kleine Portion Magie in sich trugen und mich elektrisierten.

Nervös wanderten meine Augen von den Karten vor mir zu unseren Freunden, die jedoch viel zu vertieft in ihre eigenen Gespräche waren. Natürlich scheiterte ich kläglich daran, die Karten so aneinanderzulehnen, dass sie stehen blieben.

Mein rasendes Herz ließ meine Hände zittern, ich holte einmal tief Luft, als würde das irgendwie helfen. Das Kartenhaus fiel zusammen und ich fühlte diese Metapher nur zu gut, denn genau das passierte eben, wenn Min-ho mich so berührte.

Ich sah ihm fünf Sekunden zu lang in die Augen.

Fünf Sekunden, die mir ein Gefühl von Vollkommenheit gaben.

Ein Blick, der sagte: *Lass uns von hier verschwinden.* Dafür brauchte er keine Worte und seine vollen Lippen verzogen sich zu einem Lächeln, als wüsste er genau, woran ich dachte.

»Was macht Hyun-su denn so lange?«, fragte Woosung plötzlich und ließ mich zusammenzucken.

Verlegen hob ich den Kopf und hoffte, dass keiner diesen kleinen Moment so intensiv wahrgenommen hatte, wie er sich für mich angefühlt hatte. Meine Wangen glühten feuerrot.

Ich hob den Kopf und sah in Emilys grinsendes Gesicht, die demonstrativ mit den Augenbrauen wackelte, als hätte sie Min-ho und mich bei sonst was erwischt. Dabei hatten wir uns nicht mal berührt. Na gut, vielleicht doch, aber nur federleicht.

»Ich brauch jetzt ganz dringend was zu essen. Habt ihr jajangmyeon ramyeon da?«, wollte Jae-eon wissen und sah erst Min-ho und dann mich erwartungsvoll an.

Wir nickten beide synchron.

»Wollte Hyun-su nicht was zu essen holen?«, fragte Yun-ho.

Schulterzuckend sah ich ihn an.

»Ich geh sonst mal ins Haus und schau, wo er bleibt«, erwiderte Jae-eon jetzt und kratzte sich am Kinn.

Tatsächlich war Hyun-su schon eine ganze Weile verschwunden.

Mir kam in den Sinn, dass ich vielleicht den Moment nutzen konnte, um etwas unbeschwerter mit ihm zu sprechen.

»Bleibt sitzen, ich geh schon.«

Vorsichtig schob ich meinen Stuhl zurück und lief über den Rasen hinüber zum Haus, blieb jedoch stehen, als ich bemerkte, dass Min-ho mir folgte. Dicht hinter mir blieb er ebenfalls stehen, doch schwieg. Stattdessen zog er mich in eine Umarmung, die mich laut ausatmen ließ. Seine Brust an meinem Rücken.

Die Erinnerung daran, heute Morgen auf dieser Brust aufgewacht zu sein und seine Finger an der Haut zu spüren, löste peinliches Herzrasen aus. Ich dachte an die Muskeln, auf denen meine Wange lag, und daran, wie seine Wärme sich auf mich übertrug, als wäre er meine persönliche Heizung.

»Ich kann dir helfen und …«, begann er.

»Ich wollte eigentlich kurz mit Hyun-su sprechen.« Bei meiner Antwort drehte ich mich in seiner Umarmung um, sodass ich ihn ansehen konnte.

Ein überraschter Ausdruck huschte über sein Gesicht.

»Okay«, erwiderte er und runzelte die Stirn.

»Keine Sorge, ich krieg die Ramyeon auch alleine hin. Vielleicht hilft Hyun-su mir ja«, gab ich zurück und presste die Lippen aufeinander. Als ob es darum gehen würde, doch etwas Besseres fiel mir gerade nicht ein.

»Vergiss nicht: Zuerst Pulver und Flocken, dann die Nudeln.«

Zum tausendsten Mal hörte ich diese Worte, jedes Mal seufzte ich laut auf. Bevor er ging, drückte er mir einen Kuss auf die Stirn und ich lief zögerlich zum Haus zurück.

»Hinein in mein Verderben«, murmelte ich zu mir selbst.

Aber wie schlimm konnte ein Gespräch mit Hyun-su schon werden?

16

Min-ho

Ich sah Aria hinterher. Mein Hoodie, den sie trug, sah bei ihr eher aus wie ein Kleid. Manchmal wirkte sie so winzig, so zerbrechlich, aber jedes Mal, wenn ich genau das dachte, bewies sie mir, wie stark sie eigentlich war. Als sie an der Terrassentür angelangt war, bemerkte ich das Zögern, ihr tiefes Durchatmen und ihre anschließende Entschlossenheit.

Einige Sekunden vergingen, dann lief ich zurück zum Pavillon, an dem Woosung und Jae-eon mit Emily schon wieder über *Squid Game* diskutierten, Ho-jung war an seinem Handy beschäftigt und im Hintergrund lief *Happier Than Ever* von Billie Eilish. Seufzend griff ich nach der Wasserflasche, gab mich den Lyrics des Songs hin und bemerkte etwas zu spät, wie Do-yoon mich von der Seite abwartend ansah. Wir tauschten einige Blicke aus, irgendwie reichte das immer.

»Keine Ramyeon?«, schmollte Ho-jung, weil ich mit leeren Händen wiederkam.

»Hyun-su und Aria …« Ich brach ab, wedelte nur mit der Hand und vergrub mein Gesicht in den Händen. Die Jungs kannten mich gut genug, um nicht weiter nachzuhaken. Das war der Vorteil, wenn du so viele Jahre mit den gleichen Personen auf engem Raum zusammengelebt hast. Wir wussten, wann geschwiegen werden musste. Und gerade musste ich Aria das durchziehen lassen, auch wenn ich Angst hatte, was Hyun-su sagen könnte.

Das sanfte Gitarrenspiel des Songs ging in einen lauten Beat über, ich ließ meine Sorgen von der Musik davontreiben.

Doch das ungute Gefühl in mir wollte nicht verschwinden, denn Hyun-su war seit seiner Ankunft nicht er selbst. Viel distanzierter, viel kühler, und mir waren seine beinahe feindseligen Blicke gegenüber Aria ebenfalls nicht entgangen. Ihre Panik am Küchentisch war sicherlich nicht einfach so gekommen. Besorgt sah ich erneut zum Haus.

»Hyung, Hyung, Hyung«, hörte ich Jae-eon sagen, der plötzlich aufgestanden war und sich jetzt über meine Schulter beugte. »Was schaust du denn so leer in der Gegend herum?«

Irritiert blinzelte ich ein paarmal. Etwas zu schnell und etwas zu verräterisch. Jae-eon war ein Kummerkastenmensch. Egal, was einem auf dem Herzen lag, es sprudelte heraus, sobald er einen nur anblickte. Über die Jahre hatte ich mir ein Schutzschild dagegen aufgebaut, doch er hielt nicht immer.

»Ach … Es ist nichts.«

Mein steifes, gezwungenes Lächeln und mein Gesichtsausdruck unterstützten meine Worte absolut nicht. *Egal,* dachte ich.

Das Gesicht meines Freundes fror ein, beinahe so, als wäre er wütend über meine flache Antwort. Schweigen legte sich wie eine schwere Decke über uns, die mit jeder Sekunde unerträglicher wurde. Unterstützt von Jae-eons Blick, der mich abwartend ansah, bis ich es nicht mehr aushielt.

»Aria wollte mit Hyun-su reden und …«, setzte ich an. »Ich weiß nicht, ob das eine gute Idee ist. Er ist etwas … Er ist einfach anders. Ich mach mir nur Sorgen.«

»Dich hat es ganz schön erwischt, oder?«

Seine Stimme klang jetzt etwas ernster, als er sich auf den leeren Stuhl neben mich setzte. Langsam nickte ich, doch wich seinem fragenden Blick aus. Meine Augen hafteten für einige Atemzüge auf seinen schwarzen Lederschuhen, die er immer trug. Wirklich immer. Egal, ob es passte oder nicht. Egal, wie warm oder kalt es war. Immer. Jeder von uns hatte so ein Paar im Schrank, nachdem wir einen Werbespot für Gucci gedreht hatten, jedoch war Jae-eon der Einzige, der sie trug. Die Erinnerung an den Drehtag und wie nervös wir gewesen waren, ließ mich lächeln und es fühlte sich weit von meiner Realität entfernt an.

Eine Realität, in die ich bald zurückkehren musste, wollte, was auch immer.

»Egal, was Hyun-su morgen zu dir sagt … Wir stehen hinter dir. Es ist nicht leicht für ihn, aber gib ihm einfach etwas Zeit.«

Der Ausdruck auf seinem Gesicht wurde sanfter, doch seine Worte wiederholten sich in meinem Kopf, wirbelten mit etwas zu viel Soju und etwas zu vielen Zweifeln in meiner Gedankenwelt herum.

Für den nächsten Tag hatten wir uns im Studio verabredet, damit ich ihnen zeigen konnte, woran ich hier gearbeitet hatte. Irgendwie konnten sie sich ein paar Tage freischaufeln. Vielleicht auch, weil das Entertainment darauf baute, dass wir mit einem Album zurückkamen.

Natürlich wusste ich, dass wir uns aussprechen mussten, und natürlich war mir Hyun-sus Art seit heute Morgen nicht entgangen. Ich schluckte schwer.

»Wir kriegen das hin«, sagte ich.

Hoffe ich, hing unausgesprochen hinter meinem Satz und war mehr als deutlich. Jae-eon schenkte mir ohne weitere Antwort nach. Den Blick gesenkt, die Sojuflasche in der Hand fest umklammert.

»Auf dich.« Er ließ die Flasche gegen mein Glas klirren.

»Auf uns«, erwiderte ich und zwang mich zu einem Lächeln, aber das ungute Gefühl in meinem Magen konnte ich nicht ignorieren.

Ebenso wenig wie die lauten Worte von Hyun-su, die jetzt aus der Küche mit dem Wind zu uns herübergetragen wurden, und Arias Schluchzen, das ich in jeglicher Entfernung gehört hätte.

17

Aria

Dieses Gespräch war keine gute Idee gewesen.

Ich wusste nicht, was ich mir davon erhofft hatte. Vielleicht etwas mehr Harmonie, vielleicht konnte ich es aber auch einfach nicht ertragen, so kalt angeschaut zu werden.

Nachdem ich ins Haus gekommen war, warf Hyun-su mir einen erwartungsvollen Blick zu. Als wüsste er, was ich sagen wollte, nickte er in Richtung Küche, und schweigend begannen wir, jajangmyeon ramyeon zuzubereiten, als ich von Jae-eons Bitte erzählte.

»Zuerst Pulver und Flocken, dann die Nudeln«, waren die ersten Worte, die er sagte, genauso wie Min-ho einige Minuten zuvor. Er kommentierte jeden seiner Schritte, als versuchte er so das Schweigen zu vertreiben, und ließ mich nicht mal mit dem Kochlöffel hantieren.

Kommentarlos nahm er mir den Topf aus der Hand, füllte ihn mit Wasser, öffnete den Schrank und holte die Nudeln heraus, während ich ihn still beobachtete. Dabei gab er mir das Gefühl, ich wäre klein, winzig, unfähig. Und ja, möglich, dass ich zusammenschrumpfte, während die Nudeln zu kochen begannen und Hyun-su mich durch den Wasserdampf musterte. Ich ertrug es nur, weil ich wusste, dass er für Min-ho wie ein Bruder war. Erst sagte er nichts, dann sagte er alles.

»Hast du dir gut überlegt, worauf du dich hier einlässt? Hast du eine Ahnung, was alles auf dich zukommt? Auf euch? Auf uns? Alles wegen eurer kleinen Affäre? Er riskiert alles für dich, setzt alles aufs Spiel, wofür WIR gearbeitet haben. Er wird seinen Traum für dich aufgeben und dich irgendwann dafür hassen.«

Seine Vorwürfe begannen leise, wurden dann lauter, bis sie eine Lautstärke in meinem Kopf annahmen, die beinahe unerträglich war. Satz für Satz spuckte er förmlich aus, als könnte er sich jetzt nicht mehr zurückhalten, und er sprach so schnell, dass ich kaum hinterherkam. Er wechselte zwischendurch ins Koreanische und erdolchte mich mit seinen Blicken, während ich einfach nur mit dem Glas Wasser in dieser Küche stand und reglos alles ertrug.

Er warf mir vor, egoistisch zu sein, nicht an Min-ho, sondern nur an mich selbst zu denken, und ich wäre daran schuld, wenn die Band sich auflöste. Seine Vorwürfe brodelten in meinem Kopf über wie das Wasser, das hinter ihm zu kochen begann.

»Du ruinierst einfach alles. Merkst du das nicht?«, sagte er schließlich mit kalter Stimme und drehte sich von mir weg.

Während er die Sojabohnenpaste über die Nudeln gab, schaltete sich in mir etwas ab.

»Die Tour findet doch aber statt, alles andere kriegen wir sicher hin«, sagte ich mit fester Stimme. Am liebsten hätte ich ihn angeschrien und gefragt, was sein verdammtes Problem war. Ein kleiner Teil von mir hoffte jedoch, ihm den Wind aus den Segeln nehmen zu können. Es durfte nicht eskalieren, ich wollte das sachlich regeln.

Mit beiden Armen umarmte ich mich selbst, als er sich blitzschnell wieder umdrehte.

»Willst du an seinem Ärmel hängen, während wir auf Tour gehen? Das ist doch kein Leben. Es wird dich nicht glücklich machen und ihn mit Schuldgefühlen aufladen. Tu ihm das nicht an. Das wird kein gutes Ende haben. Also warum beendest du es nicht gleich und ersparst uns den Ärger?« Diesmal war seine Stimme leise, beinahe traurig, und hallte trotzdem laut in meinem Kopf nach. Wort für Wort, Wahrheit über Wahrheit, befeuerte er meine Sorgen und Zweifel und ich wusste, dass ich dieses Gespräch niemals wieder aus dem Kopf bekommen würde. Okay, das reichte. Ich konnte mir so etwas nicht anhören und ruhig reagieren, während er so mit mir sprach. Es erinnerte mich viel zu sehr an Gespräche, die ich niemals wieder führen wollte. In diesem Moment legte sich ein Schalter um. Ich hatte mir geschworen, für mich einzustehen. Für mich, für uns.

»Glaubst du das wirklich?« Mein Puls begann zu rasen, ich wusste nicht, ob vor Wut oder Verzweiflung. »Du weißt nicht, was wir durchgemacht haben. Wenn wir das schaffen, können wir auch mit den Konsequenzen umgehen. Das tun wir doch schon längst, was meinst du, was wir hier machen? Urlaub?«, schrie ich jetzt, meine Stimme zitterte jedoch und ich verfluchte mich dafür, dass mir vor lauter Wut die Tränen kamen. Schnell blinzelte ich sie weg.

»Du bist naiv. Und Min-ho fühlt sich mit Sicherheit für dich verantwortlich. Nach dem Unfall und was du wegen des Fotos abbekommen hast. Er würde niemals eine Person im Stich lassen, auch wenn es besser für ihn wäre. Er denkt nie zuerst an sich. Vielleicht ist das seine Schwäche. Du scheinst klug zu sein und ihn zu mögen, aber ihr kennt euch erst wenige Monate. Ist es das wert, dass er jahrelange Arbeit für eine kleine Romanze in den Wind schießt?« Schockiert über seine Aussage riss ich die Augen auf. Das konnte er doch nicht ernsthaft denken, oder?

Es war nicht mein bester Moment, aber bevor ich darüber nachdenken konnte, schüttete ich den Inhalt meines Wasserglases auf ihn. Diese herablassende Art konnte ich keine Sekunde länger ertragen.

Lachend rieb er sich mit dem Ärmel über das Gesicht und in seinen Augen funkelte es. Irgendwie meinte ich, plötzlich einen Hauch von Respekt in seinem Blick zu erkennen. In der Küche wurde es still, in meinem Kopf dafür umso lauter.

Wütend bahnte ich mir meinen Weg durch die hintere Tür, raus aus der Küche, raus aus dieser Situation und einfach weg. Vorbei an den Lichtern der Auffahrt, an den Sicherheitsleuten, die plötzlich erschienen und mich stumm ansahen, jedoch nichts sagten. Mit wackeligen Schritten lief ich einige Meter an der Mauer vorbei, auf der groß die Nummer drei prangte, dabei gab es im ganzen Umkreis kein einziges anderes Haus. Und obwohl ich darauf bedacht war, dass mich die anderen nicht sahen, hörte ich Schritte, als ich mich auf den Bordstein der Straße setzte. Laute, gleichmäßige Schritte. Und durch meinen tränenverschleierten Blick konnte ich Min-ho erkennen, der auf mich zugerannt kam.

***

Min-ho und ich sprachen nicht, wir schwiegen. Mit jedem Schritt beruhigte ich mich wieder etwas mehr, als würde ich mit der Entfernung auch das Gedankenkarussell zurücklassen.

Hand in Hand spazierten wir nebeneinanderher, die Luft war jetzt kühler und doch strahlte Min-ho diese angenehme Wärme aus, die meine Gänsehaut vertrieb.

Irgendwo zwischen dem ganzen Chaos war es so, als hätte ich mein Zuhause gefunden. Und das war weder England noch Korea. Das war er. Langsam und still liefen wir durch diese Nacht in Richtung Wald, immer weiter weg vom Haus, und als die Gespräche unserer Freunde, die Musik und das Lachen in den Hintergrund gerieten, hörte man nur noch das Zirpen der Zikaden und das Geräusch unserer Schritte.

Gedanklich steckte ich immer noch bei den Worten fest, die Hyun-su mir an den Kopf geworfen hatte, und ich war mir nicht sicher, ob und wie ich mit Min-ho darüber sprechen konnte.

Er wird seinen Traum für dich aufgeben und dich irgendwann dafür hassen.

Sein Ausdruck war distanziert, seine Stimme jedoch so laut, dass es mir jetzt noch eiskalt den Rücken runterlief. Min-ho lief neben mir und kickte Steine vor sich her. In seinen schwarzen Boots, die ihn noch etwas größer machten, und mit seinem dunklen Mantel, in dem er einfach grandios aussah. Er hatte so viel aufgegeben, um an diesen Punkt zu kommen. Die harte Arbeit, die er in seine Karriere steckte, und alles, was er dafür aufgegeben hatte. Das durfte nicht umsonst gewesen sein. Und egal, was auf uns zukommen würde, wenn er nicht an sich selbst dachte, tat ich es dafür umso mehr.

Wenn ihr zusammen zurückkommt, wird es noch schlimmer.

Hatte Hyun-su recht? War ich naiv? Nein, wir würden das schaffen. Ganz sicher. Ich schüttelte den Kopf und hoffte, dass ich so seine Worte vergessen könnte, doch es hörte nicht auf. Seine Stimme war mir unter die Haut gekrochen, hatte sich dort festgehakt.

»Hör auf.«

Min-hos Stimme zerschnitt die Spirale an Vorwürfen, in der ich mich befand. Abrupt blieb er stehen und da er meine Hand fest umklammert hielt, musste ich es ebenfalls. Dabei wäre ich am liebsten weggerannt.

»Womit?«, wollte ich mit kratziger Stimme wissen.

»Mit diesen Gedanken. Sie stehen dir fett und leuchtend aufs Gesicht geschrieben. Lass es.«

Ich schloss seufzend die Lider. »Tut mir leid.«

Es nützte nichts, meine Gedanken rasten einfach weiter, als müssten sie das tun, weil sie jetzt endlich die Berechtigung dazu hatten.

Mit einer Hand zog Min-ho mich an sich, öffnete die Knöpfe seines Mantels und legte ihn um uns beide.

Wie einen Schutzschild.

Keine Fragen, keine weiteren Worte. Einfach nur Nähe.

Das war alles so unfair. Meine Atmung beruhigte sich, als seine Wärme auf mich überging, und wir verharrten einige Sekunden genau so. Irgendwann fand seine Hand mein Kinn und hob meinen Kopf, sodass ich ihn ansehen musste.

»Was ist passiert, Aria? Was hat er gesagt?«

»Die Wahrheit«, wisperte ich.

»Und was ist die Wahrheit?« Der fordernde Ton in seiner Stimme war trotz allem sanft. Seine Augen scannten mein Gesicht, als würde er dort eine Antwort auf seine Frage finden. Zögerlich hob er eine Hand, seine Finger bebten, als er mir eine Haarsträhne hinters Ohr strich und ich erneut mit den Tränen kämpfte.

Ich wollte nicht, dass er so war. Wütend und aufgebracht.

Ich wollte einfach nur, dass alles wieder gut wurde.

»Lass uns noch ein paar Schritte gehen«, seufzte er schließlich, als ich nicht antwortete.

Schweigend liefen wir ein Stück weiter die Straße hinunter. Mein Blick war auf den ausgetrockneten Boden gerichtet, der staubig aufwirbelte.

Nach unzähligen Schritten erzählte ich Min-ho, was Hyun-su gesagt hatte, und er hörte immer noch zu, als die Minuten wie Atemzüge verstrichen und wir uns immer weiter vom Haus entfernten.

Wir liefen, liefen und liefen. Und ich redete mir alles von der Seele, bis wir uns schließlich auf das kalte, feuchte Moos des Waldes setzten, an dem wir jetzt angekommen waren, und Min-ho mich einfach nur festhielt.

Warum fühlten sich seine Umarmungen immer so an? So, als würde er mich wieder zusammensetzen, wenn ich auseinanderbrach?

»Weißt du was?«, murmelte er in meine Haare. »Ich bin froh, dass du ihm das Wasser ins Gesicht geschüttet hast.«

Es brachte mich zum Lachen, doch das hielt nicht lange an, weil Hyun-sus Worte in meinem Kopf es einfach erstickten.

»Es tut mir leid, dass du dir so was anhören musstest. Ich hoffe, du weißt, dass das eigentlich nichts mit dir zu tun hat. Und dass es nicht wahr ist. Nichts davon.«

Langsam löste ich mich einige Zentimeter von ihm und blickte fragend zu ihm hoch.

»Er war so sauer, Min-ho. Und auf eine verdrehte Weise versteh ich es ja. Aber ... Ich hatte diese naive Vorstellung, dass die Band und ich uns verstehen und ... Ich weiß auch nicht.«

»Das werden sie. Ich weiß, dass sie das tun werden.«

»Woher?«

»Weil ich dich liebe. Weil du ein Teil von mir bist.«

Sanft strich er mir eine Haarsträhne aus dem Gesicht, ehe er fortfuhr. »Hyun-su ist aufbrausend und als Ältester hat er vielleicht das Gefühl, die Verantwortung übernehmen zu müssen. Ich weiß, dass es eigentlich nichts mit dir zu tun hat. Und keiner von ihnen hasst dich, okay?«

»Das kannst du nicht wissen.«

»Doch, das kann ich. Denn du bist viel zu liebenswürdig, als dass man dich hassen könnte.«

Er küsste mich sanft auf die Stirn, die Nasenspitze, die Wange. Federleichte Küsse, die viel zu albern für diese Situation und genau deshalb perfekt waren. Und diesmal war mein Kopf nicht leer gefegt, diesmal war er voll mit der Tatsache, dass wir zusammengehörten. Es ließ mich erkennen, dass Hyun-sus Worte nicht der Wahrheit entsprachen, wie ich zunächst angenommen hatte.

Klar, Min-ho und ich wurden nicht ohne Grund aus Seoul weggebracht und ich hatte nicht vergessen, wie ich beinahe in der Hasswelle an Kommentaren ertrunken war, als dieses Foto von uns veröffentlicht worden war. Natürlich war mir das Ausmaß nicht bewusst gewesen, als wir uns kennengelernt hatten, doch wie konnte Hyun-su so was sagen, nach dem, was passiert war? Jetzt war mir das Ausmaß mehr als bewusst und trotzdem war ich noch hier. Wir waren noch hier.

Die Probleme wären nicht gelöst, wenn wir uns auf einmal nicht mehr gesehen hätten. Sie waren schon immer da und kamen jetzt erst richtig zum Vorschein. Hyun-su mochte sich vielleicht vorstellen, dass alles viel leichter wäre, wenn wir uns trennten, allerdings ließ sich das Leben nicht auf null zurücksetzen und die Öffentlichkeit vergaß nie.

Verdiente Min-ho nicht etwas Glück? Verdiente ich es nicht auch? Möglich, dass die Fans ihn auf eine Art liebten, die ich nicht verstand. Aber ich liebte ihn mit jeder Faser für eine Version, die sie nicht kannten. Eine Version, die nicht mal die Chance bekommen hatte, sich zu zeigen.

Unsere Beziehung war kein Problem.

Die Öffentlichkeit war es.

Und würden die Fans das Beste für ihn wollen, würden sie ihm ein Privatleben gönnen. Ich vertraute darauf, dass sie zu ihm stehen würden, auch wenn wir zurück nach Seoul kamen. Immerhin wusste ich, dass das Internet voll mit *#minria* war. Ich versuchte daran festzuhalten und nicht an die vielen Hasskommentare zu denken, die mit Beleidigungen mir gegenüber anfingen und in Morddrohungen endeten.

Wieso mussten sich Hyun-sus Worte so in mich hineinbrennen? Weil es die Wahrheit war? Es war nichts, das ich nicht schon vorher wusste, und doch ... Vielleicht war es die Tatsache, dass ich das Gefühl bekam, einen Keil zwischen Min-ho und seine Band zu treiben. Zwischen ihn und seine Karriere.

Er würde niemals eine Person im Stich lassen, auch wenn es besser für ihn wäre. Er denkt nie zuerst an sich. Vielleicht ist das seine Schwäche.

Witzig, dass ich in dieser Tatsache genau das Gegenteil sah. Es war eines der vielen Dinge, die ich an Min-ho liebte. Und gerade wenn Hyun-su dies als Min-hos Schwäche sah – war es dann nicht an der Zeit, dass jemand an seiner Stelle zuerst an ihn dachte?

Tat die Band das? Ich wusste es nicht.

Meine Fingerspitzen pochten im Gleichtakt zu meinem Herzen. Einfach aus dem Haus zu laufen und ohne Sicherheitspersonal außerhalb des geschützten Grundstückes herumzuspazieren, war gleichzeitig unüberlegt und bescheuert gewesen.

Immerhin befanden wir uns immer noch mitten im Nirgendwo, aber mit Sicherheit war auch hier alles überprüft worden. Der Soju in meinem Kopf machte sich plötzlich bemerkbar und ließ keine tiefgründigen Gedankengänge mehr zu. Alles vermischte sich mit den Lichtern des Hauses in der Ferne, mit denen der Straßenlaternen und den Reflexionen der Sterne im See. Ich musste bis sechzig zählen, um mich wieder zu beruhigen, und irgendwie brachte ich ein schwaches Lächeln zustande.

»Meine Welt beginnt zu verschwimmen«, gab ich zu.

Das tat sie wirklich, diesmal allerdings vom Alkohol, der meine Augen schwerer werden ließ. Ganz klasse Zeitpunkt.

Min-hos Augen huschten zu mir herüber, die Mundwinkel zu einem Grinsen verzogen.

»Du bist betrunken«, lachte er und schnipste mir mit dem Finger gegen die Stirn. Die Stelle begann sofort zu pochen.

»Aua«, rief ich etwas zu laut. »Idiot!«

»Das hab ich schon lange nicht mehr gehört.«

Ruckartig stand Min-ho auf, zog mich mit sich und ich taumelte einen Schritt zurück.

»Okay, lass uns zurückgehen«, meinte er, griff nach meinem Handgelenk, als ich in die falsche Richtung laufen wollte, und hielt meine Hand fest.

»Ich glaub, das ist das erste Mal, dass ich dich betrunken sehe«, grinste er. »Eine Premiere.«

Nickend presste ich die Lippen aufeinander.

»Ich hab mich mitreißen lassen. Ich wollte, dass sie mich mögen.«

»Das tun sie. Glaub mir, es liegt nicht an dir, sondern an der Situation. So mit dir zu reden, war absolut falsch, und ich werde niemals zulassen, dass er wieder so über dich spricht, okay? Es ist nicht leicht für sie, aber sie sollten es besser wissen.«

Min-ho zog mich an sich, umarmte mich etwas zu fest. Meine Wange an seiner Brust fühlte sich unendlich schön an, ich spürte sein Herz gleichmäßig schlagen.

»Meinst du, dass ich mit ihm reden sollte?«

»Gib ihm etwas Zeit.«

Ich nickte. »Singst du mir was vor?«

Ein tiefes, raues Lachen war seine Antwort, dabei meinte ich es ernst.

»Wenn du dann mit mir kommst«, bemerkte er in einem amüsierten Ton, als ich schwieg. Die Antwort vibrierte an meiner Haut, irgendwie brachte ich ein Nicken zustande und öffnete die Augen.

Langsam begann er seinen Mantel ausziehen, ihn mir über die Schultern zu legen und die oberen Knöpfe zu schließen. Während er das tat, konnte ich nicht anders, als sein Gesicht im Mondschein zu betrachten. Die Art, wie das Licht des Mondes seine Haut noch heller und seine Augen noch wärmer erscheinen ließ. Er sah aus wie ein Model. Die markanten Gesichtszüge, die vollen Lippen, die Augen und diese schwarzen Haare, die sein Gesicht perfekt umrahmten.

Er ist ein Model, er ist ein Idol, er ist alles, dachte ich und kicherte. *Und er riecht verdammt gut.*

»Was gibt es denn zu lachen?«, fragte er mit viel zu tiefer Stimme. Sein Adamsapfel hüpfte auf, als er sanft mit seinen Händen über meine Schultern strich.

Ohne eine Antwort abzuwarten, liefen wir zurück.

»Warum hasst er mich?«, traute ich mich endlich zu fragen und möglich, dass meine Stimme dabei zitterte.

»Das tut er nicht … Hyun-su ist, wie er ist. Die Situation ist schwierig. Er versucht immer, uns zu beschützen.«

»Hyun-su ist älter als du. Warum ist er nicht der Leader?«

»Ich war schon vorher unter Vertrag. Außerdem dachte Jong-ssi, dass es besser wäre, wenn der Älteste auch jemanden zum Anlehnen hat.«

»Ein schöner Gedanke.«

Min-ho nickte zustimmend. »Ich werde morgen mit ihm reden. Mit ihm und der Band. Das haben sie verdient.«

»Was haben sie verdient?« Starr blickte ich auf meine Füße, die den Staub der Erde aufwirbelten.

»Die Wahrheit. Eine Aussprache.« Vier Worte, die sich anfühlten, als lägen sie auf meiner Brust und würden mir die Luft wegnehmen.

Min-hos Augen huschten über meinen Körper, der in seinem Mantel komplett verschwand, und er schmunzelte.

Ich begann ebenfalls zu lächeln. »Was ist so witzig?«

»Der Mantel ist so groß, dass du aussiehst, als hättest du ein Cape um.«

»Vielleicht bin ich ja ein Superheld«, erwiderte ich ohne eine Spur von Ironie.

Bei meinen Worten drehte ich mich einmal etwas zu schnell um die eigene Achse, was keine gute Idee war, wie ich augenblicklich feststellen musste. Ich geriet ins Wanken und ruderte mit den Armen hin und her, als Min-ho Hand hervorschoss und sich schützend um meine Taille legte.

»Du bist betrunken«, kommentierte er erneut, diesmal etwas heiser, als ich zu ihm aufsah. In seine Augen, die jetzt auf meine Lippen gerichtet waren und gefährliche Dinge mit meinem Herzen anstellten.

»Ich habe nicht mehr getrunken als du.«

»Anscheinend vertrage ich mehr als du.« Langsam fuhr er mit den Fingern über meine Wange, die gefühlte hundert Grad warm war. Der Moment wurde von dem Klingelton seines Handys unterbrochen und Min-ho stöhnte genervt auf.

Seufzend griff er in die Hosentasche und holte es hervor. Das Display schien ihm grell ins Gesicht und seine langen Wimpern warfen Schatten auf seine Wangen, ehe er sich das Handy ans Ohr hielt. Langsam drehte er sich von mir weg, legte eine Hand in den Nacken und starrte auf das Flackern der Straßenlaterne.

Eine tiefe Stimme durchdrang leise die Stille.

Do-yoon.

Augenblicklich sah ich zum Haus, das ich nur noch durch die hellen Lichter in der Dunkelheit ausmachen konnte. Wir waren ziemlich weit gelaufen. Mein Hals wurde trocken, mein Körper zitterte und ich brauchte ganz dringend etwas Wasser und ein Bett.

»Geokjeong haji maseyo!«, hörte ich Min-ho auf Koreanisch sagen und sein Blick wurde etwas ernster. »Wir kommen sofort.«

Ich wollte fragen, was los war und was diese Worte bedeuteten, aber Min-ho legte auf, seufzte einmal und hockte sich dann vor mir hin. Irritiert schaute ich zu ihm herunter, auf seinen Rücken und wie seine Muskeln sich unter dem T-Shirt abzeichneten.

»Rauf mit dir«, befahl er ohne weitere Erklärung.

Der Ton in seiner Stimme sorgte dafür, dass ich eine Gänsehaut bekam, doch ich rührte mich nicht von der Stelle.

Wollte er mich etwa tragen? Das war doch nicht sein Ernst, er hatte wohl zu viele K-Dramen gesehen.

»Jetzt hör aber auf. Ich kann sehr wohl selbst laufen.«

»Ich sagte: Rauf mit dir. Wir sollen uns beeilen und so, wie du torkelst ...«

»Du willst mich wirklich huckepack nehmen?«

»Wonach sieht es denn aus?«, fragte er amüsiert.

»Ich bin ziemlich schwer, weißt du ...« Röte schoss mir ins Gesicht, diesmal nicht vom Alkohol, sondern weil es mir unangenehm war. »Bist du sicher?«

Seine Augen funkelten im Mondlicht. »Ist nicht so, als hätte ich dich nicht schon öfter hochgehoben.«

Bilder schossen mir in den Kopf und ich schluckte schwer.

»Auch wieder wahr«, wisperte ich und rieb mir über die Arme.

Einige Sekunden vergingen, doch dann lief er mit mir huckepack in Richtung der Lichter.

Sofort entspannte ich mich etwas, als ich dem beruhigenden Geräusch seiner Schritte lauschte. Mein Kopf sank automatisch auf seine Schulter.

»War das Do-yoon?« Meine Stimme war jetzt nur noch ein kaum hörbares Nuscheln.

»Ja. Er hat sich Sorgen gemacht. Hyun-su ist auch weg, nachdem du verschwunden bist. Anscheinend hat er sich aber ein Taxi gerufen und ist nicht wutentbrannt in die Nacht hinausspaziert.«

Autsch. Ich schloss die Augen, als die Welt sich wieder anfing zu drehen, und atmete tief durch.

»Entschuldige«, sagte Min-ho plötzlich und blieb stehen.

Irritiert öffnete ich die Augen. »Was?«

»Ich hätte dich nicht so viel trinken lassen sollen.«

»Ich kann auf mich selbst aufpassen, weißt du?«

»Ich weiß. Aber …«

»Nichts aber. Das ist so.«

Daraufhin lachte Min-ho lautlos auf, ich spürte, wie seine Brust vibrierte, und hätte ihn am liebsten für immer zum Lachen gebracht.

»Danke, Min-ho. Dafür, dass du immer da bist.«

»Das Gleiche kann ich nur zurückgeben, Miss Harper«, erwiderte und blieb erneut stehen. Blinzelnd öffnete ich die Augen und sah Do-yoon in der Auffahrt stehen.

»Ihr beide habt wohl vollkommen den Verstand verloren?!«, brüllte er uns entgegen.

Selbst von hier konnte ich erkennen, dass er die Stirn in Falten gelegt hatte und zornig aussah. Abgesehen davon, dass er mit schnellen Schritten auf uns zukam und wütend auf Koreanisch vor sich hin schimpfte.

»Gibt es jetzt Ärger?«, flüsterte ich und beugte mich mit dem Kopf weiter nach vorne. Näher an sein Gesicht, wodurch Min-ho seinen Kopf etwas nach hinten neigte.

»Den gibt es doch immer«, antworte Min-ho ruhig, aber die Grübchen vom Grinsen waren deutlich zu sehen und nahmen der Situation die Ernsthaftigkeit. Und während Do-yoon komplett außer sich näher kam, standen wir hier und grinsten. Ich, huckepack auf Min-hos Rücken, während seine Arme unter meinen Beinen fester zudrückten und das Grinsen in seinem Gesicht mich ansteckte.

18

Min-ho

Im Haus herrschte Alarmbereitschaft. Während Emily Aria praktisch um den Hals fiel, wartete auf mich nur der enttäuschte Blick von Do-yoon, den er hinter wütenden Augen verbarg. Meine Ohren klingelten noch von seiner Standpauke, die eher einer Abmahnung glich. Emily zog Aria von mir weg, als hätte ich sie entführt, dabei war ich ihr doch hinterhergelaufen, um sie zurückzuholen. Hilfe suchend blickte Aria sich zu mir um, als Emily sie am Arm in unser Schlafzimmer zog und mich im Flur stehen ließ.

Natürlich war die Aktion bescheuert gewesen, aber diese ganze Situation war es ebenfalls.

Nachdem Do-yoon mir das Versprechen abgenommen hatte, nie wieder, ohne ihn zu informieren, das Grundstück zu verlassen, stampfte er mit lauten Schritten durch die Haustür.

Willkommen im Überwachungsstaat, schoss es mir durch den Kopf, als die Tür hinter ihm ins Schloss fiel. Die Jungs hatten sich auf die Terrasse an den Tisch gesetzt, darum bemüht, mich nicht anzustarren, jedoch spürte ich ihre Blicke deutlich auf mir. Sie warteten auf eine Erklärung, also ging ich mit einem Seufzen hinaus und stellte mich dem Verhör, das jetzt standfinden würde.

»Was ist passiert?«, fragte mich Ho-jung, bevor ich mich überhaupt setzen konnte. Sein Blick ähnelte dem eines Kindes, dessen Stofftier verloren gegangen war.

»Hyun-su ist weg«, sprach ich das Offensichtliche aus und ließ mich neben Woosung nieder.

Keine Ahnung, wie viel sie mitbekommen hatten. Do-yoon hatte mir zwischen den Vorwürfen und wütenden Blicken gesagt, dass Hyun-su im

Gegensatz zu mir eine Nachricht geschrieben und er nur noch die roten Bremslichter des Taxis gesehen hatte, als er ihn suchen wollte.

»Er sitzt im Taxi zurück nach Seoul«, ergänzte ich.

Plötzlich überkam mich so eine Wut, dass ich nicht wusste, wohin damit. Mit geballten Fäusten schlug ich einmal auf den Holztisch, atmete tief ein und holte mein Handy heraus.

Meine Freunde blickten mich an. So voller Erwartungen, dass ich mit einer Lösung um die Ecke kam, doch ich musste sie leider enttäuschen.

Ich löste meine verkrampften Hände und tippte eine Nachricht an Hyun-su, dass er gefälligst zurückkommen sollte. Dass er mit mir sprechen sollte, anstatt wegzulaufen. Hinter jeder Nachricht ein stummes *Ich brauche dich hier.* Wie konnte er einfach so gehen? Wie konnte er mir das antun?

»Das sieht ihm nicht ähnlich«, sagte Jae-eon leise. »Er ist einfach abgehauen?«

»Aber ... was ist mit dem Album?«, fragte Yunho.

Richtig, das Album. Der einzige Auftrag von Jong-ssi. Wahrscheinlich das Einzige, was die Band und mich über Wasser hielt, wenn wir zurück nach Seoul kamen. Ich begann meine Schläfen zu massieren und versuchte die Fassung zu bewahren.

Es brachte nichts, ich konnte die Wahrheit sowieso nicht vor ihnen verbergen und hatte dazu auch keine Kraft. Bei meiner Zusammenfassung des Gesprächs von Hyun-su und Aria hörten sie aufmerksam zu, doch ich merkte sofort, dass das nichts Neues für sie war.

»Wir hatten eine Abmachung«, presste Ho-jung hervor. Ihn wütend zu erleben, war mir so fremd, dass ich kurz aus dem Konzept geriet.

»Was?«

»Hyun-su hat auf der Autofahrt hierher versprochen, sich zusammenzureißen.«

»Was ist denn mit ihm los? Seit wann ist er so?«, wollte ich mit bebender Stimme wissen.

»Seit wann?«, lachte Woosung lautlos auf. »Seit du ...«

»Das ist jetzt nicht wichtig«, unterbrach ihn Yunho und schüttelte den Kopf.

»Nicht wichtig?« Meine Stimme überschlug sich. Natürlich wusste ich, dass wir nicht einfach wie vorher weitermachen konnten. Es hatte sich viel verändert, doch ich war davon ausgegangen, dass wir immer noch ehrlich zueinander waren.

Die verstohlenen Blicke zwischen ihnen fühlten sich wie ein Messer im Rücken an.

Bevor ich vollkommen von meiner Wut eingenommen wurde, stand ich auf und lief zum See hinunter.

»Min-ho«, rief mir Yunho hinterher.

»Hyung, bitte«, hörte ich Jae-eon Stimme, aber ich blendete es aus. Ich blendete alles aus, wollte einfach einen Moment lang meine Ruhe haben. Denn plötzlich sickerte die Dunkelheit durch meine Gedanken und färbte alles schwarz.

Vielleicht hatten sich meine Probleme jetzt in Luft aufgelöst, aber vielleicht dachte ich das auch nur, weil ich begann, in ihnen zu ertrinken, und den Unterschied nicht mehr erkannte.

Mit schnellen Schritten lief ich zum Steg des Sees, ließ mich kraftlos auf dem Holz nieder, das von der Mittagssonne noch warm war, und schloss die Augen. Die Stimmen in meinem Kopf fühlten sich vertrauter an als alles andere in meiner Gegenwart und ich gab mich dem Gedanken hin, dass vielleicht an diesem Abend alles zu Ende war.

Ich wusste nicht, wie lange ich dort lag. Lange genug, dass mir die Kälte der Nacht in die Knochen gezogen war. Trotzdem zitterte ich nicht. Lange genug, dass die Lichter im Haus hinter mir ausgingen, was bedeutete, dass die Jungs wahrscheinlich schlafen gegangen waren. Und lange genug, dass Mochi sich neben mir zusammengerollt hatte und vor sich hin schnarchte. Hyun-su hatte meine Nachricht gelesen und nicht zurückgeschrieben, was Antwort genug war. Warum fühlte es sich so an, als würde sich alles drehen und alles gleichzeitig stillstehen? Wie ging das? Und wann hörte das wieder auf?

Ich hatte die Arme hinter meinem Kopf verschränkt und die Augen starr auf den sternklaren Himmel gerichtet, während Mochi zur Lücke bei meinen Füßen getapst war und es sich jetzt dort bequem machte.

Irgendwann hatte sich Aria neben mich gelegt, eine Decke über uns ausgebreitet und keine Sekunde später sang sie leise vor sich hin.

»Summst du da gerade Frank Sinatra?«, flüsterte ich verdutzt. Sie wusste, dass ich seine Songs hörte, um mich zu beruhigen, weil sie mich an meine Kindheit erinnerten.

»*In other words: I love you*«, sang sie leise als Antwort auf meine Frage. Zögerlich drehte sie sich auf die Seite, legte ihre Wange an meine Brust und ich schlang einen Arm um sie. Sanft fuhr sie mit ihren Fingern über mein Shirt, malte kleine Bilder, die ich nicht entschlüsseln konnte. Meine Augen waren jedoch immer noch starr auf die Sterne fixiert, als könnte ich nicht wegschauen.

Was für ein klischeehafter Filmmoment, dachte ich.

Es fehlte jetzt nur noch, dass eine Sternschnuppe über uns hinwegflog und ich mir wünschen konnte, dass alles irgendwie gut für uns ausgehen würde. Ich lachte einmal über meine Gedanken, als ich mir die Szene von außen betrachtet vorstellte.

Hyun-su, der im Taxi auf die Lichter von Seoul zufuhr.

Jae-eon, Woosung, Yunho und Ho-jung, die gerade frustriert ein Krisengespräch führten und nach einer Lösung suchten.

Und Aria und ich, Arm in Arm, mit einer Katze, die schnurrend zu unseren Füßen lag. Und natürlich passend dazu ein schnulziger Song, der die ganze Szene untermalte.

Unter demselben Himmel mit ähnlichen Gedanken teilten wir eine Gemeinsamkeit: Wir gaben nicht auf, auch wenn es vielleicht danach aussah. Ich wusste ganz tief in mir, dass wir das gemeinsam hatten. Sobald ich die dunklen Schatten in meinem Kopf damit besiegt hatte, lichtete sich meine Sicht, als hätte ich eine Sonnenbrille abgenommen. Alles wurde heller, hoffungsvoller. Ich löste meinen Blick von den Sternen des Himmels und sah in Arias Augen, die ganze Galaxien für mich bereithielten.

»Eine Mitternachtswahrheit?«, fragte ich sie.

»Immer.«

Keine Ahnung, wie spät es war, Mitternacht war längst vorbei. Doch seit ich eines Nachts bei ihr im Wohnheim aufgetaucht war, hatte sich dieses Wort festgesetzt. Als ich mich verloren und verlassen gefühlt hatte, schüttete ich ihr mein Herz aus und sie fing mich auf. Dieser Abend war nur ein paar Monate her, doch es fühlte sich so an, als wäre er Jahre und gleichzeitig nur wenige Stunden her. Wieder so ein Gefühl, das in sich widersprüchlich war. Mein Leben, meine Gefühle als Oxymoron.

Seitdem waren Mitternachtswahrheiten irgendwie unser Ding geworden. Ein Weg, unsere Gedanken zu sortieren.

Als wären sie dann weniger schmerzhaft.

Als wären sie dann leichter auszusprechen.

Mit tiefen Atemzügen versuchte ich Mut für die nächsten Worte zu finden.

»Ich werde auf Tour gehen.«

Sie nickte. »Ich werde zurück nach England gehen.«

Tour. England. Zwei Worte, die uns voneinander trennen würden.

Stille breitete sich zwischen uns aus.

Witzig, wie uns das Universum zusammengeführt hat, dachte ich.

Weniger witzig war es, dass ich kaum Luft bekam, weil es so wehtat. Alles, was ich mir je erträumt hatte, lag direkt vor mir, aber es fühlte sich an, als würde ich ins Leere greifen.

»Warum muss das so wehtun?«, fragte sie mit zitternder Stimme.

Ich schluckte, als ich in ihr Gesicht sah.

Blinzelnd, ängstlich und zögerlich. Ihre verlorenen Augen ertranken in Tränen und diesen Anblick würde ich niemals wieder aus dem Kopf kriegen.

Ohne darüber nachzudenken, schlang ich meine Arme noch fester um sie. So fest, als hätte ich das Gefühl, dass sie sofort verschwinden würde.

»Es tut weh, weil es uns etwas bedeutet.«

Einige Atemzüge verharrten wir genau so und vielleicht schlug mein Herz etwas zu schnell. So schnell, laut und heftig, als würde es zu ihr herüberspringen wollen, um bei ihr zu bleiben, wenn ich gehen musste.

Als wollte es gegen die Tatsache demonstrieren, dass wir jetzt an diesem Punkt angelangt waren. Dass wir uns eine Weile trennen mussten, um alles auf die Reihe zu bekommen. Mein Mund klappte auf, doch ich blieb stumm.

Nur sie, ich und dieses Schweigen, weil es keine richtigen Worte dafür gab, die wir hätten sagen können.

In diesem Moment dachte ich daran, dass im Weltraum alles still war und es dort oben keine Geräusche, keinen Lärm gab. So still, wie es gerade in meinem Kopf war, weil er sich weigerte, über die Tatsache nachzudenken, dass Aria und ich zurückmussten.

Zurück nach Seoul, zurück nach England.

Wie eine Reise in die Vergangenheit.

Ich blinzelte die Tränen weg, die sich in meinen Augen sammelten, und schaute erneut in den Himmel hinauf. Zu den Sternen, die so weit weg waren, dass ihr Licht eine kleine Ewigkeit brauchte, um uns zu erreichen und um sichtbar zu werden. Eine Reise, die sich lohnte.

So wie unsere es tun würde.

Zum Mond, der eben nicht alleine war, wie ich es im Song geschrieben hatte. Die unzählig vielen Sterne halfen ihm dabei, den Nachthimmel zu erleuchten. Er musste nicht alleine strahlen, sie taten das zusammen.

»Wir kriegen das doch hin, oder?«, flüsterte Aria an meine Brust und hob den Kopf, um mich anzusehen.

»Wir kriegen das hin«, versicherte ich ihr und zwang mich, nicht sofort zusammenzubrechen. Ich musste stark sein.

Für sie, für uns und auch für mich selbst.

»Du wirst nach England gehen und du wirst deiner Mutter die Wahrheit sagen. Über alles. Du wirst in dieser kleinen Stadt so sehr strahlen, dass alle dich so sehen, wie ich es tue, hörst du?«

Für vier, fünf Sekunden verlor ich mich in ihrem Tränenmeer. »Und du wirst die Welt mit deiner Musik ein kleines Stückchen besser machen. Du wirst auf der Bühne stehen und das tun, wofür du geboren wurdest.«

Ihre Worte brachten mich zum Lächeln. Ihre Zuversicht in mich wärmte mein Herz auf eine Weise, die ich nicht gewohnt war.

»Wenn wir uns dann wiedersehen, werde ich dich nie wieder loslassen«, versicherte ich ihr und drückte meine Lippen auf ihre. Sie schmeckte nach Soju, Minze und Abschied.

»Ich bitte darum«, brachte sie heiser hervor, als wir uns wieder voneinander lösten.

Mochi tapste um uns herum und ließ sich in meinen Schoß fallen. Ich musste einfach lächeln, als ich ihr Schnurren hörte.

»Mit der Vergangenheit abschließen, um eine Zukunft zu haben«, zitierte ich Miss Kang und streichelte durch Mochis weiches Fell.

»Mit der Vergangenheit abschließen, um eine Zukunft zu haben«, wiederholte Aria und ließ mich hoffen.

19

Min-ho

Am nächsten Tag wachte ich mit dem Gefühl auf, etwas verloren zu haben. Ich war okay, aber ich wusste nicht, ob ich jemals wieder mehr als das sein würde.

In dem Moment, in dem ich die Augen langsam und blinzelnd öffnete, prasselten die Eindrücke von gestern Abend auf mich ein. Eine kleine Krise nach dem Aufwachen war immer ein schöner Start in den Tag.

Aria lag neben mir, ihr Bein um meins geschlungen und ihre Wange an meiner Brust. Ihre nackte Haut auf meiner. Ihre blonden Haare, die in der Morgensonne golden erschienen. Es kostete mich sämtliche Willenskraft, ganz vorsichtig aus dem Bett zu steigen und nicht einfach neben der Frau liegen zu bleiben, die mich mit ihrer bloßen Existenz zum glücklichsten Mann der Welt machte. Die Matratze gab leicht nach, als ich mich aus dem Bett schwang, und Aria murmelte etwas, das ich nicht verstand. Ein Blick zu ihr zeigte mir jedoch, dass sie weiterschlief und dass sie ein verträumtes Lächeln auf den Lippen hatte. So leise ich konnte lief ich zum Kleiderschrank, kramte eine Sporthose heraus und schlüpfte direkt hinein. Die Sonnenstrahlen schienen mir hell ins Gesicht und wärmten meine Haut. An unserem ersten Abend hatte Aria mich gebeten, nur die Vorhänge zuzuziehen. Die Jalousien, die für komplette Dunkelheit sorgten, blieben seitdem unangetastet und da ich ihr nichts abschlagen konnte, versuchte ich immer noch, mich daran zu gewöhnen.

Mein Handy kündigte eine Nachricht von Do-yoon an. Heute war Sonntag und wie jeden Sonntag gingen wir eine Runde um den See joggen. Obwohl mein Körper sich steif und unglaublich schwer anfühlte, öffnete ich die Haustür und trat ins Freie, wo mich die kühle Morgenluft sofort etwas wacher machte. Trotzdem zog ich mir die Cap tiefer ins Gesicht, als könnte Do-yoon sonst erkennen, was mich beschäftigte.

Eine Runde um den See fühlte sich plötzlich so an, als wäre ich um die halbe Welt gelaufen. Mein Kopf war leer, mein Herz raste. Natürlich bemerkte Do-yoon trotzdem sofort, dass irgendwas los war. Ich lief so lange, bis mein Körper sich taub anfühlte, und begrüßte dieses Gefühl wie einen alten Freund. Normalerweise sprachen Do-yoon und ich nicht, wenn wir joggten. Heute war es jedoch so, dass er mich nicht nur mit einer weiteren Predigt in Empfang nahm, nein, er redete mit jedem Schritt, mit jedem Kilometer, ununterbrochen auf mich ein. Und das, ohne aus der Puste zu geraten. Ausnahmsweise war ich heute der Part, der stillschweigend nickte und nichts sagte. Seine Worte blieben noch bei mir, als ich zurück zum Haus lief und er zur Abkühlung eine Runde im See schwamm. Do-yoon war in Form, ich nicht. Obwohl … das stimmte nicht. Ich war in Form, aber nicht auf dem Level, wie ich es von mir gewohnt war. Das Level, das ich jahrelang aufrecht gehalten hatte, weil es von mir erwartet wurde. Und das würde mir bei der Tour absolut in den Hintern beißen. Ich hatte mein Training viel zu lange schleifen lassen. Mit diesem Gedanken im Kopf lief ich über den warmen Rasen, versuchte, ruhiger zu atmen und meinen Puls wieder etwas herunterzubekommen. Die letzten Sprints bis zum Haus waren vielleicht etwas zu viel gewesen. In einer fließenden Bewegung streifte ich mir das Shirt über den Kopf, das nass an meinem Körper klebte. Anschließend nahm ich die weiße Cap vom Kopf, fuhr mir durch die Haare, die schon an meiner Stirn klebten, und setzte sie falsch herum wieder auf.

Während ich die Flasche Wasser in einem Zug leerte, blickte ich hinauf zum Haus. Absolute Stille. Ein Blick auf meine Uhr zeigte 08:13 Uhr an. So früh am Morgen und schon war der koreanische Sommer auf Hochtouren. Mit schweren Atemzügen lief ich zum Trainingsraum und kurze Zeit später schlug ich in regelmäßigen Abständen und wie in Trance auf den Boxsack ein. Natürlich gewährte mir mein Kopf keine Auszeit, sofort dachte ich an die wahren Worte, die Do-yoon mir zwischen den Sprints ans Herz gelegt hatte.

Wie aus dem Nichts, viel zu offensichtlich und so, als hätte er mir eine neue Sicht auf die Dinge gegeben.

Vergib dir dafür, dass du mental jetzt erst an den Punkt gekommen bist, wo du deine Probleme angehen kannst. Vergib dir selbst dafür, wie du mit der Situation umgegangen bist, wenn dein viel größerer Kampf das Überleben war. Du musst an dich denken. Nur an dich. Das ist längst überfällig.

Meine Schläge wurden unkontrollierter, meine Atmung schneller.

Verdammt. *Ich. Will. Endlich. Ruhe.*

Ein Wort, ein Schlag.

Der Schweiß lief mir die Stirn und den Oberkörper hinunter. Bereits jetzt verfluchte ich mich, weil ich wusste, dass ich die Boxhandschuhe mit verschwitzten Händen nicht alleine ausziehen konnte.

Du. Bist. Nicht. Bei. Der. Sache.

Keuchend holte ich Luft, Do-yoons Worte kamen mit dem Sauerstoff in meine Lungen und waren unmöglich zu ignorieren.

Was macht dich glücklich? Gib nicht auf, bevor du es überhaupt versucht hast. Vielleicht sind sie auf deiner Seite. Vielleicht überraschen sie dich.

Er hatte recht. Do-yoon hatte mit allem recht. Der Kampf, den ich mit mir selbst austrug, hielt schon viel zu lange an. Und das, obwohl ich mir nicht mal sicher war, ob er überhaupt nötig war. Ich musste es einfach auf mich zukommen lassen, es wenigstens versuchen. In einem gleichmäßigen Rhythmus schlug ich aufs harte Leder, das unter meinen Fäusten nachgab.

»Was hat dir der Boxsack getan? Oder stellst du dir mein Gesicht dabei vor?«

Die Stimme ließ mich zusammenzucken und herumfahren. Schweißtropfen liefen mir übers Gesicht, ich blinzelte ein paarmal und wischte mir über die Stirn. Vor mir stand Hyun-su und sah mich abwartend an, in der Hand zwei Joghurtdrinks und auf dem Gesicht ein schüchternes Lächeln.

***

»Bist du wütend?«, wollte er wissen und vermied es, mir direkt in die Augen zu schauen. Wir hatten uns auf die Terrasse gesetzt, sobald ich mir ein schwarzes Shirt übergezogen und mir kaltes Wasser ins Gesicht gespritzt hatte. Und jetzt saßen wir uns gegenüber, ich schweißgebadet und er in seinem perfekt weißen Hemd. Mit jeder Sekunde, die verging, breitete sich ein ekelhaftes Unwohlsein in mir aus.

»Nein, ich bin nicht wütend«, erwiderte ich. Den Joghurtdrink hatte ich in einem Zug ausgetrunken, während Hyun-su an seinem Strohhalm rumdrehte.

Er seufzte. »Doch, bist du. Ich bin es auch.«

»Das, was ich fühle, ist viel komplexer als Wut, Hyung.«

»Aber ich bin zurückgekommen.«

»Das bist du. Und ich bin froh, weil ich dich hier brauche.«

Meine Worte wirbelten in der warmen Sommerluft herum, ich sah, wie sein Ausdruck sich veränderte.

»Und wir brauchen dich«, sagte er und blinzelte ein paarmal zu schnell.

Wissend nickte ich, doch bevor ich etwas erwidern konnte, hörte ich ein lautes Fluchen. Die Stimmte hallte durchs ganze Haus hinaus bis zu uns.

»Verflucht noch mal«, rief Woosung erneut und etwas lauter als zuvor.

Hyun-su und ich drehten uns synchron in Richtung Küche um, die hinter uns lag. »Ya! Auf die höchste Stufe? Spinnst du?«, fluchte jetzt auch Ho-jung, der Jae-eon die Pfanne aus der Hand nahm.

Durch die offenen Fensterfronten konnte ich die Band erkennen, wie sie dort zu viert an der Küchenzeile standen und auffällig unauffällig den Herd beobachteten.

»Wie immer mein Held!«, hörte ich Jae-eon mit überdramatisch süßer Stimme sagen, während er ein Fingerherz machte. Anscheinend hatte Ho-jung es geschafft, die Küche davor zu bewahren, in Flammen aufzugehen.

Allein das reichte aus, um Hyun-su und mich zum Lachen zu bringen. Wie so gut wie alles, was Jae-eon sagte. Das war seine Superkraft.

»Wir sollten …«, fing Hyun-su kopfschüttelnd an.

»Sollten wir«, sagte ich und zusammen gingen wir in die Küche, in der die Band so tat, als wären sie ganz zufällig bei der Zubereitung von *nurungji* gewesen. Und als hätten ihre Ohren nicht an den Scheiben geklebt, um uns zu belauschen.

Nachdem ich das traditionelle Reisgericht in mich hineingeschaufelt hatte, konnte ich wieder etwas klarer denken. Zusammen waren wir in mein Studio gegangen. In den Raum, der mein Rückzugsort gewesen war, seit wir hier angekommen waren. Es fühlte sich gleichzeitig merkwürdig und vertraut an, jetzt hier mit der Band zu stehen, und ich wurde nervös.

Ich fiel auf meinen Stuhl vor dem Computer, die anderen ließen sich auf die Couch in der Ecke des Raumes nieder, auf der eigentlich nur Platz für drei Personen war.

Einmal, zweimal, dreimal holte ich tief Luft, sammelte mit dem Sauerstoff Mut für die nächsten Worte.

»So was wie gestern darf nicht mehr vorkommen«, setzte ich an.

Ihre Blicke verrieten mir, dass sie das ebenfalls so sahen.

»Es tut mir leid, dass ich einfach gegangen bin«, sagte Hyun-su. Als ich nicht antwortete, fuhr er fort: »Und es tut mir leid, dass ich diese Dinge zu Aria gesagt habe.«

Die anderen waren plötzlich ruhig, ihre Augen huschten nervös zwischen uns hin und her wie bei einer Partie Ping Pong.

»Das war nicht richtig. Ich verstehe, dass du aufgewühlt bist, aber ...«

»Aber es war trotzdem nur die Wahrheit«, unterbrach er mich.

»Hyung ...«, sagte Yunho leise und ich sah, wie Hyun-su die Augen zusammenkniff und ebenfalls tief Luft holte.

»Min-ho, du musst deinem Traum folgen und nicht irgendeiner Frau. Es tut mir leid, aber so, wie das hier ...«

Mit großen Augen starrte ich ihn an, mein Blick ließ ihn abbrechen.

»Sie ist nicht irgendeine Frau!«, gab ich zurück und presste den Kiefer aufeinander, um nicht auszurasten. Das würde keinem helfen.

Wie konnte eine Person einem gleichzeitig so vertraut und doch so fremd sein? Hyun-sus Miene verfinsterte sich.

»Wie wäre es, wenn wir erst einmal über die Tour ...«, fing Woosung an, aber er brach ab, als Hyun-su aufstand und auf mich zukam.

»Ist das dein Ernst?« Er blieb ein paar Schritte vor mir stehen.

Ich in meinem Schreibtischstuhl, er vor mir mit angespannten Schultern. Hyun-su war nicht nur der Älteste, er war auch der größte von uns und gerade kam er mir unendlich weit weg vor, als ich zu ihm hochsah. In seinen Worten erkannte ich ein leises Flehen, seine Augen waren traurig leer.

»Was findest du an ihr, dass du für sie deinen Traum aufgibst?«

»Was ist, wenn *sie* mein Traum ist?«

Die Antwort konnte kitschiger nicht klingen, doch sie war nun einmal die Wahrheit. Aria hatte mir geholfen, als ich längst aufgeben hatte. Mit ihr an meiner Seite fand ich endlich den Mut, ich selbst zu sein. Und sie machte mich zu einer Person, die ich im Spiegel anschauen konnte, ohne wütend hineinzuschlagen. Sie trat in mein Leben und ab da ergab irgendwie alles Sinn. Ich wollte auf keinen Fall zurück zu dem, was ich vorher mein Leben genannt hatte. Es gab keine Worte für die Liebe, die ich für sie empfand. Für die vielen kleinen Details, mit denen sie sich langsam und doch unheimlich schnell in mein Herz geschlichen hatte. Eigentlich empfand ich so viel mehr, als das Wort Liebe ausdrückte. Ich respektierte und bewunderte sie ebenso sehr. Und sie war so viel mehr als mein Traum. Sie war meine Zukunft. Eine Zukunft, in der ich sie an meiner Seite sah, ebenso wie die Band und alles, was wir noch erreichen würden.

»Wir waren mal dein Traum!«, schrie Hyun-su plötzlich.

Und während alles still wurde, wurden unzählige Fragen in meinem Kopf umso lauter. Warum sollte sich das ausschließen? Warum konnte ich nicht beides haben? Und wieso fühlte es sich so an, als müsste ich mich entscheiden, wenn ich das unmöglich tun konnte? Für jede meiner Fragen gab es eine deutliche Antwort, die noch lauter erfolgte. *Weil es eben nicht dein Leben ist, weil es nicht darum geht, was du willst, und weil es nicht vorgesehen ist.*

Nur, weil ich bereit war, die Konsequenzen zu tragen, konnte ich das nicht auch von meinen Freunden erwarten. Unser Schicksal war verknüpft. Das hatten wir vor all den Jahren mit unserer Unterschrift besiegelt, als aus sechs verlorenen Jungs eine Band wurde. Es war nicht nur mein Leben, es war unseres. Und es fühlte sich so unfair an, dass meine Wünsche ihre Träume enden lassen konnten. Doch all diese Gedanken brachte ich nicht über die Lippen.

Nach einigen Atemzügen räusperte sich Hyun-su, als akzeptierte er mein Schweigen, weil er wusste, was in meinem Kopf gerade passierte.

»Die Band und das, was wir zusammen aufgebaut haben, das war dein Traum. Und du wirfst es gerade weg«, sprach er so leise weiter, dass ich das Zittern, das den Worten folgte, fast nicht bemerkt hätte. Seine Stimme schnitt mit jedem Wort tief in meine Haut.

Von allen taten seine Worte immer am meisten weh.

Vielleicht, weil wir uns meist blind verstanden hatten. Vielleicht, weil er für mich immer der große Bruder war, den ich nie hatte. Ich brauchte ihn. Und ich brauchte Aria. Ich brauchte einfach mehr, als ich jemals haben konnte. Jedenfalls fühlte es sich so an.

Ich wusste, dass Aria nicht der Grund war, weswegen er so ausflippte. Dafür kannte ich ihn zu gut und schlagartig fühlte sich mein Körper so an, als wäre ich eine Ewigkeit in der Wüste umhergeirrt. Meine Kehle trocken, meine Finger zittrig, unfähig, einen klaren Gedanken zu fassen, und dazu noch mein vor Adrenalin pochendes Herz.

Mit einem Seufzen straffte er die Schultern und starrte mich nieder. Ich kam mir wie die größte Enttäuschung der Welt vor. *So sieht mich sicherlich auch ein großer Teil der Welt,* schoss es mir in den Kopf, den ich jetzt hängen ließ und auf meine Finger starrte.

»Bedeutet sie dir wirklich so viel?« Hyun-sus Stimme war kaum noch mehr als ein verletztes, beinahe gebrochenes Flüstern und ich merkte, dass seine Mauer zu bröckeln begann.

»Sie bedeutet mir alles«, antwortete ich endlich und sah die Enttäuschung in seinen Augen, die mich verschlang. »Aber ihr seid meine Familie. Ich weiß, dass es früh ist, aber ...«

»Die Fans werden ausrasten«, sagte Yunho jetzt und stützte sich mit den Ellbogen auf den Knien ab. »Alle werden ausrasten.«

»Das sind sie doch längst«, meldete sich Ho-jung zu Wort.

»Ist ja nicht so, als wüssten sie noch nichts von den beiden.«

»Aber man hätte es minimieren können«, schaltete Jae-eon sich dazu und Hyun-su nickte zustimmend.

»Man hätte sagen können, dass es alles nur ein großes Missverständnis gewesen ist.«

Ich hatte ganz vergessen, dass die anderen auch noch da waren. Stillschweigend auf dem Sofa, wie eine Jury bei einem Kampf vor Gericht saßen sie da, beobachteten und sagten nichts, bis auf ihr finales Urteil. In ihren Gesichtern spiegelten sich unendlich viele Emotionen, von denen Angst und Verzweiflung am lautesten schrien.

»Wenn sie mich nicht akzeptieren, wenn ich glücklich und einfach ich selbst bin ... Wozu dann das Ganze? Das ist doch viel mehr ihr Problem, oder? Ich mache es nur zu meinem.« In diesem Moment flehte ich sie mit meinen Blicken an und sah stille Antworten in ihren Gesichtern, die wie eine kalte Dusche wirkten.

»Min-ho, es sind nicht nur die Fans ... Es ist das ganze Business. Wir sind immer noch in Korea. Wir sind Idols. Es ist für uns nicht vorgesehen, dass wir uns verlieben«, sagte Jae-eon.

Damals, als er zu uns kam, war er gerade mal zwölf Jahre alt gewesen. Für ihn gab es nie eine andere Option als das hier. Die gab es für keinen von uns und natürlich hatte er recht, es war nicht für uns vorgesehen. Aber das Leben spielte eben nicht nach den Regeln, die im K-Pop-Business aufgestellt wurden. Und ich tat das ganz sicher auch nicht mehr.

»Wollt ihr wirklich, dass ich so ein Leben führe? Wollt ihr so weitermachen? Wir haben so oft darüber gesprochen, dass wir mehr brauchen als das. Ich will nicht mehr nur für die Show leben. Das ist doch kein Leben.«

»Es ist unser Leben«, bemerkte Hyun-su knapp.

Erschöpft rieb ich mir über das Gesicht. »Vielleicht seid ihr dann ohne mich besser dran.«

Die Worte taten weh. Sie waren wie Benzin, das meine Karriere und meinen Erfolg in Flammen aufgehen ließ, und ich konnte nichts tun, außer dabei zuzusehen.

Endstation Min-ho.

Bis hierhin und nicht weiter. Das war's.

»Ich höre mir diesen Bullshit nicht länger an«, sagte Yunho und stand auf.

»Das ist doch nicht dein Ernst, oder?«, fragte Ho-jung mich und die Tränen, die seine Wange herunterliefen, trafen mich unvorbereitet. Langsam stand er ebenfalls auf, ging zu Yunho und zusammen blickten sie mich an, stumm und flehend.

»Ich weiß nicht, was ich tun soll.« Meine Stimme brach weg, ich begann zitternd ein- und wieder auszuatmen und blickte zu Boden. Ich konnte ihnen nicht länger in die Augen sehen. Ich konnte einfach nicht. »Ich hab alles ruiniert.«

»Hör auf«, sprach Hyun-su leise und doch kam es mir vor, als hätte er die Worte direkt in mein Ohr geschrien. Überrascht zuckte ich zusammen und sah ihn an.

Jae-eon stand jetzt direkt vor mir. Seine großen Augen blickten fast durch mich hindurch, als würde er mich nicht wiedererkennen. Da wären wir schon zwei.

»Min-ho, wir brauchen dich. Ohne dich ... Wir sind doch nur fünf ohne dich«, sagte er mit zittriger Stimme.

»Fünf Typen, die nicht klarkommen«, ergänzte Woosung.

»Das stimmt nicht. Ihr seid ohne mich durch die Interviews und Promotionphase gekommen. Ihr habt die Auftritte wie Profis gemeistert. Trotz der Umstände.«

»Aber das war die Hölle«, erwiderte Jae-eon. »Und es war nicht richtig. Wir waren nicht vollständig.«

Hyun-su fuhr sich durch die Haare und schüttelte den Kopf. »Wir haben es für dich getan, verstehst du das denn nicht? Wir haben es nur hinbekommen, weil wir es für dich getan haben.«

»Für mich?«

»Für alles, was du aufgegeben hast. Für all das, was du durchgemacht hast. Glaubst du, wir wissen nicht, wie sehr dich das belastet? Ich kenne dich. Wir kennen dich. Und du brauchst die Bühne genauso sehr, wie wir es tun.«

»Es tut uns leid, dass wir gegen deine Auszeit nichts unternommen haben. Es war ... Wir dachten wirklich, du brauchst das. Es sollte dir doch helfen.«

Zustimmendes Nicken.

Mein Herz krampfte sich schmerzhaft zusammen.

»Die Auszeit?«, lachte ich lautlos auf. »Die war absolut überfällig, ich hätte diese Tour damals nie mit euch zu Ende bringen sollen. Aber zu dem Zeitpunkt erschien es mir besser, im Arbeitsstress unterzugehen, anstatt in meiner Trauer zu ertrinken.«

Einige Augenblicke blickten wir alle zu Boden.

»Und was machen wir jetzt?«, fragte Woosung, lehnte sich an meinen Schreibtisch und blickte mich erwartungsvoll an. »Diese Gruppe funktioniert nur, wenn wir zusammen sind. Egal, wer fehlt, es ist dann nicht das Gleiche.«

»Aber vielleicht habe ich keine Wahl«, sagte ich die Worte, die mir im Kopf rumspukten, seit ich Aria das erste Mal in die Augen gesehen hatte. Und ich wollte auch gar nicht, dass ich überhaupt eine Wahl hatte. Ich wollte mich nicht entscheiden müssen, ich würde für beides kämpfen.

Für Aria und für die Band.

»Liebst du sie?«, fragte Yunho mich mit verschränkten Armen.

»Das tue ich.« Kein Zögern, kein Zurück. »Auch wenn ich es vielleicht nicht sollte.«

»Darf ich ehrlich sein?«, fragte Ho-jung und legte mir eine Hand auf die Schulter.

Ich nickte.

»Du schaust sie an, als hättest du durch sie erkannt, was Liebe ist. Verdammt, ich habe das sogar erkannt. Ich weiß, es wird nicht gerne gesehen, aber würdest du auch nur zweimal darüber nachdenken, wenn du kein Idol wärst?«

»Nicht eine Sekunde.«

»Dann tu es auch jetzt nicht. Denn du bist nicht nur ein Idol, in erster Linie bist du einfach ein Mensch, der es verdient, glücklich zu sein. Du solltest du selbst sein dürfen.«

»Du klingst wie ein alter, weiser Mann«, lachte ich, doch kämpfte gegen die Tränen an.

»Ich habe von den Besten gelernt«, grinste er in die Runde.

Er hatte so verdammt recht, dass es wehtat. Und ich liebte ihn dafür, dass er diese Worte so leichtfertig sagte. So, als wäre es absolut klar, als gäbe es keinen Zweifel daran.

»Ich möchte das nicht einfach über eure Köpfe hinweg entscheiden«, sagte ich jetzt.

»Min-ho, das hast du längst. Du kannst deine Gefühle nicht einfach abstellen und wir wollen nicht, dass du noch mal in so ein Loch fällst wie während der Tour. Und auch wenn einfach alles absolut beschissen ist, lächelst du. Also versuchen wir es auch«, bemerkte Jae-eon sanft.

Es bedeutete mir die Welt, hatte ich diese Reaktionen wirklich verdient? Nach alldem?

»Es ist okay, wirklich. Wir gewöhnen uns dran.«

»Dass du jetzt wieder lächelst, meint er«, scherzte Yunho und brachte uns damit alle zum Lachen, das einige Sekunden den Raum erfüllte.

»Vielleicht schmeißen die uns raus«, seufzte ich und fuhr mir verzweifelt durch die Haare.

Ich gab ihnen die Zusammenfassung dessen, was Jong-ssi mir gestern am Telefon berichtet hatte.

Die Fans, die Presse, ein Ultimatum.

Lass sie für eine Zeit nach England gehen, komm zurück in dein altes Leben. Es wird Zeit, dass du nicht mehr wegläufst. Und solltet ihr zu zweit zurückkommen ... Sagen wir einfach, dass es besser wäre, wenn es nicht so wäre. Das würde niemandem helfen. Ich arbeite daran, dass es besser wird. Selbst jetzt schlugen seine Worte in meinem Kopf Saltos, doch ich konnte mir einfach nicht vorstellen, was er tun könnte, damit es besser wurde. Was er überhaupt meinte.

»Okay, das könnte problematisch werden«, brachte Woosung hervor und ich konnte ihm nur zustimmen.

»Wir müssen mit ihm sprechen«, sagte ausgerechnet Hyun-su.

Als könnten wir einfach zum Chef gehen und unsere Anforderungen stellen, ohne dass es Konsequenzen hatte. Selbst wenn Jong-ssi auf meiner Seite war, wenn er auf unserer Seite war, hieß es, dass es dem Geschäft schaden würde. Und eins hatten wir in dieser Branche voller Schein gelernt: Das Geschäft ging immer vor.

Regel Nummer eins im K-Pop-Business: Keine Beziehung.

Und ich hatte dagegen verstoßen. Ich war mir nur nicht sicher, warum die

Jungs meine Entscheidungen ausbaden sollten. Und ob ich damit leben konnte, dass sie für mich den Kopf hinhielten.

»Es war nur eine Frage der Zeit, bis das passiert«, seufzte Yunho und massierte seine Schläfen.

Tatsächlich hatten wir öfter, als mir lieb war, über genau dieses Thema gesprochen. Bisher hatte es sich jedoch für keinen von uns gelohnt, sich gegen diese strengen Regeln aufzulehnen.

Aber jetzt war Aria in meinem Leben, für sie lohnte es sich. Es war mir egal, wie hart es sein würde, wenn wir zusammenblieben. Von ihr getrennt zu sein, war schlimmer.

»Warum bist du nicht vorher zu mir gekommen?«, fragte ich und blickte jetzt zu Hyun-su. Ich musste das nicht konkretisieren, er wusste auch so, was ich meinte. Wie immer.

»Ich konnte nicht. Du bist nicht der Einzige, der etwas bei diesem Unfall verloren hat, Min-ho. Es fühlte sich so an, als hätten wir dich verloren. Als hätte ich dich verloren. Plötzlich war ich nicht mehr die Person, zu der du kamst, wenn dich etwas belastet hat. Die Erkenntnis … tat weh. Es tut mir leid, dass ich es an ihr ausgelassen hab. Das war nicht richtig.«

Die Ehrlichkeit seiner Worte warf mich aus der Bahn. Im Raum war es unheimlich still geworden und die Blicke meiner Bandmitglieder sagten mir, dass sie jedes seiner Worte unterschrieben. Ich war so ein Idiot. Und ich nahm mir in diesem Moment vor, mich mehr zu bemühen. Offener zu sein. Jetzt, wo ich wieder wusste, wer ich war.

»Ich wollte nur nicht, dass du durch diese Liebe alles verlierst, was dir sonst noch etwas bedeutet«, fuhr Hyun-su fort. »Irgendwie ging es mir nicht in den Kopf, dass du so leichtsinnig bist. Aber ich habe jetzt begriffen, dass du das gar nicht warst. Leichtsinnig, meine ich.«

»Ach ja?«, fragte ich und konnte den skeptischen Unterton in meiner Stimme nicht verstecken.

»Du bist deinem Herzen gefolgt. Und das haben wir alle viel zu lange nicht getan.«

»Ich … Es tut mir so unfassbar leid. Ich weiß nicht …«, begann ich. »Es geht nicht nur um sie. Es geht dabei um mich. Ich kann nicht mehr länger so tun, als wäre ich diese Version von mir. Da steckt so viel in mir, das ich zeigen will. Ich halte das nicht mehr aus.«

Schnell blinzelte ich die Tränen weg. Mein Kopf brachte mich an den Anfang zurück. In unsere alten Trainingsräume, die vollgestellt waren und nach Keller rochen.

In die Zeit vor unserem Debüt, als uns eine Version aufgedrückt wurde, die wir zu sein hatten.

Min-ho, der Leader von KT6, der immer ein Lächeln auf den Lippen hatte und stark war. Für die Band, für die Fans. Der furchtlose Träumer. Aber das war ich nicht mehr und auch eigentlich nie gewesen.

Diese Version, diese Persona von mir, musste ich jetzt gehen lassen. Für die Chance, für das geliebt oder gehasst zu werden, wer ich wirklich war.

»Wird Zeit, dass sie alle den wahren Min-ho kennenlernen«, bemerkte Yunho mit einem leichten Lächeln. »Dass sie uns richtig kennenlernen. KT6 2.0.«

»Das wird einiges verändern, oder?«, fragte ich in die Runde.

»Das wird es. Aber es ist längst überfällig, meinst du nicht?«, fragte jetzt Woosung und alle nickten.

Ich schluckte schwer. »Das ist es wohl.«

Langsam hob ich den Kopf, ging drei Schritte zu Hyun-su rüber und hielt ihm meine Hand hin.

»Ab jetzt sprechen wir wieder ehrlich miteinander, versprich mir das.« Abwartend schaute ich ihn an und sah, wie er den Kiefer aufeinanderpresste und ein Muskel pulsierte.

Schließlich zuckte er kapitulierend mit den Achseln, ergriff meine Hand und zog mich in eine Umarmung.

»Ich verspreche es, wenn du es tust«, murmelte er und drückte mich ein paar Sekunden zu lang, ehe er mich mit einem verlegenen Lächeln auf den Lippen losließ.

Wir standen einige Sekunden so da, ehe ich einen Schritt zurücktrat und mir mit dem Ärmel die Tränen aus den Augen wischte. Die Gesichter meiner Bandmitglieder strahlten, als ich sie anblickte.

»Sechs bis zum Schluss.«

Zögernd hielt ich meine Hand in die Mitte, keine Sekunde später legten sie ihre Hände auf meine.

»Sechs bis zum Schluss«, wiederholten sie meine Worte laut und euphorisch.

Jae-eon klatschte einmal in die Hände. »Und jetzt spiel uns endlich mal diese neuen Songs vor, an denen du gearbeitet hast. Wir müssen ein Album fertigstellen.«

Und während ich auf den ersten Track klickte, fing mein Herz an, aufgeregt zu klopfen. Plötzlich waren wir wieder sechs Menschen, die das machten, was sie liebten.

Musik.

20

Aria

Der Morgen begann mit einem Klopfzeichen an der Tür, das ich mit dem Kissen auf meinen Ohren zu ignorieren versuchte. Emilys Gesang drang trotzdem durch den Türspalt und erst jetzt realisierte ich, dass Min-ho nicht mehr neben mir lag.

Blinzelnd setzte ich mich auf und blickte im Raum umher. Der Wecker zeigte zehn nach neun an, das Zimmer war von der Sommersonne schon stickig und viel zu warm geworden, und das, obwohl die Klimaanlage auf Hochtouren lief. Der Sommer in Korea war etwas, auf das ich absolut nicht vorbereitet gewesen war. Min-ho hatte über mein Gemecker nur gelacht und gesagt, ich solle den Winter abwarten. Die Vorstellung, mit ihm Hand in Hand durch den Schnee zu laufen, während ihm weiße Flocken in den schwarzen Haaren hingen und unsere Wangen von der Kälte gerötet waren, ließ mein Herz auch jetzt noch glücklich hüpfen. Grundsätzlich die Vorstellung, dass ich im Winter vielleicht wieder hier in Seoul wäre. Denn den Herbst über würde ich definitiv nicht hier sein.

Mein Flugticket war gebucht, das Datum stand fest.

Es kam mir vor wie das Ablaufdatum, das wir viel zu lange ignoriert hatten. Ein Tag vor dem offiziellen Tourbeginn von KT6 würde ich im Flieger zurück nach England sitzen. Schnell verdrängte ich diese Gedanken, als Emily ins Schlafzimmer geschlendert kam und als erste Amtshandlung die Fenster aufriss.

Warme, schwüle Sommerluft drängte sich in meine Lungen.

»Dir auch einen guten Morgen«, krächzte ich.

»Sorry, dass ich hier so reinplatze«, grinste sie, weil es ihr absolut nicht leidtat. »Aber mir war langweilig und ich fahre doch heute Nachmittag schon wieder.«

»Heute Nachmittag schon?«, fragte ich jetzt und war schlagartig wach. »Ich dachte ...«

»Ja, die Band hat beschlossen, länger zu bleiben. Aber ich muss leider zurück in die Schule. Außerdem habe ich ungefähr einhundert traurige Memes von Ji-woon bekommen.« Ihre Wangen färbten sich leicht rosa und sie lächelte.

»Verstehe. Hast du gestern mit ihm telefoniert?« Wir hatten nach dem Essen gar nicht mehr darüber gesprochen, weil einfach alles ein großes Chaos gewesen war.

Emily nickte. »Ganz vielleicht möchte er mich seinen Eltern vorstellen.«

Überrascht riss ich die Augen auf. »Was? Und das sagst du mir erst jetzt?«

»Gestern hat es irgendwie nicht gepasst. Und ich dachte erst, dass es wieder eine seiner Launen ist. Aber ... Er hat mir heute Morgen geschrieben, dass seine Eltern mich gerne kennenlernen würden. Sie haben mich zum Chuseok eingeladen.«

»Zum was?« Blinzelnd und fragend blickte ich sie an.

Sofort erklärte mir Emily aufgeregt, dass Chuseok wie das koreanische Erntedankfest war und über drei Tage ging.

»Es gibt Geschenke und wir essen Songpyeon und o mein Gott, glaubst du, ich muss seinen Eltern was schenken?«

Sie redete viel zu schnell dafür, dass ich gerade erst wach geworden war.

»Du solltest vielleicht mal mit Min-ho einen Rapsong aufnehmen«, gähnte ich.

»Sorry, ich bin einfach so aufgeregt. Meinst du, dass sie mich mögen werden?« Ihre großen grünen Augen waren plötzlich voller Unsicherheit, das kannte ich gar nicht von ihr.

»Sie werden dich lieben«, erwiderte ich.

Ihr Lächeln wurde breiter. »Jetzt raus aus den Federn. Du musst mir helfen, eine gute Antwort auf Ji-woons Nachricht zu schreiben.«

Der Vormittag verging viel zu schnell, so, als müsste ich einmal blinzeln und schon war Emily weg. So, als wäre sie eigentlich nie wirklich da gewesen, nur ihr Parfüm, das noch an meinen Klamotten hing, verwies auf ihren

Aufenthalt. Wir spielten gerade Federball, als Do-yoon kam und mit verschränkten Armen und verschlossener Miene mitten auf dem Rasen stehen blieb und verkündete, dass Emilys Wagen jetzt da war.

Wir umarmten uns fest und ich wusste nicht, warum ich so emotional wurde.

Vielleicht, weil ich erst einmal zurück nach England ging und sie so schnell nicht wiedersah.

Vielleicht, weil ich unfassbar dankbar war, dass sie trotz ihres vollen Terminkalenders hergekommen war. Natürlich hatte ich Emily von meinen Plänen erzählt, sogar von denen, die ich Min-ho noch beichten musste, wenn der Zeitpunkt gekommen war. Und es tat gut, dass ich jetzt wieder etwas mehr darüber im Bilde war, was ihr Leben anging. Dass diese unsichtbare Barriere zwischen uns jetzt geklärt war. Ich freute mich jetzt schon so sehr darauf, mit ihr und der alten Clique zusammen etwas zu unternehmen, sobald es die Umstände zuließen. Emily hatte mir ein kurzes Update gegeben, was die Clique in meiner Abwesenheit so trieb, und während sich bei mir alles um hundertachtzig Grad verändert hatte, schien wenigstens bei ihnen alles beim Alten geblieben zu sein. Zu viel Arbeit, zu viel Stress, und doch schafften sie es, die Leichtigkeit zu bewahren und ihren Sorgen in einem Karaokeraum Luft zu machen. Ich vermisste sie und freute mich auf den Tag, an dem ich zurück in Seoul war und sie wieder in die Arme schließen konnte.

Mit Tränen in den Augen verabschiedete ich mich von Emily und sah dem Wagen hinterher, der den schmalen Schotterweg vorm Haus davonfuhr. Sie streckte den Kopf aus dem Fenster, winkte so lange, bis der Wagen um die Ecke fuhr, und ich stand hier und fragte mich, wann wir uns wohl wiedersehen würden. Seufzend lief ich zurück zum Haus und selbst aus der Entfernung hörte ich die leisen Töne des Klaviers.

War das Min-ho?

Er hatte sich in der ganzen Zeit nur einmal ans Klavier gesetzt, an unserem ersten Abend, und danach nicht wieder. Ich fragte nicht warum, sein schmerzerfüllter Gesichtsausdruck war Antwort genug. Doch jetzt hallten sanfte Töne durch den Flur bis zu mir nach draußen. Mit leisen Schritten lief ich zum offenen Wohnzimmer, in dem ich Min-ho tatsächlich am Klavier sitzen sah. Den ganzen Vormittag über war er mit der Band in seinem Studio verschwunden, während Emily und ich draußen waren. Mitten im Song hielt Min-ho inne, drehte sich zu mir um und lächelte.

»Hey«, sagte er und ich kam ein paar Schritte auf ihn zu.

»Ich hab dich vermisst.«

Min-ho strich mir eine Haarsträhne aus dem Gesicht, als ich mich neben ihn auf die schwarze Bank setzte.

»Bogo sipeosseoyo«, wiederholte er meine Worte auf Koreanisch und ich lächelte. Irgendwann hatte er sich angewöhnt, solche Sätze nur noch auf Koreanisch zu sagen. Und jedes Mal traf mich seine tiefe, melodische Stimme unvorbereitet.

Zögerlich legte ich meine Finger auf die Tasten des Klaviers. Unter Min-hos wartendem Blick spielte ich den ersten Ton. Ich hatte schon ewig nicht mehr gespielt, doch meine Finger fanden trotzdem sofort die richtigen Tasten. Der Daumen schwebte über der weißen Taste in der Mitte der drei schwarzen, den Zeigefinger legte ich drei Tasten weiter rechts.

Ich hörte meine Mutter sagen, dass ich wenige Millisekunden Pausen zwischen den Tasten lassen sollte, hörte deren Töne in meinem Kopf, ehe ich sie drückte und spielte.

»Klar, dass du diesen Song spielen kannst«, lachte er.

»*Hedwigs Theme* war das erste Lied, das meine Mutter mir beigebracht hat.«

»Dann kannst du spielen? Das wusste ich nicht.«

Ich schüttelte den Kopf. »Nicht richtig. Nur ausgewählte Songs, die ich selbst gelernt habe.«

»So habe ich auch angefangen. In dem Haus, in dem ich aufgewachsen bin, stand im Wohnzimmer ein altes Klavier. Es gehörte meinem Großvater, er hat es meinem Vater kurz vor seinem Tod überlassen und ihn gebeten, mich die Liebe der Musik zu lehren. Ich war acht, als er starb.« Er räusperte sich. »Dieses Klavier … es war wie ein Freund, der nach einem langen Tag auf mich gewartet und zugehört hat, wenn ich meine Gefühle durch Melodien ausdrücken wollte.«

»Das klingt unfassbar schön und unfassbar traurig«, flüsterte ich und lehnte mich an seine Schulter.

»Meine Eltern haben viel gearbeitet und ich hab mich oft einsam gefühlt. Also habe ich mir selbst die Zeit vertrieben, indem ich gelernt habe, die Songs zu spielen, die mein Opa so liebte. Bis heute hatte ich nie richtige Klavierstunden, aber irgendwann konnte ich es einfach.«

»Du bist also ein Genie«, scherzte ich.

»Nein, wir hatten nur nie viel Geld, als ich klein war.« Seine Stimme klang plötzlich unheimlich ernst.

Langsam spielte er die Anfänge von *Fly* von Ludovico Einaudi, ich erkannte es bereits nach dem ersten Ton. Meine Mutter hatte seine Stücke oft im Hintergrund laufen lassen, während ich Hausaufgaben machen musste oder in einem Buch versank. Die Klänge dieses Liedes drangen bis in mein Herz, als mit jedem Ton mehr Erinnerungen auf mich einprasselten.

»Ich habe es endlich geschafft, diesen Song zu beenden, von dem ich dir erzählt habe«, sagte Min-ho gedankenverloren und spielte einfach weiter, während er sprach.

»Spielst du ihn für mich?«

Er nickte mit einem schüchternen Lächeln und räusperte sich. Dann atmete er einmal tief ein und senkte den Blick auf seine Hände, die sich auf den schwarzweißen Tasten wiederfanden. Langsam, sanft und irgendwie vorsichtig.

Und dann fing er an zu spielen.

Es dauerte keine vier Sekunden und schon war Min-ho wie ausgewechselt. Er spielte den Song so, als müsste er es einfach. Er lebte ihn. Die Emotionen waren so deutlich in seinem Gesicht abzulesen, als hätte er sie mit Edding draufgeschrieben, in Großbuchstaben und mit ganz vielen Ausrufezeichen.

Seine Finger flogen über die Tasten, als hätte er niemals etwas anderes gemacht, als wären seine Hände und das Klavier eins. Und während er spielte, sah ich das Leuchten in seinen Augen, das jeden noch so schlimmen Albtraum in die Flucht schlug. Die silbernen Ringe an seinen Fingern, die Adern, die sich leicht unter der Haut abzeichneten, und die Präzision, die er beim Spielen an den Tag legte.

Das goldene warme Licht der Sommersonne strahlte durchs Fenster und einer seiner vielen Ringe reflektierte Tausende Glitzerkegel an die Wand.

Er war hypnotisierend, ich konnte den Blick nicht abwenden, vergaß für einige Herzschläge zu atmen. Ich war mir nicht mal sicher, was mehr Herzklopfen und Schmerz in mir hervorrief. Min-hos Anblick und seine Augen, die sich mit Tränen füllten, oder diese zarte, schmerzhafte Melodie, zu der er zu singen begann.

Das offene Wohnzimmer war riesig und doch kam es mir plötzlich winzig vor. Voll mit seiner Stimme, mit der Bedeutung seiner Worte. Einfach voll mit ihm.

Ihn anzusehen, tat weh.

Ihm zuzuhören, tat weh.

Ich brauchte die Worte nicht zu verstehen, die er auf Koreanisch sang. Die Verletzlichkeit führte mich auch ohne Übersetzung zu Tränen.

Seine Stimme begann leise, beinahe wie ein Flüstern. Doch je weiter der Song vorankam, umso lauter wurde er. Mit jedem Wort, mit jedem Ton steigerte er sich mehr hinein.

Lauter, verzweifelter, unaufhaltsam. Man sah, dass er alles um sich herum ausblendete. Und ich saß mit großen Augen und klopfendem Herzen da und konnte den Blick nicht abwenden. Tränen rollten ihm über die Wangen, als er die Worte fast zu schreien begann, dann wechselte die Melodie wieder zur zarten Tonlage und er holte tief Luft. Augenblicklich wirkte er unheimlich kaputt. Ich sah die Risse in seiner Maske, die er jetzt fallen ließ, während er spielte. Seine Schultern begannen leicht zu beben und am liebsten hätte ich meine Arme um ihn geschlungen.

»Der Song ist wunderschön«, war alles, was ich sagen konnte, als Min-ho den letzten Satz gesungen hatte und die letzten Töne in der Luft nachhallten. Mein Kopf war komplett leer gefegt. Von seiner Stimme, von seinem Talent und von dieser schmerzhaften Melodie.

»Ich habe meinetwegen mit der Musik angefangen. Nur für mich. Weil ich

Songtexte und Beats dafür genutzt habe, meine Gefühle auszudrücken und mich leichter zu fühlen. Und irgendwann hab ich den Sinn dahinter verloren. Irgendwann hab ich nicht mehr für mich geschrieben, sondern für die Menschen, die unsere Musik hören. Ich glaube, ab da hat sich einfach etwas verändert. Ich hab mich zwischen den Worten verloren, aber es war trotz allem unfassbar überwältigend zu wissen, was meine Worte bewirken konnten. Und hier hab ich jetzt endlich wieder damit angefangen, auf mich selbst zu hören.«

Ein trauriges Lächeln huschte für eine Sekunde über sein Gesicht, bevor es wieder verschwand. Wie eine Sternschnuppe, von der man glaubte, sie sich nur eingebildet zu haben.

»Den Anfang hatte ich schon vor einigen Monaten fertig. Aber erst hier habe ich es geschafft, ihn zu beenden«, bemerkte er mit leiser Stimme. »Ich hatte Angst, ihn zu spielen. Alles, was mit Musik zu tun hat, weckt Erinnerungen an sie. Es tut weh. Aber es fühlt sich auch befreiend an. Gut, irgendwie. Seit ich acht Jahre alt war, war ich absolut davon besessen, wirklich gut in allen Dingen zu sein, die ich tat. Mein Selbstwertgefühl hing davon ab. Und dann, eines Tages, erreichte mich diese Nachricht auf der Tour und meine Stimme blieb weg, ich verstummte und verlor mich. Es erinnerte mich daran, dass ich nicht unbesiegbar war.«

»Keiner ist unbesiegbar. Du musst es auch nicht sein.«

Für einige Sekunden traf sein Blick meinen.

»Ich fühle mich aber manchmal so, wenn du bei mir bist.«

Vielleicht war es nur Einbildung, aber seine Hände zitterten, als er sie von den Tasten nahm und auf seine Oberschenkel legte. Seine Augen erinnerten mich an die untergehende Sonne. Wunderschön, golden, warm.

Daran, wie sie nach einem langen Tag hinter den Bergen untergeht und sich ihr Licht glitzernd im Wasser spiegelt.

»Weißt du noch, als ich dich gefragt habe, was du dir am allermeisten wünschst?«, wollte er wissen.

Ich nickte. »Freiheit und das Gefühl, loslassen zu können. Irgendwo zu Hause zu sein, wo ich mich sicher fühle. Ein Leben voller kleiner Momente, die es zu einem perfekten machen«, antwortete ich und erinnerte mich an den Abend, an dem er mir diese Frage gestellt hatte.

Es war ein paar Tage, nachdem wir Seoul verlassen hatten.

Ein Abend im Hochsommer, an dem wir *Der Grinch* auf dem Tablet geschaut und teuren Wein aus Pappbechern getrunken hatten, während wir aneinandergelehnt in der Hängematte draußen im Garten lagen.

Ein Abend, an dem nichts zusammenpasste. Ein Weihnachtsfilm im Sommer. Der Wein und die Pappbecher. Unsere Gedanken und unsere Gefühle.

»Ich habe dir das damals nicht gesagt, aber ich wusste genau, was du meinst. Wie es sich anfühlt, genau das zu haben.«

Fragend lege ich den Kopf schief. »Warum hast du es nicht erzählt?«

Damals war ich viel zu sehr mit meinem Kopf in meinem Chaos gefangen, um den Blick zu erkennen, der mir jetzt viel zu vertraut war.

Der verlorene Blick, der manchmal zwischen seinem Grübchenlächeln und seiner sarkastischen Art durchrutschte, bevor er es verhindern konnte. Jedoch entging er mir jetzt nicht mehr. Einige langsame Herzschläge vergingen, in denen ich die Frage am liebsten zurückgenommen hätte.

»Weil ich dir dann auch hätte erzählen müssen, wie es sich anfühlt, all das zu verlieren. Genau davon handelt der Song. Dass ich alles hatte und es nicht zu schätzen wusste, bis ich es verlor. Dass ich mich danach verirrt und verloren habe.«

Die Worte schnürten mir die Kehle zu. Dass er diesen Song geschrieben hatte, zeigte mir, wie weit er gekommen war. In diesem Moment war ich unheimlich stolz auf ihn. Vor einigen Wochen hatte er noch davon gesprochen, dass er seine Gefühle so sehr verschlossen hatte, dass er nicht wusste, wie er jemals wieder an sie herankommen sollte. Aber in diesem Song waren sie so offensichtlich, als hätte er sie an eine riesige Leuchtreklame in Seoul projiziert.

Deutlich und sichtbar für jeden, der ihm die Chance gab, sein wahres Ich zu zeigen.

»Ich bin stolz auf dich«, sagte ich leise und strich über seine Wange, über das kleine Muttermal neben seinem Auge.

»Ich habe noch einen Song fertig. Allerdings nur die Melodie. Willst du ihn hören? Er ist irgendwie für dich.«

»Irgendwie?« Möglich, dass mein Gesicht zu leuchten begann.

»Er ist auch für mich. Für uns.« In diesem Moment konnte ich nicht anders, ich beugte mich vor und küsste ihn sanft.

»Dann ist das ein Ja-du-möchtest-den-Song-hören?«, fragte Min-ho und lächelte.

Ich lächelte zurück und nickte. »Ja, das ist es.«

Die Melodie begann ebenfalls leise, beinahe etwas zu leise. Seine langen Finger flogen über die schwarzen und weißen Tasten und er schloss die Augen, während er weiterspielte. Die Bewegungen seiner linken und rechten Hand näherten sich an, wie zwei Menschen, die sich näherkamen und doch zu schüchtern waren. Der Song fühlte sich danach an, verliebt zu sein. Bis zu dem Punkt, an dem Min-ho die beiden vereinte und sie mutig werden ließ.

Ihn so in seinem Element zu sehen war etwas Besonderes.

In diesem Augenblick begriff ich, dass Min-ho so viele Facetten hatte, die ich noch nicht kannte. Und ich nahm mir vor, jede einzelne kennenzulernen.

Dieser Min-ho war ... poetisch. Er war atemberaubend. Dieser Song porträtierte Liebe und ich wusste bis zu diesem Zeitpunkt nicht, dass sich das Gefühl des Verliebtseins so schmerzhaft in einem Song wiederfinden ließ. Nicht so.

»Wunderschön«, brachte ich einige Sekunden, nachdem der letzte Ton verklungen war, hervor.

»Irgendwie hat diese Melodie mich gefunden, kurz nachdem wir hier angekommen waren. Es gab Peperonipizza und lauwarmen Kaffee, obwohl es schon spätabends war. Du hattest einen meiner Hoodies an und alles, woran ich später im Studio denken konnte, war dein Lächeln. Die Lyrics sind noch nicht fertig, aber ... Diese Melodie, sie ging mir nicht mehr aus dem Kopf. So wie du es auch nicht tust.«

»Ich liebe dich.« Die einzigen drei Worte, die in meinem Kopf noch übrig waren.

»Saranghae«, erwiderte er und drückte mir einen Kuss auf die Stirn.

»Alleine die Melodie ist absolut atemberaubend, Min-ho. Die Art, wie du gespielt hast … Du bist so talentiert. Und nur zu deiner Information: Du hast es geschafft, dass ich mich ohne Worte erneut in dich verliebt habe.«

Vorsichtig lehnte ich mich an ihn und blickte ebenfalls auf seine Finger, die ganz sanft erneut anfingen zu spielen.

Ich wusste nicht, wie lange wir hier saßen und wie lange Min-ho spielte. Ob er es für mich tat oder für sich selbst. Vielleicht tat er es für uns. Die sanften Töne des Klaviers hallten noch eine kleine Ewigkeit durch das Haus und wir saßen stillschweigend nebeneinander, verloren uns in der Musik und ihrer Bedeutung und ein wenig in unserer Zweisamkeit. Blendeten die Welt und unser Ablaufdatum einfach aus.

Und die Leidenschaft, mit der er sang und spielte, zeigte ganz deutlich, dass er dafür geboren wurde.

Er war mehr als ein Sänger.

Mehr als ein Idol.

Mehr, als alle von ihm glaubten.

Er war Mut, Schwäche, Liebe und Schmerz.

Er war meine Hoffnung, dass alles wieder gut werden würde.

21

Min-ho

Die Tage zogen nur so an uns vorbei, eine Woche war rum und wir hatten ein ganzes Mixtape auf die Beine gestellt. Wir hatten mit den Songs angefangen, an denen ich seit meiner Ankunft gearbeitet hatte. Zusammen mit der Band hatten sie endlich das besondere Etwas bekommen, das ich alleine nicht gefunden hatte. Und am Ende der Woche hatten wir einen komplett neuen Song geschrieben, der das Herzstück des Mixtapes werden würde. Zwischen Instantnudeln, leeren Kaffeebechern und verlorenen Beats war ein Song entstanden, der den Titel *Comeback* trug. Unser Comeback in mehr als nur einer Hinsicht. Unser Zurückkommen auf die Bühne, unser Zurückkommen zu uns selbst.

Es war irgendwie viel zu leicht gewesen, diesen Song zu schreiben. Beinahe so, als hätten die Worte nur darauf gewartet, dass wir sie endlich zu Papier brachten.

Meine Augen huschten über die Textzeilen, an denen wir zusammen herumgetüftelt hatten.

[Verse 1: Jae-eon, Ho-jung]
Finding ourselves in the darkness
Until you light up the night
Together we shine as bright
Here in our rooms, here in our lives

[Verse 2: Min-ho, Woosung, Hyun-su]
Inside this endless state of mind
Let me hear your story

In the end I will be there
To make you smile, to make you feel loved
Just to be someone who cares

[Pre-Chorus: Yunho, Woosung]
When you feel like breaking inside
When the darkness paints everything grey and blue
Show me all of it, show me all of you

[Chorus: Jae-eon, Min-ho, Ho-jung]
It's a comeback
Back to you
And back to us
In more than just one way
We're coming back

[Post-Chorus: Yunho, Woosung]
Together we rise again
From midnight to dawn
Together we stand
til we'll finally dream as one

Es fühlte sich anders an, es fühlte sich richtig an. Schnelles Herzklopfen war im Einklang mit einer Aufregung, die ein Kribbeln in meinem Körper auslöste. Die Vorstellung, diesen Song live mit der Band und den Fans zu performen … Die Sehnsucht nach der Bühne war unendlich groß und diese Zeilen fühlten sich wieder nach mir, nach uns an.

Ich schrieb Songs, weil ich so das Gefühl hatte, dass jemand zuhörte. Oder vielleicht hörte ich mir nur selbst dann ernsthaft zu, wenn ich schrieb. Das Schreiben war meine Katharsis. Danach war mein Kopf etwas leerer, meine Gedanken waren nicht mehr so finster und mein Herz schlug leichter.

Und irgendwie konnte ich es kaum fassen, dass wir zusammen als KT6 innerhalb weniger Stunden einen Song zustande gebracht hatten, weil wir endlich auf uns selbst hörten. Mit dem Fokus auf das, was wir fühlten. Nicht auf dem, was vielleicht eingängiger klang oder sich besser in den Charts platzierte.

Diese Zeit hier und jetzt erinnerte mich so sehr an unseren Anfang. An die Tage, an denen wir noch Trainees und nur so von Musik umgeben gewesen waren. Musik, Tanzen, Songtexte, Beats. Vierzehn Stunden am Tag Musik, die restlichen waren mit unseren Träumen gefüllt gewesen, die wir umsetzen wollten. Stundenlanges Training, stundenlanges Singen.

Doch seit unserem Debüt war der Tagesplan plötzlich anders. Interviews, Presse, Vorproduktionen, Onlinepräsenz.

Es war egal, wie voll mein Tag war, ich konnte nicht anders, als in mein Notizheft zu kritzeln oder die Seiten meines Tagebuches zu füllen. Ich brauchte das Schreiben wie die Luft zum Atmen und wenn ich es nicht tat, drehten sich die ungeschriebenen Worte in meinem Kopf so lange hin und her, bis mir schwindelig wurde.

Und hier hatte ich wieder zu dem zurückgefunden, was ich vor diesem ganzen Chaos so geliebt hatte. Ich fühlte mich endlich wieder frei in meinem Arbeiten, frei in meinen Gedanken und so, als hätten die Texte endlich wieder mehr Persönlichkeit. Hinter uns lag eine intensive Woche voller Musik und ehrlichen Gedanken.

Die Band und ich erinnerten uns daran, wie wir angefangen hatten. Tief in mir drin wusste ich, dass wir durch diese Erinnerung jetzt in eine bessere Zukunft starten konnten. Eine Zukunft, in der wir uns selbst wieder treu blieben. In der wir einfach wir selbst waren.

Die Fans würden diesen Wandel mitbekommen, da war ich mir sicher. Genauso war ich davon überzeugt, dass sie es zu schätzen wissen und uns unterstützen würden.

Das war bisher immer so gewesen, warum sollte es jetzt anders sein?

Nach all dem war KT6 jetzt nicht mehr zu stoppen. Wir würden ehrlich sein, verschiedene Seiten von uns zeigen und als Einheit aus diesem Chaos hervorgehen. Die Energie, die wir aus den letzten Tagen gezogen hatten, war mehr als genug für die anstehenden Veränderungen. Möglich, dass es auch die Gewissheit war, die jeder von uns jetzt innehatte: dass wir alles gemeinsam angehen würden. Egal, was auf uns zukam.

Bei ihrer Abreise an diesem Morgen lagen wir uns in den Armen, auch wenn wir uns schon in zwei Tagen in Seoul wiedersehen würden. Es fühlte sich alles so anders an, besser und freier.

Meine Bandmitglieder hierzuhaben, ihre Worte zu hören und zu wissen, dass sie meine hörten, brachte mir eine Stärke, die ich viel zu lange vermisst hatte. Wir gehörten zusammen, das war mir jetzt bewusster als jemals zuvor.

***

»Heb das Kinn. Nicht zu hoch, aber so hoch, dass sie dich ernst nehmen. Denn das sollten sie«, sagte Do-yoon mit fester Stimme, als hätte ich noch nie ein Interview gegeben. Anschließend setzte er sich neben den Kameramann, der ungewöhnlich fröhlich zu sein schien.

Ganz anders, als ich es kannte.

Weil es echt ist, dachte ich.

Seine gute Laune war kein Schein und das war ungewöhnlich. Normalerweise waren alle am Set professionell scheinheilig, als würde ein Lachen oder sonst eine Regung zur Jobbeschreibung gehören. Innerhalb von SYE lief das ganz anders, aber die Presse in Korea war eben immer noch die Presse in Korea.

Wir luden sie ein, uns zu durchlöchern, und beantworteten alle Fragen mit einem Lächeln, während sie nur abwartend nickten.

Wir versteckten uns nicht, wir holten sie zu uns.

Pressekonferenzen fanden ausschließlich im SYE-Entertainment-Gebäude statt, nach unserem Debüt hatten wir beinahe eine freundschaftliche Basis zu einigen Reportern aufgebaut.

Und dann war da noch *Uncover.*

Ein unabhängiges Onlinemagazin, das ganz anders arbeitete als andere Magazine und das sich wahrscheinlich am ehesten mit westlichen Paparazzi vergleichen ließ. Respekt wurde bei der Pressearbeit großgeschrieben, doch bei *Uncover* suchte man diesen vergeblich. Einen Tag nach unserem Unfall zierten die Bilder des zertrümmerten Autos ihren Blog, den Millionen Leser und Leserinnen weltweit verfolgten. Reißerische Schlagzeilen waren ihr Markenzeichen.

Sie verfolgten uns, wenn wir nach einem langen Arbeitstag auf dem Weg zum Convenience Store um die Ecke waren. Sie enthüllten Datingskandale der Idols schneller, als die sozialen Medien sie verbreiten konnten.

Auch Arias und mein Foto war damals von meiner ehemaligen Stylistin an *Uncover* verkauft worden und war damit *die* Schlagzeile für über einen Monat gewesen. Bis die Leadsängerin der Girlgroup LIGHTS betrunken Auto gefahren und gegen eine Straßenlaterne gekracht war.

Neue Tragödie, neue Schlagzeile.

Manchmal kam es mir so vor, als hätte dieses Magazin die Ohren und Augen überall, als wartete es nur darauf, dass etwas Skandalöses passierte. Und mit Sicherheit war das auch genau so.

Mein Blut begann zu kochen, als ich an die vielen Freunde aus der K-Pop-Branche dachte, deren Karrieren durch unüberlegte Artikel schon zerstört worden waren.

Doch diese Leute kamen von Jong-ssi, nicht von *Uncover.*

Es sollte mich also erleichtern und ich wusste nicht, warum es mich stattdessen noch mehr unter Druck setzte.

Vielleicht, weil es sich wie der Startschuss eines Neuanfangs anfühlte. Denn genau dafür war dieses Interview gedacht. In einem kurzen Videocall mit dem Entertainment und der Band hatten wir zusammen beschlossen, dass dieser Ort hier der richtige sei, um die Wiederaufnahme der Tour anzuteasern.

Der offizielle Teaser mit den Tourdaten würde gedreht werden, sobald wir zurück in Seoul waren. Die lange Liste der Stadien weltweit löste in mir jetzt schon etwas Unbehagen aus, aber es fühlte sich auch richtig an. Wie ein Schritt nach vorne, wo ich doch so lange auf der Stelle getreten war. Die Gedanken, dass mich so viele Meilen von Aria trennen würden … die schob ich beiseite.

Die Jungs waren schon heute Morgen abgereist, ich würde in zwei Tagen nachkommen und dann in den turbulenten Alltag zurückkehren, während Aria nach England flog. Wenigstens blieben uns noch einige Tage in Seoul, bevor sie weg war.

Mein Herz krampfte sich zusammen.

Am liebsten hätte ich die Jungs bei diesem Interview dabeigehabt, allerdings wurden sie früh morgens vom Entertainment zu einem unerwartet wichtigen Meeting gerufen. Nur ich blieb hier, weil das Interview gesetzt und den Fans schon angekündigt worden war. Worum es in diesem Meeting ging, wollte man mir erst mitteilen, wenn ich in Seoul angekommen war. Die Tatsache, dass ich dort außen vor gelassen wurde, machte mich noch nervöser, als ich ohnehin schon war.

Ich war nicht bei der Sache. Absolut nicht. Und das war kein gutes Zeichen für ein Interview, das weltweit ausgestrahlt wurde und von enormer Wichtigkeit war.

Do-yoon beugte sich vor, lachte über irgendwas, was der Kameramann zu ihm gesagt hatte, und schaute mit seinem Kontrollblick auf den Monitor, auf dem ich gleich zu sehen sein würde.

Diese unerwartete Nervosität, die ich plötzlich verspürte, war mir vollkommen fremd. So war ich nie gewesen, weil das meine Rolle als Leader gar nicht zuließ. Selbstvertrauen und Stärke waren immer meine Attribute gewesen, mein Part in der Band. Immer.

Aber jetzt war ich allein und ich musste für niemanden stark oder selbstbewusst sein. Für keinen außer mich selbst, und vielleicht war es diese Tatsache, die es mir am schwersten machte. Meine schwitzenden Handflächen und mein eisernes, festgefahrenes Grinsen waren Beweis genug, dass mein Pokerface jetzt nicht mehr aufrechtzuerhalten war.

Unter anderen Umständen war das vielleicht eine gute Sache, doch im K-Pop-Geschäft gehörte es schließlich zum Alltag.

Ich war aus der Übung. Möglicherweise war es aber auch wie Fahrradfahren, etwas, das man nie verlernte.

Wäre mein Leben ein Cartoon, hätte man mein klopfendes Herz direkt durch mein weißes Hemd sehen können, und ganz sicher waren meine Wangen unter dem vielen Make-up glühend rot.

»Schau in die Kamera und versuche dir vorzustellen, dass du mit mir sprichst. Vielleicht hilft das«, sagte Aria leise neben mir.

Ihre Anwesenheit hatte ich gar nicht bemerkt, ich dachte tatsächlich, dass sie aus dem Wohnzimmer verbannt worden war. Erleichterung durchflutete mich, als sie jetzt neben mir stand und ihre zierliche Hand nach meiner griff.

»Du bist ja da«, antwortete ich überrascht.

Für einen Augenblick schloss ich die Augen und versuchte mir in Erinnerung zu rufen, dass das hier der Moment war, der alles veränderte. Wenn diese Nachricht erst einmal draußen war, konnte ich sie nicht zurücknehmen. Auch wenn wir das gar nicht wollten, hatte mich bis hierhin die mögliche Ausflucht doch sehr beruhigt. Mit diesem Interview gab ich der Öffentlichkeit mehr preis, als ich unter anderen Umständen bereit gewesen wäre.

Arias Name war jedoch das Erste gewesen, das auf der schwarzen Liste des Interviewers gelandet war. Dadurch war er nicht mehr befugt, über sie oder unsere Beziehung zu sprechen, denn heute sollte es nur um KT6 gehen. Um das Comeback. Um Musik. Und nicht um das Drama, das unsere Beziehung und der Unfall ausgelöst hatten. Dieses Thema stand auf einer ganz anderen Liste, die für Gefühle in mir sorgte, für die ich jetzt keinen Platz in meinem Kopf hatte.

»Wo sollte ich sonst sein?«, gab sie neckisch zurück.

Wahrscheinlich war es keine gute Idee, sie direkt hier mit den Reportern um uns herum in die Arme zu nehmen, aber das war mir absolut egal.

Ich brauchte ihre Wärme, ihren leicht süßlichen, blumigen Geruch, der sich mit dem des Waschmittels vermischte, und ihr aufbauendes, ehrliches Lächeln. In ihrer Nähe fühlte ich mich mehr wie ich selbst, wie die Person, die ich sein wollte. Ihre Stärke war meine Stärke.

»Sei charmant«, flüsterte sie und strich mein Hemd glatt.

»Bin ich das nicht immer?« Fragend hob ich eine Augenbraue, woraufhin sie mir nur einen Kuss auf die Wange gab.

»Nicht überzeugend«, murmelte sie.

»Ich versuche es«, sagte ich jetzt eine Spur ernster.

»Und hör auf, mich so anzugucken.«

»Ich gucke nun mal so.«

»Nein, tust du nicht.«

Lachend schüttelte sie bloß den Kopf, ihre blonden Haare fielen ihr ins Gesicht und ich hätte am liebsten meine Hände darin vergraben und sie an mich gezogen. Mich in ihr verloren, alles ausgeblendet, um mich etwas weniger so zu fühlen, wie ich es jetzt tat.

»Wenn ich dich anschaue, schon«, antwortete ich etwas zu spät.

»Dann nutze das und schaue auch so in die Kamera. Die Fans werden das lieben.«

»Das tun sie sowieso«, grinste ich jetzt. Sanft schlug sie mir auf die Brust, ich fing ihre Hand ab und hielt sie über meinem Herzen fest.

»Bleibst du hier?« Bei meiner Frage zog ich sie ein wenig näher an mich, eine Hand an ihrer Taille, eine Hand um ihre geschlungen, die immer noch auf meiner Brust lag.

»Wenn du das möchtest«, gab sie mit einem schüchternen Lächeln zurück, das mich beinahe um den Verstand brachte.

»Immer.« Ich hoffte, dass sie einfach für immer blieb.

Ein Räuspern von Do-yoon ließ uns beide auseinanderfahren.

Arias Wangen färbten sich leicht rosa, als ich mir die Zeit nahm, sie noch einmal langsam zu mustern. Ich spürte ihr Lächeln an meinen Lippen, küsste sie und trat dann ins Licht der Softboxen.

»Hana, dul, set«, zählte der Mann hinter der Kamera hinunter und hielt erst einen, dann zwei und dann drei Finger hoch. Ein Nicken signalisierte mir, dass es losging.

Das Interview begann und irgendwie schaffte ich es, jede Frage charmant und ehrlich zu beantworten, ohne dass ich mich fühlte, als würde ich mich selbst betrügen.

22

Aria

Am nächsten Tag standen wir mit Koffern, vollen Kartons und Mochi in der Auffahrt, bereit, alles andere hinter uns zu lassen. Okay, bereit war das falsche Wort, aber das würden wir sowieso nie sein. Min-ho hatte das Interview erfolgreich gemeistert, wir hatten es mit teurem Wein und einem Schaumbad gefeiert und versucht, den letzten Abend nicht mit Tränen, sondern Erinnerungen zu zweit zu füllen.

Jetzt wusste die Welt, dass KT6 zurückkommen würde.

Sie wusste auch, dass es Min-ho besser ging, und ich wollte fest daran glauben, dass es auch wirklich so war.

Er wirkte jedenfalls anders, irgendwie ausgelassener und zufriedener. Weniger angespannt, weniger dunkel. Daran wollte ich, solange es ging, festhalten.

Es fühlte sich wie ein Ende an, diesen Rückzugsort hinter uns zu lassen und nach Seoul zu fahren. Raus aus dem Ort voller Ruhe und Natur, hinein in die laute Stadt der Lichter.

Aber eigentlich war es kein Ende, es war vielmehr ein Neustart.

Dein zweiter Neustart, seit du England verlassen hast, flüsterte die Stimme in meinem Kopf. Aber diesmal hatte ich Min-ho an meiner Seite, das war ein gravierender Unterschied. *So lange, bis du im Flugzeug nach England sitzt und Min-ho auf Welttour geht.*

Gedankenverloren strich ich durch Mochis weiches, flauschiges Fell. Ihr Schnurren beruhigte mich augenblicklich.

Gestern hatten wir beschlossen, dass die Katze unmöglich hierbleiben konnte, das kam nicht infrage. So dünn, wie sie bei unserer Ankunft gewesen war, dazu das fehlende Halsband.

Min-ho und ich hatten nicht darüber gesprochen, aber es war klar, dass ich Mochi mit nach Hampshire nehmen würde. Das Leben als Idol, das Leben auf Tour, ließ ein Haustier nicht zu. Schließlich flog er um die halbe Welt, performte vor Tausenden von Menschen und war nie lange an einem Ort. Sein Alltag bestand aus bunten Lichtern, schreienden Fans und Stempeln im Reisepass. Mein Alltag hingegen würde von betäubender Stille und Eintönigkeit geprägt sein, wenn ich nach England zurückging. Und das musste ich tun, um mich meiner Vergangenheit zu stellen, um wieder zu mir zu finden und einen Grund zu suchen, der mich zurück nach Seoul brachte und mich vor allem dortbleiben ließ. Und so weh das auch tat, Min-ho konnte nicht der einzige Grund dafür sein.

Das würde auf Dauer nicht reichen.

Ich brauchte etwas für mich, etwas Eigenes.

Jedoch tat es jedes Mal aufs Neue weh, wenn ich daran dachte, dass es kein Rückflugticket gab.

Das Hupen des schwarzen Hyundai Palisade ließ mich zusammenzucken, Do-yoon hob einmal begrüßend die Hand und parkte direkt vor dem Haus. Mit schnellen Schritten war er bei uns und schnappte sich erste Kisten und Koffer. Min-ho, der gerade noch mal im Haus verschwunden war, kam heraus und zog die Tür hinter sich zu.

»Das war's, wir haben alles.«

Worte, die auf viele Weisen interpretiert werden konnten.

Ich hatte natürlich schon vier Tage im Voraus gepackt, drei verschiedene Listen erstellt und war das Haus danach noch mehrfach abgelaufen.

Eine Liste für Min-ho, eine für mich und eine Liste mit sämtlichen Dingen, die ich in England erledigen wollte. Es gab mir wenigstens etwas Seelenfrieden in diesem Chaos und lenkte mich davon ab, dass wir jetzt zurückmussten. Einige Tage in Seoul, bevor es zurückging. Das klang doch machbar, oder? Und wenigstens musste ich mich nicht sofort verabschieden.

»Wie viele Bücher hast du hier eigentlich gelesen?«, fragte Min-ho mich, als er den dritten Karton in den Kofferraum hievte.

Do-yoon war in der Zwischenzeit hinüber zum Bootshaus geschlendert, wo das Sicherheitsteam ebenfalls packte.

»Nicht mehr als du«, antwortete ich herausfordernd.

»Das ist gelogen.«

»Vielleicht.« Insgesamt waren wir fast sechs Wochen hier gewesen. Über einen Monat, in dem ich nichts weiter getan hatte, als mich auf mich zu konzentrieren.

Lesen, Fotografieren, Koreanisch üben.

Die heiligen drei Dinge, die mich bei Laune gehalten hatten. Da meine Kurse so oder so online stattfanden, gab es auch kein Problem damit, sie in meiner Heimat weiterzuführen.

»Nicht nur vielleicht. Du hast locker doppelt so viele Bücher bestellt«, beschwerte sich Min-ho.

Sein Tonfall verriet jedoch, dass er mir nicht böse war und ihn die Tatsache viel mehr amüsierte.

»Kann man genug Bücher haben? Außerdem habe ich sie für *uns* bestellt. Du kannst sie auch lesen.«

»Punkt für dich.«

»Warte kurz!«, rief ich, als mir wieder einfiel, was ich auf meiner Liste vergessen hatte. Diese Kartons gingen alle an Min-hos Apartment, doch ich brauchte ein bestimmtes Buch ganz dringend, egal, wo ich hinging.

Eilig lief ich um den Wagen herum und öffnete den Karton mit den Büchern. Min-hos Ausgabe von *Demian* lag ganz oben, direkt neben meiner, die er mir damals geschenkt hatte. Vorsichtig griff ich danach und holte es hervor. Die weißen Seiten waren aufgrund der vielen bunten Post-it's kaum noch zu erkennen. Kurz huschten meine Augen über die Bücher, die direkt darunter lagen und mich jetzt anlächelten, als würden sie ebenfalls gerne mitwollen.

Die Mitternachtsbibliothek, *Der große Gatsby* und *Der kleine Prinz*. Dicht an dicht gequetscht.

»Das ist aber meine Ausgabe«, bemerkte Min-ho, der jetzt den Kopf neben meinen platziert hatte und sich so dicht hinter mich presste.

Ein Schauder fuhr über meine Haut, als sein Atem meinen Nacken streifte und er seine Arme um meinen Bauch schlang. Diese Art von Umarmung war meine liebste.

Wir taumelten zwei Schritte nach hinten, ich legte meinen Kopf in den Nacken und als Min-ho eine Spur von Küssen auf meinem Hals verteilte, seufzte ich laut auf.

»Wie soll ich denn ohne deine Umarmungen auskommen?«, fragte ich ernst.

»Bleib einfach bei mir«, erwiderte er mit rauer Stimme.

»Du weißt, dass das nicht geht.«

Min-ho atmete einmal laut aus. »Ich weiß. Aber du kommst ja auch bald wieder.«

Mein Mund öffnete und schloss sich wieder, weil ich nicht wusste, was ich darauf erwidern sollte. Das Gespräch lag noch vor uns.

Wir hatten in den letzten Nächten so oft wach gelegen und laut nachgedacht. Über ihn, über mich, über uns. Darüber, wie sehr wir uns wünschten, die Zeit vorspulen zu können, bis alle ihr Happy End bekamen.

»Wir haben ja noch etwas Zeit in Seoul«, sagte ich schließlich und lachte mich selbst dafür aus.

Es ist wenigstens etwas, versuchte ich mir einzureden.

Unsere Blicke verhakten sich und hielten einander fest und das löste gleichzeitig Herzklopfen und Gänsehaut bei mir aus.

Dieser Ausdruck in seinen Augen war hart, zu voll und irgendwie schrie er ganz laut: *Das reicht mir nicht.*

Und ja, mir reichte es auch nicht. Der Gedanke war schrecklich und ich kam mir unheimlich lächerlich vor, weil ich so panische Angst hatte, nach allem, was geschehen war, wieder alleine zu sein.

Min-ho zwang sich zu einem Lächeln, ich ebenfalls.

Mit verschränkten Armen musterte er mich, Grübchen bildeten sich links und rechts neben seinen Mundwinkeln und ich widerstand dem Drang, sie zu küssen, Min-ho zurück in das Haus zu zerren und für immer dortzubleiben. Für immer in unserer kleinen Blase. Doch so funktionierte das Leben nicht.

Instinktiv drückte ich das Buch fest an meine Brust.

»Und weil du nicht bei mir bleiben kannst, klaust du mein Lieblingsbuch?«

Zögerlich und mit geröteten Wangen nickte ich. »Ich leihe es mir, damit ich etwas von dir habe. Zu deiner Information, ich habe auch deinen lilafarbenen Hoodie in meinen Koffer gepackt. Such nicht danach, du kriegst ihn nicht wieder.« Meine Stimme sollte witzig klingen, stattdessen war sie kaum mehr als ein Hauch von Traurigkeit.

»Du weißt aber schon, dass wir noch etwas Zeit haben? Bevor du fliegst, meine ich? Wieso klingst du so, als würdest du sofort gehen?« Fragend sah er mich an.

Ich schluckte schwer. »Ich versuch mich schon mal dran zu gewöhnen.«

Langsam streckte Min-ho seine Hand nach mir aus, das kühle Metall seiner Ringe strich über meine Haut und fühlte sich viel zu intensiv für so eine sanfte Berührung an.

»Nimm dir alles, was du willst«, murmelte er.

Und dann stopfte Min-ho vier weitere Bücher in meine Handtasche, schloss den Reißverschluss und hob dann mein Kinn an.

»Wenn du dir etwas ausleihst, musst du es zurückgeben. Du musst also zu mir zurückkommen, hörst du?« Seine Stimme war kaum mehr als ein Flüstern, ein Flehen, ein Zittern.

»Das werde ich immer«, versprach ich und schlang die Arme um seinen Hals.

»Gibst du mir dafür deine Ausgabe?«

Die Bitte ließ mich lächeln. »Der Gedanke gefällt mir.«

»Was?«

»Dass ich deine Ausgabe mitnehme und du meine. Wie Freundschaftsbänder, nur cooler.«

Lachend schüttelte Min-ho den Kopf, seine schwarzen Locken fielen ihm in die Stirn.

Als ich ihm meine Ausgabe aus dem braunen Karton holte, fuhr er mit seinen langen Fingern über den Buchrücken, der zwar schmal, aber trotz allem voller Leserillen war. Beim Lesen hatte ich es Min-ho gleichgetan und ebenfalls meine Gedanken und Gefühle auf die dünnen Seiten geschrieben. Es bereitete mir etwas Unbehagen, dass Min-ho sie nun lesen würde. Jedoch freute ich mich gleichermaßen darauf, endlich seine Notizen auf den Seiten durchzulesen. Schließlich wollte ich das schon tun, als mir das Buch das erste Mal in die Hände gefallen war.

Damals in seinem Apartment, als ich gedacht hatte, er würde mich später in der Nacht ausrauben. Dass er möglicherweise ein Drogendealer, Organhändler oder der Sohn eines Mafiabosses sei. Ich erinnerte mich noch zu gut daran, dass er mit diesen Augen und diesen Grübchen gleich ein Gefühlschaos in mir ausgelöst hatte, für das es keine Erklärung gab.

Aber jetzt hatte ich eine. Er und ich gehörten zusammen.

Wir verstauten *Demian* gemeinsam mit unseren unausgesprochenen Gefühlen und stummen Versprechen.

Zusammen mit Min-ho und Mochi saß ich auf der Rückbank, Do-yoon vorne am Lenkrad, und irgendwie kam es mir vor, als wären wir eine kleine Familie.

Und als der Motor ansprang, versuchte ich ruhig zu atmen, denn ein Gedanke ließ mich seit diesem Abend am See nicht mehr schlafen.

War unsere Beziehung stark genug, um das alles auszuhalten, sobald der Schutz wegfiel? Und würden wir es schaffen, nicht in alte, selbstzerstörerische Muster zu verfallen, sobald wir wieder dort waren, wo alles angefangen hatte?

***

Unser erster Halt war nicht Min-hos Apartment, sondern das Hauptgebäude von SYE, denn dort hatte man uns für ein offizielles Meeting herbestellt. Uns. Min-ho und mich.

Zusammen mit der Band, die schon vor zwei Tagen etwas erfahren hatte, das uns bisher noch unbekannt war. Es machte mich nervös, so in die Ungewissheit zu laufen. Vor allem, wenn ich daran dachte, dass der CEO mich am liebsten sofort ins nächste Flugzeug setzen wollte. In meiner paranoiden Vorstellung schleppten mich zwei Männer zum nächsten Flughafen, wo ich gegen meinen Willen in ein weit entferntes Land gebracht wurde.

Sofort huschten meine Augen zu Do-yoon, der für mich nur ein Mann im schwarzen Anzug gewesen war. Damals hatte er mich mit seinem eisernen Blick mehrere Zentimeter schrumpfen lassen. Jetzt wusste ich, dass hinter dieser Fassade aufrichtige Loyalität und hinter seinem eisernen Blick ein Herz aus Gold steckte.

Meine Aufmerksamkeit wurde augenblicklich abgefangen, als wir beim Hauptgebäude angekommen waren.

Tausende von Fans blockierten die Straßen, die schon von der Polizei abgegrenzt wurden. Laute Schreie drangen durch die getönten Sicherheitsscheiben, nervös rutschte ich auf dem schwarzen Lederpolster hin und her. Do-yoon hielt an und drehte sich flüchtig zu uns um, als wollte er wissen, ob wir noch da waren, und blickte dann mit gerunzelter Stirn wieder durch die Frontscheibe. Die Musik, die Min-ho über Bluetooth abgespielt hatte, verstummte und sofort ergriffen Angespanntheit und Stille von uns Besitz. Keiner von uns sagte ein Wort, ich wusste nicht, ob Min-ho und Do-yoon ebenfalls überfordert oder einfach sprachlos waren. Vielleicht beides.

Ein Polizist lief um den Wagen herum, Do-yoon hielt seinen Ausweis hoch und eine Sekunde später trat der Mann mit überraschtem Gesichtsausdruck zurück. Er sagte etwas in sein Funkgerät, wahrscheinlich gab er das Kennzeichen unseres Wagens durch. Jedenfalls bildete ich mir ein, dass es so war. Bei dem Geräuschpegel fragte ich mich, wie die Beamten es länger als vier Minuten aushielten.

Wie hatten die Fans von unserer Ankunft erfahren? Es war nirgendwo bekanntgegeben worden. Ein Schauer lief meine Wirbelsäule hinunter und als die Fensterscheibe wieder hochfuhr, die Rufe jedoch hörbar blieben, atmete ich etwas schneller.

Min-ho griff nach meiner Hand und lächelte mir zu, diesmal half jedoch nicht einmal mehr das.

Die Fans schrien Min-hos Namen, aber das war es nicht, was mich nervös machte. Sie schrien auch meinen. Hielten Schilder mit *#minria* hoch und einige sangen *Our Souls At Midnight,* den Song, den Min-ho für mich geschrieben und beim letzten Konzert live performt hatte.

Plötzlich prasselten die vielen Erinnerungen wie Platzregen auf mich ein, durchnässten meine Gedanken und ließen mich augenblicklich zittern.

War das ab jetzt unser Alltag? Würde das Interesse irgendwann nachlassen? Ich schluckte schwer und versuchte mich zu beruhigen.

»Gwaenchanha?«, fragte Min-ho mich leise. *Alles okay?*

Langsam malte er kleine Kreise auf meinen Handrücken und ich schaffte es irgendwie, zu nicken.

Wir ließen die Fans hinter uns, fuhren in die Tiefgarage hinunter und innerhalb weniger Atemzüge waren ihre Rufe verschwunden, als hätte ich sie mir nur eingebildet. Als wäre das hier alles bloß ein Traum. Denn ganz sicher fühlte es sich so an, irgendwie so, als wäre ich in einem Film gelandet, den ich als Kind geliebt hatte.

Ein Idol verliebt sich in ein normales Mädchen.

Wie klischeehaft sich unsere Geschichte auf den ersten Blick anhören musste.

Keiner wusste, wie oft wir gefallen und wieder aufgestanden waren. Niemand von ihnen hatte Min-hos charmantes Lächeln gesehen und genau gewusst, dass innerlich gerade alles in seinem Herzen zusammenbrach.

Ich wusste nicht, warum ich genau jetzt auf diese Gedanken kam, aber die Fans dort draußen zu sehen sorgte dafür, dass mein Kopf bereits nach einer Rechtfertigung für unsere Beziehung suchte.

Und das, obwohl die vielen Menschen dort vor dem Gebäude keineswegs wütend aussahen: Sie sahen glücklich aus. Sie sangen, lagen sich in den Armen und auch die Schilder hatten nichts Boshaftes an sich. Es irritierte mich.

Waren das die gleichen Fans, die wütende Kommentare unter unserem Foto verfasst hatten? Was hatte diese Wandlung ausgelöst? Klar, ich hatte hier und da in den Nachrichten mitbekommen, wie sehr unsere Beziehung in der Fangemeinde romantisiert wurde. Aber niemals hätte ich gedacht, dass es dieses Ausmaß erreicht hatte. Mein Name wurde genauso laut geschrien wie Min-hos.

Mit wackligen Beinen stieg ich aus dem Auto aus, Min-ho griff direkt wieder nach meiner Hand und verschränkte unsere Finger. Einer der

Sicherheitsleute blickte einige Sekunden zu lange darauf, Min-hos Blick war beinahe provozierend. Er wollte ein Statement setzen, das war deutlich zu sehen. Und ich war viel zu verwirrt und überfordert, um überhaupt etwas durch den Nebel meiner Gedanken wahrzunehmen.

Mehrere Männer klopften Do-yoon anerkennend auf die Schulter, aber ich sah, wie er sich verspannte und sein Pokerface aufsetzte.

Er mochte sie nicht. Das hatte er mehr als einmal angedeutet. »Leute, die ihren Job ernster als die Menschen nehmen, um die es geht«, hatte er eines Abends in Chuncheon zu mir gesagt, als wir Mochi noch heimlich fütterten.

Wir waren erst einige Stunden nicht mehr in unserem Rückzugsort, trotzdem wirkte dieser Empfang wie Eiswasser, das über einem ausgekippt wurde. *Willkommen in der Realität* war niemals lauter gewesen.

Am Empfang beauftragte Do-yoon jemanden, der Mochi und unsere Koffer bereits in Min-hos Apartment brachte. Und ich hielt mich zurück, nicht darauf zu bestehen, einfach mitzugehen.

Die Fahrstuhltüren öffneten sich mit einem *Pling!*, schlossen sich ebenso schnell und bevor wir uns versahen, standen wir vor dem verglasten Büro, auf dessen Tür mit goldener Schrift »Wonk Jong, CEO SYE Entertainment« stand. Doch es war nicht nur dieser Name, der mir Sorgen bereitete. Es waren die fünf Männer, die mit ihm zusammen dort saßen und deren Gesichter wie eingefroren wirkten. Die Band war ebenfalls hier.

Was wollten sie uns sagen? Dass die Tour doch abgesagt wurde? Wollten sie mich vielleicht dazu bringen, für immer zu verschwinden? Alles zu leugnen? Egal, was es war, ich war nicht bereit für so eine Auseinandersetzung. Ich hatte nicht mal Zeit gehabt, mich vernünftig mit Hyun-su auszusprechen, bevor die Band auch schon wieder weg war.

»Wir schaffen das«, sagte Min-ho neben mir und ich atmete tief durch.

Er wirkte genauso angespannt wie ich, spielte an den Ringen an seinen Fingern, fuhr sich durch die Haare. Ob sie wohl auch erkannten, dass sein Lächeln aufgesetzt war?

»Wir schaffen das«, wiederholte ich seine Worte, in der Hoffnung, dass sie wahr wurden.

Und als wir in das Büro traten, drehten sich alle Köpfe zu uns um. Das konnte ja heiter werden.

Während des gesamten Meetings überschlugen sich meine Gedanken, denn ich verstand nur die Hälfte. Wook Jong empfand es wohl als notwendig, dass ich anwesend war – trotzdem nicht als notwendig genug, auf Englisch zu sprechen. Einige Worte verstand ich, doch es waren nicht genug, um mir zusammenzureimen, um was es hier ging. Den Fragezeichen in Min-hos Blick nach ging es ihm ähnlich. Ich versuchte zu analysieren, was hier vor sich ging.

Wook Jong, der zufrieden wirkte. Ja, er wirkte beinahe fröhlich.

Die Bandmitglieder, die jetzt allesamt ein Grinsen auf den Lippen trugen, und doch sah ich Tränen in den Augen von Ho-jung, Jae-eon und auch bei Min-ho, der beinahe verloren wirkte. Irgendwann hielt ich es nicht mehr aus.

»Könntet ihr bitte so freundlich sein, mich aufzuklären?«, krächzte ich.

Meine Stimme klang gereizt, ich räusperte mich einmal, als alle Beteiligten in Schweigen verfielen.

»Wir kriegen neue Verträge«, sagte Yunho und seine Augen funkelten beinahe.

»Ich versteh nicht ...«

»Aria«, meldete sich Wook Jong zu Wort. »Ich darf doch Aria sagen?« Abwartend musterte er mich, ich nickte unsicher.

»SYE Entertainment fusioniert mit einem Unternehmen aus Kalifornien. Es ist noch nicht publik, doch die Anwälte setzen bereits neue Verträge auf.«

Ich sollte nicht hier sein, schoss es mir in den Kopf. Das war alles eine Nummer zu hoch für mich.

Diese ganze K-Pop-Welt und ihr Vorgehen kamen mir gerade viel zu fremd vor und ich bereute es, mich nicht noch weiter darüber informiert zu haben. Jetzt wünschte ich mir nichts sehnlicher als einen ruhigen Moment und eine ordentliche Rechercheaktion im Internet.

Durfte ich das überhaupt hören? Doch dann fiel mir ein, dass ich vor einigen Wochen die Verschwiegenheitserklärung unterzeichnet hatte. Meine Unterschrift auf dem gestärkten Papier mit dem roten SYE-Logo, die mein Schweigen sicherte.

War es wirklich so lange her, dass Min-ho und ich auf diesem Flur gestanden hatten? Bevor alles den Bach runterging?

Damals begegnete Wook Jong mir mit verengten Augen, die mich eingeschüchtert hatten. Jetzt sah er viel gelassener aus, seine Miene wirkte etwas weicher.

Die Worte, die er jetzt sagte, hallten mit enormer Lautstärke durch meinen Kopf und trotzdem konnte ich sie nicht ganz greifen. Als blockierte irgendwas in mir.

Fusion. Verträge. Fans. Vorbild. Proteste. Neue Chance. Revolution des K-Pop-Geschäfts. Freiheit.

Mein Blick wanderte zu Min-ho, der gehetzt über die Papiere auf dem Tisch vor ihm schaute.

»Wir arbeiten schon seit Längerem an einem neuen Konzept. Eine neue Unternehmensstruktur und ein neues Image, das eine neue Ära im K-Pop einläutet, sich international besser vertreten lässt und … sagen wir, für koreanische Standards etwas ungewöhnlich ist.«

Neu, neu, neu. Das Wort wiederholte sich in meinem Kopf, während ich versuchte, ruhig zu atmen.

Ich hörte es klar und deutlich, doch die Bedeutung dieses Gespräches erreichte mich nicht. Ich verstand gerade überhaupt nichts.

»Eure Beziehung wurde anders aufgenommen, als zunächst erwartet. Als der erste Schock vorüber war, haben die Fans angefangen, euch als Vorbild zu sehen. Das hat das Entertainment zum Nachdenken gebracht«, ergänzte Hyun-su und schaute abwechselnd zu Min-ho, zu mir und dann zu Wook Jong.

Meine Augen huschten zu ihm herüber, als er zu reden begann, und er wirkte wie ausgewechselt. Sein Blick war nicht länger eine Prüfung, die ich nicht bestand, sondern viel mehr wie ein Versprechen. Dafür, dass wir hier gemeinsam drinsteckten und das hinbekommen würden. Es wirkte zuversichtlich.

»Was heißt das?«, fragte ich und kam mir unheimlich doof vor.

Hyun-su lehnte sich nach vorne, sah mich an und das Lächeln auf seinen Lippen überraschte mich mehr, als es sollte.

»Das heißt, dass SYE Entertainment die Regelungen lockert und sich international anpasst.«

Min-ho räusperte sich, dann nahm er meine Hand. In seinen Augen sammelten sich Tränen, während in meinen nur Fragezeichen waren.

»Es bedeutet, dass wir uns nicht verstecken müssen.«

Seine Stimme war ganz leise, als würde er sich nicht trauen, diese Worte lauter auszusprechen.

In meinen Augen musste man die Zweifel deutlich erkennen.

»Das wird einiges verändern«, richtete Wook Jong sich jetzt wieder an die Band, sein Blick streifte mich kurz, bevor er seine Krawatte zurechtrückte.

»Das wird *alles* verändern«, flüsterte Min-ho. »Ich kann gar nicht glauben, dass das wirklich passiert.«

Und damit waren wir zumindest schon mal zu zweit.

23

Aria

»Herzlichen Glückwunsch, Leute. Ihr habt den Krieg überlebt, jetzt lebt mit dem Trauma.« Wook Jongs Worte zum Abschied hätten nicht passender sein können, denn genauso fühlte sich das irgendwie an. Nach etwas, das wir verarbeiten mussten.

Einige Minuten der Ungläubigkeit vergingen, während ich im Konferenzraum saß und mir das weitere Vorgehen erklärt wurde.

»Obwohl die meisten euch lieben, gibt es eben genauso viele, die euch am Boden sehen wollen«, sagte Wook Jong unverblümt.

Alle nickten zustimmend. Ja, das konnten wir wohl alle ausnahmslos unterschreiben.

»Ein weiterer Skandal könnte die Verträge gefährden.«

Dabei gab Wook Jong mir sehr deutlich zu verstehen, dass meine Abreise eher als geplant stattfinden sollte. »Ich habe mir die Freiheit genommen und dir ein Ticket für die erste Klasse zurück nach England gebucht. Dein Flug geht in zwei Tagen«, sagte er plötzlich, ohne mit der Wimper zu zucken.

Erschrocken riss ich die Augen auf.

»Was?«, schrie Min-ho laut, was mich und die Band zusammenzucken ließ.

Wook Jong schloss kurz die Augen, massierte seinen Nasenrücken und ließ sich nicht aus der Fassung bringen.

»Bitte versteht doch, dass das sein muss«, sagte er schließlich. »Es wäre einfach gut, wenn es möglichst ruhig um euch stünde. Wenn ihr erst gar nicht zusammen auf der Bildfläche erscheint. Siehst du denn nicht die Notwendigkeit, alles dafür zu tun?«

»Ich sehe sie«, antwortete ich an Min-hos Stelle. Meine Stimme war ruhig, beinahe gefasst. »Ich werde gehen.«

Im Gesicht des CEOs war deutliche Erleichterung zu sehen, auch die Band atmete auf. Nur Min-ho drehte sich um und durchbohrte mich beinahe mit seinem Blick, der deutlich »Verrat!« schrie. Und auch wenn es wehtat, klammerte ich mich an eine Tatsache: Wenn alles durch war, mussten wir uns nicht verstecken, wir würden die volle Unterstützung bekommen. Min-ho würde sich nicht erneut gegen das Entertainment auflehnen müssen und vielleicht kam ich mir dann nicht mehr vor wie der Staatsfeind Nummer eins. Die gesamte Situation war doch viel zu gut, um wahr zu sein. Doch dann kam mir wieder in den Sinn, dass das Entertainment unsere Beziehung zu Marketingzwecken nutzen wollte. Dass es seinen Vorteil daraus zog, um einen Schritt weiterzugehen. Seiner Konkurrenz einen Schritt voraus zu sein. Ein strategisch kluger Schachzug, den ich niemals für möglich gehalten hätte. Nicht nach dem, was Min-ho mir über die K-Pop-Branche erzählt hatte.

Die Fusion kam für mich aus dem Nichts, Min-ho hatte nie darüber gesprochen. Jetzt wurde mir klar, dass er selbst nicht daran geglaubt hatte, und Wook Jong erklärte uns, dass er die Verhandlungen seit unserem Unfall enorm beschleunigt hatte. Mit Erfolg.

In weniger als einem Monat würde SYE Entertainment mit Golden Records fusionieren, die einige der bekanntesten Künstler und Künstlerinnen der Westküste unter Vertrag hatten. Namen, die selbst meiner Mutter etwas sagen würden.

Was das Ganze für uns wirklich bedeutete, konnte ich mir jetzt noch gar nicht ausmalen.

Nachdem die Fusionsbombe geplatzt war, wurde ich gebeten, die Band und Wook Jong einen Augenblick alleine zu lassen.

Als ich nach einer Stunde Wartezeit immer noch nichts gehört hatte, gingen Do-yoon und ich zusammen aufs Dach, das eher einem botanischen Garten ähnelte. Die ganze Zeit über hatten wir kaum gesprochen, doch sein Gesicht verriet mir, dass er bereits wusste, was los war.

»Wusstest du es schon vorher?«, fragte ich leise.

Langsam nickte er. »Ich wusste, dass es geplant war. Als die Band vor zwei

Tagen so schnell abreisen musste, habe ich es mir gedacht. Aber ich wollte keine Hoffnung machen, wo vielleicht keine war.«

Die ehrliche Antwort überrumpelte mich etwas. Der Blick, den er mir jetzt zuwarf, war etwas sanfter als zuvor.

»Ich bin mir immer noch nicht sicher, was das bedeuten soll.«

»Das Konzept eines Idols ist … fordernd. Sowohl für das Entertainment als auch für die Idols. Auf der Welt gibt es nichts Vergleichbares, aber es hat funktioniert. Aber Zeiten ändern sich und Wook Jong war schon immer ein Visionär. Ich glaube, er hat in eurer Beziehung eine neue Chance gesehen. Klar, die Verhandlungen für die Fusion liefen bereits lange, bevor du auf der Bildschirmfläche erschienen bist. Aber ich glaube, dass eure Beziehung jetzt den richtigen Zeitpunkt für den nächsten Schritt eingeläutet hat.«

Die Worte wirbelten etwas in der Luft herum, machten mir Angst und gaben mir gleichzeitig Hoffnung. Was es bedeutete, ein Idol zu sein, war so viel mehr, als nur Musik zu machen. Nacht für Nacht hatten Min-ho und ich darüber gesprochen, mit was für einem Druck und vor allem mit welchen Opfern dieses Leben einherging.

»Was hat es mit den neuen Verträgen auf sich?«, fragte ich.

»Es gibt bestimmte Klauseln in den Verträgen, die das Privatleben ziemlich einschränken. Der Markt hat sich jedoch geändert. Sagt dir die KFTC etwas?«

Natürlich schüttelte ich nur den Kopf.

»Seit ein paar Jahren prüft die Korean Fair Trade Commission die Verträge der Agenturen auf Inhalte, die unzumutbar sind. Strenge Diätpläne, ein festgelegtes Gewicht, das gehalten werden muss, so was in der Art. Grundsätzlich fallen auch Tattoos, Alkoholkonsum und eben auch Datingklauseln darunter.«

Man sah mir wohl an, dass ich leicht schockiert war, denn Do-yoon lachte lautlos auf.

»Min-ho hat gesagt, dass es diese Knebelverträge gibt, aber …«, begann ich. »Ich wusste nicht, dass es so heftig abläuft.«

Grundsätzlich hatte er es vermieden, darüber zu sprechen. Vielleicht, weil es kein Thema war, das sich so einfach erklären ließ.

»SYE ist da auch nicht so streng wie andere, der Chef hält davon nichts. Und die Verträge von KT6 sind sowieso noch einmal eine ganz andere Nummer. Die Band hat SYE zu dem gemacht, was es heute ist.«

Wieso erfuhr ich das alles jetzt erst? Wieso hatte ich mich vorher nicht genügend darüber informiert und wieso hatte Min-ho mir nichts erzählt?

In meinem Kopf drehte sich alles. Nach ein paar tiefen Atemzügen verpuffte der Nebel in meinen Gedanken wieder und wich Klarheit. Wir hatten so viele andere Dinge auf der Sorgenliste gehabt. Da war für solche Gesprächsthemen kaum noch Platz gewesen. Und auch wenn es sich nicht so anfühlte, kannte ich Min-ho erst einige Monate.

Monate, die mein Leben um hundertachtzig Grad gedreht und verändert hatten. Dass alles in so eine Richtung ging, hätte ich damals, als ich in England am Flughafen stand und die Flugnummern beobachtete, niemals gedacht. Das konnte keiner vorhersehen. Vielleicht machte es das umso besonderer.

»Okay, und wie läuft das jetzt ab? Ich reise nach England, KT6 geht auf Tour und nach der Fusion komme ich einfach zurück?« Möglich, dass man die Ironie meiner Worte deutlich heraushörte.

»Willst du das denn?«, fragte Do-yoon mich unvermittelt.

Drei, vier Sekunden blickte er mich an und ich dachte länger darüber nach, als ich sollte. In seinem Blick erkannte ich, dass er die Antwort auf die Frage bereits kannte, ich musste sie nicht laut aussprechen.

Gerade als ich etwas sagen wollte, wurde die Tür zum Dach aufgerissen. Die Stimmen der Band drangen zu uns durch.

»Ho-jung, sag doch was dazu!«, hörte ich Woosung rufen.

»Zieh mich da nicht mit rein. Ich habe mein ganzes Dasein auf Konfliktvermeidung aufgebaut.«

»Könnt ihr beide nicht einmal Ruhe geben?«, fragte Hyun-su jetzt mit amüsierter Stimme.

Als Do-yoon und ich in ihre Richtung liefen, begrüßten uns alle mit einem Grinsen. Min-ho legte mir sofort einen Arm um die Taille, drückte mir einen

Kuss auf den Scheitel und flüsterte eine Entschuldigung in mein Ohr, weil es so lange gedauert hatte.

»Gosaeng kkeute nagi onda«, sprach Ho-jung auf Koreanisch, etwas zu leise und beinahe ehrfürchtig.

»Was bedeutet das?«

Ho-jung grübelte einige Sekunden. »Ehrlich gesagt kann ich es dir nicht direkt übersetzen. Ich meinte damit, dass sich Leid und Schmerz am Ende auszahlen, jetzt haben wir endlich mal Glück.«

Unsicher sah er zu Min-ho, als wollte er seine Bestätigung haben. Nach einem kaum wahrnehmbaren Nicken lächelte Ho-jung so breit, dass sein ganzes Gesicht strahlte.

»Harte Arbeit zahlt sich aus. Mein Vater hat diesen Satz immer zu mir gesagt, wenn ich am Lernen war«, ergänzte Hyun-su.

Mit verschränkten Armen blickte er zu Boden und presste die Lippen aufeinander, als würde ihn diese Erinnerung schmerzen.

»Himnae.« Yunhos Wort ließ ihn wieder aufblicken.

»Könnt ihr mir eine Vokabelliste anlegen?«, schmunzelte ich, weil ich auch das nicht verstand.

»Bleib stark. Kopf hoch. So was in der Art«, übersetzte Yunho für mich und lächelte schüchtern.

Er ließ dabei offen, ob das ein Satz war, den er oft von seinen Eltern gehört hatte, oder ob er direkt zu Hyun-su sprach.

»Himnae«, wiederholte ich.

Es klang wunderschön. Buchstabe für Buchstabe nahm ich das kurze Wort auseinander, das so viel Bedeutung in sich trug. Gedanklich setzte ich das Wort auf die Liste meiner liebsten koreanischen Worte und merkte mir, dass *nae* wie *neh* ausgesprochen wurde.

Meine Augen wanderten zu Do-yoon, der stumm neben Woosung stand und mich musterte. Als würde er versuchen, mich einzuschätzen.

Nervös tippelte ich mit den Füßen auf dem Boden herum, zwang mich zu einem Lächeln, während sich plötzlich seine Frage immer und immer wieder in meinem Kopf wiederholte.

Willst du das denn?

An die unausgesprochene Antwort zu denken, tat weh, denn sie lautete *Nein.*

Nein, das würde ich nicht wollen.

Zuvor dachte ich, dass Seoul sich wie mein neues Zuhause anfühlte. Doch jetzt wusste ich es besser. Min-ho war derjenige, der dieses Gefühl in mir auslöste. Und er verdiente es, dass ich mir sicher war. Sicher, wer ich war und werden wollte. Und das konnte ich nur, wenn ich zurückging und mich all dem stellte, wovor ich geflohen war. Aber ich wusste nicht, was das mit mir machen würde. Ob es mich zerbrechen oder stärken würde. Die Entscheidung, wann und ob ich zurück nach Seoul kommen würde, konnte ich jetzt noch nicht treffen. Und bevor ich leere Versprechungen machte, musste ich erst herausfinden, wer ich nach der Konfrontation mit der Vergangenheit sein würde.

24

Min-ho

Zwei Tage. Wir hatten zwei Tage, bis Aria zurück nach England flog und ich mit den Tourvorbereitungen starten musste.

Ich war mit dem Kopf in der Zukunft, nicht in der Gegenwart. Etwas, das schon ewig nicht mehr vorgekommen war, schließlich hing die Vergangenheit an mir wie ein Schatten, den ich niemals loswurde und der mich in die Dunkelheit zog. Das hatten Aria und ich gemeinsam. Und jetzt spürte ich auf einmal diese seltsame Mischung aus Traurigkeit und Euphorie.

Die Termine schwirrten mir im Kopf rum, dazu die Angst, dass ich nicht mehr mithalten konnte, und auch davor, was die Öffentlichkeit für einen Effekt auf Aria hatte.

Wir versuchten, so gut es ging, alles auszublenden, doch im Gegensatz zum Haus am See schien es hier in Seoul unmöglich. Es hatten sich zwei grundlegende Dinge geändert:

Das Entertainment stellte sich hinter uns und die Fans taten es zum Großteil ebenfalls. Das Ganze erschien beinahe wie ein Traum, der wahr wurde. Als wären die Fans, das Entertainment, einfach alle aufgewacht.

»Je höher du fliegst, umso tiefer fällst du«, hatte mein Vater immer zu mir gesagt.

Seit unserer Ankunft, seit sich die Dinge so entwickelten, fragte ich mich, ob er dort oben wohl stolz auf mich war. Darauf, dass ich zu mir selbst stand und meinen Weg ging, ohne mich weiterhin zu verstellen. Ich stellte mir sein zufriedenes Lächeln und die liebevollen Blicke meiner Mutter vor, während ich vor dem Spiegel stand.

Vorausgesetzt, ich schaffte es, nicht in alte Muster zu verfallen. Ein Punkt, über den Aria und ich seit der Autofahrt zurück ins Chaos häufig sprachen.

Mit ihr zu reden, zu wissen, dass es ihr auch so ging, machte es erträglicher. Ich hatte Angst, unter dem Druck der Medien und der Fans wieder zurück in die Rolle des alten Min-ho zu rutschen. Dass ich mich wieder zum Lächeln zwang, obwohl alles in mir zerbrach.

Und Aria befürchtete, dass sie mit der Reise zurück nach England ebenfalls in alte Gedankenmuster geraten könnte.

Wir hatten uns darauf geeinigt, stark zu sein. Gaben uns das Versprechen, dass wenn wir es nicht für uns selbst schafften, dann für den jeweils anderen stark zu sein. Und das war ein Grund, der mich weitermachen ließ.

Die Rückkehr nach Seoul hatte den Effekt auf uns, dass wir uns komplett ausgelaugt fühlten. Von den Erwartungen, von der Gesamtsituation. Ein sehr vertrauter Druck legte sich auf meine Brust, erschwerte mir das Atmen. Meine Gedanken waren wieder voll von Fragen.

Fragen, die darum kreisten, wie mein Verhalten wohl ankommen würde.

Was die Fans dachten.

Was das Entertainment dachte.

Wie ich dem gerecht werden konnte.

Aria und ich hatten achtundvierzig Stunden, die wir fast ausschließlich in meinem Apartment verbrachten. Woanders konnten wir in der momentanen Situation sowieso nicht hin, ohne eine neue Schlagzeile zu provozieren. Wir hielten uns bedeckt, ganz nach den Wünschen von Jong-ssi und dem Entertainment.

Es gab mir Flashbacks zu dem Zeitpunkt, an dem ich Amerika verlassen hatte und zurück nach Korea gekommen war. Am Anfang des Jahres war noch vieles anders gewesen und mein Apartment hatte sich leer angefühlt. Schließlich war es nie für mich vorgesehen gewesen. Ehrlich gesagt hatte ich diese Wohnung gehasst, weil sie nicht für mich, sondern für meine Eltern bestimmt gewesen war. Und irgendwie fühlte es sich wie ein Käfig an, der mich ständig mit meinen unterdrückten Gefühlen konfrontierte und aus dem es kein Entkommen gab. Auch wenn die Mitarbeiter von SYE die Einrichtung wirklich mit viel Liebe zum Detail gestaltet hatten. Es führte mir vor Augen, wie gut mich diese Leute kannten. Von Büchern über Pflanzen bis hin zur Fotoauswahl. Die Wohnung schrie nach mir, trotzdem hallte der Name meiner Eltern von den Wänden wider.

Doch mit Aria an meiner Seite hatte sich das Gefängnis in ein Zuhause verwandelt. Es waren Kleinigkeiten, die diesen leeren Ort wieder mit Leben gefüllt hatten. Besonders in den letzten Tagen, die wir hier verbrachten und diese Wohnung mit neuen, glücklichen und vor allem unbeschwerten Erinnerungen wärmten.

Wie die Mario-Kart-Spiele, die ich gegen Aria verloren hatte, und die unzähligen Schachpartien, die ich dafür gewann.

Frühe Morgenstunden, die wir mit dampfenden Kaffeetassen und einem Buch unter der Decke verbrachten. Eng umschlungen, während wir zwischen den Buchseiten verschwanden und schwiegen.

Handys ausgeschaltet auf dem Küchentisch und Gespräche über

Lieblingssongs, Kindheitserinnerungen, Bücher und Serien. Darüber, dass Aria der festen Überzeugung war, dass alle Skittles unabhängig von ihrer Farbe gleich schmeckten, und wir diese These so lange prüften, bis uns beiden übel wurde. Und Gespräche, die unvermeidbar und dennoch leichter wurden, wenn sie in meinen Armen lag.

Wir sprachen über die Tour, über England, über Chris, über Arias Mutter und meine Eltern. Darüber, dass wir stolz auf uns waren, es bis hierhin geschafft zu haben.

Mein Herz flog mehrere Loopings, wenn ich sie ansah, doch stürzte jedes Mal wieder ab, wenn ich daran dachte, dass diese Glücksgefühle nur geliehen waren. Das Datum des Flugtickets schwebte über unseren Köpfen, was mich jeden Kuss, jedes Lächeln, jedes Wort aufsaugen ließ, bevor ich eine ganze Weile darauf verzichten musste. Aber irgendwie schafften wir es, alles auszublenden, uns nur auf uns zu fokussieren und nicht mit den Köpfen bereits beim Flughafen zu sein, wo sich unsere Wege trennen würden.

***

An unserem letzten Abend saßen wir stillschweigend vor den bodentiefen Fenstern im Wohnzimmer und schauten auf die blinkenden Lichter und die tiefschwarze Dunkelheit hinaus. Im Hintergrund lief leise ein alter Beatles-Song, den mein Vater immer gespielt hatte, und Arias Gesicht war von Kerzenschein erleuchtet.

Morgen war es so weit, morgen würde sie fahren. Wir aßen zusammen mit Do-yoon zu Abend, der mit viel zu viel Soju und einem Haufen Essen plötzlich vor der Tür gestanden hatte, und wir beschlossen, dass er Aria alleine zum Flughafen bringen würde, weil es sicherer für sie war.

Obwohl ich jetzt schon total panisch wurde, weil ich wusste, wie überfüllt der Flughafen sein würde. Meine Anwesenheit würde es jedoch nur schlimmer machen, da musste ich Do-yoon leider zustimmen.

Das letzte Abendmahl, hatte er beim Essen gescherzt und dabei trotzdem so ausgesehen, als würde er sich Tränen verkneifen müssen. Die Tatsache, dass er und Aria sich ebenfalls so gut verstanden, machte mich unfassbar glücklich.

Ich dachte an den Anfang zurück, als er mich angebrüllt hatte, weil ich mit Aria in mein Auto vorm Flughafen stieg.

Ich dachte an seine distanzierte Art, als die beiden in meinem Apartment noch mal aufeinandertrafen und er uns zu SYE brachte. Und wie er mir doch jedes Mal den Rücken gestärkt hatte. Ich wusste, dass er seit dem Unfall alles aus einem anderen Blickwinkel sah, dass er und Aria sich gegenseitig Halt gegeben hatten, als ich es nicht konnte. Ein Schmunzeln trat auf mein Gesicht, wenn ich daran dachte, wie er und Aria sich verschworen hatten und Mochi immer und immer wieder fütterten, die Katze umsorgten und es mir verheimlichten. Und auch die Band war endlich etwas aufgetaut, hatte erkannt, dass Aria nicht der Feind war. Es schien alles so perfekt, Aria hatte sich mit Hyun-su ausgesprochen und sie hatten ihre Versöhnung mit einer Portion *tteokbokki* besiegelt.

Und auch der Rest der Band hatte nichts als aufmunternde, hoffnungsvolle Worte für sie übrig, als wir uns beim Entertainment verabschiedeten. Die Bandmitglieder hatten sie ins Herz geschlossen, das konnte ich an ihren Gesichtern ablesen.

Und jetzt? Was bedeutete dieser Abschied für uns? War er nur von kurzer

Dauer? War er für immer? Ich wollte nicht darüber nachdenken, blickte in Arias Gesicht, das mich sonst immer zur Ruhe brachte.

Jedoch sah ich die Zahnräder auch in ihrem Kopf arbeiten, merkte, wie sich ihre Gedanken überschlugen, weil sie dann immer mit umherhuschenden Augen von meinen auf den Boden blickte, während sie sich auf die Lippe biss. Als würde sie verhindern wollen, dass die Worte hinausgelangten und ein Blick in mein Gesicht es nur noch schwerer machen würde.

Zögernd schlang ich meine Arme um sie, bis sie mit ihrem Rücken direkt an meiner Brust angelehnt war. Ob sie spürte, dass mein Herz polterte? Einen Takt zu schnell schlug, dann einen Takt aussetzte, als wüsste es gerade nicht, was die Situation hergab. Irgendwas verschwieg sie mir und es wurde Zeit, dass sie es aussprach.

»Wollen wir über morgen sprechen?«, fragte ich.

Sie sah mich an und schwieg. Ihre Ohren röteten sich kaum merkbar, trotzdem sah ich es, weil ich in diesem Moment alles wahrnahm, was sie betraf.

Die Art, wie sich ihr Blick bei meiner Frage veränderte. Die Art, wie sie unregelmäßiger atmete, ihre zögerlichen Blicke, ihre Finger, die sie nervös zu reiben begann. Sanft nahm ich ihre Hand in meine.

»Sprich mit mir«, bat ich und fuhr mit meiner Hand über ihre warme, weiche Haut.

Das leise Seufzen, das sie bei dieser Geste immer von sich gab, ließ mich immer und immer damit weitermachen.

»Ich hab das Gefühl, ich bekomme nicht richtig Luft, weil meine Gedanken mir keinen Raum lassen.«

»Lass uns ein bisschen rausgehen«, erwiderte ich.

Es war klar, dass ich damit den Balkon meinte, denn woanders konnten wir schließlich nicht hin.

Nicht, wenn Hunderte von Fans in den Straßen von Hannam-dong nur darauf warteten, einen Blick auf uns zu erhaschen. Sobald die neuen Verträge unterzeichnet waren, wäre das egal. Na ja, egal nicht, aber ... es würde nicht so viel Chaos auslösen, wie es jetzt der Fall war.

Das Wohngebiet war abgesperrt und wir hätten bis zur Absperrung durch den kleinen Park vorm Haus gehen können, aber irgendwie war es eben doch so, dass ich bei jedem Geräusch zusammenzuckte, mich unwohl und beobachtet fühlte.

Auf dem Balkon strömte die warme Sommerluft in meine Lungen, ließ mich tief einatmen und im Augenwinkel sah ich, dass Aria ebenfalls etwas freier atmete.

Und als wäre dies ein schlechter Film, riss die Himmelsdecke in dieser Sekunde auf, die ersten Regentropfen färbten den hölzernen Boden des Balkons dunkel und hüllten uns in eine beruhigende Geräuschkulisse ein. Statt wieder hineinzugehen, blieben wir einfach stehen.

Inmitten von Seouls Lichtern, prasselndem Regen und Straßenlärm, der in der Ferne zu hören war.

»Werden wir das hinbekommen?«, fragte sie leise.

»Natürlich«, antwortete ich, ohne zu zögern. »Natürlich bekommen wir das hin.«

»Du auf Tour, ich in Hampshire. Wie soll das funktionieren?«

»Ich komme zu dir, wenn wir einen Zwischenstopp in England machen. Alles andere sehen wir dann. Vielleicht komme ich einfach eine Zeit lang zu dir?«

Mein Ton klang absolut trotzig und albern, das merkte ich selbst. Aber ich konnte einfach nicht anders. Ich wollte nicht anders. Nicht jetzt, nicht morgen, überhaupt nicht.

Jedoch wusste ich, dass das weder sie noch mich auf Dauer glücklich machen würde.

Ob ich es wollte oder nicht, mein Leben fand in Seoul statt. Ich konnte mir keinen weiteren Luxus als Aria an meiner Seite erlauben.

Denn genau das war sie: Luxus. Das wusste ich nur zu gut, schließlich war ich immer noch im K-Pop-Business und nur, weil sich SYE hinter mich stellte, bedeutete das nicht, dass wir plötzlich unser Happy End haben würden. Wir würden trotzdem mit der Öffentlichkeit konfrontiert werden, nur eben auf einem anderen Level.

Meine Worte ließen sie aufblicken. Das Lächeln, das sie mir nun schenkte, bereitete mir eine Gänsehaut. Ich erkannte die Lüge dahinter, die Zweifel in ihren Augen, und irgendwie spürte ich einfach, dass etwas nicht stimmte.

Wir standen im strömenden Regen, unter den schwarzen Wolken über unseren Köpfen, und schwiegen. Und diese Stille sagte irgendwie mehr aus, als jedes Wort es gekonnt hätte.

»Min-ho.«

Ihre leise Stimme durchbrach damit die Wand, die ich in Gedanken bereits hochzog, um nicht daran kaputtzugehen. Es fühlte sich so an, als wüsste mein Kopf schon, was kommen würde, während mein Herz noch dagegen arbeitete.

Ihr Blick war leer und doch voller Tränen. »Küss mich.«

Ich legte eine Hand an ihren Hinterkopf und hielt sie zaghaft fest, bevor ich meine Lippen auf ihre legte.

Bis zu diesem Zeitpunkt hatte ich nicht gewusst, wie schmerzhaft ein Kuss sein konnte. Langsam, verzehrend und schmerzhaft, weil er sich wie ein Abschied anfühlte. Zitternd löste ich mich von ihr, legte meine Hand an ihre Wange.

Die Wolken verdichteten sich und ein Blitz erhellte jetzt die Dunkelheit, gefolgt von einem ohrenbetäubenden Donner.

Das Blut rauschte mir in den Ohren, mein Puls ging viel zu schnell, als hätte die Elektrizität der Luft meinen Körper aufgeladen. Erneutes Blitzen, erneutes Donnern.

Die Klamotten klebten uns am Körper, mit Sicherheit würden wir uns erkälten, wenn wir weiter hier im Sommerregen stünden. Aufmerksam verfolgte ich, wie die Wassertropfen Arias Nasenspitze hinunterliefen, wie ihre blauen Augen selbst jetzt noch deutlich leuchteten und ihr blondes Haar anfing, sich zu locken.

Mit dem Ärmel fuhr ich mir übers Gesicht, blinzelte mehrmals gegen die Regentropfen an.

Ich sah, wie sie einmal tief einatmete, als würde sie mit dem Sauerstoff den Mut aufsaugen. Eine Methode, die ich auch jedes Mal versuchte.

»Ich wünschte, ich könnte hierbleiben. Seoul fühlt sich wie mein Zuhause an. Du bist mein Zuhause. Ich wünschte, ich müsste nicht gehen«, flüsterte sie traurig.

»Sobald die Verträge unterschrieben sind, kommst du einfach zurück«, sagte ich und versuchte sie aufzumuntern. Doch als Stille eintrat, hielt ich den Atem an.

Laute Stille, die viel mehr aussagte, als jedes Wort es gekonnt hätte.

»Du kommst doch zurück, Aria?«

Meine tonlose Stimme ließ ihren Blick weicher werden und da wusste ich ihre Antwort, bevor sie es laut aussprach.

»Min-ho. Ich bin an deiner Seite. Immer. Aber ich kann nicht … ich brauche etwas Eigenes, verstehst du das? Ich kann dir nicht folgen und ich kann nicht hierbleiben, wenn du gehst. Wenn ich das tue, werde ich irgendwann anfangen …«

»Mich zu hassen?«, unterbrach ich sie. Fassungslosigkeit machte sich in mir breit. Sie wollte nicht wiederkommen?

Heftig schüttelte sie den Kopf.

»Nein. Das könnte ich nie. Dich würde ich niemals hassen, aber mich dafür umso mehr.«

»Und du weißt nicht, ob du wiederkommst«, wiederholte ich noch mal leise.

»Ich kann es nicht versprechen.«

Das Prasseln des Regens schluckte ihre Worte, ließ sie leiser erschienen, obwohl sie lauter als jedes Schreien in meinem Kopf ankamen.

»Ich werde zurück nach England gehen, aber ich weiß nicht, wann ich nach Seoul zurückkommen werde. Ob es nach deiner Tour ist oder nach den Verträgen und der Fusion. Wenn ich in England bin, versuche ich mit allem abzuschließen und erst einmal klarzukommen. Und dann schauen wir weiter.«

Da war sie. Die Wahrheit, die absolut deutlich vor unseren Augen gestanden hatte und doch vor unseren Herzen versteckt gewesen war. Und hätte ich es nicht besser gewusst, hätte ich gesagt, dass der Regen in diesem Moment noch heftiger wurde, weil ihre Worte so wehtaten. So ohrenbetäubend laut, dass ich ihr »Ich kann dir nichts versprechen, aber ich werde es versuchen« nur noch ganz leise hörte, als hätten wir uns mit dieser Wahrheit bereits Tausende Meilen voneinander entfernt.

25

Aria

Ich bat ihn, das Gesamtbild zu sehen und er bat mich um ein paar Minuten Gedankenpause. Jetzt war der Moment gekommen, an dem uns die schmerzhafte Wahrheit einholte, die wir durch hoffnungsvolle Lügen ersetzt hatten.

Und seit Min-ho und ich uns kennengelernt hatten, gab es leider viel zu häufig Situationen, in denen wir eine Gedankenpause brauchten. Meistens von Dingen, die viel zu groß wurden, als dass man sie mit einem Gespräch lösen konnte. Unvermeidliche Dinge, die sich nicht aufhalten ließen, egal, wie gerne ich es ignoriert hätte.

Während unsere vom Regen durchnässten Klamotten auf das dunkle Holz des Bodens tropften, standen all die Worte zwischen uns, die wir nicht sagen konnten.

Min-ho verschwand im Schlafzimmer, die Tür fiel ins Schloss und dieses Geräusch ließ mich zusammenzucken. Draußen auf dem Balkon hatte ich ihm angesehen, wie sehr er sich zusammenreißen musste, weil ich es nicht konnte.

Hier drinnen prasselte kein Regen, der Gedanken und Worte verschlucken konnte. Die Tatsache, dass ich gehen und vielleicht nicht zurückkommen würde, war dafür allgegenwärtig. Die Hoffnung, etwas Eigenes in Seoul zu finden und damit auch dauerhaft hierzubleiben, geriet irgendwie in den Hintergrund. Ich wusste nicht, was mich erwarten würde, sobald ich zurück in England war, und es war unfair, Versprechungen zu machen, wenn ich mir so unsicher war.

Und jetzt stand ich hier und umarmte mich selbst, obwohl ich doch seine Umarmung brauchte. Seine Umarmung, die mich zusammenhielt, wenn ich auseinanderbrach. Etwas zu fest und doch genau richtig, denn Druck war jetzt das, was ich brauchte, um meine Atmung zu beruhigen.

Einige Momente vergingen, in denen mein Puls wie bei einem Marathon zu rasen begann und ich einfach nur starr auf die Tür blickte. In der stillen Hoffnung, Min-ho würde jeden Moment wieder herauskommen, mich anschauen und sagen, dass alles gut werden würde, auch wenn wir wussten, dass es gelogen war. Kaum hatte ich das gedacht, fiel das Licht aus dem Schlafzimmer ins Wohnzimmer zu mir herüber und Min-ho kam mit schnellen Schritten auf mich zu.

Er schlug die Tür hinter sich zu, während das Geräusch des Knalls laut über den dunklen Parkettboden hallte. Viel zu laut, viel zu eindringlich. Es war ein Verhalten, das mit Bedeutung aufgeladen war. So wie die meisten Dinge, die im Dunkeln passierten.

Direkt vor mir blieb er stehen. »Du hast es versprochen.«

Seine Verzweiflung war ihm deutlich anzuhören, ich fühlte sie in jeder Faser meines Körpers, denn seine Verzweiflung war ebenso meine.

»Ich weiß«, brachte ich nur hervor. Min-ho ließ seine Augen ungläubig über meinen Körper wandern. Als suchte er nach etwas, das er nicht finden konnte.

»Du hast versprochen, dass wir das gemeinsam hinkriegen. Also wieso klangen deine Worte so, als hättest du uns aufgegeben?«

Ich hatte vergessen, dass er mich mit einem einzigen Blick lesen konnte wie ein offenes Buch. Natürlich hatte er meine Zweifel in der Stille erkannt, mein Zittern in der Stimme und meinen Blick, der unaufhaltsam nach Halt suchte.

»Ich …« Irgendwas hinderte mich daran, die passenden Worte zu finden. »Ich muss einen Sinn finden, um hierzubleiben. Und ich hab Angst, dass es uns verändert, wenn ich es nicht tue.«

»Und das kannst du nicht hier tun?«

»Ich weiß es nicht. Aber … Du wirst doch sowieso nicht hier sein, oder? Und ich kann dir nicht einfach hinterherreisen.«

Sein trauriges Lächeln brannte sich in meinen Kopf, ich war mir sicher, dass ich dieses Bild nie wieder vergessen würde. Min-ho, wie er mit durchnässten Klamotten vor mir stand. Mit diesem Lächeln, das absolut schmerzhaft war, und Regentropfen, die seine Haarspitzen heruntertropften.

»Wir haben doch uns, oder?« Er sah mich an, blickte beinahe durch mich hindurch, so als suchte er etwas in meinen Augen. Hoffnung, Halt, Sicherheit, irgendetwas, das uns nicht weiter in den Abgrund zog. Endlose Tränen liefen meine Wange hinunter.

Ich schluckte schwer. »Das reicht nicht.«

Drei Worte.

Drei Worte, bei denen mein Herz kapitulierte, weil sie wahr waren. Weil sie so viel mehr bedeuteten. Weil sie unvermeidlich waren.

Er schüttelte langsam den Kopf, schüttelte meine Worte ab, als würde das so funktionieren. Dabei wussten wir beide, dass sie viel zu laut waren, um sie einfach ignorieren zu können. Um nach vorne zu blicken und damit abzuschließen, musste ich meine Vergangenheit besuchen. Ich konnte nicht einfach ohne einen Plan zurück nach Seoul, zurück zu ihm.

»Ich weiß«, gab er zu und seufzte schwer. Endlich zog er mich näher, umarmte mich. »Ich weiß, dass das nicht reicht.«

Es war das erste Mal, dass seine Umarmung mich nicht zusammensetzte, sondern ein kleines Stückchen mehr kaputtmachte. Er hielt mich noch ein wenig fester, als hätte er meine Gedanken gelesen.

»Wenn du dafür deinen Weg findest, ist es das wert.«

Und niemals hatten mir seine Worte mehr bedeutet. »Und wenn du deinen Weg gefunden hast, machen wir ihn zu unserem. Wenn du das möchtest.«

»Natürlich möchte ich das«, wisperte ich. »Ich denke nur, dass ich lernen muss, mit meiner Vergangenheit zu leben, anstatt dagegen anzukämpfen. Ich gehe zurück und kläre die Dinge mit meiner Familie. Und du musst dich deiner Vergangenheit stellen, diese Tour hinter dich bringen und deine Gefühle annehmen, auch wenn du sie verdrängen willst.«

Ein, zwei Herzschläge lang war es still.

In seinen Augen schwammen Tausende Gefühle. Ein bisschen Liebe, ein bisschen Verlorenheit, und dazwischen ein bisschen Hoffnung wie ein Kleber, der uns zusammenhielt.

***

Unsere vorerst letzte Nacht zusammen wurde von Blitzen hell erleuchtet.

Min-ho und ich lagen im Bett und versuchten nicht daran zu denken, dass ich morgen fahren würde. Während er mit seinen Fingern über meine Haut fuhr, versuchte ich mir dieses Gefühl zu bewahren und mein Herz unter Kontrolle zu bringen. Nachdem ich diese Worte endlich laut ausgesprochen hatte, wurden die Gedanken in meinem Kopf leiser. Als hätte ich ihre Lautstärke gedämpft, indem ich sie mit Min-ho geteilt hatte. Und er war so selbstlos damit umgegangen, dass es beinahe nicht zu ertragen war.

Ich steckte in einem verwirrenden Dilemma: Auf der einen Seite hätte ich nichts lieber getan, als mit Min-ho um die Welt zu reisen und ihn auf der Bühne zu sehen. Doch auf der anderen Seite wollte ich mir selbst beweisen, dass ich mit Chris abgeschlossen hatte und zu mir selbst stand.

Dass ich mutig genug war, zurückzugehen und mich meiner Vergangenheit zu stellen. Mich Chris zu stellen, es meiner Mutter zu sagen und endlich frei davon zu sein.

Außerdem musste ich etwas finden, das mir etwas zurückgab. Direkt nach meinem Abschluss in Seoul Englisch zu unterrichten war ein Geschenk des Universums gewesen, das mir endlich die Augen geöffnet hatte.

Jetzt wusste ich nicht mehr, was ich tun sollte.

Keine Schule in ganz Korea würde mich einstellen, da war ich mir sicher.

Nur ganz vielleicht, wenn etwas Ruhe eingekehrt war …

Und wenn ich nicht unterrichten konnte, was sollte ich dann in Seoul machen? Eine Frage, die ich für mich klären musste, damit ich nicht kaputtging. Ich liebte Min-ho mit jeder Faser meines Herzens, doch meine Selbstliebe war ebenso stark und die ließ es nicht zu, dass ich alles aufgab und nur die Frau an seiner Seite wurde. Ich wollte mich nicht selbst verlieren, womöglich bloß in seinem Apartment sitzen, während er um die ganze Welt reiste.

Für mich musste auch irgendwo ein Grund, ein Abenteuer warten, das nicht nur etwas mit Min-ho zu tun hatte.

Sondern etwas, das mich erfüllte, mich glücklich werden ließ.

Etwas, das mich nicht vergessen ließ, warum ich diese Reise überhaupt erst begonnen hatte.

26

Min-ho

Als ich am nächsten Morgen aufwachte, gewitterte es immer noch. Nachdem Aria und ich eine kleine Ewigkeit wach gelegen und über Zukunftspläne gesprochen hatten, waren wir irgendwann eingeschlafen. Ich wachte mit rasendem Puls auf, den ich bis in die Fingerspitzen spürte, und lief leise ins Wohnzimmer, um Aria noch etwas in ihren Träumen zu lassen. Vielleicht war dort alles so, wie wir es uns immer gewünscht hatten. Ich legte meine Stirn an die kühle Fensterscheibe und sah hinaus in den Regen, mein Atem ließ die Scheibe jedoch innerhalb von Sekunden beschlagen.

Mit zitternden Fingern schrieb ich 영원히 auf das beschlagene Glas, einige Sekunden blieben meine Buchstaben dort, ehe sie wieder verschwanden. Sie bedeuteten *Für immer.* Was für eine Ironie, dass das Wort mit jeder Sekunde mehr verblasste.

Einen Augenblick später hörte ich, wie Aria die Schlafzimmertür öffnete und auf mich zukam.

»Yeong-wonhi«, las Aria die koreanischen Schriftzeichen vor und legte keine Sekunde später ihre Arme um meine Mitte.

»Das bedeutet *Für immer,* oder?« Als sie ihre Finger an meinem Bauch verschränkte, blickte ich auf ihre bunten Fingernägel hinab, die ich vorgestern Abend in Pastelltönen lackiert hatte. Ihre Wange ruhte an meinem Rücken.

Ich nickte und lehnte mich in ihre Umarmung hinein.

»Deine Aussprache und dein Hangul haben sich echt verbessert.«

»Bald habe ich viel Zeit, aber leider ist mein privater Koreanischlehrer auf Welttour.«

»Das geht ja absolut gar nicht. Der nimmt seinen Job wohl nicht ernst?«

»Doch, das tut er. Leider etwas zu sehr.«

Meine Finger fuhren die leichten Umrisse des Wortes an der Scheibe erneut nach, während ich versuchte, die Bedeutung ihrer Worte nicht allzu sehr aufzuwiegen.

»Yeong-wonhi«, wiederholte sie mit zittriger Stimme.

»Für immer. So wie das zwischen uns, hörst du?«

Langsam drehte ich mich zu ihr um, legte meine Hand an ihre Wange, die sich wie automatisch näher daran schmiegte.

»Und was heißt: Bitte vergiss mich nicht?«

Mein Atem wurde flacher. »Joreul itjji maseyo«, presste ich hervor.

»Joreul itjji maseyo, Min-ho«, wiederholte sie, doch es war mehr ein Flüstern. Wie ein Wunsch, wie ein Flehen. Mit meinem Daumen fuhr ich über ihre Wangen, wischte die leisen Tränen fort.

»Gwaenchana. Uljimayo.«

Es ist okay. Weine nicht.

»Als ob ich dich jemals vergessen würde. Das geht gar nicht. Du hast bereits jeden Zentimeter meines Herzens für dich beansprucht. Jeden meiner Herzschläge, jeden meiner Gedanken.«

Ich legte die Arme um sie, wollte sie für immer so halten, für immer vor allem und jedem beschützen. Am meisten vor ihren Zweifeln und der Dunkelheit.

»Gwaenchana«, murmelte ich in Endlosschleife, in der sie sich an mir festhielt.

Sanft nahm ich ihr Gesicht in die Hände und wischte ihre Tränen mit dem Daumen weg, nur um Platz für neue zu schaffen. Meine zitternden Finger blieben einige Sekunden an ihrer Haut, strichen immer und immer wieder Tränen weg, während ihr Blick so wehtat, dass ich alles daransetzte, jetzt nicht zusammenzubrechen.

Irgendwann blitzte es auf und erhellte das Wohnzimmer und alles um uns herum in gleißendem Licht. Eine Erinnerung schoss mir in den Sinn, ließ mich lächeln, obwohl meine Augen ebenfalls mit Tränen gefüllt waren.

Mein sechsjähriges Ich, das Angst vor Gewitter hatte. Und die sanften Augen meiner Mutter, als ich zu ihr rannte. Die starken Arme meines Vaters, der mich hochhob und mit mir hinaus in den Regen lief. Ich verlor mich in Erinnerungen. Lächelnd fuhr ich mir durch meine Haare und löste meinen Blick von den Regentropfen an der Scheibe, die sich ein Wettrennen lieferten.

»Du lächelst bei Gewitter?«, fragte Aria.

In ihrer Stimme lagen Unsicherheit, Zögern und Verwirrung, in meiner waren Erinnerungen, Schmerz und eine absurde Art von Hoffnung.

»Als Kind hatte ich unheimliche Angst, wenn ein Gewitter kam. Ich bin jedes Mal panisch zu meiner Mutter gerannt, die mich beruhigen musste. Sommergewitter in Korea sind nicht gerade selten und eines Tages, als es besonders schlimm war, ist mein Vater zusammen mit mir rausgegangen. Er wollte mir zeigen, dass nichts Schlimmes passieren kann. Ein Gewitter zeigt, dass die Natur auch manchmal schreien und weinen muss. Dieser Satz von ihm kommt mir mit jedem Gewitter wieder in den Sinn. Seitdem habe ich aufgehört, Angst davor zu haben.«

»Deine Eltern klingen toll«, flüsterte sie und schmiegte ihren Kopf an meine Schulter, während wir jetzt beide nach draußen blickten. Beim nächsten Blitz blickte ich sie an und konnte die Tränen in ihren Augen deutlich erkennen. Ein ozeanblaues Meer aus Tränen.

»Mein Vater hätte dich geliebt.«

»Meinst du?«

Ich nickte. »Er war ein Charmeur. Und er hat sofort erkannt, wenn jemand ein gutes Herz hatte.«

»Das hast du wohl von ihm«, erwiderte Aria und lächelte.

»Manchmal hasse ich mein Spiegelbild, weil ich ihm so ähnlich sehe. Ich ertrage es kaum, bis die Angst, sie zu vergessen, größer wird und ich dankbar dafür bin.«

Bevor sie antworten konnte, drehte ich mich so, dass wir uns gegenüberstanden.

»Weißt du, was wir immer gemacht haben, wenn es gewittert hat? Wir haben uns bei jedem Blitz etwas gewünscht.«

Stillschweigend warteten wir, bis ein neuer Blitz die Nacht erhellte.

»Ich wünsche mir …«

Sofort brachte ich sie mit einem Kuss zum Schweigen und er fühlte sich mehr nach Verzweiflung an, als mir lieb war.

»Wenn du es verrätst, wird es nicht wahr«, flüsterte ich.

Mehr als ein Nicken brachte sie nicht zustande.

Ich hätte nichts sehnlicher erfahren wollen als ihren Blitzwunsch. Aber wir konnten jeden Wunsch gebrauchen, wenn wir unser Happy End haben wollten.

Mein Herz verkrampfte sich schmerzhaft und ich dachte an die Neunzig-Sekunden-Regel. Daran, dass sich unsere Gefühle nach neunzig Sekunden abschwächen, wenn wir uns nicht weiter damit beschäftigen. Ich versuchte von neunzig runterzuzählen, doch schaffte es nicht.

Wie auf Kommando blitzte es erneut, ich kniff die Augen zusammen und wiederholte meinen Wunsch immer und immer wieder.

Ich wünsche mir, dass wir beide glücklich werden.

Ob das jetzt zusammen in Seoul war oder jeder für sich, ich wünschte mir einfach, dass wir glücklich werden würden.

Am Ende würden die guten Tage über die schlechten siegen, oder?

27

Aria

Wir verbrachten den Morgen damit, Kaffee zu trinken und eine Folge eines K-Dramas zu schauen, das wir zusammen begonnen hatten, aber nicht zusammen beenden würden. Und wir schwiegen so lange, bis wir es nicht mehr aushielten. Schmiedeten Pläne, die so weit weg schienen, aber nicht unmöglich waren. Nicht gänzlich jedenfalls. Ich wollte daran festhalten, an den Plänen und an diesem Gefühl, mit jemandem zusammen eine Zukunft herbeizuträumen.

Den Tag, an dem KT6 in England auftreten würden, speicherte ich mir mit vielen Herzen im Kalender ein. Bis dahin waren es über zwei Monate, die wir getrennt waren und in denen so viel passieren würde.

Ich würde zurück in meine Wohnung gehen, in der gerade die Freundin meines Bruders wohnte. Die Band würde bis kurz vor der Tour im Tonstudio sitzen und das neue Album aufnehmen. Und die Zeit, die sie nicht dort verbringen würden, waren sie wahrscheinlich im Tanzstudio mehrere Etagen tiefer im Gebäude und probten die Choreos, bis sie in den Flieger stiegen und ganze Stadien zum Schreien bringen würden.

Über zwei Monate würde ich das Grübchengrinsen nicht sehen, würde nicht in diese warmen Augen voller Braun und Hoffnung blicken. Natürlich über FaceTime, aber nicht im realen Leben. Ich lag in Min-hos Armen, während er mir immer und immer wieder sagte, dass er mich einfach nicht loslassen würde.

»Gib mir mal dein Handy«, bat Min-ho mich.

Einige Sekunden später schoss er ein Selfie, hinterlegte es als Bild für seine Nummer und speicherte sich mit neuem Namen ein.

심쿵 💕 sprang mir leuchtend entgegen.

»Simkung?«, las ich die Schriftzeichen laut vor und sah ihn fragend an, sah seine Grübchen links und rechts neben seinen Mundwinkeln, die sich jetzt zu einem Lächeln verzogen.

»Du hattest mich vorher echt einfach nur unter Min-ho eingespeichert. Wie unpersönlich ist das denn?« Lachend schüttelte er den Kopf, die schwarzen Haare fielen ihm ins Gesicht und er fuhr sich mit seiner Hand einmal über den Kopf.

»Und was bedeutet simkung?«

»Herzklopfen. Das Gefühl, das du mit jeder Nachricht von mir bekommst.«

Meine Wangen färbten sich sofort rosa, aber bevor ich etwas antworten konnte, küsste er mich sanft.

Das laute Klingeln an der Tür sagte uns, dass unsere Zeit nun abgelaufen war, und ich fühlte mich alles andere als bereit, jetzt in den Regen hinauszugehen und nicht zu wissen, wann ich zurückkommen würde. Min-ho zog meinen Koffer hinter sich her, stellte ihn im Flur ab und fuhr sich dann seufzend durch die Haare. Do-yoon stand bedrückt an der Tür, doch ließ uns noch ein paar Minuten, um uns zu verabschieden. Während ich mich an den Schlaufen meines Rucksacks festklammerte, weil meine Hände zu sehr zitterten. Dabei kämpfte ich gegen das laute Pochen meines Herzens an, das eindeutig nicht einverstanden mit dieser Entscheidung war.

»Hier«, sagte Min-ho und setzte mir seinen Fischerhut auf.

Ich sah fragend und mit Tränen in den Augen zu ihm auf.

»Du trägst ihn doch so gerne«, ergänzte er mit einem Räuspern.

In seinen Augen waren so viele unausgesprochene Worte, doch ich verstand sie alle. »Das tue ich.«

»Das ist nicht unser Ende, okay? Das ist unser Anfang, Aria.«

Ich wollte ihm glauben, wirklich. Jedoch bemerkte ich das leichte Zittern in seiner Stimme und wie er meinem Blick auswich. Drei Worte jagten meine Zweifel davon, versuchten meinen pochenden Herzschlag und meine Tränen zu beruhigen.

Wir schaffen das.

Wir schaffen das.

Wir schaffen das.

»Keine großen Abschiedsworte, sonst kann ich nicht gehen.«

»Aber …«, protestierte er und schnell legte ich meine Lippen auf seine. Er seufzte auf, legte eine Hand an meinen Rücken und zog mich noch näher an sich.

»Keine großen Abschiedsworte, versprich es.«

»Versprochen«, flüsterte er an meine Lippen.

»Ich vermisse dich jetzt schon«, wisperte ich, als wir uns voneinander lösten und er mir jetzt unheimlich weit weg vorkam.

»Geht mir auch so.« Ein Kuss auf die Stirn, ein Kuss auf die Wange und dann zog er mich wieder an sich. »Halt mich einfach so fest, als würdest du niemals gehen, ja?«

Für einen Augenblick schloss ich die Augen und versuchte mir dieses Gefühl genau einzuprägen. Seine Wärme, seinen Geruch, das Gefühl, das mir seine Umarmungen jedes Mal gaben. Wie er mich festhielt und wieder zusammensetzte.

Ein Klopfen durchbrach unseren Moment.

»Leute. Ich sage es wirklich nur ungern, aber wir müssen los.«

Do-yoons Stimme war gedämpft, dennoch deutlich zu hören, und als wir zusammen auf den Flur traten, nahm er sich meinen Koffer und drückte den Knopf für den Fahrstuhl. Bis zur Tiefgarage ließ Min-ho meine Hand nicht los, seine Brust hob und senkte sich schwer und in seinen Augen bildeten sich Tränen.

Mein Koffer wurde im Auto verstaut, Do-yoon setzte sich hinters Steuer und Min-ho hob mein Kinn an, damit ich ihn noch mal ansah. Er küsste mich und dann sank ich auf das schwarze Leder des Sitzes. Min-ho beugte sich über mich und schnallte mich an. Mein Herz krampfte sich schmerzhaft zusammen, als er sich zu einem Lächeln zwang.

»Mach die Augen zu«, bat er mich, als er die Stirn gegen meine sinken ließ.

»Wieso?«

»Wenn du mich so anschaust … Dann kann ich nicht gehen. Und du kannst es auch nicht. Schließ die Augen.«

Schnell zog ich ihn zu mir herunter, küsste ihn einmal, und noch einmal, und noch einmal. Schließlich tat ich, was er von mir verlangte. Zögerlich schloss ich die Augen und konzentrierte mich darauf, ruhig zu atmen. Und während die Tränen meine Wange hinunterliefen, spürte ich seine sanften Lippen auf meiner Wange, hörte die Autotür zuschlagen und das Brummen des Motors, der gestartet wurde.

Ich kniff die Augen fest zusammen und als ich sie nach hundertachtzig Sekunden wieder öffnete, war er weg und ich war auf dem Weg zum Flughafen.

***

Wir rauschten über die Brücke und ließen die Stadt hinter uns, die mein Neustart gewesen war. Mich stärker gemacht hatte. Aber jetzt wurde es Zeit, dass ich diese Stärke nutzte, um mich dem zu stellen, wovor ich geflohen war. Es wurde Zeit für das nächste Kapitel in meinem Leben. Ich fühlte mich alles andere als bereit, auch wenn ich wusste, dass es das Richtige war.

Min-ho und ich ... wir würden das hinbekommen. In gewisser Weise standen wir beide für uns selbst ein und das machte mich verdammt stolz. Min-ho, indem er auf die Bühne zurückkehrte, zurück ins K-Pop-Business ging und dabei keine Maske mehr trug.

Und ich, indem ich mich Chris stellte und meine Albträume konfrontierte, um endlich mit ihnen abzuschließen.

Mein Display leuchtete auf und ich lächelte, als ich sah, wer mir eine Sprachnachricht geschickt hatte. Einige Sekunden starrte ich auf das 심쿵 💕, das ich jetzt las. »Herzklopfen. Das Gefühl, das du mit jeder Nachricht von mir bekommst«, hörte ich Min-ho mit leiser Stimme sagen.

War ich in der Lage, diese Nachricht jetzt sofort abzuhören? Nein, absolut nicht.

Tat ich es trotzdem? Natürlich.

Ich hielt mir das Handy ans Ohr und versuchte die Fassung zu bewahren, während ich der Stimme zuhörte, die wie Musik klang.

»Aria, du bist keine halbe Stunde weg und es fühlt sich wie eine

Ewigkeit an. In diesem Moment schaue ich auf deine leere Kaffeetasse und versuche mich zusammenzureißen, nicht sofort in ein Taxi zu steigen, um euch hinterherzufahren. Um dich in meine Arme zu holen, denn da gehörst du hin. Aber ich weiß, dass das nicht geht. Ich kann dich nicht ohne große Abschiedsworte gehen lassen, auch wenn ich es dir versprochen habe. Komm gerne her und bestrafe mich dafür.«

Sein tiefes, raues Lachen nach dem letzten Satz ließ mich einmal schlucken. Wieso tat sein Lachen plötzlich weh? War es, weil ich jetzt wusste, dass ich es erst mal nur noch auf diese Weise hören würde? Als wäre es zu weit weg? Meine Hand sank aufs schwarze Polster, die Sprachnachricht stoppte automatisch. Ich lachte lautlos auf, doch es klang viel zu schnell mehr wie ein Schluchzen. In diesem Moment hätte ich nichts lieber getan, als Do-yoon zu sagen, dass er umdrehen sollte. Einige Atemzüge versuchte ich mich zu beruhigen, ehe ich wieder auf Play drückte.

»Ich breche dieses Versprechen, aber dafür gebe ich dir ein neues. Wir schaffen das. Du und ich. Und wenn wir es nicht zusammen schaffen sollten, sollst du eins wissen: Ich liebe dich. Ich liebe dich so sehr, dass es mich komplett verrückt macht. Du hast meine Dunkelheit heller gemacht. Ich hab endlich wieder erkannt, wer ich wirklich bin.«

Do-yoon blickte mich im Rückspiegel an und sah sicherlich, wie zerstört ich aussah. Min-hos Worte brachten nicht nur Tränen, sie brachten Hoffnung. Seine Stimme war voller Hoffnung und Wärme, voller Liebe und Zuversicht.

»Die letzten Monate waren die schönsten, die ich jemals hatte. Du hast sie zu etwas Besonderem gemacht, mich daran erinnert, wer ich bin und wer ich sein möchte. Und ich will, dass du das auch erkennst. Dass du dich selbst findest. Und egal, ob es an meiner

Seite ist oder nicht: Ich liebe dich. Egal, wie schwer es wird, egal, wie viele Meilen zwischen uns liegen. Ich liebe dich, Miss Harper. Und ich bin dir so dankbar. Was hätte ich nur ohne dich getan? Du verdienst es, dich genauso zu fühlen. Also geh nach England und zeig es allen. Und ich hoffe, dass du dich so sehen kannst, wie ich dich sehe; stark, wunderschön und mutig. Aber bitte, bitte, bitte komm zurück in meine Arme, wenn du so weit bist. Und ich gebe dir noch ein Versprechen: Ich werde immer für dich da sein. Ich liebe dich, Aria. Wenn du gehst, wenn du bleibst, wenn du wiederkommst. Daran wird sich nichts ändern.«

Die Sprachnachricht endete, mein schnelles Herzklopfen jedoch nicht. Auch nicht, als Do-yoon und ich den Flughafen betraten. Zusammen mit fünf Sicherheitsleuten, die vor dem Eingang warteten und uns durch die Menge eskortierten. Im Vorfeld hatte jemand für mich eingecheckt, mein Koffer wurde mir ebenfalls abgenommen und es ging alles so schnell, dass ich nicht hinterherkam.

Der Flughafen in Incheon löste eine Erinnerungslawine bei mir aus. Wie ich voller Euphorie mit meinem Koffer und meinen Träumen genau hier angekommen war. Wie schnell dieses Gefühl verschwand, als mir die Tasche gestohlen worden und damit auch mein gerade erst gefundener Mut wie weggewischt war. Meine Augen wanderten über die Menschen, die hektisch und gezielt in Richtung der Gates liefen und blieben an Do-yoon hängen. Ich dachte daran, wie er damals diese Tür offen gelassen hatte, als ich voller Panik nach einem Rückzugsort gesucht hatte. Min-ho trat durch diese Tür und ließ mich erkennen, dass man nicht unbedingt einen Rückzugsort brauchte, es reichte auch schon eine Person, die einem dasselbe Gefühl gab. Er war meine Rückzugsperson.

Doch jetzt lief ich zusammen mit Do-yoon und mehreren Sicherheitsleuten, die sofort nach dem Betreten des Flughafens an unserer Seite waren, in Richtung des Terminals. Diesmal musste ich nicht fragend vor dem großen Bildschirm mit den Flugnummern und Reisedaten stehen bleiben. Ich erhielt meinen Boarding-Pass und jetzt gab es keinen Grund mehr, den endgültigen Abschied länger hinauszuzögern. Mir standen nur noch die Passkontrolle und der Security-Check bevor, und dann? Dann war ich wirklich auf mich alleine gestellt. Seit dem Unfall war ich das nicht mehr gewesen. Bereits jetzt rasten meine Gedanken, versuchten mich irgendwie abzulenken, damit ich nicht vollkommen in Tränen ausbrach und es mir anders überlegen konnte. Ich würde bis zum Boarding einfach durch die endlosen Duty-Free-Shops laufen, vielleicht im Olive-Young-Shop noch ein paar Skincare-Produkte mitnehmen, auf die ich in England nicht verzichten wollte, und in einem der Convenience Stores noch eine Ramyeon oder Gimbap essen, obwohl ich absolut keinen Appetit aufbringen konnte. Es wäre so einfach, nicht zu gehen und an Min-hos Seite zu bleiben. Aber ich wollte nicht mehr weitermachen wie bisher. Ich wollte mich allem stellen und endlich frei sein. Und deshalb entschied ich mich für den schwierigen Weg. Weil ich wusste, dass dieser mir so viel mehr bringen würde.

»Alles okay?«, fragte Do-yoon, als wir uns auf den Weg zur Passkontrolle machten.

Nein. Ja. Keine Ahnung.

Drei Antwortmöglichkeiten auf eine einfache Frage, aber ich wusste nicht, was ich fühlen sollte.

»Erinnerst du dich an unsere erste Begegnung, Do-yoon?«

Ein leichtes Grinsen umspielte seine Lippen.

»Ich habe dich gesehen und wusste, dass du Ärger machen würdest«, bemerkte er jetzt im amüsierten Ton.

»Für mich warst du der Mann im Anzug, der nie gelächelt hat. Aber jetzt bist du viel mehr als das.«

»Und du bringst nicht nur Ärger.«

»Wir sind doch Freunde, oder?«

Er lächelte und nickte dann langsam. »Das sind wir wohl.«

»Ich bin froh, dass er dich hat. Wirklich.«

»Hier hat es irgendwie angefangen, oder? Schon witzig, wie das Leben spielt. Jetzt bringe ich dich wieder hierher und du verlässt das Land.«

»Ist das jetzt also unser Lebewohl?«, fragte ich und lachte dabei, obwohl mir nach Weinen zumute war.

»Nein. Es ist ein Ihr-bringt-das-in-Ordnung-und-habt-dann-endlich-euer-verdammtes-Happy-End, verstanden?«

Irgendwie brachte ich ein Nicken zustande.

Ich blinzelte mehrere Male heftig, weil ich nicht weinen wollte. Wenn ich jetzt damit anfing, dann würde ich sicherlich nicht wieder damit aufhören.

»Bitte komm einfach schnell wieder. Min-ho wird dich sonst unheimlich vermissen und es an mir auslassen.«

Bildete ich es mir nur ein oder wurden seine Augen ebenfalls etwas glasig? Gott, ich war nicht gut im Abschiednehmen.

»Weißt du, ich werde dich auch ganz schön vermissen.«

Do-yoon umarmte mich viel zu kurz, viel zu förmlich und als er mich losließ, war ich nicht bereit.

Langsam drehte ich mich um, schluckte schwer und hob zum Abschied die Hand.

Und dann war ich allein.

Die Zeit bis zum Abflug befand ich mich in einer Art Delirium. Ich konnte keinen Gedanken greifen, wollte es auch nicht, denn wenn ich es tat, würde ich nicht mehr fliegen. Ich würde umkehren und das tun, was Min-ho in seiner Sprachnachricht gesagt hatte. Zurück in seine Arme laufen.

Aber es war an der Zeit, alte Wunden zu schließen. Wunden, die vielleicht nie ganz verheilen würden, aber in der Lage waren, zu Narben zu verblassen.

Als das Boarding losging, wartete ich bis zum Schluss. Ganz egal, ob ich den Luxus besaß, in der ersten Klasse zu fliegen und somit als Erstes einsteigen durfte. Ich konnte nicht. Ungläubig stand ich vor den riesigen Fenstern, beobachtete Flugzeuge dabei, wie sie hoch in die Luft flogen und wie andere landeten.

Auf manche Menschen würde erst ein Abenteuer warten, sobald sie wieder sicheren Boden unter den Füßen hatten und Südkorea betraten.

Für mich war eines zu Ende. Ich warf einen Blick auf die Schlange, die immer kleiner wurde, und ich wusste, dass ich es nicht länger hinauszögern konnte. Meine Hand krampfte sich um den Griff der Transportbox, in der sich Mochi befand und seelenruhig schlief.

Als mein Reisepass und das Flugticket kontrolliert wurden, kämpfte ich mit den Tränen. Dann ging ich mit wackligen Füßen Schritt für Schritt durch die Fluggastbrücke, betrat das Flugzeug mit einem gefälschten Lächeln und grüßte die Stewardess mit viel zu hoher, viel zu freundlicher Stimme.

Es war das zweite Mal in meinem Leben, dass ich mit einem Flugzeug flog, und das zweite Mal, dass ich dabei Tränen in den Augen hatte.

Erneut spielte ich die Nachricht ab, hörte Min-hos tiefer Stimme zu. Seine Worte wiederholten sich in Endlosschleife.

Immer und immer und immer wieder.

Ich liebe dich, Aria. Wenn du gehst, wenn du bleibst, wenn du wiederkommst. Daran wird sich nichts ändern.

Ich versuchte an diesem Gedanken festzuhalten, als ich meinen Platz suchte. Als der Pilot eine Durchsage machte, kniff ich die Augen zusammen. Als der Druck meiner Ohren sich dem meines Herzens anpasste und wir über lila Wolken hinwegflogen, versuchte ich ruhig zu atmen.

Jetzt ging es zurück und gleichzeitig voran.

Richtung England. Richtung Vergangenheit.

Um anschließend in eine neue Zukunft blicken zu können, die viele neue Abenteuer für mich bereithielt.

28

Aria

England sah anders aus. Vielleicht lag es daran, dass ich mich jetzt anders fühlte und meine Heimatstadt nicht mehr das war, was ich darin gesehen hatte, als ich einfach nur wegwollte. Wenn ich früher durch diese Stadt gelaufen war, durch die vielen engen Straßen oder an der Küste entlang, hatte ich immer davon geträumt, weit wegzukommen und nie wieder zurückzukehren. Stundenlang hatte ich am Hafen gesessen und den Möwen zugeschaut, sie beneidet, weil sie überall hinfliegen konnten, während ich festgesessen hatte. Ich hatte die Schönheit der kleinen Cafés, der frischen Luft und der Vertrautheit komplett ausgeblendet, oder vielmehr gar nicht wahrgenommen, weil ich so mit dem Überleben beschäftigt gewesen war.

Meine Mutter holte mich zusammen mit meinem Bruder am Flughafen ab, der im Vergleich zu dem in Incheon winzig war. Grundsätzlich kam es mir so vor, als wäre alles hier irgendwie zusammengeschrumpft und viel zu klein. Weit und breit keine Häuser mit mehr als drei Stockwerken, statt Hochhäusern, die in den Wolken verschwanden, und vollen Straßen gab es hier Dünen, kleine Bauernhäuser und das höchste Gebäude war der Kirchturm.

Ich musste nicht an der Gepäckausgabe warten, mich nicht durch eine große Masse an Menschen kämpfen und verstand wieder, was alle um mich herum sagten, weil es kein Koreanisch war. Nach ein paar tiefen Atemzügen lief ich zusammen mit Mochi in der Transportbox durch die Flughalle und konnte meine Mum und Elias schon von Weitem erkennen. Nicht zuletzt, weil sie ein großes Schild hochhielten und wie wild damit wedelten.

Welcome home, Aria!

Buchstaben in Neonfarben auf schwarzem Papier, die sich vollkommen falsch anfühlten. Und trotzdem konnte ich nicht anders, als übers ganze

Gesicht zu strahlen, weil es irgendwie meine Sorgen etwas von mir nahm, sie dort stehen zu sehen. Vielleicht, weil sie lächelten. Vielleicht, weil die Angst, sie könnten mir wegen meiner Flucht böse sein, von mir abfiel.

»Mum! Elias! Ich habe euch so vermisst«, rief ich laut und stellte Mochis Transportbox neben mir ab, aus der es laut miaute.

Im nächsten Augenblick fiel ich meinem Bruder um den Hals, den ich fast nicht wiedererkannte. War ich wirklich nur ein paar Monate weggewesen? Elias war jetzt noch größer, falls das überhaupt möglich war, und statt seiner Brille trug er nun Kontaktlinsen. Die blonden Locken, die wie ein Familienerkennungszeichen für uns waren, hatte er komplett kurz geschoren. Sein Ausdruck war immer noch warm, doch er sah etwas blass aus und sofort fragte ich mich, ob wohl alles okay war.

»Ari, was hast du denn mit deinen Haaren angestellt?« Mein Bruder löste sich etwas von mir und fuhr mit seinen Fingern einmal durch meine Haare, um sie zu zerzausen. Sanft stupste ich ihn weg und musste lachen, auch wenn ich versuchte, ihn böse anzufunkeln. Nur, dass das bei seinem charmanten Lächeln nie lange anhielt. Er war jünger als ich und wusste das auch stets gut einzusetzen.

»Es war Zeit für eine Veränderung«, erwiderte ich schließlich und fuhr mir durch die verblassten blond-blauen Strähnen.

Eine Veränderung, die längst überfällig war, fügte ich in Gedanken hinzu. Ich liebte meine neue Frisur, weil sie viel besser zu mir passte. Der Bobschnitt war wie ein Befreiungsschlag gewesen und erinnerte mich bei jedem Blick in den Spiegel daran, dass ich mich getraut hatte, mutig zu sein.

»Aber was ist mit dir? Was ist mit deinen Locken passiert, Eli?« Mein Bruder grinste nur.

»Jetzt lass dich erst einmal umarmen«, sagte meine Mutter und drückte mich so fest an sich, dass ich fast keine Luft mehr bekam. »Es ist so schön, dich wieder hierzuhaben!«

Ihr süßliches Parfüm gab mir sofort ein Gefühl von Geborgenheit und ich verlor mich einen kleinen Moment in den Kindheitserinnerungen, die mit diesem Geruch zurückkamen.

»Ich hab dich auch vermisst, Mum.«

Als ich mich von ihr löste, sah ich, dass ihre Augen verdächtig glitzerten, und doch schaffte sie es, diesen musternden Ausdruck irgendwie distanziert wirken zu lassen. Sie strich ihre Bluse glatt und rückte die Brille auf ihrer Nase zurecht. Augenblicklich stellte ich mich aufrechter hin.

»Du hast tatsächlich eine Katze mitgebracht, ist ja der Hammer!«, rief Elias euphorisch und hatte sich keine Sekunde später zu Mochis Box hinuntergebeugt.

»Sie heißt Mochi«, lachte ich und blickte von meinem Bruder zu meiner Mutter.

Ihre Gesichtsausdrücke hätten nicht unterschiedlicher sein können. Während Elias' Mundwinkel sich hoben, verzog meine Mutter ihre Lippen zu einem so schmalen Lächeln, dass es beinahe nicht zu sehen war. Die anfängliche Freude war wohl etwas verflogen. Ich wusste nur zu gut, dass sie Erklärungen für mein plötzliches Verschwinden wollte. Ebenso dafür, dass ich mir die Haare abgeschnitten hatte und jetzt auch noch mit einer Katze im Schlepptau zurückkam. In Hampshire waren die meisten Menschen keine Fans von großen Veränderungen und meine Mutter gehörte dazu. Aber auch ich musste einige Dinge mit ihr klären, die ich am Telefon nicht besprechen wollte.

»Schätzchen, ich stehe im Halteverbot«, sagte sie in einem lockeren Tonfall. »Lass uns im Auto weitersprechen.«

Ich nickte und hakte mich bei meinem Bruder unter, während wir den Flughafen hinter uns ließen. Meine Mutter ging mit schnellen Schritten voraus, Elias und ich hinter ihr her.

»Alles beim Alten«, schmunzelte ich.

»Wenn du wüsstest …«, flüsterte Elias mir leise zu.

Während wir mit dem alten VW Käfer durch den Abendverkehr rauschten, überkam mich die totale Erschöpfung. Alles war gleich und doch irgendwie anders. Es war ein merkwürdiges Gefühl, das ich nicht ganz einordnen konnte.

»Schätzchen, wieso bist du so blass? Hast du schon etwas gegessen?«, fragte meine Mutter und blickte mich besorgt im Rückspiegel an.

Ich war blass, weil ich so viel geweint hatte, bis keine Tränen mehr übrig waren.

Ich war blass, weil ich seit Monaten vor exakt diesem Tag Panik gehabt hatte.

Ich war blass, weil ich Min-ho vermisste.

Und ich war blass, weil ich Angst hatte.

Vor meinen Gefühlen, vor dieser Situation, vor Chris.

Ja, vor allem war ich deswegen so blass. Aber das konnte ich meiner Mutter jetzt noch nicht sagen. Zwar hatte ich mit ihr über Min-ho und mich gesprochen, doch einige Details hatte ich ausgelassen und ihr lieber persönlich mitteilen wollen. Wie zum Beispiel, dass Min-ho sehr bald auf Welttournee ging und ein K-Pop-Star war. Dass mein Gesicht in den koreanischen Nachrichten war und ich deswegen meinen Job verloren hatte. Auf dieser Seite der Welt waren die Schlagzeilen zwar bisher nicht angekommen, aber das würden sie sicherlich noch. Auch wenn die Leute sich hier nicht für Berühmtheiten, sondern nur für den Klatsch und Tratsch innerhalb des Dorfes interessierten.

Und auch über Chris wollte, nein, musste ich mit ihr sprechen. Meine Familie konnte sich denken, dass wir nicht im Guten auseinandergegangen waren, und ich hatte mit meiner Mutter nur einmal über ihn gesprochen, nachdem ich mich in den Flieger nach Seoul gesetzt hatte. Das war ein paar Tage, nachdem Chris gedroht hatte, nach Seoul zu kommen und mich zu finden. Sie hatte nicht genauer nachgefragt, aber ich hatte ihr deutlich gemacht, dass Chris kein guter Mensch war und ich niemals wieder zurück an seine Seite gehen würde. Damals hatte sie mir versprochen, nicht erneut mit ihm zu reden und darauf zu warten, dass ich es ihr erklärte, wenn ich so weit war.

Doch jetzt verdiente sie die Wahrheit und ich wollte frei darüber sprechen, um endlich damit abzuschließen.

»Wollen wir zu Joe's? Ich wette mit dir, er hat noch ein Stück Bananenbrot mit Blaubeeren für dich übrig«, sprach meine Mutter weiter und bog etwas zu scharf nach rechts ab.

»Eigentlich würde ich lieber …«

»Spar die die Mühe, sie hat schon jedem erzählt, dass du wieder da bist«, seufzte mein Bruder und blickte mich mitleidig an.

»Du hast es rumerzählt?«, rief ich schockiert und hielt mich am ausgebleichten Polster ihrer Kopflehne fest, um mich zu ihr zu beugen. Natürlich. Ich hatte vergessen, dass der Dorffunk auch nicht bei meiner Mutter haltmachen würde. Sie richtete den Blick weiterhin fokussiert auf die Straße und ich ließ mich wieder nach hinten fallen.

»Schätzchen, das ganze Dorf war fast so bestürzt wie ich, als du plötzlich weg warst. Ich konnte ihnen so eine Nachricht schlecht vorenthalten, oder?«

Sofort bekam ich ein schlechtes Gewissen, das jedoch nur eine Sekunde anhielt. Wenn das Dorf es wusste, dann wusste es Chris ebenfalls und dann ...

Verfalle nicht in alte Muster, Aria.

Ich atmete einmal tief durch. »Mum, ich habe einen sehr langen Flug und eine sehr anstrengende Zeit hinter mir und ...«

»Und was ist eigentlich mit deinen Haaren passiert? Musstest du sie wirklich so kurz schneiden?«

»Sei froh, dass das Blau schon wieder rausgewaschen ist«, murmelte ich.

Mein Aussehen war schon immer ein Thema bei uns gewesen, Chris und sie verstanden sich da gut. Keine bunten Farben, keine ausgefallenen Klamotten, nichts, das zu viel Haut zeigte. Meine Mutter war durch und durch eine Businessfrau, ihre Haare waren immer streng zusammengebunden und ihre Schuhe hatten immer, wirklich immer, Absätze, die sie größer machten, als sie war. Viel zu oft gab es am Frühstückstisch Ärger, wenn ich ihrer Meinung nach nicht vernünftig genug angezogen war. Ich holte einmal tief Luft, Elias schenkte mir ein mitleidiges Lächeln. Er kannte das schließlich ebenso gut wie ich.

»Hast du einmal zu oft *Rapunzel: Neu verföhnt* gesehen?«, wollte er jetzt wissen und mit seinen Witzen vom Thema ablenken. Darin war er über die Jahre irgendwie ein Meister geworden.

»Das musst du grad sagen!«, gab ich spöttisch zurück und fuhr einmal mit der Hand über seinen Kopf.

»Hey! Fass meine Haare nicht an!«

Mit einer Hand pikste er mir in die Seite, ehe ich mehrere Zentimeter von ihm weg ans sichere Fenster rutschte.

»Hab mal etwas Respekt vor deiner älteren Schwester!«

Mein neunzehnjähriger Bruder streckte mir die Zunge raus. Ich verkniff mir ein Lachen, denn es hatte sich nichts verändert.

»Respekt muss man sich verdienen!«

»Wie alt warst du noch mal? Acht?«

»Wie groß warst du noch mal? Ein Meter fünfzig?«

»Ihr beide bringt mich noch ins Grab«, beklagte sich meine Mutter und rieb sich seufzend über den Nasenflügel.

Wir fuhren an meinem Stammcafé vorbei und augenblicklich verstummte ich. Ein Schauer fuhr meine Wirbelsäule runter, als ich einen dunkelgrünen Parka sah, der sofort für Panik bei mir sorgte. Chris. Aber das konnte nicht sein, denn meine Mutter hatte mir vor meiner Anreise berichtet, dass Chris mit seinem Vater auf Geschäftsreise nach London gefahren war. Mir blieben einige Tage Ruhe, ehe er zurückkommen würde. Anscheinend war es ihr ein Bedürfnis gewesen, mir das mitzuteilen, und ich wusste, dass sie dabei nur aus mir hatte herausbekommen wollen, was zwischen uns vorgefallen war. Ich war mir nicht sicher, ob es aus Sorge war oder ob ein kleiner Teil von ihr noch immer hoffte, dass Chris und ich wieder zusammenkamen. Dieser Gedanke versetzte mir einen Stich.

»Können wir das Dorf nicht warten lassen und nach Hause? Ich würde den Abend einfach gerne mit euch auf der Couch verbringen.«

»Klingt perfekt«, antwortete mein Bruder.

»Klingt langweilig«, gab meine Mutter mit einem Schnauben zurück. Auf ihrem Gesicht war jedoch ein warmes Lächeln zu erkennen, als sie links abbog und in Richtung des Hauses fuhr, in dem ich aufgewachsen war.

Mein altes Kinderzimmer zu betreten, war, wie aus einer Zeitreisemaschine herauszustolpern. Natürlich wäre ich lieber in meine eigene Wohnung gefahren, doch ich hatte sie kurzfristig an Elias' Freundin Lynn untervermietet, als ich nach Seoul abgehauen war. Da ich jedoch nicht wusste, wie lange mein Aufenthalt in Hampshire andauern würde, hatte ich sie vorgewarnt, eins der drei Zimmer wieder für mich zu beanspruchen, sobald ich in Ruhe hier angekommen war.

Mochi hatte sich ohne Umschweife schnarchend auf mein altes Bett geschmissen, anscheinend fühlte sie sich schneller zu Hause, als ich es tat.

Alles sah genauso aus, wie ich es mit zwanzig verlassen hatte. Langsam fuhr ich mit der Hand über den großen Spiegel an der babyblauen Wand, schrieb ein Wort in den Staub, das sich in meinen Kopf eingebrannt hatte.

영원히. *Für immer.*

Ich dachte an Min-ho und daran, dass dieser Ort sich längst nicht so sehr nach Heimat anfühlte, wie seine Arme es taten.

Und bevor ich mich in dieses Gedankenkarussell begab, aus dem ich nicht aussteigen konnte, betrachtete ich die Wände, die voller Erinnerungen waren.

Auf ihnen klebten Poster aus alten Zeitschriften, dazu ein Haufen Polaroidbilder von meinen Freunden und mir, bevor irgendwie alles schiefgelaufen war. Fotos vom großen Segelturnier, der Abschlussreise der Uni nach Paris und meiner besten Freundin und mir bei einem *The 1975*-Konzert riefen gemischte Gefühle hervor. Gesichter, die leider nach und nach aus meinem Leben verschwunden waren, während das von Chris immer präsenter geworden war. Doch von ihm hing kein einziges mehr an der Wand, obwohl ich sicher war, dass ich sie sorgfältig aufgeklebt hatte, als ich vorletztes Weihnachten mit ihm hier gewesen war und er darauf bestanden hatte, Teil meiner Erinnerungswand zu werden.

»Ich hab sie abgenommen«, bemerkte mein Bruder in diesem Moment und unterbrach meine Suche. Natürlich zuckte ich leicht zusammen, weil ich nicht bemerkt hatte, wie er im Türrahmen erschienen war.

Irritiert kniff ich die Augen zusammen. »Du hast was?«

»Ich hab die Fotos mit ihm abgenommen«, wiederholte er und verschränkte die Arme. »Ich weiß nicht, was da vorgefallen ist, aber ich wollte nicht, dass du sie noch mal sehen musst.«

Mir stiegen die Tränen in die Augen. »Danke, Eli.«

Er kam einige Schritte auf mich zu, setzte sich dann auf mein Bett und räusperte sich. »Also Seoul?«

»Seoul«, nickte ich. »Es ist großartig, weißt du?«

»Es? Oder nicht eher ein gewisser jemand?« Jetzt wackelte er mit den Augenbrauen. Lachend setzte ich mich neben ihn.

»Min-ho ist wirklich … Er ist einer der gütigsten Menschen, die ich jemals kennengelernt habe. Er bringt mich zum Lachen, wenn ich am liebsten weinen möchte, und er gibt mir den Raum, den ich brauche, um wieder zu mir zu finden. Wenn ich ihn ansehe, fühle ich mich sicher. Du würdest ihn mögen, das weiß ich.«

Er lachte. »Klingt viel zu perfekt, um wahr zu sein.«

»Manchmal glaube ich das auch«, gab ich zurück und versuchte den Schmerz zu ignorieren, den ich jetzt bei der Erinnerung an Min-hos Grübchengrinsen bekam.

»Über Chris hast du nie so gesprochen. Eigentlich haben wir nie über ihn gesprochen.«

Ich schluckte schwer. »Da gab es nicht viel zu reden.«

Elias Blick verfinsterte sich. »Du bist wirklich vor ihm abgehauen, stimmt's?«

»Ja.« Eine kurze Antwort mit so viel Bedeutung.

»Wieso hast du nie etwas gesagt?«

Ich holte einmal tief Luft. »Ich konnte nicht. Es fühlte sich wie Verrat an und ein Teil von mir hat gehofft, dass wir das wieder hinkriegen. Und als ich es dann nicht mehr aushielt, wollte ich einfach nur noch weg von hier, verstehst du?«

Mit den Fingern fuhr ich über das Blumenmuster der Bettdecke, suchte nach Worten, während die Luft nach diesen rosa Kaugummis roch, weil mein Bruder danach süchtig war.

Ein Blick in sein Gesicht sagte mir, dass er es verstand.

»Du wirst es ihr doch sagen, oder?«

»Das habe ich vor«, nickte ich jetzt und fuhr mir nervös durch die Haare. »Meinst du, sie glaubt mir?«

»Ich weiß es nicht«, antwortete er ehrlich. »Seit du weg bist, hat Chris überall rumerzählt, dass ihr nur eine Pause macht und er über alles Bescheid wusste. Ich glaube zwar nicht, dass ihm das irgendjemand abkauft, aber man weiß ja nie.«

Eine kurze Stille legte sich über uns. Natürlich hatte Chris das getan, der Schein musste schließlich aufrechterhalten werden. Das war das Motto dieser Stadt, das jeder hier viel zu sehr verinnerlicht hatte. Meine Mum gehörte leider ebenfalls dazu. Elias räusperte sich, ehe er fortfuhr. »Aber ich weiß, dass das ganze Dorf durchdrehen wird, wenn diese Schlagzeilen hier ankommen. Die erste Berühmtheit in Hampshire.«

»Mum wird durchdrehen.«

Wir lachten. »Tut sie das nicht immer? In diesem Dorf hat doch jeder irgendwie diese Eigenschaft.«

»Stimmt auch wieder«, stimme ich ihm grinsend zu.

»Tja, ein Vorbild meiner Kindheit würde jetzt sagen: Nobody's perfect.«

Fragend blickte ich ihn an. »Ist das nicht ein Hannah-Montana-Song?«

»Ja, und?«, fragte Elias jetzt etwas ernster.

Wie hatte ich meinen kleinen Bruder und seine unbeschwerte, humorvolle Art vermisst.

»Ari? Tu uns einen Gefallen: Hau nie wieder einfach so ab, sprich bitte vorher mit mir. Das haben wir doch sonst auch immer gemacht.«

Sein Blick sprühte voller Erinnerungen. Daran, wie wir früher zu lange wach geblieben waren und die Nächte durchgequatscht hatten.

Und auch daran, wie wir irgendwann damit aufgehört hatten, weil Chris es merkwürdig gefunden und meine gesamte Zeit für sich beansprucht hatte. Doch damit war jetzt Schluss.

»Ich verspreche es dir. Jetzt ist vieles anders, ich fühle mich anders. Stärker und freier.«

»Und jetzt geht es dir gut?« Der besorgte Ausdruck in seinem Gesicht tat unerwartet weh.

»Frag mich das morgen noch mal«, antwortete ich und rieb mir die Hände. »Aber wie geht es dir? Du siehst müde aus.«

»Uni und so. Die Abgaben machen mich fertig. Und ich arbeite ja gerade nachmittags bei Joe's, um ...«

»Essen ist fertig!«, rief meine Mutter lautstark von unten und unterbrach Eli, der jetzt in Rekordtempo die Treppe hinunterrannte, sodass seine lauten Schritte beinahe das Haus vibrieren ließen.

Einige Sekunden lang ließ ich meinen Blick erneut durch das Zimmer wandern. Stärker und freier hatte ich gesagt. Ich hoffte nur, dass ich mich auch immer noch so fühlte, wenn ich Mum alles erzählte. Und wenn ich auf Chris traf.

Um die Freiheit zu feiern, hatte ich erst erkennen müssen, wie gefangen ich wirklich gewesen war. Aber das war verdammt schwer, vielleicht das Schwerste, was ich jemals tun musste.

Angefangen damit, meine Mutter in all das Chaos einzuweihen, das ich mittlerweile mein Leben nannte.

29

Min-ho

Niemals hätte ich gedacht, dass ihre Abwesenheit so deutlich spürbar sein könnte. Am liebsten wäre ich sofort zum Flughafen gefahren und hätte Aria zurück in meine Arme geholt. Es war jedoch klar, dass damit nur mir geholfen gewesen wäre, und so egoistisch konnte ich nicht sein. Denn Aria hatte recht: Sie musste etwas Eigenes haben. Ich konnte nicht der einzige Grund dafür sein, dass sie blieb. Meine Liebe alleine reichte nicht.

Sie musste sich selbst lieben und ich wusste nur zu gut, dass diese Art der Liebe am schwierigsten war.

Ein Abschluss für einen Neuanfang. Mein neues Motto, an das ich mich klammerte. Danach würde sie zurückkommen, an einer Schule kleine Kinder unterrichten und die Nächte wieder in meinen Armen verbringen. Bestimmt.

In Seoul ging die Sonne auf, bei ihr war es tiefste Nacht.

Seit ihrer Abreise bestand unsere Beziehung aus Sprachnachrichten, Emojis und Memes. Aus Worten, die ich ihr lieber persönlich als über einen Chat gesagt hätte. Und seit sie weg war, schlief ich wieder in der Wohnung, die ich mir mit der Band teilte. Noch am selben Tag stand ich mit zwei großen Koffern und Tränen in den Augen bei den Jungs vor der Tür, weil ich es alleine nicht ausgehalten hatte. Sie hatten keine Fragen gestellt, die Koffer in mein Zimmer geschoben und angefangen, blöde Witze zu machen, um mich abzulenken. Es kam mir vor, als wäre ich nie weg gewesen. Ho-jung räumte immer noch hinter allen her, Hyun-su und Yunho kochten für alle und Jae-eon war kaum von seinem Laptop wegzubekommen, während Woosung nur Augen für die Playstation hatte. Ich war froh, wieder hier zu sein.

Erstens, weil ich die plötzliche Einsamkeit nicht ertrug, die mich besonders nachts einholte. Zweitens, weil es für alle einfacher war, wenn die Band an einem Ort versammelt war. Nach zehn Stunden Proben, unzähligen Presseterminen und kräftezehrenden Fittings fiel ich abends nur noch erschöpft ins Bett und war froh, dass ich die Jungs an meiner Seite hatte, denen es ebenso ging und die alles irgendwie erträglicher machten. Aria und ich schafften es trotz Zeitverschiebung, mehrfach die Woche über FaceTime zu sprechen, auch wenn es nicht das Gleiche war. Meistens dann, wenn es bei mir spätabends und bei ihr gerade helllichter Tag war. Es genügte natürlich nicht, es war eher ein kleiner Trost und nach jedem Gespräch vermisste ich sie noch viel mehr als vorher. Beinahe so, als würde jedes Wort, das sie sagte, sich auf meine Brust legen und mir das Atmen erschweren.

So wie das Gefühl, das sich jetzt nach dem Aufwachen in mir breitmachte, weil ich aus meinen Träumen mit ihr aufwachte und wieder alleine war.

Schlaftrunken griff ich zum Handy, öffnete den Chat, der am Abend zuvor mit einem Gute-Nacht-Selfie beendet worden war, und starrte einige Sekunden auf Arias wunderschönes Gesicht.

Ich tippte, löschte, tippte, löschte. Und gerade als ich endlich meine Gedanken sortiert hatte, klopfte es laut. Mit einem Seufzen stand ich auf, ging zur Tür und blickte in Woosungs grinsendes Gesicht.

»Zeit für den Soundcheck, der Wagen fährt gerade vor«, bemerkte er und musterte mich amüsiert, weil ich immer noch in meiner karierten Schlafanzughose steckte. Im Gegensatz zu mir war Ho-jung schon vor Stunden aufgestanden, sein lauter Wecker hatte mich kurz aus meinen Träumen gerissen, doch ich hatte mich lieber noch mal umgedreht.

»Bin sofort fertig.« Ich unterdrückte ein Gähnen.

»Zieh dir lieber was anderes an, vor dem Stadion hat sich schon halb Korea versammelt.«

»Was du nicht sagst«, brachte ich lachend hervor, während ich mir ein Shirt über den Kopf zog und in eine Jeans schlüpfte.

»Dein schwarzes Outfit ist so … optimistisch«, kommentierte Woosung keine Sekunde später und schüttelte lachend den Kopf.

»Meine Schutzausrüstung.« Demonstrativ setzte ich mir noch einen schwarzen Fischerhut auf den Kopf, der meine frisch gefärbten blonden Haare verdeckte. Das stundenlange Haarefärben hatte ich definitiv nicht vermisst, doch das Blond passte viel zu gut zum Neuanfang.

Und als wir auf dem Weg zum Seoul Olympic Stadion waren, schickte ich Aria eine Nachricht.

Ich: Was machst du morgen Abend?

Aria: Mein Abend oder dein Abend?

Ich: Mein Abend, dein Mittag.

Aria: Oh, da hab ich viel zu tun ...

Aria: Da gibt es so ein Konzert, das ich über einen Livestream verfolgen muss.

Ich: Ich wünschte, du wärst morgen an meiner Seite.

Aria: Das bin ich immer.

Ich: Du weißt, wie ich das meine.

Aria: Ich weiß und ich verspreche dir, wenn du hier bist, lasse ich dich keine Sekunde mehr los.

Statt zu antworten, schickte ich ihr ein Selfie, auf dem ich die Lippen zu einem Schmollmund verzog. Bevor ich den Auslöser drückte, nahm ich extra den Fischerhut von meinem Kopf, weil ich wusste, dass sie eine kleine Schwäche für meine blonden Haare entwickelt hatte. Ihre Antwort kam einige Herzschläge später, ich las sie mit einem breiten und zufriedenen Grinsen.

Aria: Du kämpfst mit unfairen Mitteln ☹

Ich: Wenn du jetzt losfliegst, wärst du pünktlich hier ...

Aria: Rufst du mich an, wenn das Konzert morgen vorbei ist?

Ich: Natürlich. Ich muss deine Stimme hören, um danach nicht durchzudrehen ...

Ich: 보고 싶어요

Aria: Ich vermisse dich auch. Mehr, als ich ausdrücken kann.

Mit einem Seufzen steckte ich das Handy weg, blickte aus dem Fenster und fragte mich, wie sehr man eine Person eigentlich vermissen konnte, bevor man von diesem Gefühl komplett verzehrt wurde. Das Wort »vorübergehend« hing wie ein Schwert über meinem Kopf, bereit, sich jederzeit in ein »Für immer« zu verwandeln.

***

Die letzten Tage rauschten mit unzähligen Terminen an mir vorbei und es kam mir vor, als hätte man mich auf Autopilot gestellt. Plötzlich bestand mein Leben wieder aus Interviews, Proben, Briefings und Auftritten für Nachrichtensender. Das Livekonzert, bei dem wir alte Songs spielten und kleine Teaser für neue Songs gaben, wurde bereits über eine Million Mal angeklickt.

Our Souls At Midnight erreichte die Top Ten der koreanischen Charts, obwohl wir nicht mal ein Musikvideo dafür gedreht hatten. Nachdem ein VCR-Teaser und die Tourdaten bekanntgegeben wurden, konzentrierte sich die gesamte Branche nur noch darauf. Auf uns, die Musik und die Tour. Aria und unsere Beziehung war für die Öffentlichkeit in Vergessenheit geraten, so wie es Jong-ssi vorhergesagt hatte. Es brachte wenigstens etwas Ruhe mit sich, dass der Fokus der Öffentlichkeit jetzt ein anderer war.

Morgen begann die Tour. Wir würden Shows in ganz Amerika, Europa und Asien spielen und alle Tickets waren innerhalb weniger Minuten komplett ausverkauft gewesen. Und dass, obwohl die Tickets so kurzfristig verkauft worden waren. Wir stießen im SYE-Gebäude mit glücklichen Gesichtern und Champagner an. Sorglosigkeit in blubbernden Gläsern, die mir sofort in den Kopf stieg. Es fühlte sich wie ein Rausch des Erfolges an, unsere harte Arbeit in den letzten Tagen und unser Durchhaltevermögen hatten sich ausgezahlt. Ich würde mich nie daran gewöhnen, dass die Fans uns so bedingungslos unterstützten, und vielleicht war das auch gut so, denn so wusste ich es jedes Mal aufs Neue zu schätzen.

Eine Stadiontour um die Welt. Um die ganze verdammte Welt.

Länger als drei Sekunden konnte ich mich diesem Gedanken nicht hingeben, sonst würde ich völlig durchdrehen. Vor allem, wenn ich daran dachte, was für Nachrichten ich auf der letzten Tour bekommen hatte. Und wie sich danach mein Leben um hundertachtzig Grad gedreht und für immer verändert hatte.

Nein, ich konnte nicht daran denken und stattdessen fokussierte ich mich auf mein wiedergefundenes Glücksgefühl, das mit jeder Probe und mit jedem Auftritt zurückkam. Es fühlte sich gut an, einfach ich selbst zu sein und keine Maske mehr zu tragen. Zwar wusste ich nicht, ob die Fans diese Wandlung so drastisch mitbekamen, aber für mich war sie nicht zu übersehen. Ich hatte wieder Spaß an meiner Arbeit. Und das, nachdem ich gedacht hatte, es würde sich auf der Bühne ewig so dunkel und leer anfühlen, wie es in meinem Kopf aussah. Doch das war nicht der Fall. Die Tatsache, dass ich mich nicht verstellen musste, gab mir ein neues Gefühl von Sicherheit.

30

Min-ho

Am Tag des ersten Konzertes fühlte sich mein Kopf wie eine Schneekugel an, die man einmal zu heftig geschüttelt hatte. Tausende Gedanken wirbelten umher, ich konnte keinen von ihnen richtig greifen und immer, wenn es wieder etwas ruhiger wurde, schüttelte die Panik sie erneut durch.

An Konzerttagen bestimmten andere Dinge meinen Tagesablauf. Ausgewogenes Frühstück, Soundcheck, letzte Proben, Fittings, energiebringendes Mittagessen, Maske und natürlich ein Haufen von Fotos und Interviews. Für die Presse, für Backstage-Eindrücke, für was auch immer. Wir waren kaum angekommen, schon herrschte Chaos. Alles wie immer. Die Show begann erst um sechs, aber bereits jetzt standen Tausende Fans vor den Türen und warteten auf den Einlass.

Hinter den Kulissen war es hektisch, voll und laut. Doch egal, wie stressig es wurde, wir hatten ein Ritual, das vor jedem Konzert durchgeführt werden musste. Na ja, eigentlich hatten wir einen ganzen Haufen davon, denn das war etwas, das uns Halt und Beständigkeit gab. Bei jedem Konzert gingen wir in den VIP-Bereich, der für Freunde, Familie und Kollegen aus der Branche reserviert war, und schauten zu, wie die Reihen sich unten im Stadion mit jeder Sekunde mehr füllten.

Aufgeregte, glückliche Gesichter, die man selbst von hier oben deutlich erkennen konnte.

»Der Grund, warum wir hier sind«, sagte Ho-jung leise neben mir und wir lächelten.

Woosung räusperte sich. »Wird niemals langweilig, oder?«

»Wenn ich unter der Bühne auf dem Lift stehe, ihre Schreie höre und die Energie selbst dort schon spüre, fühlt sich das alles wie ein Traum an.«

Jae-eon fuhr sich einmal durch seine Haare, die gestern extra für das heutige Konzert blondiert worden waren. Genauso wie meine. »Ich mache meine Augen zu, wenn der Lift hochfährt, und öffne sie, sobald wir auf die Bühne kommen.«

»Warum habe ich das verdient? Warum sind sie alle noch da?«, flüsterte Yunho und sprach die Gedanken aus, die wir uns alle machten.

»Wenn ich ihre Schreie höre und die erste Nummer vorbei ist, kann ich nur noch daran denken, dass das kein Traum ist«, bemerkte jetzt auch Hyun-su.

Ich blickte von den Fans dort unten in die Gesichter meiner Freunde neben mir. Leuchtende Augen, bunte Haarfarben und rote Wangen. In diesem Moment war ich einfach glücklich. Darüber, dass sie noch hier waren. Meine Familie, die aus diesen fünf Menschen und den Tausenden dort unten bestand. Und aus einer Person, die viel zu weit weg war.

»Diese Menschen sind unseretwegen gekommen. Sie verdienen, dass wir unser Bestes geben und sie glücklich machen. Aber vor allem verdienen sie es, dass wir uns nicht verstellen. Also lasst uns heute als Tag eins sehen. Tag eins unserer Reise, die hoffentlich noch lange anhält, okay?«, schlug ich vor und legte einen Arm um Hyun-su, der direkt neben mir stand. Seine feuerroten Haare ließen seine Haut noch heller erscheinen, sein Lächeln dafür umso breiter.

»Letzte Probe fürs Fitting«, rief ein Mitarbeiter mit Headset hinter uns. Und damit verließen wir unsere kleine Traumblase und kehrten in die Realität zurück, die plötzlich gar nicht mehr so schlimm erschien.

***

Die Outfits, die wir heute im Laufe der Performances trugen, konnten unterschiedlicher nicht sein. Maßgeschneiderte Anzüge, die mit Diamanten besetzt waren. Lockere Hemden, die trotzdem perfekt saßen.

Ketten, Ohrringe, Uhren und Ringe in sämtlichen Ausführungen. Weiße T-Shirts, die wir selbst mit Graffiti besprüht hatten, und Outfits, an denen echte Blumen festgesteckt wurden.

Meine Hände zitterten vor positiver Aufregung und Adrenalin, als ich meine grauen Kontaktlinsen einsetzte und mir die letzten Haarsträhnen so frisiert wurden, dass sie mir ins Gesicht fielen. Ich widerstand dem Drang, sie zurückzustreichen.

Eine Stylistin verzweifelte an den Knöpfen von Jae-eons Hemd, das bei der Probe immer wieder aufgegangen war. Dabei wusste jeder, dass er das mit Absicht machte. Hyun-su und Yunho schliefen beinahe in ihrem Stuhl ein, während eine Frau ihr Gesicht puderte und die Wangenknochen noch deutlicher betonte. Und ich beneidete ihre völlige Ruhe, die ich niemals vor einer Show hatte. Egal, wie oft wir auftraten. Rechts neben mir machten Woosung und Jae-eon auf dem Boden Liegestütze, Ho-jung ging die letzten Tanzschritte durch.

Und ich? Ich saß hier, ließ mich von Arias Memes ablenken, die sie mir schickte, und versuchte, nicht zu viel zu atmen, als mir noch eine Puderschicht aufgetragen wurde.

Jedes Mal, wenn einer der Mitarbeitenden durch die schwere Stahltür in unseren Raum kam, an dem fett KT6 stand, drangen die Rufe der Fans hinein. Und während ihre Schreie immer lauter wurden, schalteten meine Gedanken eine Lautstärke runter.

Wir versammelten uns zur traditionellen Superheldenpose, die Ho-jung eingeführt hatte, und grinsten uns an.

Ein lautes Klopfen ließ uns innehalten, dann trat unser Tourmanager in den Raum. Sein Headset blinkte mehrmals rot auf, er sah gestresst aus und hielt fünf Finger hoch, ehe er ohne ein Wort wieder verschwand.

Fünf Minuten, bis die Show anfing. Wir mussten uns also sofort unter der Bühne auf die richtigen Positionen begeben.

»Sechs bis zum Schluss«, sagte ich.

Meine Stimme stolperte einen Moment über die Worte, doch die anderen wiederholten sie laut und schon waren wir auf dem Weg, diese Nacht unvergesslich werden zu lassen.

Die Eröffnungsnummer war Energie pur, die ganze Atmosphäre war wie aufgeladen und sobald die Lichtkegel auf uns fielen, vergaß ich alles um mich herum. Es existierten nur die Band, der Beat und die vielen Rufe der Fans, die sich wie eine wunderschöne Melodie anhörten. Nach den Vorstellungsrunden und drei weiteren Songs wurde das Stadion in Dunkelheit gehüllt.

Mein Herz raste, hüpfte, stolperte.

Vor lauter Anstrengung und vor lauter Adrenalin.

Wir sprinteten hinter die Bühne, folgten den kleinen leuchtenden Markierungen, die nur für uns sichtbar waren, damit wir die richtigen Positionen fanden und uns orientieren konnten. Vor mir sah ich, wie Woosung seine bunte Jacke bereits über die Schultern fallen ließ, und kaum war ich hinter der Bühne angekommen, schwirrten mindestens zwanzig Leute um mich herum. Sie zogen Reißverschlüsse auf, trugen eine neue Schicht Puder auf und ich nahm einen tiefen Atemzug aus der Sauerstoffflasche, die für jeden von uns bereitgehalten wurde.

Die Choreografien waren anstrengend, es war heiß und mein Herz raste, weil kaum Zeit zum Atmen blieb. Der Sauerstoff durchflutete meine Lungen und meine Adern, klärte den Nebel in meinem Kopf etwas auf, bis mein Puls sich wieder im Normalbereich eingefunden hatte.

Leise und gedämpft drang der Sound des VCRs zu uns durch, das wir im Vorfeld gedreht hatten. Es war ein kurzer Clip, aber eine Möglichkeit für uns, etwas runterzukommen und uns für die nächste Performance umzuziehen. Diese Pause galt allerdings nicht für Jae-eon, der keine Sekunde nach dem Ende des Videos auf der Bühne erschien und tobenden Applaus bekam. Ich versteifte mich kurz, als mir eine Stylistin die Kabel der In-Ear-Kopfhörer unter dem neuen Shirt feststeckte.

Die kühle Wasserflasche leerte ich in einem Zug, beugte mich nach unten, um die Schnürsenkel der Lederschuhe zuzubinden, und das Geschrei der Fans ließ mich wieder zum Monitor blicken. Das Video war vorbei, jetzt begannen die Solo-Stages. Angefangen mit Jae-eon, der wie ein Engel aussah. Seine blonden Haare lockten sich leicht, sein Hemd war voller glitzernder Diamanten, leicht durchsichtig und etwas zu groß, sodass es bei jeder fließenden Bewegung hochrutschte und seine Haut entblößte. Er sah aus, als würde er jeden Beat mit seinem ganzen Körper spüren. Ich konnte jeden verstehen, der sich in diesem Moment nicht von seinem Anblick losreißen konnte. Und ich fragte mich, ob jemand so über meine Performance denken würde. Ob ich mit meinem alten Ich mithalten oder gegen es versagen würde.

»Er setzt seinen ganzen Charme ein«, lachte Yunho hinter mir, ebenfalls mit einem Haufen Stylisten um ihn herum, die seine Lippen in einem Rosaton nachzogen und ihm Kühlpacks in den Nacken legten.

»Er tut das, wofür er geboren wurde«, erwiderte ich und grinste.

Ein Mitarbeiter erschien wie aus dem Nichts und legte mir ein ebenfalls nasses Tuch in den Nacken, während ein anderer mein Gesicht abtupfte. Es war für uns so normal geworden, dass ich nicht mal zusammenzuckte. Stattdessen klebten meine Augen auf dem Bildschirm. Jae-eon liebte es, die Menge aufzuheizen, von uns allen war er darin wahrscheinlich am besten.

»Unser kleiner Maknae hat sich ganz schön gemacht, was?«

»Das haben wir irgendwie alle«, erwiderte ich.

Ein Mann gab mir das Zeichen, auf den Lift zu steigen, der mich für meine Soloperformance auf die Bühne bringen sollte.

Direkt im Anschluss würden wir *Our Souls At Midnight* singen, was etwas mehr Ruhe reinbrachte, und bei jeder Zeile, die ich sang, würde ich daran denken, dass Aria vor ihrem Bildschirm saß und mir zusah. Ich performte heute eigentlich nur für sie. Und irgendwie führte dieser Gedanke dazu, dass ich freier und mutiger wurde.

***

Diese Show hatte alles. Konfetti, bunte Lichter, Wasserkanonen, aber vor allem unser Herz. Wir gaben hundertundein Prozent und spürten die Erschöpfung erst, als es Zeit für die Abschiedsreden war, die wir bei jedem Konzertende hielten. Ich sah in die Menge, in die Gesichter der Fans, die voller Euphorie und Glück strahlten.

Ich blickte in die Gesichter meiner Bandmitglieder, während sie voller Dankbarkeit und unter Tränen sprachen.

»LEUTE! Wir werden jede Sekunde und jeden Moment von heute in Erinnerung behalten!«, brüllte Woosung in sein Mikro.

Die letzten Abschiedsworte hallten im Stadion nach und wurden von den ersten Tönen des allerletzten Songs abgelöst.

Comeback war unser Dankeschön an die Fans und irgendwie auch unser Dankeschön an uns selbst, dass wir es geschafft hatten.

Es war das erste Mal, dass wir diesen Song live spielten, und die Menge rastete aus, als wir auf zwei Hebebühnen durch die Konzerthalle fuhren. Und als der Song vorbei war, sangen die Fans trotzdem weiter.

Together we rise again
From midnight to dawn
Together we stand
til we'll finally dream as one

Worte, die wir zu sechst in einem kleinen Studio geschrieben hatten und die nun von Tausenden von Fans gesungen wurden.

Jeder von uns nahm die In-Ears raus, die es uns möglich machten, unsere Stimmen auf der Bühne zu hören, und augenblicklich bekam ich eine Gänsehaut.

Wir verbeugten uns in alle Richtungen und am liebsten hätte ich jedem Einzelnen von ihnen persönlich dafür gedankt, dass er heute da war.

Unsere Fans sangen aus voller Seele. Auch ohne Musik, ohne Beat, auch als wir von der Bühne mussten. Und selbst backstage hörte man ihre lauten Stimmen. Jae-eon war der Erste, der zu weinen begann. Wir anderen folgten einige Atemzüge später, ehe wir uns in den Armen lagen und die ganze Anspannung von uns abfiel. Und während wir zu sechst hier standen und einfach zuhörten, wie die Fans immer weiter sangen, versuchte ich mir dieses Gefühl einzuprägen. Das Gefühl, dass diese Menschen uns so sehr liebten wie wir sie. Die Feuerwerke gingen über dem Stadion los, färbten den Nachthimmel bunt und erhellten die Dunkelheit. In diesem Moment hörte ich mein Herz so laut singen, als hätte es nie etwas anderes getan.

Nach dem Konzert waren unsere Adern voller Adrenalin und die Gänge voller Mitarbeiter, die klatschten und uns zur erfolgreichen Show gratulierten.

Jeder von ihnen hatte das hier möglich gemacht und wir grinsten ebenso breit, verbeugten uns und dankten ihnen für ihre harte Arbeit. Mir wurde das schwarze Glitzerjackett, das ich trotz enormer Hitze auf der Bühne über dem Hemd trug, ausgezogen, jemand anderes hielt mir eine Wasserflasche hin. Ein Mitarbeiter stand mit einem Ventilator neben mir und begleitete uns unter der Bühne hindurch zu den Räumen. Es war so eng und tief gebaut, dass wir uns schon mehrfach die Köpfe an den Eisenstangen und Vorrichtungen gestoßen hatten. Instinktiv zog ich den Kopf ein, bis wir in das beißend kalte Licht des Flurs traten.

»Wow, ich bin so erschöpft. Wenn wir im Hotel sind, schlafe ich hundert Jahre!«, rief Hyun-su neben mir.

»Morgen sind wir in Osaka«, erinnerte ich ihn. Ich verstand ihn zu gut, wir liehen uns diese Energie nur und nach dem Konzert traf uns die Erschöpfungswelle jedes Mal auf Neue. Aber egal, wie müde, wie erschöpft oder wie kaputt ich war: Sobald ich wieder auf der Bühne stand, war davon nichts zu spüren, die Fans holten mich wieder zurück. Ihre Energie sorgte dafür, dass ich ebenfalls voll davon war. Als würden sie meine Batterien mit ihrem Dasein aufladen.

Wir passierten die schmalen Gänge, die voll mit Kleiderstangen und Kartons standen. Es waren Requisiten für die Bühne, sämtliche Outfits und Notfallpläne.

Bei dem Versuch, das Hemd auszuziehen, scheiterte ich, weil meine Hände so zitterten. Sofort war jemand an meiner Seite und zog den Reißverschluss am Rücken herunter, den die meisten Outfits von uns hatten, um sie zwischen den Auftritten schnell wechseln zu können.

Ich schlüpfte in ein weißes Shirt, fuhr mir mit einem Handtuch übers Gesicht und durch die Haare. Eine Stylistin sorgte augenblicklich dafür, dass mein Makeup aufgefrischt wurde und ich aufhörte zu glänzen.

Wir versammelten uns im Gruppenraum, quetschten uns auf das Ledersofa und posierten für mehrere Fotos, die mittlerweile zur Routine geworden waren. Fotos, die jedes Konzert als Erinnerung einfingen und uns das Gefühl gaben, dass wir nicht träumten. Eine Reihe von Aufnahmen voller

Fingerherzen, Peacezeichen und strahlenden Augen. Aber jetzt hieß es abschalten und runterkommen. Zum Abschluss des Tages schrieb ich Aria eine Nachricht, sobald wir wieder in unserem Apartment angekommen waren.

Ich: Auf der Bühne zu stehen, fühlt sich endlich wieder so an, als wäre ich nach Hause gekommen. Das Einzige, das hier fehlt, bist du.

Am nächsten Morgen würde es für uns nach Japan gehen, danach hieß es nur noch aus dem Koffer leben und in Hotels und Flugzeugen schlafen. Und deswegen fühlte sich die Beständigkeit der Bühne wie zu Hause an, weil die Freude der Fans immer blieb, während alles andere sich um uns herum veränderte.

Ich schaltete den Luftbefeuchter im Zimmer an, duschte viel zu heiß und legte mich mit einer Gesichtsmaske auf der Haut wieder ins Bett.

Einige Atemzüge lang starrte ich auf den Chat von Aria und mir, wartete darauf, dass die drei kleinen Punkte erschienen, die ich in letzter Zeit schon viel zu häufig vermisste. Drei kleine Punkte, die bedeuteten, dass sie tippte und wir gerade zeitgleich am Handy waren.

Nach einigen Minuten stand ich mit einem Seufzen auf, nahm die Maske ab und verteilte ein Serum auf meiner Haut, während ich hinaus auf die Lichter der Stadt schaute, und dachte daran, dass eine Sache sich nach all dem Chaos nicht verändert hatte:

Wenn ich von der Bühne kam, war mein Körper voll von Adrenalin und mein Grinsen unfassbar breit. Doch sobald die Anspannung von mir abfiel, fiel ich ebenfalls. In meinem Kopf hallten die Schreie nach, ich schloss die Augen, bis alles um mich herum ganz leise wurde.

Wenn ich von dieser Bühne kam, von einer Menge, die ohrenbetäubend laut meinen Namen rief, dann fühlte sich alles andere unheimlich still an.

Und ich kannte nur eine Person, die mich in dieser Stille auffangen konnte.

Wie aufs Stichwort klingelte mein Handy.

31

Aria

»Yeoboseyo?« Mehr brauchte es nicht, um die Gefühlslawine in mir erneut auszulösen. Ich hörte Min-hos Stimme und wusste in diesem Augenblick, dass man auch Heimweh nach einem Menschen haben konnte.

»Hi«, gab ich leise zurück, sank auf mein Bett und umarmte ein Kissen. »Wie war das Konzert?«

»Es war … unglaublich. Aria, ich habe mich schon lange nicht mehr so leicht gefühlt. All die Zweifel, die ich hatte und die mich, die uns Nächte lang wachgehalten haben, waren in dem Moment verschwunden, als der erste Song losging.«

Seine Worte entlockten mir ein Lächeln. Die Tatsache, dass er wieder zu seiner Leidenschaft gefunden hatte, ließ mich ebenfalls unfassbar glücklich werden. Im Hintergrund hörte ich es rascheln und ich wusste, dass er sich jetzt ebenfalls hingelegt hatte. »Ich habe ganz vergessen, wie das ist. Dort zu stehen und zu performen. Die Lichter, die Fans, diese Energie.«

Min-hos Stimme klang heiser, rau und sehr erschöpft. Natürlich, er hatte gerade mehrere Stunden lang Songs auf einer Bühne gesungen. Während ich hier in meinem Zimmer saß, mit Mochi auf dem Schoß und einer so schlechten Internetverbindung, dass der Livestream zum Konzert total verpixelt und verzögert gewesen war.

»Du warst großartig. Das wart ihr alle«, sagte ich schließlich.

»Okay, deine Stimme zu hören, lässt mich dich nur noch mehr vermissen«, sprach er leise und seufzte.

»Noch wie lange, bis ihr in Wembley auftretet?«

»Einen Monat und fünfzehn Tage.« Seine Antwort ließ uns beide einige Sekunden schweigen. Dabei war die Zeitangabe sowieso egal, denn gerade tat jeder Herzschlag, den er nicht hier war, weh.

»Oder ich steige sofort in den nächsten Flieger und komme zu dir«, sagte er ernst.

»Wie soll das gehen? Du bist mehrere Stunden weit weg und hast morgen einen Auftritt. Ich kuschele einfach mit Mochi, bis du wieder da bist.« Wie auf Kommando streckte sich die weiße Katze auf meinen Beinen, rollte sich erneut ein und begann zu schnurren.

»Oh, willst du mich eifersüchtig machen?«, er seufzte einmal laut auf. »Denn das funktioniert.«

»Ich wünschte, du würdest jetzt neben mir liegen.«

»Soll ich zu dir kommen?«

Die Ernsthaftigkeit, die in seiner Stimme mitklang, ließ mich lächeln. Ebenso wie die Tatsache, dass ich ihn nur darum bitten müsste und er sofort kommen würde.

Mein Herz schrie ganz laut *Ja*, aber stattdessen sagte ich: »Nein.«

»Sicher?«

»Nein«, erwiderte ich leise.

»Du machst mich fertig«, lachte er. »Aber auf eine gute Weise.«

Mein Herz hüpfte ein, zwei, drei Mal etwas höher bei seiner Antwort. »Kann ich nur zurückgeben.«

Wir lagen hier, getrennt durch verschiedene Kontinente und doch unter demselben Himmel. Irgendwie tröstete mich der Gedanke.

»Ich schließe einfach die Augen und dann ist es fast so, als würdest du neben mir liegen.«

»Du solltest schlafen, du musst doch unheimlich müde und kaputt sein.«

»Meine Gedanken überschlagen sich, ich brauche immer etwas Zeit nach den Konzerten, bis ich wieder klar denken kann. Deine Stimme zu hören hilft.«

Die Worte und sein Tonfall ließen mich lächeln. Dabei hatte ich sein Lächeln direkt vor Augen. Wie gerne hätte ich es jetzt gesehen. Wie gerne hätte ich seine Nähe, seine Wärme, sein Lachen direkt hier bei mir gehabt.

»Singst du mir was vor?«, fragte ich in die Stille hinein. Ich wusste, dass sein Kopf eine Pause machte, wenn er sang. So wie meiner eine Pause machte, wenn ich ihm dabei zuhörte.

Alleine Min-hos Lachen klang wie Musik und kurze Zeit später hörte ich seine Stimme leise durch den Lautsprecher meines Handys. Und bei der Songauswahl holten mich die Erinnerungen an eine Zeit ein, in der ich in seinen Armen gelegen hatte und alles für einen Moment leichter erschienen war. Es war der erste Song seiner Schlafplaylist, die auch zu meiner geworden war, seit wir die Nächte getrennt verbrachten.

Want to go to sleep von J_ust. Ich lauschte den Worten, die ich mittlerweile ebenfalls auswendig kannte, und als der Song vorbei war, spielte Min-ho das zweite Lied aus der Playlist ab, ohne etwas zu sagen. Nach dem vierten hörte ich, wie seine Atmung gleichmäßiger wurde. Nach dem siebten Song wünschte ich Min-ho eine gute Nacht und legte auf.

***

Ich verbrachte den Nachmittag damit, meine Abschlussarbeit für den Fotografiekurs vorzubereiten. Es gab mir eine angenehm normale Alltagsstruktur, die Kamera in die Hand zu nehmen und die vielen Bilder durchzugehen, die für das finale Portfolio gedacht waren. Zugegeben, seit wir das Haus am See in Chuncheon verlassen hatten, war die Motivation für meine Onlinekurse etwas verloren gegangen. Es war mein Glück, dass der Kurs die Aufgaben monatlich verteilte und so gut wie keine Präsenzzeit erforderte. Die Vorlesungen waren asynchron und wurden hochgeladen. Anders als mein Koreanischkurs, den ich leider seit unserer Ankunft in Seoul viel zu oft hatte ausfallen lassen und bei dem ich jetzt so weit hinterherhing, dass ich beschlossen hatte, es für dieses Semester gut sein zu lassen. Stattdessen schrieb ich jetzt am Küchentisch eine Vokabelliste auf und nahm mir vor, wenigstens meine Grundlagen bis hierhin noch mal sauber abzuschreiben.

»Das sieht ja abgefahren aus«, bemerkte Elias und nahm sich ein Glas Wasser. Er beugte sich über meine Schulter und blickte neugierig auf meine geschriebenen Worte. »Du lernst also wirklich Koreanisch?«

»Ich versuche es«, erwiderte ich und zuckte mit den Schultern.

»Und du kannst das lesen? Das sind ja Zeichen und keine Buchstaben.«

»Captain Obvious«, gab ich zurück. »Es sieht schwieriger aus, als es ist.«

»Wenn du das sagst ... Ich gehe später eine Runde laufen, falls du mitkommen willst.«

»Klar«, antwortete ich. Früher hatten wir das häufig getan, einmal um die Stadt herum und auf dem Rückweg ein großes Stück Kuchen von Joe's als Belohnung.

Mein Bruder verschwand in seinem Zimmer, ich widmete mich wieder meiner Vokabelliste. Doch die Ruhe hielt nicht lange an.

»Bin wieder da«, rief meine Mum und trat mit zwei Einkaufstüten in die Küche.

»Warte, ich helfe dir«, sagte ich und sprang auf, um ihr eine der Tüten abzunehmen.

Stillschweigend verstauten wir die Einkäufe in den Schränken und aus irgendeinem Grund hielt ich die Ruhe nicht mehr aus, die sich seit meiner Ankunft zwischen uns ausgebreitet hatte. Mittlerweile war ich über zwei Wochen in England und morgen würde ich zurück in meine Wohnung fahren. Und doch fand sich nie ein guter Zeitpunkt, um mit ihr über alles zu sprechen. Und ich begriff, dass es diesen Zeitpunkt auch niemals geben würde.

»Mum, können wir reden?«, fragte ich und öffnete den Kühlschrank, um die Milch hineinzustellen.

»Aber natürlich«, erwiderte sie. »Worüber denn?«

Sie kniff die Augen leicht zusammen, legte die Stirn in Falten und ihre zusammengepressten Lippen verrieten mir, dass sie ganz genau wusste, was jetzt kam.

»Es geht um Chris«, sprach ich trotzdem laut aus. Ihre Gesichtszüge entgleisten eine Millisekunde, als sie sich ruckartig zu mir umdrehte und die Einkaufstüte auf dem Boden abstellte. Meine Atmung beschleunigte sich zeitgleich mit meinem Herzschlag, weil dieses Thema niemals leicht sein würde.

»Dann sollte ich uns vielleicht einen Kaffee machen, meinst du nicht?« Ihre Stimme war verdächtig ruhig.

»Gute Idee«, brachte ich hervor und zwang mich zu einem schmalen Lächeln.

Einige Minuten später hatten wir uns mit unseren Bechern und einer Packung Oreos auf das beige Ledersofa im Wohnzimmer gesetzt. Nur, dass wir beide weder zum Kaffee noch zu den Keksen griffen, als ich erst einmal begann, meine Mutter in all das einzuweihen, was immer noch viel zu schwer auszusprechen war.

Ich ersparte ihr die Details, die unsere Geschichte so grausam machten. Weil es Dinge gab, die eine Mutter nicht wissen musste. Es würde sie zerbrechen, so wie ich daran zerbrochen war. Die Einzelheiten ließ ich weg, doch das Wichtigste erzählte ich ihr und das reichte aus, um uns beide zum Weinen zu bringen.

Ich erzählte davon, wie ich beim ersten Mal dachte, dass es ein Versehen war. Eine impulsive Handlung, über die ich hinwegsah, bis sie zu meinem Alltag gehörte. Darüber, dass ich mir so schwach vorkam, obwohl sie mich doch zu einer starken Frau erzogen hatte. Dass ich ihr nicht mehr in die Augen sehen konnte, wenn sie darüber sprach, wie wunderbar Chris doch war und dass ich ihn wieder so sehen wollte, wie sie es tat. Es waren gerade mal die oberflächlichen Fakten und trotzdem saß ich jetzt hier und weinte, während sie mich im Arm hielt, als wäre ich wieder fünf und als hätte ich mich gestoßen. Gerade konnte ich nicht stark sein, auch wenn ich es mir so fest vorgenommen hatte. In diesem Moment wollte ich nur, dass sie mich festhielt und mir sagte, dass sie für mich da war. Etwas, das ich viel zu lange nicht hatte zulassen können.

Sie fragte nicht, warum ich so lange bei ihm geblieben war, und sie sagte auch nicht, dass man das sicher wieder hinbekommen würde. In meinem Kopf war ich dieses Gespräch hundert Mal durchgegangen und ich bemerkte, dass ich meine Mutter falsch eingeschätzt hatte. In ihren Augen sah ich, dass sie nicht mit so etwas gerechnet hatte, und wer konnte es ihr schon verübeln? Selbst für meine Mutter, für die der Schein alles gewesen war, gab es nach diesem Gespräch kein Zurück mehr. In unserer kleinen Stadt passierte so etwas nicht und schon gar nicht in der eigenen Familie. In ihrem Gesicht war die Verwirrung deutlich abzulesen, bis sie sich in Wut verwandelte. Mit jedem weiteren Wort, das ich aussprach, wurde dieser Wandel deutlicher. Schluchzend hielt sie sich die Hand vor den Mund und als sie mich jetzt anblickte, wusste ich, dass sie mir glaubte. Dass sie meiner Geschichte glaubte, meinen Worten und nicht dem, was alle immer annahmen. In mir machte sich unendliche Erleichterung breit.

»Liebst du ihn noch?«

Ihre Frage erwischte mich kalt und ich konnte nicht sofort darauf antworten, so einfach war das nicht.

»Nicht mehr auf diese Weise. Ich bin so wütend auf ihn, aber irgendwo ganz tief in mir drin empfinde ich noch so etwas wie Liebe für ihn. Für den Mann, der er früher einmal war. Aber ich liebe mich und das Hier und Jetzt mehr, ich musste einfach weg, verstehst du? Ich musste meinem Herzen diese Pause geben, damit es nicht mehr nur für ihn schlägt, sondern für mich selbst. Und als ich in dieses Flugzeug nach Südkorea stieg, begriff ich, dass ich ihn schon lange nicht mehr auf diese Art geliebt habe.«

In ihren Augen sammelten sich Tränen. »Warum bist du nicht zu mir gekommen?«

Einige Sekunden schwiegen wir, weil ich nach den richtigen Worten suchte. Meine Antwort hätte sie verletzt und ich schämte mich dafür, überhaupt an ihr gezweifelt zu haben.

»Du dachtest, ich würde dir nicht glauben«, beantwortete sie sich ihre Frage selbst und richtete den Blick auf ihre Hände. Ihre Stimme klang dabei unfassbar resigniert.

»Er hat mir eingeredet, dass das niemand tun würde. Und ich habe mich geschämt. Ich habe mir so lange eingeredet, dass ich die schlimmste Seite an ihm schon aushalte, wenn ich dafür bloß die gute Seite bekomme.«

»Man hat nie … du sahst immer so glücklich aus.«

Ihre Worte ließen mich lautlos auflachen, denn genau das war der springende Punkt.

»Manchmal war ich das auch. Aber meistens nicht, die Illusion war nur überzeugend genug. Er war doch dein perfekter Schwiegersohn. Seine weiße

Weste blendet jeden in dieser Stadt. Hätte ich es nicht selbst durchgemacht … ich hätte es selbst nicht geglaubt. Und irgendwann denkst du ›So schlimm wie letztes Mal war es nicht‹ und wenn es das doch war, denkst du ›Ich halte das schon aus‹. Und mit jedem Mal wurde es dadurch schwieriger, zu gehen.«

Mum griff nach meiner Hand und hielt sie, während die Tränen meine Wange hinunterliefen. Sie sagte kein Wort, sie hörte mir einfach zu.

»Mich davon abzuhalten, ihm zu vergeben, war so viel schwerer, als einfach weiterzumachen und mir selbst vorzuspielen, dass es okay war.« Ich holte einmal tief Luft, blinzelte die Tränen weg. »Ergibt das Sinn?«

»Das tut es.« Erneut nahm sie mich in den Arm. »Und ich bin froh, dass du es mir jetzt erzählst.«

»Das bin ich auch.« Und endlich fühlte es sich so an, als könnte ich wieder ein bisschen mehr damit abschließen. Schritt für Schritt.

Wir verharrten einige Minuten genau so, bis Elias ins Wohnzimmer kam und sich kommentarlos unserer Umarmung anschloss, bis wir alle lachten.

»Genug davon, das fühlt sich an, als wären wir in einem kitschigen Familiendrama«, schniefte ich und wischte mir über das Gesicht.

»Manchmal braucht es nur eine emotionale Aussprache für eine Gruppenumarmung«, erwiderte Mum und zuckte mit den Schultern.

»Dann hast du Mum endlich gesagt, dass du einen K-Pop-Star datest?«, fragte Eli und reichte mir eine Packung Taschentücher vom Tisch.

»Was?«, rief Mum jetzt und blickte mich entgeistert an.

»Also was das betrifft …«, fing ich zögerlich an und funkelte meinen Bruder böse an. Und so erzählte ich meiner Mutter nicht nur von dem Mann, der sein Bestes gegeben hatte, um mich zu zerbrechen, sondern auch von dem Mann, der mir geholfen hatte, mich wieder zusammenzusetzen.

32

Aria

Ein Monat war vergangen und ich hatte jegliche Jobbeschreibungen in Seoul durchgearbeitet, die leider ernüchternd ausfielen.

Ein Monat, vier Tage und eine halbe Ewigkeit, die ich in einer Endlosschleife feststeckte. Und diese Zahlen wirbelten in meinem Kopf herum, zu schnell, um sie zu greifen, und doch zu langsam, um sie zu ignorieren. Eine Zeit, die sich wie eine kleine Ewigkeit und zeitgleich wie ein Wimpernschlag anfühlte. Min-ho meinte, dass sich das Leben momentan wie ein Oxymoron anfühlte. Als würde die Zeit rasen und gleichzeitig stillstehen. Für mich fühlte sich diese Zeit ohne ihn eher wie ein Kaleidoskop an. Eine Zeit voller Wirbelsturmgedanken, die nicht aufzuhalten waren und ihn doch nicht erreichten. Gefühle, die in alle Richtungen strahlten und doch irgendwie bei mir blieben.

Ich war schon vor einigen Tagen wieder in meine Wohnung zurückgezogen und anfangs schlief Elias auf der Couch, weil ich zu große Angst davor hatte, Chris könnte plötzlich hier auftauchen. Es war merkwürdig ruhig um ihn geworden und als er nach zwei Wochen immer noch nicht wieder in Hampshire aufgetaucht war, glaubte ich fast, dass es ein glücklicher Zufall war und er nach seiner Geschäftsreise einfach beschlossen hatte, wegzubleiben. In der Stadt wusste jedenfalls niemand, was in der Firma seines Vaters los war und warum die beiden nicht zurückkamen. Mir war es egal, aber die Tatsache, dass ich nicht wusste, wann und wo er auftauchen würde, ließ mich leicht paranoid werden. Es sorgte dafür, dass ich bei jedem Typen, der ansatzweise seine Größe und Statur hatte, eine Panikattacke unterdrücken musste. So wie an dem Abend meiner Ankunft, als ich einen Mann mit grünem Parka vor meinem Stammcafé gesehen hatte. Und um mich abzulenken, gab ich mich einem anderen Gefühl hin: Ich schaute einen Konzertclip nach dem anderen, ein Interview nach dem nächsten und versuchte mir einzureden, dass Min-ho nicht so weit weg war, wie es sich momentan anfühlte. Er sah nicht nur glücklich aus, er war es nach einer kleinen Ewigkeit endlich auch tatsächlich. Wenn wir miteinander sprachen und er mir erzählte, wie anstrengend, aber absolut erfüllend die Auftritte waren, machte mich das ebenfalls glücklich. Jetzt wurde es nur noch Zeit, dass sich endlich ein Job als Lichtblick auftat, der mich zurück nach Seoul brachte und auch mir die Glücksgefühle zurückgeben konnte.

Nachdem ich mit meiner Mum über Chris und auch über Min-ho gesprochen hatte, wollte ich damit beginnen, mein neues Leben zu planen. Hoffentlich in Seoul, hoffentlich an Min-hos Seite. Also saß ich wie jeden Vormittag bei Joe's, klickte mich durchs Internet, bis ich genug davon hatte, und lernte anschließend Koreanisch. Es war eintönig und mit jedem weiteren Tag, der verging, wurde mein Wunsch größer, einfach ins nächste Flugzeug zu steigen und dort hinzufliegen, wo Min-ho gerade war. Heute war das wohl Chicago, wenn ich mich richtig erinnerte. Aber es dauerte nicht mehr lange, dann würde KT6 in Wembley spielen und da das Stadion in London nur eine zweistündige Autofahrt entfernt war, würde ich ihn endlich wiedersehen. Und vielleicht nie wieder loslassen. Oder einfach mit ihm gehen, weil ich so eine Distanz nicht noch mal aushielt.

Ich seufzte laut auf, als mir die Lächerlichkeit meiner Gedanken bewusst wurde, und wechselte zum Webtoon von Yi Seo, den ich vor einigen Tagen begonnen hatte. Der Gedanke an sie, an Nate, Marie und besonders an Emily war genauso schmerzhaft. Klar, wir hielten uns über FaceTime auf dem Laufenden, aber es war das gleiche Prinzip, wie abends mit Min-ho zu telefonieren: ein kleines Trostpflaster auf einer riesigen Platzwunde.

»Du solltest mehr Wasser und weniger Koffein trinken«, hörte ich Joe hinter mir sagen, bevor er ein Glas Wasser auf meinem Tisch abstellte.

»Ist Kaffee nicht auch einfach nur Wasser mit einem gewissen Extra?«, fragte ich mit einem Lächeln in der Stimme, was ihn lachen ließ.

»Trink das, sonst gibt es kein Wasser mit gewissem Extra mehr. Und du solltest was essen. Hanna schiebt gerade einen Zitronenkuchen in den Ofen.« Er zupfte an seiner ausgeblichenen Cap, die er falsch herum trug, und holte einen Block aus der Schürze, ehe er zum Tisch links neben mir ging. Mit einem aufgesetzten Lächeln und dieser Stimme, die jeder kannte, der mal in der Gastronomie gearbeitet hatte. In gewisser Weise war Joe wie der Vater, den ich niemals gehabt hatte. Er war der beste Freund meiner Mutter, kannte mich seit meiner Geburt und unterstützte meine Koffeinabhängigkeit, seit ich meinen ersten Kaffee getrunken hatte. Seit ich denken konnte, kam ich in sein Café – das einzig Gute in ganz Hampshire. Wenigstens ein Zufluchtsort, an dem Chris nie eine Szene machte und den er mir nicht weggenommen hatte. Vielleicht, weil Joe ihn einschüchterte. Schnell schüttelte ich den Gedanken an Chris wieder ab, packte meine Sachen zusammen und lief zurück zu meiner Wohnung. Heute stand ein Filmabend mit Elias auf dem Programm und mein Bruder war noch pünktlicher, als ich es war. Bedeutete: Er kam mindestens eine halbe Stunde zu früh. Ich beschleunigte meine Schritte, lief durch die kleinen Nebenstraßen und grüßte alle mit einem freundlichen Grinsen, das mir mit jedem Tag wieder leichter fiel.

Gerade als ich die Chips in eine Schüssel gefüllt und Min-ho ein Tagesupdate geschickt hatte, klopfte es laut an der Tür. Ein Blick auf die Uhr verriet mir, dass mein Bruder diesmal sogar über eine Stunde zu früh war. Ein neuer Rekord. Vielleicht wollte er noch mal über die Filmauswahl diskutieren, denn seinen Vorschlag, *Herr der Ringe* zu schauen, wehrte ich seit meiner Ankunft erfolgreich ab und würde es auch weiterhin tun. Erneutes lautes Klopfen ließ mich seufzen.

»Eli, du hast doch auch einen Schlüssel«, rief ich etwas genervt und öffnete schwungvoll die Tür.

Doch dort stand nicht mein Bruder.

Es war Chris.

Und plötzlich konnten meine Gedanken nur noch schreien, während ich nicht ein Wort über die Lippen brachte.

Er war zurück. Er stand vor meiner Tür. Er lächelte.

Ich sah in seine Augen, in dieses stechende Eisblau, das alles zufrieren ließ.

Meinen Körper, meine Gedanken, mein Herz. Eine vertraute Gänsehaut überkam mich, während alle anderen Geräusche in den Hintergrund gerieten. Nur noch das Hämmern meines Herzens, was doch irgendwie zu schlagen schien. Unter einer dicken Eisschicht und der Panik.

Meine Gedanken überschlugen sich.

Er ist zurück, dachte ich.

Er wird mich umbringen, dachte ich.

Und im nächsten Moment kam er auch schon auf mich zu, während ich instinktiv einen Schritt zurückging und ihn somit in meine Wohnung hereinließ. Mit diesem Grinsen im Gesicht, das gefährlich und absolut nicht freundlich aussah. Ein Grinsen, das vielmehr wie ein Versprechen wirkte: *Wir beide werden jetzt reden*, sagte es. Er kam in Zeitlupe auf mich zu, jedenfalls fühlte es sich so an, und meine Füße klebten am Boden, als er noch einen Schritt näher kam. Ich war fest verwurzelt mit den Fliesen unter meinen weißen Converse und ich stand einfach hier, während der Grund, weswegen ich geflohen war, in aller Ruhe auf mich zulief und mich mit seinem Blick gefangen nahm.

Ich bin alleine. Ich bin alleine und Chris ist in meiner Wohnung. Aria, was machst du jetzt? Denk nach.

Ich hatte mir das Wiedersehen anders vorgestellt. Zu meinen Bedingungen, in der Öffentlichkeit und vor allem nicht alleine. Ihn jetzt so plötzlich zu sehen, war wie ein Schlag ins Gesicht, von dem ich genau wusste, wie er sich anfühlte.

»Ich hab gehört, dass du wieder da bist, aber ich wollte es selbst sehen.« Seine Stimme klang noch immer gleich, jedes Wort wie eine Drohung und doch in bittersüßem Ton.

»Chris, was …«

»Wir hatten Probleme mit der Firma. Dad und die Steuern, du weißt schon. Sonst wäre ich eher hier gewesen, glaub mir.« Er machte eine kurze Pause, in der er mich musterte. »Dein neuer Freund ist also ein scheißkoreanischer Superstar? Ernsthaft?« Kurz lachte er und hob dann die Zeitung hoch. Dabei sprang mir Min-hos und mein Selfie entgegen. »Ganz London spricht über KT6, als wären diese sechs Männer verdammte Götter, weil sie Wembley für zwei Tage ausverkauft haben. Und dann sehe ich dieses Foto …« Er hielt mir die Zeitung so nah vor mein Gesicht, dass ich die schwarze Tinte der Buchstaben riechen konnte.

»Euer Foto, auf dem ihr beide so verliebt schaut, gleich neben den Tourdaten und der Konzertankündigung.«

In diesem Moment entgleisten mir alle Gesichtszüge. Natürlich hatte er in London davon mitbekommen. Das änderte die Situation grundlegend, denn bisher war ich davon ausgegangen, dass Chris über Min-ho und mich nichts wusste. Klar, Min-ho war ans Handy gegangen, als er angerufen hatte. Ich hatte jedoch gehofft, dass sein großes Ego die Vorstellung gar nicht zuließ, dass ich mit jemand Neuem zusammen war.

Noch während ich das dachte, trat er so nah an mich heran, dass ich seinen heißen Atem an der Wange spürte. Mit Schwung beugte er sich an mir vorbei, knallte die Tür zu und ich war gefangen.

In meiner eigenen Wohnung, in seinen Armen.

»Du hast keine Zeit verschwendet, oder? Du hast einfach weitergemacht, während ich hier auf dich gewartet habe?«

»Darum habe ich dich nie gebeten.« Meine Worte kamen leise heraus und als Chris sie hörte, riss er die Augen auf. Dann schlug er mit der Faust einige Zentimeter neben meinem Kopf gegen die Wand.

»Was hast du da gerade gesagt?«, fragte er gefährlich leise.

All meine Worte wurden von der Angst verschluckt, was passieren würde, wenn ich sie doch laut aussprach.

O Gott, o Gott, o Gott. Wie kam ich hier wieder raus?

»War er es? War er es, der mich damals am Telefon bedroht und mir diese Leute auf den Hals gehetzt hat?«

Ich wusste nicht, wovon er da sprach, aber das war sowieso egal. Zitternd holte ich tief Luft. »Du solltest gehen.«

»Nicht, bevor du mir erklärt hast, was der ganze Scheiß hier soll.«

»Okay«, sagte ich mit allem Mut, den ich aufbringen konnte, doch das Zittern meiner Stimme verriet mich. »Lass uns reden. Aber bitte beruhige dich, Chris.«

Sein höhnisches Lachen schmerzte und hallte wie ein Echo von den

Wänden. »Reden? O Liebes, wir werden reden. Und ich werde dir zeigen, weswegen du mir gehörst.«

Plötzlich drängte er seinen Körper an mich. »Du hast deine Haare abgeschnitten«, stellte er fest und fuhr mit einer Hand über meine Wange und weiter bis in meinen Nacken.

Bei seiner Berührung hielt ich augenblicklich den Atem an und blickte panisch zur Tür.

Sollte ich einfach wegrennen? Würde ich das schaffen?

»Denk nicht mal dran«, flüsterte er jetzt an mein Ohr.

Ich ließ mich einfach von ihm ins Wohnzimmer ziehen, doch als er mein Handgelenk zu fest drückte, war Schluss.

»Hör auf«, sagte ich und entzog mich seinem Griff.

»Wie bitte?« Irritiert kniff er die Augenbrauen zusammen und griff bereits erneut nach meinen Händen.

»Ich habe gesagt: Hör auf! Fass mich nicht an! Dazu hast du kein Recht!«

In seinem Gesicht war deutlich Verwirrung zu lesen, schließlich hatte ich noch nie so mit ihm gesprochen. Abgesehen von unserem Telefonat.

»Spinnst du? Dazu habe ich kein Recht? Du bist einfach abgehauen, hast mir keine Chance gegeben, dich umzustimmen, und dann sehe ich dein Gesicht in jeder verdammten Zeitung, in jedem Scheißartikel. Hast du etwas Besseres gefunden als mich? Diesen Asiaten, wegen dem du deinen Job verloren hast und beinahe gestorben wärst?«

»Du weißt nicht, was er und ich zusammen durchgemacht haben. Ich liebe ihn!«, schrie ich. Alarmglocken ertönten in meinem Kopf, als ich sah, wie er den Kiefer zusammenpresste.

»Du liebst mich!«, schrie er noch lauter zurück, kam dann einen Schritt näher, dann noch einen. Wie immer, wenn er lauter wurde, verstummten meine Gedanken. Plötzlich konnte ich nur noch das Ticken der Uhr wahrnehmen, an das mein Herz sich anpasste, um nicht zu hyperventilieren. Als er noch näher kam, roch ich sein Aftershave, das viel zu viele Erinnerungen hervorbrachte. Sein Atem streifte meine Haut, während er den letzten Abstand überbrückte, den ich vorher erkämpft hatte.

»Nicht mehr.« Zwei Worte, die kaum mehr als ein Wispern waren. In seinen Augen waren jetzt Tränen, in meinen ebenfalls.

»Was redest du da, wir sind …«

»Hör auf«, unterbrach ich ihn das allererste Mal, seit wir zusammen waren. Er verstummte augenblicklich. »Chris, wenn du ganz ehrlich bist, weißt du doch selbst, dass das zwischen uns schon lange nicht mehr gut ist. Das war es vielleicht sogar nie. Und es war ein Fehler, wie lange ich das einfach so ertragen habe. Weil ich dich geliebt habe. Oder vielmehr diese Version von dir, die du schon seit einer ganzen Weile nicht mehr bist. Von der ich gehofft habe, dass sie noch irgendwo tief in dir versteckt ist und wieder zum Vorschein kommt, wenn ich nur geduldig genug warte und keine Fehler mache.« Ich atmete einmal tief ein und sammelte Kraft, um zu meinen nächsten Worten anzusetzen. »Vielleicht musste ich etwas Abstand gewinnen, aber jetzt habe ich etwas verstanden. Ich hab mich selbst verloren, weil ich dir so viel gegeben habe, bis nichts mehr von mir übrig war. Und so was wird nie, nie wieder passieren.«

In mir löste sich etwas. Ich hatte diese Worte so lange nur für mich gesagt, doch sie gewannen erst jetzt wirklich an Bedeutung. Jetzt, wo ich sie endlich laut zu der Person sagte, für die sie bestimmt waren.

Chris' Hände ballten sich zu Fäusten.

»Du bist doch mein Boomerang. Egal, wie oft ich dich wegwerfe, du kommst immer zu mir zurück.«

Mein Herz krampfte sich schmerzhaft zusammen, weil es jetzt erkannte, dass ich schon viel eher hätte gehen sollen. Jedes Wort, das er sprach, war rot gefärbt und wehte wie eine Flagge im Wind. Und ich? Ich hatte es viel zu spät erkannt. Er war umgeben von roten Flaggen, aber ich hatte jede Einzelne eigenständig weiß bemalt.

Weil ich es nicht wahrhaben wollte.

Weil ich ihn so sehr geliebt hatte.

Doch das lag in der Vergangenheit. Wie sehr, wurde mir jetzt noch einmal richtig bewusst.

»Du hast mich kaputtgemacht, weißt du das?« Ich wünschte, meine

Stimme hätte nicht gezittert. Ich wünschte, ich hätte es lauter sagen können. Aber ich war froh, es überhaupt aussprechen zu können, während er mich niederstarrte.

»Du warst doch eh ein komplettes Chaos.« Der Ausdruck in seinen Augen erinnerte mich an eine stürmische See. Dunkel, unaufhaltsam aufbrausend und mit der ständigen Bedrohung, darin zu ertrinken. Wenn man nicht aufpasste, nahm er einem die Luft zum Atmen.

»Du hast recht«, stimmte ich ihm zu. »Ich war ein Chaos, aber hast du dich jemals gefragt, ob das nicht zum Teil auch deine Schuld gewesen ist? Jetzt bin ich es jedenfalls nicht mehr. Ich bin jetzt viel mehr als das. Auch wenn es zu lange gedauert hat, bis ich es erkannt habe.«

»Du fühlst dich nicht so wegen mir, Aria. Das Gefühl gibst du dir selbst. Du redest es dir ein und hältst daran fest, aber das ist garantiert nicht meine Schuld. Wenn überhaupt, dann solltest du dich bei mir entschuldigen. Du haust ohne Erklärung ab und jetzt wirfst du mir solche Dinge an den Kopf?« Seufzend fuhr er sich mit den Händen übers Gesicht und blickte mich dann wieder an.

»Wir haben so oft darüber gesprochen, dass es so nicht weitergeht und …«, begann ich.

»DAS WAR DOCH ALLES NUR, DAMIT DU BEI MIR BLEIBST!«, unterbrach er mich schreiend. Seine großen Hände packten schmerzhaft fest meine Handgelenke, schüttelten mich, als würde ich so schneller begreifen, was er mir sagen wollte.

»Auch das war gelogen? Warst du jemals ehrlich zu mir?«, wisperte ich, ließ mich einschüchtern und blinzelte Tränen weg. Natürlich war es gelogen gewesen, wie konnte ich jemals glauben, dass ernst gemeinte Versprechen seinen Mund verließen?

Ihn so etwas sagen zu hören, tat mehr weh, als jede Berührung es jemals getan hatte. Die Tränen liefen mir ungehindert die Wange hinunter, ich konnte sie nicht aufhalten und es war mir egal, dass er mich seinetwegen weinen sah. Aber es war schließlich nicht das erste Mal. Ich war so wütend auf mich selbst, weil seine Worte mich immer noch so trafen. Mich noch so verletzten und sich in mein Herz, meine Seele und mein ganzes Dasein drängten.

»Hey, hey, hey. Ganz ruhig, Liebes. Ganz ruhig«, sagte Chris jetzt, lehnte seine Stirn an meine und kesselte mich mit seinen Armen an der Wand ein. Eine Hand strich erst über meine Wange, dann über meinen Hals hinunter zu meiner Brust, die sich voller Panik in Sekundenschnelle hob und wieder senkte.

Dort, wo er mich berührte, hinterließ er eine Taubheit, die sich in mir ausbreitete. Als würde mein Körper mich damit schützen wollen. Weil er mir so nah war und weil ich das nicht wollte. *Es geht nicht darum, was du willst,* flüsterte eine vertraute Stimme, die ich lange nicht gehört hatte. *Ging es noch nie. Es geht darum, was er will. Lass es über dich ergehen, sonst weißt du, was auf dich zukommt.* Ich begann zu zittern, meine Sicht verschwamm und als seine Lippen auf meine trafen, schrie mein ganzer Körper. Er schrie, schrie, schrie und doch hörte Chris nicht auf. Vielleicht, weil ich nicht wirklich laut schrie, sondern nur in meinen Gedanken. Vielleicht, weil er sowieso tat, was er wollte.

»Ich hab dich so vermisst«, seufzte er an meine Haut und presste sich an mich. »Und ich wette, du musst dich nur daran erinnern, wie gut wir zusammen sein können.« Es war, als hätten meine Worte vor wenigen Augenblicken gar nicht existiert. Durch den Stoff seiner Hose konnte ich deutlich spüren, in welche Richtung das hier ging. Immer und immer wieder schüttelte ich den Kopf, versuchte ihn von mir zu schieben, doch er wurde mit jedem meiner Versuche gröber. Mein Körper schaltete automatisch in den Flugmodus, als er sich an mich drängte, bis kein Zentimeter mehr zwischen uns war.

»Chris ... Ich ...«, brachte ich noch irgendwie hervor. Ich legte stumme Gebete in meinen Blick und hoffte verzweifelt, dass er sie erhören würde und mich verschonte. »Bitte lass mich los.«

»Du fühlst dich so gut an«, ignorierte er jedes meiner Worte.

Sein heißer Atem, sein Geruch, seine Berührung. Alles legte sich über das große, laute *Nein,* das ich fett und leuchtend am ganzen Körper trug.

»Hör auf«, weinte ich leise. »Bitte hör auf.«

Seine Finger wanderten an meinen Seiten hinunter, langsam und quälend schmerzhaft. Jeder seiner Blicke, jede seiner Berührungen fühlte sich an, als würde er seinen Namen auf meine Haut tätowieren. Nadelstich für Nadelstich, Zentimeter für Zentimeter.

»Das willst du nicht wirklich«, stöhnte er und fuhr keine Sekunde später mit seinen Lippen über meinen Hals.

Die Tränen liefen in unendlichen Bächen meine Wangen hinunter, doch den Schmerz konnten sie nicht wegspülen. Chris packte mich grob an der Hüfte, drehte uns um und schmiss mich auf das Sofa. Keine Sekunde später beugte er sich über mich, drückte mich ins weiche Polster, das sich trotzdem wie Beton unter meinem Rücken anfühlte. Etwas in mir zerbrach, von dem ich dachte, dass es bereits in Scherben lag. Und seine Berührungen, die zu grob und viel zu fest waren, waren nicht mal der Auslöser dafür. Es waren seine Worte und seine Ignoranz. In mir brannte eine Wut und mit jedem Kuss goss er mehr Öl hinein, bis ich es nicht mehr aushielt. Als er meine Bluse hochschob, schaffte ich es irgendwie, einige Zentimeter von ihm wegzurücken.

»Geh verdammt noch mal runter von mir!«

Mit beiden Händen drückte ich gegen seine Brust, gegen sein pochendes Herz, das einmal mit meinem im Einklang geschlagen hatte. Chris kniff fragend die Augen zusammen und grinste dann keine Sekunde später breit.

»Ach, so läuft das jetzt?« Seine eisblauen Augen durchbohrten mich. »Stell dich nicht so an.«

»Chris, bitte hör auf. Bitte geh von mir runter. Bitte lass mich gehen.« Drei Mal bitte, drei Mal zu viel.

»Das kann ich nicht«, antwortete er nur knapp. Mit flatternden Augenlidern presste er seinen Unterleib gegen meinen, stöhnte dabei auf und ich dachte, ich müsste mich übergeben.

Irgendwie schaffte ich es doch, mich aufzusetzen und ihn wegzuschubsen, sodass er mit einem Knall auf den Boden fiel. Noch nie in meinem Leben war ich so schnell aufgestanden und ans andere Ende des Raumes gelaufen wie in diesem Augenblick. Ich blickte ihn über den Küchentisch hinweg an. Sein gerötetes Gesicht, die zerzausten hellbraunen Haare und die Art, wie er sich mit der Zunge über die Lippen fuhr, während er mich musterte. Ich wusste, dass dieses Hin und Her genau sein Ding war. Dass es ihm auf eine vollkommen verdrehte Weise sogar gefiel, wenn ich mich wehrte, ihn eher noch mehr anspornte, anstatt ihm den Wind aus den Segeln zu nehmen.

Er wird mir nicht wehtun. Ich werde das nicht zulassen.

Erneut stiegen mir Tränen in die Augen, ich wendete den Blick von seinem breiten Grinsen ab und schaute auf die Küchenfliesen.

»Verschwinde sofort aus meiner Wohnung«, sagte ich und verschränkte instinktiv die Arme vor der Brust, weil die Knöpfe meiner Bluse bereits von ihm geöffnet worden waren.

»Wieso sollte ich?«

»Weil ich sonst die Polizei rufe.«

»Und was ich will, zählt wohl nicht? Schau mich gefälligst an«, befahl er in einem Ton, der mich sofort dazu brachte, ihm zu gehorchen.

»Chris, du musst damit aufhören. Nicht nur meinetwegen, sondern auch deinetwegen. Ich …«, fing ich an und geriet ins Stocken. Suchte die richtigen Worte, die kein rotes Tuch für ihn waren. Ich wünschte, ich könnte die Zeit einfrieren und mich dann einfach davonschleichen.

»Bitte verlass mich nicht«, schluchzte er plötzlich. »Nicht schon wieder.« In seinen Augen sammelten sich Tränen und auf eine absolut verdrehte Art und Weise empfand ich Mitleid für ihn.

»Ich bin nicht für dich zurückgekommen, sondern für mich.«

»Findest du nicht, dass wir mehr verdient hatten, als dass du ohne ein einziges Wort abhaust?«, presste er hervor.

»Hättest du mich denn gehen lassen?«

Er schwieg und das war Antwort genug. Wir wussten beide, dass er mich niemals freiwillig losgelassen hätte.

»Ich habe das Richtige getan.« *Richtig für mich und meine Gesundheit,* fügte ich in Gedanken hinzu. Seine Stille war niemals angenehm, sie war unerträglich, und ich merkte, wie ich wieder in alte Verhaltensmuster rutschte, weil ich die gefährliche Ruhe durchbrach, nur damit es aufhörte.

»Was meinst du damit?«

»Es ist wirklich besser für uns beide, glaub mir«, versuchte ich es erneut, in der naiven Hoffnung, dass er es ebenso sah.

»Besser für dich, meinst du wohl. Aber ich lasse mir nicht nehmen, was mir gehört.« Er ging drei Schritte auf mich zu, ich ging vier zurück. Als ich mit dem Rücken gegen die Küchenzeile stieß, wollte ich am liebsten schreien und erneut überbrückte er den Abstand zwischen uns, griff viel zu fest nach meinem Handgelenk.

»Ich gehöre nicht dir, ich gehöre nur mir selbst!«, versuchte ich es ein allerletztes Mal. »Wir beide waren niemals gut füreinander, von Anfang an nicht. Ich konnte dir nicht das geben, was du brauchst. Und du hast mir alles genommen, bis nichts mehr von mir übrig war. Es ist vorbei, und das war es auch schon, bevor ich von hier weggegangen bin.«

Eine Beziehung ersetzt keine Therapie, wäre es mir fast herausgerutscht. Doch das Wort Therapie war auf eine Liste verbannt worden, weil es jedes Mal beim Aussprechen Konsequenzen mit sich brachte. Einige Atemzüge blieb er stumm und für eine Millisekunde voller Naivität glaubte ich, dass ich tatsächlich zu ihm durchgedrungen war. Doch noch während ich das dachte, verstärkte sich der Druck seiner Finger, die mein Handgelenk noch immer fest umschlungen hielten. Morgen früh würde ich seine Fingerabdrücke dort sehen können, auch wenn er längst weg sein würde. Ich dachte an Blau, Lila und Grün und daran, dass er mir meine Lieblingsfarben versaut hatte.

Gerade als er etwas sagen wollte, klingelte es und unsere Augen fixierten die Tür links von uns im Flur.

Er voller Wut, weil wir unterbrochen wurden.

Ich voller Panik, weil ich nicht wusste, was mich als Nächstes erwartete.

***

Die Begegnung mit Chris wurde von einem Klingeln unterbrochen und endete mit einer anschließenden Fahrt zur Polizei. In dem Moment, als Chris mich in meiner eigenen Wohnung bedrängt hatte, lief Elias das Treppenhaus hoch. Mit seinem Klingeln löste er eine Lawine an notwendigen und längst überfälligen Entscheidungen aus, die eigentlich schon keine mehr waren.

Chris hatte die Tür mit einem Grinsen geöffnet, als wäre nichts passiert und als wäre es selbstverständlich, dass er hier war.

Mein Bruder war normalerweise ein sehr ruhiger Mensch, nie impulsiv, vor allem nie gewalttätig. Aber in diesem Moment holte er aus und seine Faust traf auf dieses bösartige Grinsen, das mehr als genug sagte. Chris taumelte zurück, hielt sich seine Nase, aus der Blut herausschoss, und ich? Ich sank mit dem Rücken an der Wand hinunter und hielt meinen Kopf fest. Wiegte mich hin und her wie ein kleines Kind, das seine Eltern schreien hörte und alles ausblenden wollte. Ich nahm alles nur noch wie in Zeitlupe war.

Chris' wütendes Gebrüll und Elias' ruhige Stimme, die die Polizei rief. Das laute Knallen der Tür, als sie ins Schloss fiel. Die Polizistin, die sich zu mir herunterbeugte, und mich fragte, ob ich aufstehen konnte. Und die blauen Lichter, die von den Fenstern des Hauses reflektiert wurden, als ich ins Polizeiauto einstieg.

Die Frau, die meine Anzeige gegen Chris aufnahm, war unerwartet mitfühlend. Grelles Blitzlicht und blaue Tinte auf Papier sorgten endgültig dafür, dass ich von nun an einer Statistik mit viel zu hohen Zahlen angehörte. Eine Statistik von Frauen, die ebenfalls dachten, die Liebe sei es wert, Worte zu ertragen und Verletzungen über sich ergehen zu lassen, die nichts mit Liebe zu tun hatten. Die mitfühlenden Worte der Polizistin konnten meine Worte voller Hass, Trauer und Wut nicht ausgleichen. Dafür war es zu spät. Ich erzählte unsere Geschichte, die mit einem schüchternen Lächeln angefangen und mit verzweifelten Tränen geendet hatte. Ein nichtsahnendes Hallo vor vier Jahren, das mich schließlich hierhergeführt hatte. Jedes Wort, das ich mit den Polizisten teilte, fühlte sich wie Verrat an, so als würde ich wohlbehütete Geheimnisse teilen. Doch diese Geheimnisse hatten nie mich geschützt, sondern immer nur Chris. Das war jetzt vorbei.

Diesmal ließ ich keine Details aus, erzählte alles. Es waren Wörter wie zersplittertes Glas, die mich beim Aussprechen schnitten und bluten ließen. Aber die gleichzeitig auch einen Druck von mir nahmen, der mich so lange heruntergezogen hatte. Ich befreite mich selbst.

Jetzt noch einmal alles an die Oberfläche zu holen, brachte Erinnerungen hervor, die ich eigentlich sorgfältig in mir verschlossen hatte. Doch sie endlich laut auszusprechen, fühlte sich an, als könnte ich sie jetzt wirklich gehen lassen.

Erst glaubte ich, ich würde in meinen Erinnerungen ertrinken, aber mit jedem Wort kämpfte ich mich weiter in Richtung der Wasseroberfläche. Und als es vorbei war, war ich freier und stärker als je zuvor, weil ich es überlebt hatte. Ihn überlebt hatte. Die Worte »einstweilige Verfügung« ließen mich noch mehr weinen, weil sie sich wie Freiheit anhörten. Als ich in Elias' viel zu großem Hoodie durch das Polizeirevier zum Ausgang lief, dachte ich daran, wie schnell aus Chris' Liebe ein Gefängnis geworden war. Und wie oft ich diese Glasscherbenworte hinuntergeschluckt hatte, obwohl sie so wehtaten. Keiner sagte einem, dass die Narben des Aussprechens schneller heilten als die Narben des Hinnehmens.

Ich wünschte, ich hätte das früher gewusst. Und als Chris mir mit den Polizisten entgegenkam, hallten seine Vorwürfe und Schreie von den kahlen Wänden im Flur wider. Den erschrockenen Blick der Frau hinter dem Tresen konnte ich nicht mal mehr erwidern, ich hatte alle Emotionen aufgebraucht. Mit wackligen Schritten lief ich zu Eli hinüber, der in Sekunden an meiner Seite war und mich stützte, als wäre ich gerade aus einem Krankenhaus entlassen worden.

»Geht es dir gut?«, fragte er. Sein Gesichtsausdruck war eine Mischung aus Wut und Sorge.

»Wärst du nicht gekommen, dann ...« Mir brach die Stimme weg. Mein Bruder schüttelte den Kopf. »Ist er noch da drin?«

Langsam nickte ich.

»Wir können gehen.«

»Ari, du bist unheimlich stark. Weißt du das?«

Fest presste ich die Lippen aufeinander, dann gab ich zurück: »Ja, endlich.«

Zusammen liefen wir zum Auto und ließen das Revier hinter uns.

»Ich bin unheimlich stolz auf dich«, sagte er jetzt.

Die Fragen, die meinem Bruder auf der Zunge liegen mussten, schluckte er runter und ich war unfassbar dankbar dafür.

»Das bin ich auch«, sagte ich leise.

Vor allem darauf, dass ich den Mut aufgebracht hatte, das alles durchzuziehen. Diesmal voll und ganz.

Irgendwo in mir drin hatte sich ein kleines Fünkchen Mut versteckt. In den hintersten Winkeln, etwa so groß wie ein Staubkorn, doch groß genug, um den Wunsch zu formen, einmal mehr zu sein als meine Vergangenheit. Ich hatte mich ihm entgegengestellt, war nicht zusammengeschrumpft, damit er größer wurde, und hatte den letzten Schritt mit meiner Unterschrift auf den Papieren gemacht, die es ganz offiziell machten. Und selbst als der Polizist mir gesagt hatte, dass er mir keine Konsequenzen garantieren konnte, wusste ich, dass die größte Konsequenz aus dieser Aktion meine Freiheit war.

***

Die letzten Tage bestanden aus einer Reihe von »Ist schon okay«- und »Mir geht es gut«-Sätzen. Nachdem Chris in meine Wohnung eingedrungen war, fühlte ich mich dort nicht mehr sicher. Also übernachtete ich wieder in meinem Kinderzimmer. Seine widerlichen Worte sprudelten jedoch auch hier wie Wasser in meinem Kopf über, das man zu lange geschüttelt hatte. Doch wenigstens erinnerte mich nicht alles in diesem Raum an das, was passiert war. Chris hatte noch ein paarmal versucht, mich anzurufen. Unter anonymer Nummer versteht sich, sonst wäre es ein klarer Verstoß gegen das Kontaktverbot gewesen und er war schließlich nicht dumm. Trotzdem wusste ich, dass er es war. Das Dauerklingeln und die Stille nach dem Rangehen verrieten ihn. Seit im Dorf jeder gesehen hatte, wie er auf dem Marktplatz von Polizisten abgeführt wurde, nachdem er aus meiner Wohnung geflohen war, war es ansonsten still um ihn geworden.

Ich wollte Min-ho davon erzählen, aber das war etwas, was ich persönlich machen musste. Seit einigen Tagen war er mit der Band in Europa und der Gedanke, dass wir uns in der gleichen Zeitzone befanden, machte mich glücklicher, als ich es je für möglich gehalten hätte.

Meine Nächte waren wieder seine, auch wenn wir sie getrennt voneinander verbrachten. Wir teilten uns endlich wieder den Nachthimmel. Ich wollte ihm davon erzählen, dass ich das geschafft hatte, worüber wir so oft gesprochen hatten.

Endlich hatte ich meine Vergangenheit genutzt, daraus gelernt und sie in Stärke verwandelt. Mich gegen Chris und seine Manipulationsangriffe gestellt und einen endgültigen Schlussstrich gezogen.

Meine Hand griff automatisch zum Handy, doch dann ließ ich sie wieder sinken. *Nur noch ein Tag, Aria.* Bis dahin musste ich es noch aushalten, auch wenn ich nichts lieber wollte, als mich gerade von seiner Stimme beruhigen zu lassen. Meinem Herzen konnte ich es allerdings nicht verbieten, ein schnelleres Tempo anzunehmen, wenn ich daran dachte, dass ich ihn morgen wiedersehen würde.

Ich schaltete die Schlafplaylist ein, dachte an Min-hos Lächeln und an Umarmungen, die mich wieder heil machen würden.

33

Min-ho

Die Treppe des Jets wurde heruntergelassen und die warme Spätsommerluft Londons begrüßte uns. Seit Beginn der Tour hatte ich auf diesen Moment gewartet, weil er bedeutete, dass ich Aria endlich wiedersehen würde. Seit ein paar Tagen war unser Terminkalender so voll, dass wir es nicht mal mehr schafften, über FaceTime miteinander zu sprechen. Gestern nach dem Auftritt in Paris war ich sofort eingeschlafen, als ich im Hotel angekommen war. Nicht mal etwas essen konnte ich, weil ich so müde gewesen war. Vor meinem Auge lief der gestrige Tag ab. Der Regen, der plötzlich über uns hereinbrach und die Bühne in eine einzige Rutschbahn verwandelte, sodass wir die Choreos nicht richtig durchziehen konnten. Wie ich die High Note bei *Daydream* versaut hatte, weil mein In-Ear ausgefallen war und ich meine eigene Stimme nicht mehr hören konnte. Woosung, der vor Wut über das Wetter die Eimer mit Eiswasser hinter der Bühne umgeschmissen hatte, die eigentlich für unsere Füße gedacht waren, und Jae-eon, der seit Tagen nicht mehr schlafen konnte. Wir brauchten alle eine Pause. Die Muskeln schmerzten von der Anstrengung und eigentlich bestand unsere Haut seit dem Konzert in Madrid nur noch aus buntem Kinesiotape. Dunkle Augenringe wurden von Make-up kaschiert, das Adrenalin und die Energie machte den Rest. In England bekamen wir endlich die Pause, die wir absolut nötig hatten.

Zwei Tage bis zum nächsten Konzert in Wembley, die wir so verbringen konnten, wie wir wollten.

Aria, Aria, Aria, schrie mir London entgegen, als ich hinter den Jungs die Treppe zum Rollfeld hinabstieg. Zusammen mit Do-yoon und dem restlichen Staff liefen wir zum Bus, der uns vom Flugplatz in die Flughalle brachte. Ich zog den Fischerhut instinktiv weiter nach unten, als wir die Ankunftshalle betraten, in der bereits Tausende von Menschen auf uns warteten. Auf der Bühne machten mir das Blitzlicht, die Schreie und auch die Menschenmenge nichts aus. Doch abseits davon sorgten diese Dinge bei mir für Panik, egal, wie viel Personenschutz mich umgab.

Ich hörte, wie die Fans unsere Namen riefen, und bekam beinahe ein schlechtes Gewissen, weil ich so schnell wie möglich wegwollte. Trotz allem hob ich winkend die Hand, versuchte mit der Band Schritt zu halten und mir nicht anmerken zu lassen, dass mir mit jeder Sekunde heißer wurde.

Als die Tür des schwarzen Vans hinter mir zugezogen wurde, atmete ich wieder vernünftig und nahm Maske, Sonnenbrille und Fischerhut ab. Jae-eon und Yunho neben mir fielen sofort die Augen zu. Es war mittlerweile zur Angewohnheit geworden, jede verdammte Minute zum Schlafen zu nutzen, die man kriegen konnte. Doch für mich gab es gerade weitaus wichtigere Dinge als Schlaf, auch wenn ich gegen meine schweren Augenlider und das Dauergähnen ankämpfen musste.

Beim Aufleuchten des Displays kniff ich kurz die Augen zusammen.

Ich: ANGEKOMMEN!!

Ich schickte die Nachricht an Aria ab und augenblicklich erfüllte mich die schmerzhafte Sehnsucht, die mich immer überkam, wenn ich an ihr Lächeln dachte.

Nachricht gelesen. Ihre Antwort folgte keinen Herzschlag später.

Aria: 🥳🥳🥳🥳

Ich: Do-yoon holt dich um vier Uhr ab.

Aria: Ich kann auch mit dem Zug fahren.

Ich: Er hat darauf bestanden.

Aria: Wer passt denn dann auf dich auf?

Ich: Bin ich fünf, oder was?

Aria: Hyun-su?

Mein Blick ging rüber zu meinem Freund, der mich forschend ansah, weil er mit Sicherheit wusste, wem ich gerade schrieb. Schließlich hing ich seit Beginn der Tour den Jungs damit in den Ohren, dass ich Aria vermisste. Und außerdem erinnerte ich jeden, der es hören wollte, an die Tage, die noch verstreichen mussten, bis wir uns wiedersahen.

Ich: Ja ...

Aria: ㅋㅋㅋㅋㅋ

Ich: Lachst du mich gerade auf Koreanisch aus?

Aria: ㅈㅅ ㅠㅠ

Irgendwas machte es mit mir, dass sie diesen koreanischen Chatslang benutzte. Gott, wie gerne würde ich sie jetzt an mich ziehen und ... Ich bremste meine Gedanken, lehnte meinen Kopf ans Fenster und tippte.

Ich: Entschuldigen kannst du dich gleich, wenn wir uns sehen.

Aria: Mit Vergnügen.

Ich: Große Worte.

Aria: Hab vom Besten gelernt.

Ich: Vielleicht lasse ich dich einfach nicht mehr los, wenn ich dich erst mal wiederhabe.

Aria: Ich bitte darum.

Ob es wohl auffiel, wenn ich mein Hotelzimmer zwei Tage nicht mehr verließ, sobald Aria herkam?

Mittlerweile hatte ich eine Routine, wenn ich in ein neues Hotel eincheckte. Fenster aufreißen, Klamotten in den Schrank hängen, egal, wie kurz der Aufenthalt auch war, und mein Equipment zum Arbeiten auf dem hoffentlich großen Tisch ausbreiten. So lief es auch heute ab, selbst wenn sich gerade nichts nach Routine anfühlte und ich von Minute zu Minute nervöser wurde. Auf der Tour arbeiteten wir bereits am neuen Album, sodass Hyun-su und ich jetzt über dem Laptop hingen, Beats und Arrangements anpassten und Lyrics veränderten, bis es irgendwie stimmig klang. Ich wusste, dass ihm etwas auf dem Herzen lag, ich bemerkte es an der Art, wie er mich musterte, als würde er auf einen passenden Moment warten. Ein Anruf von Yunho unterbrach unsere Worksession. Seit gestern hatte Ho-jung damit genervt, dass er unbedingt in das berühmte Cereal Killer Café wollte. Und nach unserer Ankunft im Hotel hatte sich Yunho bereit erklärt, mitzugehen. Gerade als Ho-jung im Hintergrund alle Kelloggssorten aufzählte, die er probiert hatte, holte Hyun-su etwas aus seinem Rucksack hervor und legte einen Arbeitsvertrag auf das MIDI Piano. Die Stimme am Telefon geriet in den Hintergrund, als ich die Worte las. Meine Augen huschten von den Papieren zu Hyun-su, der einmal schwer schluckte.

»Hyung«, unterbrach ich Yunho und meine Finger verkrampften sich ums Handy. »Ich ruf dich zurück.« Seine Antwort hörte ich nicht mehr, weil ich sofort auflegte.

»Was ist das?«, fragte ich jetzt Hyun-su, der nervös begann, sich die Hände zu kneten. *So wie Aria,* dachte ich.

»Ich habe … Also ich hab mit Wook Jong-nim gesprochen und …«, stammelte mein Freund jetzt neben mir. »Er hat seine Connections spielen lassen.«

»RED Entertainment?«, fragte ich skeptisch.

»Aria sucht doch noch nach einem Job, oder nicht?«

Zögerlich nickte ich. »Natürlich, aber was …« Ich brach ab, als ich in

Hyun-sus Gesicht sah und verstand, worauf er hinauswollte. Für wen der Arbeitsvertrag war und vor allem, was das bedeutete. Tränen schossen mir in die Augen.

»Und sie brauchen dort noch jemanden, der ihren Idols und den Kindern der Mitarbeiter so gut Englisch beibringt, wie wir es schon können.« Mit dem letzten Satz wollte er witzig sein, doch mir war nicht nach Lachen zumute. Ich verstand nichts mehr. Wann hatte ich Jong-ssi das letzte Mal gesehen? Das musste an dem Tag gewesen sein, als wir die neuen Verträge vorgelegt bekommen hatten, die die Fusion offiziell machten. Wusste er es da schon? Wieso sollte er das für sie tun? Aus schlechtem Gewissen? Doch da fiel es mir ein: Er tat es nicht für Aria, er tat es für mich. In diesem Moment war es mir jedoch egal, denn es hieß, dass Aria eine Chance bekam, mit mir zurückzugehen und den Beruf zu ergreifen, für den sie so brannte.

»Ist das dein Ernst?«, wollte ich wissen und konnte meine Überraschung nicht verbergen.

»Das ist mein Ernst«, bestätigte Hyun-su und grinste jetzt breit. »Sie bieten ihr einen unbefristeten Vertrag an.«

»Ist das dein Ernst?«, wiederholte ich meine Frage und stand so schnell auf, dass der Stuhl umkippte. Hastig griff ich nach dem Vertrag und blätterte durch die Seiten, die vielleicht gerade alles veränderten, und konnte meine Freudentränen nicht zurückhalten.

Hyun-su stand ebenfalls auf. »Lies es dir in Ruhe durch und sprich mit ihr«, sagte er nur, als hätte er mir nicht gerade eine Zukunft mit Aria geschenkt. Als wäre das keine große Sache, obwohl es ein verdammtes Geschenk war.

Nach einem Gespräch mit Jong-ssi konnte ich meine Euphorie kaum aushalten, am liebsten hätte ich es Aria sofort gesagt. Aber wenn ich ihr diese Neuigkeiten überbrachte, wollte ich ihr Gesicht sehen. Wie oft hatten wir darüber gesprochen, dass wir ein bisschen Glück brauchten? Und jetzt war es so weit. Alles fügte sich irgendwie zusammen, als wäre das von Anfang an der Plan gewesen, und ich konnte es kaum fassen.

Um mich etwas abzuregen und diese Euphorie in den Griff zu bekommen, schaltete ich die Musik ein und sprang unter die Dusche. Einige Minuten sang ich lautstark mit, ließ das heiße Wasser auf meinen Körper prasseln und spürte, wie meine verhärteten Muskeln sich entspannten.

Wie aufs Stichwort klopfte es mehrfach an der Tür. Ich atmete den Wasserdampf tief ein, fuhr mir mit der Hand übers Gesicht und trat aus der Dusche. Das Klopfen wurde energischer, ich trocknete mich nur flüchtig ab, streifte eilig eine Sporthose über und eilte zur Tür. Hatte ich einen Termin vergessen? Der Interviewmarathon war doch vorbei, oder hatten wir noch irgendwelche Proben? Durch den Spion der Tür erkannte ich nichts, also hielt ich kurz inne.

»Wer ist da?«, fragte ich auf Koreanisch, während ich mir ein T-Shirt über meine nasse Haut zog, das ich zuvor achtlos aufs Bett geworfen hatte. Das Wasser tropfte von meinen blonden Haarsträhnen, ich strich sie mehrfach zurück, aber es brachte nichts.

»Hi«, hörte ich eine Stimme sagen, die ich überall erkennen würde. Die Stimme, die mich so oft aus meiner Dunkelheit geholt hatte. Aria.

In meinem Leben hatte ich noch nie so schnell eine Tür geöffnet. So schnell, dass Aria einige Zentimeter zurückgetaumelt wäre, hätte ich nicht sofort nach ihrem Handgelenk gegriffen und sie an mich gezogen.

»Hi«, murmelte sie erneut an meine Brust.

»Du bist hier.« Sie wirkte so klein in meinen Armen und doch passte sie perfekt hinein. »Wie ...«

»Do-yoon brauchte mich nicht holen. Als du geschrieben hast, saß ich schon längst im Zug. Ich wollte keine Stunde mehr warten.«

Ich löste mich einige Zentimeter von ihr, schaute in ihre ozeanblauen Augen und strich mit einem Daumen über ihre Wange. Die Tür fiel hinter uns ins Schloss. Meine Finger wanderten von ihrem Gesicht an ihrem Körper herab zu ihrer Taille, als könnte ich nicht aufhören, sie zu berühren. Konnte ich auch nicht. Aria legte ihre Hand auf meine Brust, die sich schnell hob und wieder senkte.

»Ich habe dich so vermisst«, flüsterte sie und keine Sekunde später hielt ich es nicht mehr aus. Ich musste sie küssen.

Ihre weichen Lippen hießen meine willkommen und bereits jetzt spürte ich, wie sich der Druck aufbaute.

Meine Hände lagen jetzt auf ihrem Rücken und zogen sie näher zu mir heran. In einer schwungvollen Drehung taumelten wir rückwärts in Richtung Bett. Wir lösten uns voneinander und sofort vermisste ich sie. Ihre zarten Finger fuhren unter mein Shirt, über meinen pochenden Herzschlag, und ich hob die Arme, damit sie es mir endgültig über den Kopf ziehen konnte. Ich wollte sie an meiner Haut spüren, überall an meinem ganzen Körper, und als hätte sie meine Gedanken erraten, zog sie sich mit einer fließenden Bewegung das Kleid aus. Diesmal war es Aria, die den Blick nicht abwendete, und der Ausdruck in ihren Augen machte bereits jetzt Dinge mit mir, die ich kaum aushielt. Ich nahm mir einige Sekunden, um dieses Bild für immer abzuspeichern. Wie sie dort vor mir stand und mir alles schenkte, was ich jemals brauchen würde. Bei ihrem Anblick wanderten meine Mundwinkel unwillkürlich nach oben, mein Herz stolperte einen Moment und es tat schon fast weh, sie nicht sofort an mich zu ziehen und mich in ihr zu verlieren, bis sie nur noch meinen Namen wisperte. Stattdessen küsste ich sie sanft, nahm mir Zeit und genoss die leisen Geräusche, die Aria von sich gab, während meine Finger an ihrem Rücken auf und ab wanderten. Ihr Stöhnen vibrierte an meinem Mund und schickte augenblicklich Hitzewellen durch meinen Körper. Vielleicht konnte ich mir doch keine Zeit lassen, vielleicht musste ich uns sofort auf die einzig richtige Art vereinen.

»Bitte geh nie wieder weg«, brachte ich hervor.

Ich strich mit den Fingern über ihre Lippen, mit denen ich noch so viel vorhatte. Während sie sich nach hinten auf die Matratze lehnte, nahm sie mich mit ihrem Blick gefangen und dieser Anblick ließ das Hämmern in meiner Brust einmal aussetzen. Mein Atem stockte, als sie schüchtern lächelte, und mein Herz schien doppelt so viel Blut durch meinen Körper zu pumpen, was für einen gefährlichen Druck in mir sorgte.

Zitternd atmete ich aus. »Gott, Aria.« Schon war ich bei ihr, küsste sie, weil ich sonst durchgedreht wäre.

Das Verlangen nach ihr war zu stark, ich brauchte sie. Auf mir, unter mir, ich brauchte sie überall.

Sie lachte. »Du hast mich wohl auch vermisst?«

»Und wie. Dein Lachen, deine Stimme, einfach alles.«

In diesem Augenblick konnte ich mir nicht vorstellen, dass wir dieses Bett jemals wieder verlassen würden. Mein Brustkorb zog sich zusammen, als Aria unter meinen Fingern aufstöhnte. *Mein neues Lieblingsgeräusch*, dachte ich und wiederholte meine Berührung, um es gleich noch einmal zu hören.

»Weißt du, wie oft ich mir vorgestellt habe, genau das hier zu tun?« Meine Stimme klang rau, gepresst und heiser. Ich hatte geschworen, mir Zeit zu lassen, um das hier noch mehr zu genießen. Aber jetzt? Jetzt wollte ich sie nur noch näher an mich ziehen, sie festhalten und sie so langsam lieben, bis wir das Tempo nicht mehr aushielten.

Meine Hand glitt über ihren Körper, über ihre Brüste hinunter zu ihrem Bauch und bis zu der Stelle, bei der sie sich immer an mir festkrallte.

»Wahrscheinlich genauso oft wie ich«, antwortete Aria.

Ihr Gesicht war gerötet, ihr Atem ging mit jeder Berührung unregelmäßiger und der Druck ihrer Finger an meiner Haut wurde fester. Ein zufriedenes Grinsen bildete sich automatisch auf meinem Gesicht.

»Aria, du bist einfach ...«, ich verstummte sofort, als sie ein Bein anwinkelte und uns so noch näher zusammenbrachte, »... unglaublich«, beendete ich den Satz und jetzt war sie es, die zufrieden grinste.

Die Hände vergrub sie in meinen Haaren, während meine Stirn jetzt an ihrer Schulter ruhte und meine Gedanken wie leer gefegt waren. Unsere Hüften waren schon jetzt im perfekten Rhythmus, und alleine diese Reibung fühlte sich verboten gut an. Mehr. Ich brauchte mehr. Meine Bewegungen wurden drängender, als Arias Griff in meinem Nacken sich verstärkte und ich diese Berührung bis in meinen Unterleib spürte.

Ich trug nur meine Sporthose, doch selbst dieser dünne Stoff war zu viel. Langsam senkte ich meine Lippen wieder auf ihre, dort, wo sie hingehörten, und als ich an ihrer Unterlippe saugte, gab sie Geräusche von sich, die meine Selbstbeherrschung ganz schön auf die Probe stellten. Langsam löste ich mich von ihr, drehte uns sanft, sodass sie rittlings auf meinem Schoß zum Sitzen kam und ich zu ihr aufsah. Sie sollte bestimmen. Es sollte ihr Tempo sein, denn ansonsten war das hier ganz schnell vorbei. Ihre nackten Oberschenkel links und rechts von mir, ihre zittrigen Finger auf meiner Brust. Unsere Blicke begegneten sich, sie fuhr mit ihrer Zunge über ihre Lippen und einen Augenblick später fiel ihr BH zu Boden.

Meine Finger gruben sich in ihre Haut, als sie ihre Hüfte vor und wieder zurück schnellen ließ und damit ein Bedürfnis in mir auslöste, das sofort gestillt werden musste.

»Ist das so gut?«, wollte sie wissen.

Die Frage ließ mich lachen, weil das, was wir hier taten, mehr als nur gut war. Es war alles und ich wollte mehr, brauchte mehr.

»Immer, Aria. Immer.« Meine Antwort war eigentlich nur noch ein Seufzen, ein Hauch von Worten, mehr bekam ich nicht mehr hin. Und dann verlor ich mich vollkommen in ihr.

34

Aria

Immer, Aria. Immer.

Gab es schönere Worte?

Ich schloss die Augen, als Min-ho sich mit mir auf dem Schoß aufsetzte und seine Mitte genau die richtige Stelle traf. Seine Fingerspitzen strichen über meinen Rücken und in diesem Moment vergaß ich alles um mich herum. Nahm nur noch seine Berührungen wahr, die zwischen sanft und fest wechselten, als würde er sich selbst nicht entscheiden können. Koreanische Worte verließen seine Lippen und sendeten Hitzewellen durch meinen Körper. Weil sie, obwohl ich sie nicht verstand, unfassbar unanständig klangen. Ebenso wie seine Zunge, die jetzt eine feuchte Spur auf meiner glühenden Haut hinterließ. Unendlich langsam, absolut überwältigend.

»Mehr«, brachte ich gerade noch zustande, während mein Kopf ganz automatisch in den Nacken fiel. Unter mir konnte ich deutlich spüren, wie sehr er mich wollte, und das ließ mein Herz noch mehr rasen, weil es sich so gut anfühlte.

Ich versuchte an diesem Gefühl festzuhalten, mich darin fallen zu lassen. Doch plötzlich hörte er auf und frustriert stöhnte ich auf.

»Schau mich an«, forderte er und seine tiefe, raue Stimme ließ mich seiner Bitte sofort nachkommen.

Ich schaute ihn an. Seine geröteten Wangen, die zerzausten blonden Haare, die ihm in die Stirn fielen, und dieses anzügliche Lächeln auf den Lippen, das ich wegküssen wollte.

Die Sehnsucht nach seinen Berührungen war riesig, obwohl er direkt hier war, bei mir, trotzdem konnte ich sie kaum aushalten. Einige Sekunden vergingen, in denen sein heißer Atem über meine Haut streifte und er mich ansah, als sei ich alles für ihn. Plötzlich drehte er uns, sodass er wieder über mir schwebte und mein Kopf in das weiche Kissen fiel. Er senkte seinen Mund auf meine Brüste und ich war mir sicher, dass er meinen klopfenden Herzschlag an seinen Lippen spüren musste. Seine Haare kitzelten auf meiner Haut, als er tiefer ging und Küsse auf meinen Innenschenkeln verteilte. Sanft, federleicht. Es brachte mich beinahe um, weil ich mehr wollte. Und als seine Finger endlich den Stoff meines Slips beiseiteschoben, zärtlich und viel zu langsam über mich strichen, krallte ich mich an seinen Schultern fest.

»Diese leisen Geräusche«, hauchte er an mein Ohr. »Sie sind wie Musik in meinen Ohren.«

Pianistenhände. Ein Wort, das mir jetzt in den Sinn kam und das nicht ohne Grund. Denn seine langen Finger wussten genau, was sie da taten und wie sie mir welche Laute entlocken konnten. Min-ho berührte mich nicht nur, er machte Musik. Sanft, fest, langsam, schnell. In seinem Tempo, was mich verrückt machte. Aber ich würde mich nicht beschweren, denn dafür genoss ich das hier viel zu sehr. Seine Berührungen waren wie Magie und ich war mehr als bereit, mich ihm hinzugeben und mitzuspielen.

»O Gott, Min-ho.« Ich bäumte mich auf, öffnete die Beine noch etwas mehr, während seine Finger den Druck verstärkten. Als ich mich ihm entgegenwölbte, küsste er meinen Hals und ich brachte nur noch seinen Namen über die Lippen, weil er mich weiter und weiter trieb.

Ich keuchte einmal laut auf und er hörte sofort auf. Sein Blick traf mich unvorbereitet. Meistens sah er mich an, als wollte er mir den Kopf verdrehen. Er wusste schließlich genau, was seine Blicke in mir auslösten. Doch gerade sah er mich an, als wollte er, dass ich ihm seine Gedanken nahm. Ihn von der Welt ablenkte.

»Ich liebe dich so sehr«, sagte er mit rauer Stimme, hob mein Handgelenk an seine Lippen und hauchte einen Kuss darauf. Diese sanfte Geste war mein Ende.

Inzwischen bestanden wir nur noch aus rasenden Herzschlägen, unkontrollierten Berührungen und schnellen Atemzügen.

»Ich liebe dich.« Langsam beugte ich mich vor, um ihn zu küssen. Beinahe flehend. Beinahe verzweifelt darauf wartend, wieder vereint zu sein. Als er sich das Kondom überstreifte, zitterten meine Beine bereits vor Aufregung und Lust. Ich versank unter seinem Gewicht, unter seinen Küssen, unter seinen Worten, die er an meine Haut flüsterte, und während er in mich eindrang, nahm er nicht eine Sekunde die Augen von mir. Ich klammerte mich an ihn, als er das Tempo und meinen Herzschlag beschleunigte, bis nur noch das Wort *Ja* übrig war.

Ja zu allem, was wir taten.

Ja zu dem, was wir waren und werden würden.

Ja zu ihm.

***

Wir lagen unter der weißen Hotelbettdecke, versuchten wieder zu Atem zu kommen und ich wünschte mir, dass es immer so sein würde. Dass ich mich immer so geliebt fühlte wie in diesem Moment. War das zu viel verlangt, war ich zu gierig?

»Ich kann nicht fassen, dass du jetzt wirklich da bist«, sagte Min-ho und seine Finger strichen an meiner nackten Schulter auf und ab. Mein Bein war um seins geschlungen, meine Wange lag auf seiner Brust. Ich spürte sein Herz schlagen und konnte mir nichts Schöneres vorstellen.

»Fällt es auf, wenn wir einfach hierbleiben?«, fragte ich vollkommen ernst, doch sein Lachen vibrierte an meiner Haut, ehe er mir einen Kuss auf den Scheitel gab.

»Vielleicht nicht. Wir haben zwei Tage, bevor das Konzert stattfindet.«

»Zwei Tage, bevor du wieder wegmusst.«

»Zwei Tage, die ich mich voll und ganz dir widmen kann«, korrigierte er mich und drückte mich etwas fester an sich.

»Klingt vielversprechend.« Langsam setzte ich mich auf und blickte ihn an. »Aber reden sollten wir auch.«

»Was steht zuerst auf deiner Liste?«, wollte er wissen und schmunzelte. Links und rechts erschienen seine Grübchen, die es mir unheimlich schwer machten, mich zu konzentrieren. Oder vielleicht war es auch die Tatsache, dass seine

Haut perfekt in der Abendsonne aussah, die jetzt ins Hotelzimmer schien. Ganz vielleicht war es aber auch die Tatsache, dass er und ich noch nackt unter der Decke lagen und ich seine Muskeln unter meinen Fingern spürte.

Provozierend hob ich eine Augenbraue. »Woher weißt du, dass ich eine Liste habe?«

Min-ho setzte sich ebenfalls auf und drückte mir einen Kuss auf die Wange, bevor er aufstand. »Ich kenne dich«, sagte er und kam mit einer Flasche Wasser wieder zurück. »Also?«

In mir schwirrten tausend Gedanken umher. Wie kam ich denn jetzt nach all dem auf das Thema zu sprechen, das groß und in Leuchtbuchstaben die Liste anführte?

»Vielleicht sollte ich erst mal ankommen«, versuchte ich mich nun rauszureden. »Und vielleicht sollten wir uns was anziehen.«

»Eine Schande, aber gut. Dein Wunsch ist mir Befehl.«

Egal, wie viele Klamotten ich trug, über dieses Thema zu sprechen, fühlte sich immer so an, als wäre ich nackt. Min-ho lachte mich aus, weil ich das Bett machte und die Fenster öffnete, um frische Luft hereinzulassen. Wir bestellten beim Zimmerservice und noch nie hatten sich Kaffee, O-Saft und Bagels so luxuriös angefühlt. Und obwohl es gerade mal später Nachmittag war, hätte ich schwören können, dass seit meiner Ankunft mehrere Stunden vergangen waren.

»Es tut mir leid, dass ich dich so überfallen hab«, sagte Min-ho schließlich und blickte mich an.

Ein Lachen kam mir über die Lippen, weil seine Worte so ernst klangen. »Was?«

»Ich habe es nicht mal eine Minute ausgehalten, bevor ... Vielleicht hätten wir erst reden sollen. Ich weiß, dass dich etwas beschäftigt.«

Darauf wusste ich keine Antwort, schließlich war ich ihm ebenfalls um den Hals gefallen. Weil ich ihn vermisst hatte. Weil ich ihn brauchte. Und weil ich mich ebenso wenig zurückhalten konnte wie er.

»Min-ho«, begann ich. »Ich glaube, keiner von uns beiden war in diesem Moment in der Lage, an etwas anderes zu denken.«

Ein verhaltenes Lächeln umspielte seine Lippen. »Aber?«

»Aber es gibt da schon ein paar Dinge, über die ich persönlich mit dir sprechen wollte.«

Ich holte tief Luft, um Kraft für die nächsten Sätze zu sammeln, und als Min-ho meine Anspannung bemerkte, nahm er meine Hand und ließ sie nicht eine Sekunde los, während ich ihm alles erzählte. Von Chris, der Anzeige und dem Kontaktverbot. Mit jedem weiteren Wort presste er den Kiefer heftiger aufeinander, als wollte er sich zurückhalten, etwas zu sagen. Er ballte die Hände zu Fäusten und löste sie nur, als er mit dem Daumen über meine Wange fuhr und die Tränen wegwischte, die ich nicht mal bemerkt hatte. Tränen, die eine Kombination aus Schmerz und Erleichterung waren.

»Ich liebe deinen Bruder«, sagte Min-ho wie aus dem Nichts. »Ich kenne ihn nicht, aber ich liebe ihn.« Die trockene Art, mit der er das sagte, ließ mich lachen.

»Du wirst ihn kennenlernen. Und Mum auch, wenn du das möchtest.«

Der Gedanke an ihr Aufeinandertreffen machte mich überhaupt nicht nervös. Vielmehr freute ich mich, weil ich mich jahrelang von meiner Familie zurückgezogen hatte. Weil ich es nicht ertragen hatte, mich vor Mum zu verstellen und weil ich gewusst hatte, dass Eli jede Lüge von Chris sofort durchschaut hätte. Doch bei Min-ho? Nie war ich mehr die Person, die ich sein wollte, als wenn ich an seiner Seite war.

»Das möchte ich«, erwiderte er. Ein ernster Ausdruck erschien auf seinem Gesicht, ehe er sich mit den Händen übers Gesicht fuhr. »Verdammt. Nachdem er dich fast … Und ich habe nichts Besseres zu tun, als dich sofort aufs Bett zu schmeißen und …« Sein Blick suchte meinen. Die Art, wie er jetzt nach Worten suchte und keine passenden fand, war neu und gab mir ein ungutes Gefühl. »Das hinterher zu fragen ist absolut bescheuert, das weiß ich. Aber ich muss es wissen. War es für dich in Ordnung?«

Sanft legte ich meine Hände an seine Wange. »Min-ho, wenn ich es nicht gewollt hätte, dann wäre es nicht passiert. Glaub mir, das war mehr als in Ordnung. Und ich bin es auch.«

Er nickte langsam, ließ dann seine Stirn gegen meine sinken.

»Ich liebe dich, Miss Harper. Und ich kann mir nicht vorstellen, was du durchgemacht hast. Wirklich, ich bin … du beeindruckst mich, klingt das komisch? Aber nach all dem stehst du hier und lächelst. Es kommt mir so vor, als hättest du all das Schlechte in deinem Leben angenommen und in etwas Strahlendes verwandelt.« Seine Worte drangen zu mir durch, wärmten mich und gaben mir Halt. »Und ich habe irgendwie das Gefühl, dass es jetzt endlich für uns bergauf geht.«

Fragend sah ich ihn an. In seinem Blick lagen unendlich viele Gefühle, für die ich ein ganzes Leben brauchen würde, um sie alle zu zählen. Wärme, Hoffnung, Liebe, Vertrauen und Zuneigung. Alle Gefühle vereint mit dem goldenen Braun und mit einem Funkeln, das alles leichter werden ließ.

»Du verheimlichst mir was«, bemerkte ich jetzt.

»Nein, ich wollte nur … auf den richtigen Moment warten.«

Plötzlich stand er auf, ging durch den Raum und dann zeigte er mir die Papiere, die uns eine Zukunft versprachen.

Einige Augenblicke starrte ich auf die Buchstaben, schwarz auf weiß und unendlich klein bedruckt.

Ein Jobangebot. Als Englischlehrerin und sprachliche Assistenz. RED Entertainment stand in geschwungenen Buchstaben ganz oben auf dem Papier. Mein Kopf versuchte alles zusammenzusetzen, doch ich verstand nicht.

»Der Vertrag ist unbefristet, sichert dir ein gültiges Visum und … Ich kenne einige Idols, die dort unter Vertrag sind. Der CEO ist mit Jong-ssi befreundet, sie haben zusammen studiert.«

Mein Blick wanderte von den Papieren in meinen Händen zu ihm. Es war deutlich zu sehen, wie nervös er war. Seine Stimme überschlug sich, er sprach viel zu schnell und fuhr sich mit der Hand durch die blonden Haare, die ich so an ihm liebte.

So lange hatte ich nach einem Job in Seoul gesucht und nichts gefunden. In mir wisperte eine kleine Stimme, dass es nur durch Vitamin B möglich war und ich es nicht selbst geschafft hatte, aber … Ich war qualifiziert und ich war gut in dem, was ich tat. Ich hatte das verdient.

»Ich will dir nur sagen, dass wir es hinbekommen. Auch wenn du dich gegen das Angebot entscheidest. Bitte fühl dich nicht dazu verpflichtet. Es ist deine Entscheidung und ich stehe hinter dir, egal, wie sie ausfällt«, fuhr Min-ho fort.

»Holst du bitte einmal Luft?«

Er tat mir den Gefallen, sein Brustkorb hob und senkte sich etwas zu schnell.

»Ich weiß nicht, was ich sagen soll.« Das wusste ich wirklich nicht. Es war zu schön, um wahr zu sein, und fühlte sich deswegen absolut falsch an. Es war klar, dass dieses Jobangebot kein Geschenk für mich, sondern vielmehr für Min-ho war. Und doch ...

»Ich bin da, Aria. Egal, wie du dich entscheidest.« Irgendwas in mir beruhigte sich, als wüsste mein Körper, dass er recht behalten würde. Er legte die Hände auf meine Beine, während er zu mir hochschaute und nach einer Antwort in meinen Augen suchte. Ich schluckte schwer, als ich das Glitzern darin sah.

»Hast du damit irgendwas ...«

Min-ho schüttelte sofort den Kopf, blonde Strähnen fielen ihm ins Gesicht. »Hyun-su und Jong-ssi. Zuerst dachten sie an eine Stelle bei uns im Entertainment, aber ... Ich glaube, dass das sowieso der falsche Ansatz gewesen wäre.«

Weil ich dann in der Firma arbeiten würde, die zum Teil ihm gehörte. Weil es sonst zu viele Überschneidungen gäbe, die mir meine Unabhängigkeit nehmen würden. O Gott, ich liebte ihn. Das war doch alles nicht real.

»Dann arbeite ich für die Konkurrenz?«, sagte ich jetzt, doch mein Grinsen verriet meine Freude.

Min-ho zog mich mit einer Hand zu sich. »Eigentlich versuchen wir gerade, dieses Denken aus der Branche zu verbannen.«

»Neue Ära und so?«

Er nickte. »Wir versuchen es.«

»Dann versuchen wir es auch«, sagte ich und legte meine Arme um seinen Nacken. Drei Herzschläge vergingen, dann zog er mich an sich. In seinen Armen fühlte ich mich zu Hause.

Ich war angekommen.

35

Min-ho

Ich wusste nicht, wann ich das letzte Mal so glücklich gewesen war wie in diesem Moment. Zusammen mit Aria aufzuwachen und zu wissen, dass das meine Zukunft sein würde – dieser Gedanke brachte mich sofort nach dem Wachwerden zum Lächeln.

Irgendwie war es in meinem Kopf noch nicht angekommen, dass sie mit mir zurück nach Seoul ging. Den gestrigen Tag hatten wir damit verbracht, Pläne zu schmieden, über denen das erste Mal kein großes *Vielleicht* hing. Zusammen hatten wir beschlossen, dass Aria mit zur Abschlusstour nach Seoul kommen würde, und dann? Dann bekamen wir endlich unser Happy End, das wir mehr als verdient hatten. Dann war die Tour vorbei, Arias Job fing an und selbst mein chaotischer, voller Terminkalender war dann nur noch halb so schlimm, wenn sie in meiner Nähe sein würde.

Ein Blick auf die Uhr sagte mir, dass ich viel zu früh wach war, obwohl heute kein Konzert und keine großartigen Termine auf dem Plan standen. Nur ein Gespräch mit Miss Kang. *Nur* war gut, es war jedes Mal so, als würde ich unter eine eiskalte Dusche steigen, bis die Kälte für Klarheit sorgte. Als Jong-ssi bekanntgegeben hatte, dass sie uns auf Tour begleiten würde, hatte ich ein ungutes Gefühl gehabt.

Therapiestunden zwischen Proben und Auftritten? Wir hatten ja kaum Zeit, um zu schlafen. Mir war die kühle und forsche Art von Miss Kang schon bekannt, schließlich hatte ich einige Gespräche mit ihr in Chuncheon gehabt. Anfangs hatten wir uns alle überwinden müssen, doch mit dem Unterschied, dass diese Gespräche diesmal nicht verpflichtend waren, fiel es mir irgendwie leichter. Jeder konnte mit ihr sprechen, wann er wollte. *Nie,* hatte ich anfangs gedacht und jetzt ging ich mindestens einmal die Woche zu ihr. Das Aussprechen meiner Gedanken half mir, sie zu ordnen.

Und ich hatte eine Menge zu sortieren, sobald die Tour losging. Es brachte verdrängte Erinnerungen wieder hoch, setzte mich unter Druck. Es war hektisch, stressig und doch … liebte ich es. Auf die Bühne zurückzugehen war wie nach Hause zu kommen. Jetzt, wo die Konzerte nicht mehr so eng getaktet waren, die Pressetermine zwischen den Auftritten reduziert wurden und ich mir weniger Druck machte, konnte ich es sogar genießen. Lag es daran, dass ich mich mehr wie ich selbst fühlte? Bestimmt. In dem Moment, als die Fans sich hinter Aria und mich gestellt hatten, statt unsere Beziehung zu boykottieren, war ich von unendlicher Dankbarkeit erfüllt worden. Es war, als hätte ich wieder erkannt, weswegen ich angefangen hatte. Aus Liebe zur Musik und aus Leidenschaft für Worte. Und der Wandel der Fans hatte ebenfalls einen Wandel in mir, in dieser gesamten Branche ausgelöst.

K-Pop-Idol zu sein hieß nicht länger, zwangsläufig auf ein Privatleben verzichten zu müssen. Nicht bei uns. Die Fusion mit Golden Records und das Statement, dass unsere Verträge angepasst wurden, bedeutete für viele andere Entertainments einen Schritt nach vorne. Es brodelten Veränderungen unter der Oberfläche der K-Pop-Branche und jeder von uns war gespannt, wo diese Reise noch hinführen würde. In die Zukunft, so viel stand fest. Und das erste Mal versetzte mich dieses Wort nicht in Panik, sondern in Vorfreude.

Vielleicht, weil mein Kopf so lange mit den Träumen beschäftigt gewesen war, die jetzt meine Realität wurden.

Gähnend drehte Aria sich zu mir um und schmiegte sich schlafend an mich, die Wärme ihrer Haut an meiner sorgte dafür, dass mein Herz beinahe vor Glück explodierte.

Ich griff nach dem iPad auf dem Nachtschrank, bemüht, mich so wenig wie möglich zu bewegen, damit Aria nicht aufwachte. Die Sonne ging gerade auf, tauchte das Hotelzimmer in ein leuchtendes Gold und ließ die Staubpartikel tanzen. Drei Mails bezüglich des Konzerts morgen, eine Mitteilung über kommende Studioaufnahmen und unzählige Nachrichten in unserem Gruppenchat der Band später stöpselte ich die Kopfhörer ein und startete eine Dokumentation, während Aria ihre Arme eng um meinen Bauch schlang.

»Du bist ja wach«, murmelte sie einige Minuten später und rieb sich die Augen. Langsam setzte sie sich auf und schon jetzt vermisste ich ihre Wärme.

»Ich wollte dich nicht wecken. Hast du gut geschlafen?«

Nickend zog sie die Decke etwas höher und lehnte den Kopf an meine Schulter. »Hab ich. Du auch?«

»Neben dir immer«, erwiderte ich und hielt ihr den zweiten Kopfhörer hin. Lächelnd nahm sie ihn entgegen und zusammen lauschten wir der monotonen Stimme, die die Dokumentation begleitete.

»Das perfekte Mittel, um wieder einzuschlafen«, gähnte sie. Mein Blick verweilte einen Augenblick auf ihren Sommersprossen, die ich am liebsten alle einzeln küssen wollte.

»Ich hole uns Kaffee«, sagte ich leise an ihr Ohr.

»Nein, bleib bitte noch einen Moment hier liegen.«

»Wow, ich glaube, das ist eine neue Stufe der Liebe.« Sie hatte die Augen noch geschlossen, doch ihre Lippen verzogen sich zu einem Lächeln, das mein Herz stolpern ließ. Und keine Sekunde später raste es wie bei einem Marathon, weil Aria sich drehte und jetzt auf mir lag. Garantiert würde ich nun nicht mehr aufstehen, instinktiv schlang ich meine Arme um sie und drückte sie fester an meine Brust. Ich vergrub den Kopf in ihren goldblonden Haaren, die mich an erste Sonnenstrahlen im Winter erinnerten.

»Ich tue dir den Gefallen«, erwiderte ich eine Spur tiefer.

Es war vielmehr ein Gefallen, den ich mir selbst tat, denn in meinem Kopf formulierte ich bereits eine Frage, die mich seit gestern Abend nicht mehr losließ und lautstark in meinem Kopf hämmerte. Eine Frage, die mir unerwartet schwerfiel, obwohl eigentlich immer alles einfach mit Aria war. Nur wie ging ich das am besten an, ohne sie damit zu überfallen?

»Bist du eigentlich immer so nett?«, wollte Aria jetzt wissen und holte mich aus meinen Gedanken.

»Ja«, antwortete ich, ohne zu zögern. Sie lachte auf, doch verstummte, als ich meine Finger ihren Rücken auf und ab wandern ließ. Himmel, ich liebte es, wie sie auf meine Berührungen reagierte.

»Zu allen? Oder nur zu mir?«

»Zu allen. Sorry, wenn ich dich enttäuschen muss.«

Sie hob den Kopf, sah kurz zu mir hoch und das machte etwas mit mir. Vor allem, wenn ihre vollen Lippen sich zu diesem Lächeln verzogen, wie sie es jetzt taten, und sie so zu mir hochsah. Plötzlich konnte ich nur noch daran denken, sie zu küssen und sie noch deutlicher zu spüren. Auf die Art, die meinen Herzschlag noch viel schneller werden ließ.

»Tust du nicht. Tust du nie«, sagte sie. Es war vielleicht klischeehaft, aber weil Aria an mich glaubte, tat ich es ebenfalls, und ja, durch sie wollte ich ein besserer Mensch sein. Ein Mann, der ehrlich war. Zu sich selbst und seinen Gefühlen. Ein Mann, der es verdiente, von ihr geliebt zu werden.

Ich atmete einmal tief ein. Okay, Min-ho. Jetzt oder nie. Frag sie einfach. »Aria, willst du mit mir zusammenziehen, wenn du nach Seoul zurückkommst?«

Mein Herz pochte laut, vielleicht noch etwas lauter als sonst, um die Stille zu kompensieren, die jetzt den Raum erfüllte. Langsam rutschte sie von mir herunter, setzte sich mir gegenüber und sah mich an. Das Sonnenlicht auf ihrer hellen Haut ließ sie wunderschön aussehen. Die blauen Augen blickten mich an, als würden sie auf etwas warten, und es machte mich nervös, dass sie plötzlich nichts mehr sagte.

»Wenn dir das zu früh ist … Das ist okay. Ich dachte nur …«, stotterte ich. »Ich dachte nur, dass es schön wäre, jeden Morgen so aufzuwachen. Und wie schön es wäre, mit dir in meinen Armen einzuschlafen. Dein Lächeln zu sehen, wenn ich nach Hause komme und …«

»Ja«, unterbrach sie mich. »Natürlich will ich das, Min-ho.«

Doch meine Gedanken liefen bereits auf Hochtouren, ihre Antwort kam gar nicht richtig an, weswegen ich einfach weiterplapperte.

»Du kannst ruhig darüber nachdenken, ich wollte dich nicht überfallen. Irgendwie ist diese Frage in meinem Kopf gewesen und … Es ist voll in Ordnung, wenn du erst einmal deine eigene Wohnung willst.« Ich fühlte mich total unbeholfen, während Aria mich anschaute und mich reden ließ, obwohl ich mir wünschte, sie würde mich einfach stoppen. »Ich will das alles richtig machen. Ich will das Gesamtpaket mit dir, Aria.«

»Was wäre das denn?«, fragte sie lächelnd.

»Das können wir zusammen bestimmen«, antwortete ich und strich ihr eine Haarsträhne aus dem Gesicht. »Wenn du möchtest.«

Noch nie hatte mich ein Nicken glücklicher gemacht. Und das Ja, mit dem sie jetzt antwortete, war genauso leise und zart wie ihr Kuss, der alles verstummen ließ.

36

Aria

Wieso war es eigentlich so, dass die Zeit beinahe stehen blieb, wenn man traurig war, und einem davonraste, sobald man glücklich wurde? Der letzte Tag mit Min-ho war einer der schönsten seit Langem und er verging viel zu schnell. Als hätte jemand auf die Vorspultaste geklickt und jetzt saß ich bereits mit ihm im Flugzeug.

Genau genommen in einem Privatjet.

Nach Seoul. Zusammen mit dem Mann, den ich liebte. Mit der Aussicht auf eine Zukunft, die mich lächeln ließ.

Ich lehnte meine Stirn an das Fenster, beobachtete die Wolken, die wie Zuckerwatte aussahen, und dachte darüber nach, wie sehr sich mein Leben dieses Jahr verändert hatte.

Mein Kopf kam überhaupt nicht hinterher, was vielleicht erklärte, warum es mir so vorkam, als würde die Zeit davonrasen. Gestern waren wir vor dem Konzert nach Hampshire gefahren und ich hatte Min-ho den Ort gezeigt, der so lange meine Heimat gewesen war. Bis er in mein Leben getreten war und meine Heimat ortsunabhängig wurde. Denn mein Zuhause war dort, wo er war. Und es war beinahe etwas zu süß gewesen, wie nervös er wegen des Treffens mit meiner Mum und Eli gewesen war. Bei der Erinnerung grinste ich in mich hinein. Sie hatten ihn mit einer Umarmung und tausend Fragen empfangen und alles passte. Es hatte keine zwei Sekunden gedauert, bis er sie mit seinem Charme für sich gewonnen hatte, und niemals hätte ich gedacht, dass das Leben einmal so für mich sein würde. So unbeschwert, so hoffnungsvoll und glücklich. Während Min-ho später vor Tausenden Menschen aufgetreten war, hatte ich den letzten Abend mit meiner Familie verbracht, bevor ich zusammen mit ihm nach Seoul zurückflog. Es war gleichermaßen erstaunlich wie gruselig, dass das Entertainment so schnell Flugtickets, Visumsanträge und sonstige Papiere beschaffte, damit es möglich war. Kaum hatte ich den Arbeitsvertrag unterschrieben und mit der Personalabteilung telefoniert, war es auch schon amtlich.

Mein erster Abschied in diesem Jahr, der nicht von Trauer, sondern von aufgeregtem Herzklopfen geprägt wurde. Den Herbst hatte ich fast verpasst, dafür würden wir den Winter haben. Und die ganzen Jahreszeiten danach ebenfalls. Meine Vorstellung, wie wir zusammen im Schnee durch Seoul liefen, war jetzt nicht nur mehr ein Traum. Es konnte meine Realität werden. Passierte das wirklich?

Zusammen hatten Min-ho und ich es geschafft. Jeder auf seine eigene Art und jetzt würden wir zusammenziehen. Ich fing einen neuen Job an und egal, was uns jetzt in der Zukunft erwarten würde, wir würden das schaffen. Solange wir zusammen waren, da war ich mir voll und ganz sicher. Als Min-ho mir erzählt hatte, wie wertvoll seine Gespräche mit Miss Kang während der Tour für ihn gewesen waren, beschloss ich, ebenfalls noch mal mit ihr zu sprechen. Ich wollte mich dem Ganzen stellen und nicht davonlaufen. Es war mir wichtig, diese Seite an mir zu festigen. Durch diese Gespräche würde ich mich besser kennenlernen, da war ich mir sicher. Das hatte sich schon in Chuncheon gezeigt und ich wollte genau da anknüpfen.

Die Band war nicht allzu überrascht gewesen, als Min-ho mit mir und meinen Koffern am nächsten Tag in der Tiefgarage des Hotels erschienen war und verkündet hatte, dass ich mitkommen würde. Ihre skeptischen Blicke waren mir trotzdem nicht entgangen. Ho-jung und Jae-eon waren die Einzigen, denen ich ihr Lächeln abgekauft hatte, als sie mich begrüßt hatten.

Und jetzt? Jetzt saß ich gegenüber von Min-ho, in champagnerfarbenen, viel zu harten Ledersitzen und trank O-Saft aus viel zu kleinen Gläsern. Wie klischeehaft und absolut surreal.

»Am Flughafen in Incheon warten schon Hunderte von Fans, aber sie haben das Sicherheitspersonal verstärkt«, erklärte Do-yoon, der hinter uns saß. »Wenn wir ankommen, gilt das gleiche Konzept wie immer.«

»Woosung, Yunho und Ho-jung: Ihr fahrt zusammen direkt zum Entertainment für die Adlibs, die ihr noch aufnehmen müsst«, sagte der Mann, der mir als Sang-hyuk vorgestellt wurde.

»Dann schlafen wir wohl auf dem Weg dahin«, kommentierte Yunho trocken und setzte sich eine schwarze Schlafmaske auf. Ho-jung und Woosung nickten nur und widmeten sich wieder ihren Handys.

»Min-ho, Hyun-su, Jae-eon, ihr drei müsst erst morgen früh zu den Probeaufnahmen erscheinen. Der Wagen kommt um acht. Und Min-ho, ich nehme an, dass du und Aria direkt nach Hannam-dong fahrt?«, fragte er jetzt Min-ho, ohne mich auch nur anzuschauen.

Es erinnerte mich wieder daran, was ich viel zu häufig vergaß oder viel mehr verdrängte: Diese sechs Männer waren Idols, K-Pop-Stars, und ich saß in einem Privatjet, flog durch die Wolken nach Südkorea, wo Hunderte von Mädchen schreiend und voller Vorfreude darauf warteten, auch nur einen Blick auf die Band zu werfen. Mein Puls beschleunigte sich und ich fragte mich, ob man sich jemals daran gewöhnen würde.

»Das tun wir«, antwortete Min-ho und schenkte mir ein Lächeln.

Mein Blick wanderte durch den Jet. Zu Min-ho, der mir direkt gegenübersaß. Heute Morgen hatte er seinen lila Jogginganzug gegen eine schwarze Hose und ein weißes Shirt getauscht und jetzt saß er da, blätterte durch das ledergebundene Notizheft auf seinem Schoß und hörte Do-yoon und Sang-hyuk zu, die die Termine der nächsten Tage im Schnelldurchlauf runterratterten. Vollkommen ruhig, vollkommen gelassen. Das komplette Gegenteil zu meinem Gedankenchaos, das auf Hochtouren lief, seit wir das Hotel verlassen hatten. Ich schaute unauffällig nach links, wo Yunho und Ho-jung sich gegenübersaßen. Der eine in Lederjacke und Jeans, der andere in auffällig buntem Hemd und kurze Shorts. Yun-ho hatte sich eine schwarze Maske übers Gesicht gezogen und schlief bereits, während Ho-jung ein Spiel auf der Nintendo Switch spielte, das nach *Animal Crossing* aussah. Jae-eon, Hyun-su, Woosung und Do-yoon saßen außerhalb meines Sichtfeldes, doch ich wusste, dass sie ebenfalls so entspannt waren. Alle freuten sich darauf, nach Korea zurückzukehren.

»Das Abschlusskonzert findet in vier Tagen statt. Aber bis dahin ist euer Terminkalender voll genug, keine Sorge«, ergänzte jetzt Do-yoon.

Und während noch über die nächsten Pressetermine gesprochen wurde, blickte ich wieder aus dem Fenster und versuchte meine Gedanken zu sortieren.

***

Die Ankunft am Flughafen war Chaos pur. Als ich das erste Mal nach Korea gekommen war, hatte mich erst ein Gefühl der Unbesiegbarkeit überkommen und dann das Gefühl, komplett verloren zu sein. Auch damals war der Flughafen voll mit Menschen gewesen, die auf KT6 gewartet hatten. Damals, als ich noch keine Ahnung gehabt hatte, wer das überhaupt war. Und jetzt lief ich mit der Band und Sicherheitspersonal durch diese Menge, die uns nachlief und Handys in unsere Richtung hielt.

»Halt den Kopf unten und bleib dicht hinter mir«, hatte Min-ho zuvor gesagt und mir eine Sonnenbrille in die Hand gedrückt, die das Blitzlicht erträglicher machte.

Draußen vor den Autos blieben wir stehen und wie in Zeitlupe drehten sich die Jungs zu ihren Fans und der Presse um. Ich versuchte an Min-ho vorbeizugehen, damit ich nicht störend im Bild stand, doch er griff nach meinem Handgelenk und lächelte mich an.

»Zeig ihnen, dass sie dich nicht verjagt haben«, flüsterte er mir ins Ohr. Ein Blick in sein Gesicht nahm mir meine Zweifel. Ich schluckte schwer, doch ich blieb, wo ich war. An Min-hos Seite. Dort, wo ich hingehörte. Die Band drehte sich ebenfalls zu mir um, ihre besorgten Blicke waren deutlich zu erkennen. Es war nicht klar, ob sie um mich besorgt waren oder um die Pressefotos, die hiernach erscheinen würden. Doch sie nickten mir einige Augenblicke später aufmunternd zu und dann winkte ich ebenfalls in die Kameras und schaute in die Menge, die laut den Namen der Band rief. Und meinen Namen hörte ich am lautesten heraus, bevor wir uns umdrehten und in die Autos stiegen.

»Was war das denn?«, fragte ich, als die Tür zugezogen wurde und wir keine Sekunde später die Straße hinunterfuhren. Die Menschen dort riefen meinen Namen und eine Sache hatte sich verändert: Ihre Gesichter waren nicht mehr voller Wut und Hass. Die Fans, die ich damals in Seoul vor dem Entertainment gesehen hatte, waren also keine Ausnahme gewesen. Schilder, auf denen *#minria* stand, vermischt mit lauten Rufen und Freudentränen. Was passierte hier?

»Sie lieben dich«, erwiderte Do-yoon. Ich wartete darauf, dass er lachte oder einen Scherz hinten dranghängte, aber das passierte nicht. Natürlich wusste ich bereits, dass viele Fans sich hinter uns stellten. Aber mit so viel Zuspruch hätte ich niemals gerechnet. Vor allem nicht, nachdem alles ganz offiziell gemacht worden war.

»Warum? Vor ein paar Monaten wollten sie noch, dass ich verschwinde.« Fragend sah ich Min-ho an.

»In ein paar Monaten kann viel passieren. Ich glaub, sie haben sich daran gewöhnt, dass du an meiner Seite bist.« Ein schüchternes Lächeln lag auf seinen Lippen und ein eindringlicher Blick in seinen Augen. War es wirklich so einfach? Das konnte doch nicht sein.

»Vielleicht haben sie gemerkt, wie gut du ihm tust«, schaltete Do-yoon sich wieder ein und lachte nun. »Solange er und die Band glücklich sind, sind sie es anscheinend auch.«

»Da haben wir ja etwas gemeinsam«, murmelte ich. Als Antwort griff Min-ho nach meiner Hand, verschränkte unsere Finger und drückte mir einen Kuss auf die Schläfe.

»Fühlt sich wie ein Traum an.«

»Du lebst ihren Traum.« Do-yoon blickte uns über den Spiegel an und zuckte mit den Schultern.

»Du meinst, ich habe ihnen ihren Traum gestohlen. Das war es doch, weswegen alle so ausgerastet sind, oder?«

»Du hast den Fans nicht ihren Traum gestohlen. Du zeigst ihnen vielmehr, dass Träume in Erfüllung gehen können. Keiner hätte damit gerechnet, dass dieser Wandel so stattfinden kann … Und dann auch noch so schnell. Aber ich glaube, seit dem Unfall und dem möglichen Aus der Band sind die Fans einfach froh, dass alle endlich happy sind«, sagte Min-ho schließlich.

»Sollte ich deswegen gerade mit euch dort stehen bleiben?«

»Je mehr wir uns verstecken, desto schlimmer wird es. Sie sollen sehen, dass wir dich nicht verheimlichen. Und dass wir eine Einheit sind.«

Ich vertraute ihm. Schließlich wusste er am besten, wie man mit der Öffentlichkeit umging. Wir rauschten durch die Straßen von Seoul, während die Sonne hinter den Hochhäusern unterging und den Himmel in einem goldenen Orange färbte. Langsam ließ ich meinen Kopf gegen die Autoscheibe sinken, blickte vom Hangang auf die Skyline der Stadt und es fühlte sich endlich so an, als würden wir ankommen. Wir beide zusammen. Und ich saugte alles auf: die Hochhäuser, die im Himmel verschwanden und deren Fenster die Wolken und das Licht der Sonne reflektierten. Die viel zu engen, viel zu vollen Straßen und die unzähligen Stände, die alles und nichts verkauften. Werbetafeln, auf denen für K-Dramen und Kakao Friends geworben wurde. Leuchtreklamen, durch die alles bunter wirkte. Menschen, die hektisch über die breiten Straßen liefen, über denen Kabel in der Luft hingen. All das gab mir ein vertrautes Gefühl, das mich schon gar nicht mehr überraschte. Und es wirkte immer noch so, als hätte man einen Instagramfilter drübergelegt. Ich war erstaunt darüber, wie viel Hangul ich lesen und verstehen konnte. Die koreanischen Schriftzeichen fühlten sich nicht mehr fremd an. Ich blickte durch die Scheibe, saugte alles auf und mein Herz hüpfte vor Glück. All das Leben, das diese Stadt versprühte und das mich auf eine Art erfüllte, die ich nicht beschreiben konnte. Und hätte mir jemand in all diesen Nächten voller Träume, Tränen und Mitternachtswahrheiten erzählt, dass wir an diesen Punkt kommen würden ... ich hätte wahrscheinlich gelacht. Doch hier saß ich, hielt Min-hos Hand, während die Abendsonne mein Gesicht wärmte und alles golden werden ließ. Die Stadt, die unser Anfang gewesen war, würde jetzt auch unsere Zukunft werden.

***

Ich atmete erleichtert auf, als wir zurück in Min-hos Apartment kamen. Die Tür sprang auf, nachdem er den Zahlencode eingegeben hatte, und sofort umhüllte mich der Geruch von frischer Wäsche und Erde. Wie hatte ich das alles hier vermisst! Die Bücherregale, die bis unter die Decke reichten. Die viel zu vielen Pflanzen, die diese Wohnung eher in einen Dschungel verwandelten, und das Sofa, auf dem Min-ho und ich ganz zu Beginn gesessen hatten und er mir jede Frage beantwortet hatte, die mir auf der Zunge lag.

Erinnerungen, die wir in so kurzer Zeit in dieser Wohnung geschaffen hatten und die mich jetzt mit Glück erfüllten. Langsam lief ich zum großen Spiegel, auf dem die vielen kleinen Post-it's klebten, die Min-ho in Chuncheon immer für mich geschrieben hatte. Es kam mir vor, als wäre es eine Ewigkeit her, dass wir diese Auszeit dort gehabt hatten, und doch waren nicht mal zwei Monate vergangen. Ich blickte in den Spiegel und fragte mich, ob man mir die Veränderung ansah, die hinter mir lag. In der Mitte des Spiegels klebte ein Post-it, das neu war. Das erkannte ich sofort, denn es gab keine Übersetzung. Feine Linien auf blauem Papier.

고생 끝에 낙이 온다.

Gerade als ich mein Handy herausholen wollte, um es zu übersetzen, trat Min-ho in mein Sichtfeld und grinste mich durch das Spiegelbild an. Sanft legte er seine Arme um mich, wie auch damals, als wir unsere Haare blau gefärbt und noch ganz am Anfang gestanden hatten. Die blonden Haare gingen mir wieder bis zur Schulter, die blauen Strähnen waren längst verblasst und doch war er noch an meiner Seite.

»Das ist neu«, sagte ich und nickte in Richtung des Post-it's.

»Ich habe den Satz als Erinnerung für mich selbst dort hingeklebt, als du weg warst.«

Drei Sekunden krampfte sich meine Lunge zusammen, weil es mich an zu viele Tränen und Schmerz erinnerte. Als wüsste Min-ho, was gerade in meinem Kopf passierte, verstärkte er den Druck seiner Umarmung. »Jetzt bist du wieder da.«

Langsam nickte ich. »Was bedeutet es?«

»Am Ende des Schmerzes kommt das Glück. Na ja, so was in der Art. Es lässt sich schwer übersetzen.« Ich lehnte mich in seine Umarmung und legte meine Hände auf seine Arme, die um meinen Bauch geschlungen waren.

»Weißt du noch, dass wir uns beim Gewitter etwas gewünscht haben?« Er sprach die Worte ganz leise in mein Ohr und ich bekam eine Gänsehaut, als sein Atem meine Haut am Hals streifte.

»Dein Blitzwunsch? Verrätst du ihn mir jetzt?«

»Er ist gerade in Erfüllung gegangen. Du bist zu mir zurückgekommen.« Sanft drehte ich mich zu ihm um. In seinen braunen Augen glitzerte es, als ich ihn ansah. Ich legte meine Hand an seine Brust, spürte sein Herz unter meinen Fingerspitzen schlagen und wusste, das meins genauso schnell schlug. Wir waren wirklich hier. Wir waren zusammen.

»Ich bin wieder zu Hause«, antwortete ich. Das ›und diesmal bleibe ich‹ konnte ich nicht mehr laut aussprechen, weil er mich an sich zog und so stürmisch küsste, dass Worte nicht mehr nötig waren.

***

Am nächsten Morgen frühstückten wir viel zu viele Hotteoks. Ich hatte deutlich zu lange auf das koreanische Essen verzichtet, nach dem ich innerhalb kürzester Zeit süchtig geworden war. Und Min-ho liebte es, in der Küche zu stehen und zu kochen, weil es ihn beruhigte. Irgendwas beschäftigte ihn, doch ich wollte ihn nicht an so einem wichtigen Tag mit meinen Fragen überfallen. Ich wusste, dass er mit mir sprach, wenn er so weit war. Langsam ließ ich mich mit meinem dampfenden Kaffeebecher auf dem Sofa nieder und betrachtete Min-ho, der jetzt nach dem Frühstück total versunken in einem Buch las, dessen Titel mir nichts sagte. Eine Hand wirbelte einen Kugelschreiber zwischen den Fingern, mit dem er Notizen hineinschrieb. Mit der anderen Hand strich er sich immer wieder durch seine frisch gefärbten Haare, die jetzt wieder rabenschwarz schimmerten.

Zwar trauerte ich dem Blond etwas hinterher, aber Min-hos schwarze lockige Haare erinnerten mich an unser erstes Aufeinandertreffen. Und das sorgte wiederum dafür, dass ich diese Schmetterlinge im Bauch hatte, die ich anfangs verdrängen wollte.

»Hey, ich hab ein neues Lieblingswort«, sagte ich und er blickte von seinem

Buch zu mir auf. Einige Sekunden schaute er mich an, ehe meine Worte zu ihm durchdrangen und er ins Hier und Jetzt zurückkam.

»Noch eins?«, grinste er.

Als Antwort hielt ich mein Heft hoch. 여우비 war das letzte Wort, das ich in eine Liste eingetragen hatte. Meine Lieblingswort-Liste war mittlerweile schon drei Seiten lang.

Min-ho kniff die Augen zusammen und las laut: »yeoubi.«

Ich wiederholte das Wort, so wie er es ausgesprochen hatte. Das machten wir häufiger so, weil ich mir so gleich die richtige Aussprache aneignete, und außerdem liebte ich Min-hos Stimme, wenn er Koreanisch sprach. Sie war wie eine tiefe, wunderschöne Melodie.

»Leichter Regen, während die Sonne noch scheint«, übersetzte ich, auch wenn er das natürlich wusste.

»Was steht denn noch so drauf?«, wollte er wissen und kam auf mich zu. Einige Zentimeter vor mir blieb er stehen, streckte mir seine Hand entgegen und als ich sie nahm, zog er mich an sich und setzte sich dann mit mir zusammen auf dem Schoß in den Sessel zurück.

»Ähm …« Ich blätterte durch die Seiten des Heftes. »Nabi. Schmetterling. Ich mag, wie das Wort klingt.« Seine Finger strichen über meinen Nacken, ich schluckte schwer und versuchte mich zu konzentrieren. »Bambi. Also so etwas wie Mitternachtsregen.«

»Schönes Wort«, bemerkte Min-ho mit rauer Stimme. Ich ließ den Kopf an seine Schulter fallen. Wie viel Zeit hatten wir, bevor er los zu den Proben musste? Vielleicht sollten wir uns langsam fertig machen, sonst … Min-ho presste seine Lippen an meinen Hals, was mich aufseufzen ließ. Okay, ein paar Minuten blieben uns sicherlich noch Zeit.

Meine Augen schlossen sich, als er Küsse auf meiner Haut verteilte. Sanfte, federleichte Küsse, die mich trotzdem ganz verrückt machten.

»Noch mehr Worte?«, raunte er an mein Ohr. Ich holte zitternd Luft, als seine Finger mir die Haare aus dem Nacken strichen. Er wusste genau, was er da tat, und ich versuchte, mich auf die Worte vor mir zu fokussieren.

»Noon«, wisperte ich und das koreanische Wort für Schnee brachte mir einen Kuss direkt hinters Ohr.

»Mehr?«, fragte Min-ho und in diesem Moment war ich mir nicht sicher, ob er seine Berührungen meinte oder mehr Worte hören wollte. »Weißt du, welches Wort ich auf dieser Liste stehen haben will?«

Ich schüttelte den Kopf. Min-ho legte mir eine Hand ans Kinn, sodass ich ihn direkt ansah. Seine Stimme war plötzlich etwas tiefer, als er sagte: »Jeong.« Nach einem Kuss nahm er mir den Stift aus der Hand und schrieb 정 in meine Liste. Und ohne mir zu verraten, was es bedeutete, schubste er mich sanft von seinem Schoß und lief in die Küche.

»Hey!«, brachte ich hervor und spürte sofort, wie mir Hitze in die Wangen stieg. »Was bedeutet es?«

»Schau doch nach, aber gib dich nicht nur mit der Übersetzung zufrieden. Es ist mehr als das.« Herausfordernd hob er eine Augenbraue. »Ich muss duschen. Kommst du mit?« Das anzügliche Grinsen ließ mich sofort rot werden.

»Hör auf, mich immer aus dem Konzept zu bringen«, schnaubte ich entrüstet, aber mein Lächeln verriet mich.

»Du liebst es, wenn ich das tue.«

»Majayo«, antwortete ich. *Du hast recht.*

Grübchen erschienen neben seinen Mundwinkeln. »Gott, und ich liebe dich. Besonders, wenn du Koreanisch mit mir sprichst.«

»Nado, saranghae.« *Ich liebe dich auch.*

Und dann verschwand er im Bad. Kopfschüttelnd tippte ich 정

in die Übersetzungsapp ein. Das Wort *Zuneigung* leuchtete mir entgegen und ließ mich lächeln. Ich kopierte die koreanischen Schriftzeichen, gab es in die Suchleiste ein und klickte auf den Artikel:

정 [jeong] Zuneigung

Das Konzept von Jeong drückt aus, dass eine Person seine Mauern für dich fallen lässt und dich in ihr Herz schließt. Das Wort 정 bedeutet wörtlich übersetzt »passt in die Form eines Herzens« und die Person, die es nutzt, drückt damit eine tiefe Verbundenheit aus. In Korea ist es eine besonders bedeutsame Art der Liebe, die damit verdeutlicht wird.

Ab sofort war Jeong mein neues Lieblingswort. Und als ich Min-ho folgte, wurde mir eins klar: Die Liebe musste nicht schwer sein, mit ihm war sie so einfach, dass ich das Gefühl hatte, über den Wolken zu schweben.

Epilog

Wenige Augenblicke vor dem Abschlusskonzert

Wir schafften es gerade noch rechtzeitig ins Olympiastadion, wo absolute Euphorie und Aufregung in der Luft lagen.

Die Jungs verschwanden in der Maske und bekamen ihre Outfits für die ersten Songs. Do-yoon und ich saßen währenddessen im Backstagebereich und starrten auf den Bildschirm, der live übertrug, was auf der Bühne passierte. Noch war KT6 nicht dran, die blinkende Anzeige an der Wand zeigte dreißig verbleibende Minuten bis zum Auftritt an. Die Rufe der Fans und die laute Musik der VCRs dröhnten bereits durch die Flure und die Anspannung stieg mit jeder Sekunde. Die Musikvideos der Band wurden von einem Interview abgelöst, das die Jungs zu Beginn der Comebackphase in Busan gegeben hatten. Ich erkannte es, weil Min-hos Haare noch mitternachtsblau waren. Und zusammen mit Tausenden von Fans lauschte ich den Antworten der Jungs. Sie alle sprachen auf Koreanisch, doch es wurde mit englischen Untertiteln begleitet und ich wünschte mir nicht zum ersten Mal, ich könnte Koreanisch so gut verstehen, dass ich die Untertitel nicht bräuchte. Spätestens, als Min-ho an der Reihe war und fantastisch aussah, während er in die Kamera lächelte. Sein Lächeln verschwand direkt bei der ersten Frage, die für den Zuschauer ebenfalls eingeblendet wurde: »Was hat sich für dich verändert?« Ein nachdenklicher Ausdruck erschien auf seinem Gesicht, er spielte mit den Ringen an seinen Fingern und man konnte richtig sehen, wie er die Worte in seinem Kopf hin und her drehte, ehe er antwortete:

»Ich war jemand, der immer darauf bedacht war, perfekt zu sein. Das Bild, das die Leute von mir haben, wurde zu meiner Motivation, bis ich mich selbst nicht mehr erkannt habe. Und … Ich glaube, am meisten hat sich meine Sichtweise auf viele Dinge verändert. Ich versuche nicht länger, allen gerecht zu werden. Es reicht, wenn ich mein Bestes gebe. Aber … Ich habe viel zu oft Angst, weil ich nicht weiß, in welche Richtung wir uns bewegen sollen, in welche Richtung ich gehen soll. Ständig habe ich diesen einen Gedanken: Was mache ich, wenn ich es nicht mehr aushalte? Jetzt, wo wir gerade wieder zurück sind. Jetzt, wo wir im Scheinwerferlicht der Öffentlichkeit stehen, das sich anfühlt, als wären wir unter einem Mikroskop, wo jedes noch so kleine Detail analysiert wird. Wie ich rede, wie ich mich verhalte, was ich anhabe, wo ich mich aufhalte und was ich für Songtexte schreibe. Die Leute wollen dem Ganzen nur nah sein. Der Band, meine ich. Und unserer Musik. Und solange ich mein Bestes gebe und ich selbst bleibe, muss ich dieser Wunschvorstellung nicht gerecht werden. Das weiß ich jetzt.«

Möglich, dass ich während seiner Antwort den Atem angehalten hatte. Und auch möglich, dass ich gegen die Tränen ankämpfte. Im Augenwinkel sah ich Do-yoon, der sich nichts anmerken ließ. Er hatte das Interview sicherlich schon Hunderte Male gesehen, schließlich war der Ablauf bei jedem Konzert gleich.

Do-yoon räusperte sich. »Wenn du ihn vor dem Konzert noch mal sehen möchtest, sollten wir jetzt gehen.«

Ich nickte und stand auf. Zusammen liefen wir den Flur entlang, vorbei an unzähligen Kartons und Menschen, die hektisch mit Klemmbrettern und Headsets hin und her liefen. Je näher wir der Bühne kamen, umso lauter konnte ich die Fans hören. Das Interview war wohl vorbei, denn ich hörte die Animationsgeräusche des VCRs. Min-ho hatte es mir gestern vorgespielt. Hinter der Bühne wurde es dunkler und enger, trotzdem konnte ich die Jungs zwischen den vielen Mitarbeitern erkennen. Ihre Outfits funkelten und niemand sonst hatte bunt gefärbte Haare oder so auffällige Klamotten an.

»Da seid ihr ja!«, rief Ho-jung und kam auf uns zu. Zum Leidwesen seiner Stylistin, die hektisch hinter ihm herlief und seinen Haaren den letzten Schliff verpasste.

»Ich muss euch doch noch viel Glück wünschen«, sagte ich und grinste, als Min-ho auf mich zulief. Für die ersten Songs wurden seine schwarzen Haare nach hinten gekämmt, sodass man seine Stirn sah und das war … wow. Er sah umwerfend aus und ich bekam sofort Schmetterlinge im Bauch.

»Alles okay?«, fragte ich ihn leise, als er dicht vor mir stand. Er trug Kontaktlinsen, die seine Augen etwas milchiger aussehen ließen, und es stimmte mich etwas wehmütig, dass das warme Braun seiner Augen dadurch etwas weniger leuchtete.

Min-ho schwieg, hob eine Hand und legte sie an meine Wange. Seine Ringe streiften über meine Haut und fast hätte ich das Zittern seiner Hand nicht bemerkt, aber auch nur fast.

»Leute, noch acht Minuten!«, rief Jae-eon zu uns hinüber.

»Min-ho?« Ich sah ihn an und versuchte herauszufinden, was in ihm vorging.

»Alles gut. Sorry. Ich wünschte nur … Ich wünschte, meine Eltern wären hier und könnten das heute sehen.« Die Worte stachen direkt in mein Herz. Worte, die eine Kurzschlussumarmung auslösten. Augenblicklich schlang ich meine um ihn.

»Sie sind immer da, okay? Und sie wären unheimlich stolz auf dich. Und ich bin es auch.«

Er drückte mich einige Sekunden fester an sich, dann ließ er los. »Danke, dass du hier bist.«

»Ich werde immer hier sein.«

Der traurige Gesichtsausdruck wich einem leichten Lächeln. »Weißt du, vielleicht schauen sie ja von dort oben zu. Das Stadion ist offen, ich kann den Himmel sehen, wenn ich auf der Bühne stehe.«

Wir blickten uns eine kleine Unendlichkeit lang an und in diesem Moment existierten nur wir beide. Nur wir beide, obwohl da draußen Tausende Menschen warteten. Aber Min-ho nahm sich die Zeit und sah mich an, sah mich richtig an und versank in meinen Augen. Ich wusste es, weil ich ebenfalls in seinen versank. Ein Lächeln breitete sich auf seinem Gesicht aus, ganz langsam und zögerlich. Das komplette Programm mit Grübchen links und rechts, das für Achterbahnkribbeln sorgte.

Woosung erschien neben Min-ho und holte uns zurück in die Gegenwart. »Wird Zeit, Hyung.«

Die sechs stellten sich im Kreis auf.

»Sechs bis zum Schluss«, sagte Min-ho und hielt seine Hand, die jetzt nicht mehr zitterte, in die Mitte.

»Sechs bis zum Schluss«, wiederholte die Band im Chor.

Und dann begann das Konzert.

Egal, wie oft ich Min-ho dabei zusah, egal, wie oft ich ihn mit der Band zusammen auf der Bühne sah: Es war immer atemberaubend. Ihre Energie so laut, so präsent, dass ich beinahe danach greifen konnte. Mein Herz klopfte mit dem Beat im Einklang und während ich mit Do-yoon seitlich der Bühne stand, bekam ich alles intensiver mit als beim letzten Konzert.

Ich weinte, als die erste Strophe von *Our Souls At Midnight* anfing. Und ich weinte noch mehr, als die Jungs *Comeback* performten, weil ich wusste, wofür dieser Song stand, und weil all die Momente, die zu diesem Augenblick geführt hatten, wie ein Film vor meinen Augen abspielt wurden.

Der Moment, als ich voller Mut und Hoffnung aus dem Flugzeug gestiegen war und meinen Neustart beginnen wollte.

Ich dachte an den Deal zurück, der alles verändert hatte, und an sieben Ringe an seiner Hand, meine Lieblingszahl, die mich überzeugte, darauf einzugehen.

Ich dachte an Wunderkerzenluft, diese Zeile aus dem *The-1975*-Song und daran, dass das Braun von Min-hos Augen jetzt die Farbe der Hoffnung für mich war. An Mitternachtswahrheiten, an federleichte Berührungen und Gedankenpausen, die wir alle so nötig hatten.

Ich dachte daran, dass Kirschblütenblätter wie Schneeflocken aussahen, wenn sie durch die Luft wirbelten, und dass Hochhäuser in den Wolken verschwanden. An Heimweh nach einer Person, an langsames Tanzen zu schnellen Songs, an Tränen im Regen und an Songtexte, die einen irgendwie heil machten.

Es war egal, dass mein Leben plötzlich so anders verlaufen war, als ich es geplant hatte.

Weil ich wieder zu mir selbst gefunden hatte.

Weil Min-ho mir das Gefühl gab, dass Liebe ganz einfach war, obwohl ich mein Leben lang dachte, dass sie das Schwerste auf der Welt wäre.

Und als ich ihn jetzt auf der Bühne sah, wusste ich, dass er dazu geboren wurde, Liebe und Licht in die Welt zu bringen. Dass er dort hingehörte, so wie er zu mir und ich zu ihm.

ENDE

Danksagung

Ich habe keine Ahnung, wie ich die passenden Worte zum Abschluss dieser Reihe schreiben soll. Und ob es dafür überhaupt die passenden Worte gibt. Dieses Buch hat mir so viel mehr abverlangt als Band eins. Es hat mich an meine Grenzen gebracht und mir gezeigt, dass es sich lohnt, diese zu überschreiten. Diese Reihe war mein Zufluchtsort, meine ganz eigene Art, aus der Realität zu fliehen, die damals sehr grau und dunkel war. Ich habe im Uniseminar gesessen und von einer Stadt geträumt, in der alles hell und voller Leben ist. Und dann waren da Aria und Min-ho. Zwei Menschen, die den Frühling in mein Leben gebracht haben, als in meinen Gedanken dunkler, grauer Winter war.

Aria & Min-ho. An erster Stelle danke ich deswegen euch beiden. Dafür, dass ich durch eure Geschichte meine eigene wieder in den Griff bekommen habe.

Vanessa, Julia und Katja.

Irgendwie fühlt es sich so an, als hätten wir uns genau zur richtigen Zeit gefunden. Ohne euch würde es weder Band eins noch Band zwei geben. Ich wüsste nicht, was ich ohne euch täte. Also danke für eure Freundschaft, die eigentlich so viel mehr ist als das. Danke dafür, dass ihr mir immer wieder Mut schenkt, wenn ich ihn verloren habe.

Nadja.

Danke, dass du dir immer meine viel zu langen Sprachnachrichten anhörst, wenn ich mich (mal wieder) platt wie Pfannkuchen fühle. Danke für all deine Worte und einfach dafür, dass du immer da bist.
Meine Familie.

Danke, dass ihr mich unterstützt, auch wenn das alles gar nicht eure Welt ist.

Ich danke dem gesamten Team von Impress! Dank euch haben Aria und Min-ho ein Zuhause gefunden. Danke, Janina, dass du jede meiner Fragen mit so viel Geduld beantwortest. Danke, Maria, dass du die bestmögliche Version aus dieser Geschichte herausgeholt hast. Und danke an Makita, dass du so wunderschöne Cover für beide Bücher gezaubert hast.

Diese Geschichte hat lange in meinem Kopf existiert, bis sie zu laut und ehrlich wurde. Doch so richtig real wurde sie erst, als ich mutig genug war, sie mit der Welt zu teilen. Und deswegen danke an dich. Dafür, dass du Arias und Min-hos Geschichte bis hierhin verfolgt hast. Danke, dass du meinen Worten eine Chance gegeben hast. Und ich weiß, dass ich mich wiederhole, aber danke, danke, danke für jede Nachricht und jede Markierung. Für all die Worte, die mich motivieren und mir mehr bedeuten, als ich jemals ausdrücken kann.

Um es mit Min-hos Worten zu sagen: Danke, dass ihr da seid. Auch wenn ein einfaches *Danke* niemals genug ist.

DIE MACHT DER GEFÜHLE
TAUCH EIN IN ROMANTISCH-FANTASTISCHE GESCHICHTEN.
I M
P RE E
S S
#IMPRESSBOOKS
ALLES VON IMPRESS HIER:
IMPRESSBOOKS.DE

HERZ ÜBER KOPF VERLIEBT

Emma S. Rose
UNEXPECTED LOVE
ISBN 978-3-551-30286-1
Softcover
Auch als E-Book erhältlich

Sophies scheinbar perfektes Leben bricht zusammen und sie sieht sich gezwungen ihre Koffer zu packen, um zu ihrem Großvater an die Nordsee zu ziehen. Doch statt der erwarteten Rentner-WG trifft Sophie dort auf einen jungen Mitbewohner, der sie – aber auch ihr Herz – zum Rasen bringt …

Mimi Heeger
TO ME AND YOU. GRACE & ADAM
ISBN 978-3-551-30330-1
Softcover
Auch als E-Book erhältlich

Eigentlich wollte Grace sich eine Auszeit von ihrer Familie nehmen und herausfinden, was sie vom Leben will. Doch die Reise von England nach Holland verläuft anders als ursprünglich geplant: Adam, der Adoptivsohn ihrer Tante, wurde zu ihrem ständigen Begleiter auserkoren und weicht ihr nicht mehr von der Seite.

Impress
Die Macht der Gefühle

Wir produzieren nachhaltig
- Klimaneutrales Produkt
- Papiere aus nachhaltigen und kontrollierten Quellen
- Hergestellt in Europa

FSC
www.fsc.org
MIX
Papier aus verantwortungsvollen Quellen
FSC® C083411

Impress
Ein Imprint der Carlsen Verlag GmbH
Juli 2022

Lektorat: Maria Schmidt
Coverbild: shutterstock.com / © Tom Whitfield / © Vaclav Hroch / © David P Baileys / © Mironov Konstantin / Envato Elements / © f9photos / Freepik / © vector_corp / © rawpixel
Covergestaltung: M. D. Hirt
ISBN 978-3-551-30463-6
www.impressbooks.de